BASTEI
LÜBBE
TASCHENBUCH

Weitere Titel der Autorin:

Colours of Love – Entfesselt
Colours of Love – Entblößt
Colours of Love – Verloren
Colours of Love – Verführt

Daringham Hall – Das Erbe
Daringham Hall – Die Entscheidung
Daringham Hall – Die Rückkehr

Wildblumensommer

Titel auch als Hörbuch erhältlich

Über die Autorin:

Kathryn Taylor begann schon als Kind zu schreiben – ihre erste Geschichte veröffentlichte sie bereits mit elf. Von da an wusste sie, dass sie irgendwann als Schriftstellerin ihr Geld verdienen wollte. Nach einigen beruflichen Umwegen und einem privaten Happy End ging ihr Traum in Erfüllung: Mittlerweile wurden ihre Romane in fünfzehn Sprachen übersetzt und haben Stammplätze auf den Bestsellerlisten.

KATHRYN TAYLOR

Wo mein Herz dich findet

ROMAN

BASTEI LÜBBE
TASCHENBUCH

BASTEI LÜBBE TASCHENBUCH
Band 17 669

Dieser Titel ist auch als Hörbuch und E-Book erschienen

MIX
Papier aus verantwortungsvollen Quellen
FSC www.fsc.org FSC® C083411

Originalausgabe

Textredaktion: Ann-Kathrin Schwarz, Berlin
Titelillustration: MetamorphosaX/shutterstock; Magnia/shutterstock; © svitlyk/shutterstock; © Kazakov Maksim/shutterstock
Umschlaggestaltung: Christin Wilhelm, www.grafic4u.de
Satz: Urban SatzKonzept, Düsseldorf
Gesetzt aus der Garamond
Druck und Verarbeitung: CPI books GmbH, Leck – Germany
Printed in Germany
ISBN 978-3-404-17669-4

5 4 3 2 1

Sie finden uns im Internet unter www.luebbe.de
Bitte beachten Sie auch: www.lesejury.de

Für meine Eltern

1

Cara trat dicht an die massive Holztür heran und klopfte.

»Hallo? Ist jemand da?«

Angestrengt lauschte sie auf Geräusche aus dem Innern des Cottage. Doch außer dem Prasseln des Regens, der unablässig auf das Schieferdach trommelte und an den unebenen Steinwänden herunterlief, war nichts zu hören. Die kalten Tropfen trafen auch Cara, durchnässten ihre grasgrüne Strickjacke und ihr geblümtes Kleid und ließen ihre schulterlangen kupferroten Haare in Strähnen herunterhängen. Es fühlte sich beinahe an, als würde sie sich auflösen in dem Wasser, das unablässig auf sie herabströmte, und das verstärkte das Gefühl von Verlorenheit, das sich kalt in ihr ausbreitete und es ihr schwer machte, zu ihrem sonst so unerschütterlichen Optimismus zurückzufinden.

Sie trat ein paar Schritte zurück und sah zum Dach hoch. Aus dem Schornstein stieg Rauch auf. Außerdem war ein grauer Jeep vor dem Schuppen neben dem Haus geparkt. Also musste doch jemand da sein!

»Hallo?« Sie hämmerte noch einmal gegen die Tür, diesmal mit der geballten Faust. »Bitte machen Sie doch auf!«

Als sich wieder nichts tat, wandte sie sich frustriert ab und sah sich noch einmal um. Das Cottage lag am Rand des Waldstücks, das sie gerade durchquert hatte. Ein paar Meter weiter öffnete sich eine ausgedehnte Wiesenfläche, von der aus man bei gutem Wetter sicher einen traumhaften Blick auf die hügelige, sattgrüne Landschaft der Grafschaft Kerry hatte. Im

Moment verschwamm jedoch alles hinter den dichten Regenschleiern, und auch der Wald wirkte dunkel und wenig einladend.

Ansonsten war hier nichts. Der Weg, dem sie gefolgt war, endete an diesem einsam gelegenen Haus. Als Cara es auf der Suche nach Hilfe von Weitem entdeckt hatte, war es ihr wie die Rettung erschienen. Aber wenn hier niemand war, dann …

Ein Knarzen ließ sie erschrocken herumfahren. Die Tür öffnete sich, und ein Mann erschien im Türrahmen.

Er war groß und breitschultrig und trug ein Paar olivfarbene Hunter-Gummistiefel, Jeans und ein rotkariertes Hemd unter einer ebenfalls olivfarbenen Arbeitsweste. Sein dunkles, fast schwarzes Haar fiel bis auf seinen Hemdkragen, aber es verdeckte trotzdem nicht die breite rote Narbe, die seinen Hals zur Hälfte überzog. Ob sie bis zu seiner Wange hinaufreichte, konnte Cara nicht erkennen, denn ein dichter, dunkler Bart bedeckte den Großteil seines Gesichts und bildete einen Kontrast zu den eisblauen Augen, mit denen er sie grimmig fixierte.

»Was wollen Sie?«, fragte er, offenbar wenig begeistert über den unerwarteten Besuch.

»Ich …« Cara blinzelte gegen den Regen an, nicht sicher, ob sie wirklich noch wollte, dass dieser unfreundliche Mann ihr half. Aber sie hatte leider keine Wahl. »Ich bin oben auf dem Weg nach Glen Garvan mit dem Auto liegen geblieben.«

Der Mann runzelte die Stirn. »Was wollten Sie denn da?«

Die Frage war berechtigt, denn der Weg führte im Grunde nirgendwohin. Er endete ein Stück weiter oben mitten im Wald an einer alten Burgruine, deren Überreste so stark verwittert und überwuchert waren, dass sie wenig Sehenswertes boten und daher auch kaum Touristen anzogen. Wenn überhaupt, dann traf man hier Waldarbeiter und hin und wieder ein paar Wanderer. Cara war keins von beidem, aber der Grund, aus dem sie sich spontan entschlossen hatte, auf dem Weg nach Hause noch einen Schlenker zu fahren und die Ruine zu besuchen, ging den Mann nichts an. Deshalb hielt sie seinem misstrauischen Blick fast trotzig stand.

»Ich … war ein bisschen spazieren«, sagte sie. »Und dann stand auf der Rückfahrt plötzlich dieses Reh auf der Straße. Ich konnte gerade noch ausweichen und habe kurz angehalten, um mich von dem Schreck zu erholen. Als ich den Wagen wieder starten wollte, sprang er nicht mehr an. Ich glaube, es ist die Batterie, aber ich kenne mich damit nicht aus. Und Hilfe kann ich auch nicht holen, weil ich kein Handy dabeihabe.«

Das blöde Ding lag nämlich noch in ihrem WG-Zimmer in Cork. Cara vergaß es sonst nie, aber das Telefonat mit Amy hatte länger gedauert als erwartet, und weil sie ihren Eltern versprochen hatte, zur Teezeit in Namara zu sein, hatte sie in aller Eile ihre Sachen zusammengesucht und war losgefahren. Dass das Handy fehlte, hatte sie erst bemerkt, als es für eine Umkehr schon zu spät gewesen war.

»Ein Handy hätte Ihnen nichts genützt, hier oben hat man keinen Empfang«, erklärte der Mann schroff, so als würde er sich darüber ärgern, dass sie durch ihre Panne vor seiner Tür gelandet war. Mit gerunzelter Stirn blickte er sich um. »Sind Sie allein?«

Seine Frage überraschte Cara. Glaubte er im Ernst, dass sie noch jemanden im Gebüsch versteckt hatte?

»Ja, ich bin allein. Und ich brauche wirklich Ihre Hilfe.«

Ein Zittern durchlief sie, weil der kalte Regen ihre Kleidung inzwischen fast vollkommen durchweicht hatte. Was dem Mann nicht entging, denn der Ausdruck in seinen Augen wechselte, wurde weicher. Er brummte etwas, das wie eine Entschuldigung klang, und gab seine abweisende Haltung auf.

Aber sein Gesicht blieb ernst, als er mit einem Kopfnicken ins Innere des Hauses deutete.

»Kommen Sie rein.«

Cara folgte ihm in das kleine Cottage und atmete erleichtert auf, als sie endlich im Trockenen war und von einer angenehmen Wärme umhüllt wurde.

Neugierig blickte sie sich um, erstaunt darüber, wie groß der Wohnraum wirkte, in dem sie stand. Vielleicht lag es daran, dass die Steinwände weiß verputzt waren. Die Farbe hatte mit den Jahren eine etwas dunklere Patina bekommen, was gut zu den freiliegenden Deckenbalken und den Holzdielen passte und das Zimmer auf eine rustikale Art gemütlich erscheinen ließ – ein Eindruck, den die bunt zusammengewürfelten Möbel noch unterstützten.

Unter dem Fenster neben der Tür befand sich ein Esstisch mit vier Stühlen, die nicht zusammenpassten. Auf der anderen Seite des Raumes stand unter einem weiteren Fenster ein dick gepolstertes Ledersofa, das lang genug war, um darauf zu liegen. Es wirkte neuer als der mit einem schon leicht zerschlissenen Tartanstoff bezogene Ohrensessel und der niedrige Couchtisch, dessen polierte Platte zahlreiche Kratzer und Spuren von Kerzenwachs aufwies.

An den Wänden hingen alte Fotografien, die Landschaftsmotive aus der Gegend zeigten, und in einer Ecke tickte laut eine alte Standuhr. Außerdem gab es mehrere Wandregale, die fast alle leer waren. Nur in dem, das neben dem Sessel angebracht war, standen Bücher, und auf dem Esstisch lagen Magazine sowie einige Briefe und Fotos, die der Mann gerade eilig zusammenschob und wegräumte.

»Sie wohnen noch nicht lange hier, oder?«

Die Bemerkung war Cara rausgerutscht, und sie bereute sie sofort, als der Mann abrupt innehielt und sie scharf ansah.

»Nein«, sagte er, und es lag eine unüberhörbare Warnung in seiner Stimme. Offenbar wollte er das Thema nicht weiter ausführen.

Also eher nicht der gesprächige Typ, dachte Cara. Hätte ich mir denken können.

Ihr Blick fiel auf den Ofen neben der Tür, die zu den übrigen Zimmern führte. Es war eines dieser Modelle, auf denen man auch kochen konnte, und der Mann nutzte das offenbar für sein Abendessen, denn auf einer der Platten stand ein gusseiserner Topf mit leicht geöffnetem Deckel. Was immer er enthielt, erfüllte den Raum mit einem köstlichen Duft nach … Colcannon, dachte Cara, ja, das musste es sein. Sie liebte dieses traditionelle irische Gericht aus Kartoffeln und Weißkohl. Der Gedanke an einen Teller davon hatte etwas sehr Verlockendes, aber sie schob ihn hastig beiseite. Schließlich wusste sie nicht, wie weit die Gastfreundschaft des Mannes reichte, der gerade ohne ein weiteres Wort durch die Tür in den hinteren Teil des Hauses verschwunden war. Als er wieder zurückkam, hielt er zwei Frotteetücher in der Hand.

»Hier. Damit können Sie sich abtrocknen.« Er musterte sie, und ihr wurde unangenehm bewusst, dass das durchnässte Kleid ihr am Körper klebte und sehr viel von ihren Rundungen preisgab. »Brauchen Sie was zum Anziehen?«

Cara hätte gerne Ja gesagt, aber sie wollte dem Mann nicht mehr Umstände machen als nötig.

»Nein, es geht schon. Aber darf ich vielleicht mal in Ihr Bad?«

Er deutete in den Flur, aus dem er gekommen war. »Die erste Tür rechts.«

Sie folgte seinen Anweisungen und trat in einen kleinen, aber sehr sauberen Raum, in dem sich eine Toilette, eine Dusche und ein Waschbecken befanden. Damit unterschied er sich nicht wesentlich von den Bädern, die zu den Zimmern im Hotel ihrer Eltern gehörten. Kurz fragte Cara sich, ob es an diesem abgelegenen Ort überhaupt fließendes Wasser und Strom gab. Ein Druck auf den Lichtschalter ließ die Lampe über ihr jedoch sofort aufleuchten, und auch das Wasser lief nach einem kurzen gurgelnden Geräusch problemlos aus dem Hahn, als sie ihn aufdrehte. Das funktionierte also alles, auch wenn sie keine Ahnung hatte, wie.

Gar nicht so übel, so ein Selbstversorgerhaus im Grünen, dachte sie, während sie sich die Haare trocken rubbelte. Das war sicher ein Paradies für jemanden, der gerne seine Ruhe hatte. Sie dachte an die auffällige Narbe am Hals des Mannes. Oder gab es noch andere Gründe, warum er hier so abgeschieden wohnte?

Das geht dich nichts an, erinnerte sie sich und betrachtete sich seufzend in dem kleinen gerahmten Spiegel über dem Waschbecken. Ihre grünen Augen wirkten riesig in ihrem blassen herzförmigen Gesicht, dem anzusehen war, wie sehr sie die Ereignisse der letzten Stunden angestrengt hatten. Erst das lange Gespräch mit ihrer Freundin Amy, dann der spontane Abstecher nach Glen Garvan, wo sie jeder Stein schmerzhaft an Isabel erinnerte, und schließlich der Beinahezusammenstoß mit dem Reh und der streikende Motor. Und als wäre das alles nicht schon schlimm genug, war sie jetzt auf der Suche nach Hilfe auch noch an einen schlecht gelaunten Waldschrat geraten.

Apropos, dachte sie, als sie die Schritte des Mannes auf den knarrenden Holzdielen des Flurs näher kommen hörte.

»Ich habe Ihnen einen Pullover rausgelegt, den können Sie überziehen«, sagte er durch die Tür. »Ich schaue inzwischen im Schuppen nach, ob ich Überbrückungskabel finde.«

»Danke!«, rief Cara zurück, aber er antwortete nicht, und

sie hörte nur, wie sich seine Schritte wieder entfernten. Sie wusch sich und benutzte den Kamm, den sie im Regal neben dem Waschbecken fand. Der Stoff des nassen Kleids lag klamm auf ihrer Haut, aber sie behielt es an und zog nur ihren Cardigan und die durchweichten Riemchensandalen aus. Dann trocknete sie sich mit dem Handtuch ab, so gut es ging, und kehrte nach einem letzten prüfenden Blick in den Spiegel wieder in den Wohnraum zurück.

Auf dem Esstisch vor dem Fenster lag ein dicker grauer Pullover aus Strickfleece. Er war ordentlich zusammengefaltet und sah so warm und einladend aus, dass Cara schnell hineinschlüpfte, obwohl es ihr eigentlich widerstrebte, etwas von dem unfreundlichen Fremden anzunehmen. Natürlich war er viel zu groß, reichte ihr bis zu den Oberschenkeln, aber sie seufzte trotzdem dankbar und atmete den fremden Duft des Kleidungsstücks ein. Er war herb und frisch und überraschend angenehm. Jedenfalls wenn man bedenkt, welchem Griesgram der Pullover gehört, dachte Cara, während sie die Ärmel ein Stück aufkrempelte.

Unschlüssig, was sie jetzt tun sollte, ging sie zu dem Essplatz hinüber. Als sie sich gerade setzen wollte, blieb ihr Blick an etwas Hellem hängen, das vor ihren Füßen halb unter einem der Stühle lag.

Sie bückte sich danach und stellte fest, dass es zwei Fotos waren.

Das eine musste irgendwo an einem sonnigen Strand aufgenommen worden sein. Der Mann war darauf zu sehen – in Jeans und mit nacktem Oberkörper kniete er einige Meter von der Kamera entfernt im Sand und hatte die Arme um einen rotbraunen Irish Setter geschlungen, der neben ihm saß. Beide lachten, jedenfalls sah es so aus, als würde das auch der Hund tun, der mit hechelnder Zunge ebenfalls in die Kamera blickte.

Die Aufnahme schien älter zu sein, denn der Mann wirkte darauf um einige Jahre jünger, und die Narbe fehlte, genau wie der dichte Bart. Sein Gesicht war dennoch nicht richtig zu erkennen, dafür war die Aufnahme zu unscharf.

Das zweite Foto war deutlich aktueller und zeigte den Mann, so wie er jetzt aussah, neben einem offenbar gerade erst errichteten Brunnen in einem Dorf, das sich der Landschaft nach zu urteilen vermutlich in Afrika befand. Im Hintergrund sah man Lehmhütten, und der Mann war umgeben von dunkelhäutigen, bunt gekleideten Dorfbewohnern, die in die Kamera strahlten. Er dagegen lächelte nicht, dabei hätte er wahrscheinlich Grund dazu gehabt, denn das Werkzeug in seiner Hand deutete darauf hin, dass er am Bau dieses Brunnens beteiligt gewesen war.

Cara verglich die Bilder noch einmal miteinander. Also ist er nicht immer so mürrisch gewesen wie jetzt, dachte sie. Und er war offenbar schon weit in der Welt herumgekommen …

Sie war so vertieft in die beiden Fotos, dass sie überrascht zusammenzuckte, als hinter ihr die Haustür aufging und der Mann wieder hereinkam. Sein dunkles Haar war jetzt nass vom Regen, genau wie seine Weste und sein Hemd, aber es schien ihm nichts auszumachen. Wieder bemerkte sie, wie groß er war, und wieder fiel ihr auf, dass seine Augen wirklich ungewöhnlich blau waren. Falls er die Überbrückungskabel gefunden hatte, dann mussten sie noch draußen liegen, denn er hielt nur einen zusammengeknüllten Lappen in der linken Hand, die zur Faust geballt war.

Cara lächelte ihn an, in der Hoffnung, dass er das vielleicht auch tun würde. Doch er starrte nur auf die Fotos in ihrer Hand.

»Was zur Hölle machen Sie da?« Mit zwei Schritten war er bei ihr und entriss ihr die Bilder. »Haben Sie in meinen Sachen herumgeschnüffelt?«

»Nein, natürlich nicht!« Cara musste den Kopf in den Nacken legen, um ihn anzusehen. »Die Fotos lagen auf dem Boden. Sie müssen Ihnen runtergefallen sein, als Sie die Papiere vom Tisch genommen haben. Ich habe sie nur aufgehoben.«

Obwohl ihr Herz wild schlug, hielt sie seinem Blick stand und sah, wie das Misstrauen, das darin aufgeflammt war, wieder verschwand. Mit einem Brummen wandte er sich von ihr ab und ging hinüber zu dem Regal, in das er die Sachen vom Tisch gelegt hatte. Er schob die Fotos zwischen die Papiere, dann verschwand er durch die Tür in den kleinen Flur, ohne sich noch mal nach ihr umzusehen.

Erschüttert über diesen unerwarteten Ausbruch sah Cara ihm nach und versuchte, sich zu beruhigen. Herrgott, was war denn los mit diesem Kerl? Und wieso kam er nicht zurück? War das seine Art, ihr zu sagen, dass er keine Lust mehr hatte, ihr zu helfen?

Schön, dachte sie wütend. Dann eben nicht! Sie hatte zwar keine Ahnung, wo sie das nächste Haus finden würde, aber sie würde trotzdem wieder gehen, weil sie es leid war, sich wie ein unwillkommener Eindringling zu fühlen.

Mit entschlossenen Schritten folgte sie dem Mann und entdeckte ihn in einer kleinen Kammer auf der Rückseite des Hauses, die offenbar als Küche diente. Jedenfalls gab es ein Spülbecken und einen Kühlschrank sowie diverse Einbauschränke und Regale mit Utensilien, die genauso zusammengewürfelt wirkten wie die Möbel im Wohnraum. Einer der Oberschränke war geöffnet, und der Mann stand vor der kleinen Arbeitsplatte neben der Spüle und versuchte, einen schwarzen Plastikkasten zu öffnen.

»Wissen Sie was? Vergessen Sie es!«, sagte Cara und gab sich keine Mühe, ihre Verärgerung zu verbergen. »Ich werde lieber wieder …«

Der Mann fluchte unterdrückt, als ihm der Kasten auf der glatten Arbeitsfläche zur Seite wegrutschte. Was kein Wunder war, denn er hatte nur eine Hand benutzt, um ihn zu öffnen. Die andere, mit der er den Kasten eigentlich hätte festhalten müssen, um den stramm sitzenden Verschluss zu lösen, hielt er mit angewinkeltem Arm nach oben, und seine Finger umklammerten immer noch das zusammengerollte Tuch. Es war jetzt allerdings nicht mehr weiß, sondern hatte sich dunkelrot verfärbt. Dunkelrot wie …

»Mein Gott!«, rief Cara entsetzt. »Sie bluten ja!«

2

»Das ist nur ein Kratzer«, erklärte der Mann, aber Cara war schon bei ihm.

»Lassen Sie mal sehen!« Sie nahm seine verletzte Hand, bevor er dagegen protestieren konnte, und öffnete sie. Dann hob sie vorsichtig das Tuch von der Wunde.

Der Schnitt verlief mitten über die Handfläche und blutete heftig.

»Das muss verbunden werden!«

»Ich weiß«, knurrte der Mann und deutete auf den schwarzen Kasten, auf dem ein breites weißes Kreuz prangte. »Das versuche ich ja gerade.«

Cara runzelte die Stirn. »Warum haben Sie denn nichts gesagt? Ich kann Ihnen doch helfen.«

Sie griff nach dem Verbandskasten und schob den Mann aus der Küche zurück in den Wohnraum.

»Setzen Sie sich«, ordnete sie an und war fast ein wenig verwundert, dass er sich tatsächlich auf einen der Stühle am Esstisch sinken ließ. Umso besser, dachte sie, während sie in dem Verbandskasten nach einer sauberen Wundauflage und Gaze kramte.

»Wie ist das passiert?«, fragte sie, während sie mit sicheren Handgriffen die Wunde säuberte.

»Ich habe im Schuppen aus Versehen in die Säge gefasst, als ich nach den Überbrückungskabeln gesucht habe«, meinte er und sog die Luft ein, als Cara den Schnitt vorsichtig mit Jod betupfte.

»Tut mir leid«, sagte sie zerknirscht, nicht nur wegen der Schmerzen, die sie ihm zufügen musste, sondern auch, weil es ihretwegen passiert war. »Das wollte ich nicht.«

Der Mann sah sie an, und zum ersten Mal, seit sie sich begegnet waren, hoben sich seine Mundwinkel zu einem Lächeln.

»Das war nicht Ihre Schuld. Ist mir schon zwei Mal passiert, seit ich hier bin, aber diesmal habe ich wirklich voll reingegriffen. Dabei weiß ich genau, wo das verdammte Ding hängt.« Er zuckte mit den Schultern. »Wahrscheinlich sollte ich einen anderen Platz dafür suchen.«

»Ja, ich schätze, das sollten Sie.«

Cara erwiderte sein Lächeln, fasziniert davon, wie sehr sich sein Gesicht dadurch veränderte. Der düstere Ausdruck, der vorhin noch in seinen Augen gelegen hatte, war verschwunden, und er wirkte plötzlich ganz anders. Viel gelöster und richtig … sympathisch.

Sie schob seinen Hemdsärmel ein Stück nach oben, weil sie den Verband auch um sein Handgelenk wickeln musste, und stutzte, als ihre Finger seinen Unterarm berührten. Die Haut fühlte sich rau und uneben an, und als sie hinsah, erkannte sie ein großflächiges rotes Narbengewebe. Es sah genauso aus wie die Stelle an seinem Hals.

Erschrocken hob sie den Kopf und begegnete dem Blick des Mannes.

»Eine alte Wunde«, sagte er knapp, bevor sie danach fragen konnte. »Ist lange verheilt.«

Äußerlich vielleicht, dachte Cara, denn sie hatte den Schmerz gesehen, der kurz in seinen Augen aufgeflackert war. Was immer ihm da zugestoßen sein mochte, es machte ihm definitiv noch zu schaffen. Aber die Warnung, die ebenfalls in seinem Blick lag, sagte ihr eindeutig, dass er darüber nicht reden wollte. Deshalb konzentrierte sie sich wieder auf das Anlegen des Verbandes.

»So, das müsste erst mal halten«, meinte sie, nachdem sie das Ende der Gaze mit einer Klammer fixiert hatte.

Der Mann drehte seine Hand und betrachtete ihr Werk, offenbar erstaunt darüber, wie professionell es aussah. »Sind Sie Krankenschwester?«

»Nein. Aber meine Eltern führen ein Hotel«, erklärte Cara und lächelte, als er sie verständnislos ansah. »In unserer Küche wird viel mit Messern hantiert. Da kommt es hin und wieder zu kleinen Unfällen. Deshalb kenne ich mich mit dem Verarzten von Schnittwunden ganz gut aus.«

»Dann arbeiten Sie also im Hotel?«

»Nein, ich helfe nur ein bisschen mit, wenn ich zu Hause bin«, erklärte Cara. »Eigentlich studiere ich Jura in Cork.«

»Jura?« Der Mann runzelte die Stirn. »Das hätte ich nicht erwartet.«

Cara schmunzelte, weil er so überrascht wirkte. »Was dachten Sie denn, was ich mache?«

»Ich weiß nicht.« Er zuckte mit den Schultern. »Das mit dem Hotel passt irgendwie besser zu Ihnen.«

Cara spürte einen schmerzhaften Stich, als Isabels Gesicht plötzlich vor ihrem inneren Auge auftauchte. Hastig schob sie das Bild beiseite und setzte sich etwas gerader hin.

»Ich mag mein Studium«, erklärte sie, heftiger als nötig. »Es ist manchmal ein bisschen trocken, aber ich bin sicher, dass ich es schaffe und eine sehr gute Anwältin werde.«

»Das habe ich nicht bezweifelt«, erwiderte der Mann und musterte sie so prüfend, dass sie hastig den Kopf senkte.

Es schockierte sie selbst, wie nah ihr seine Bemerkung gegangen war. Unsicher blickte sie wieder auf und versuchte ein Lächeln.

»Tut mir leid. Ich glaube, ich bin im Moment einfach ein bisschen überreizt.« Sie seufzte tief. »Die letzten Wochen waren hart, ich hatte eine Prüfung nach der anderen. Und jetzt, wo ich endlich ein paar Wochen zu Hause den Sommer genießen und mich ganz auf die Hochzeit konzentrieren könnte, streikt auch noch mein Wagen.«

»Sie heiraten?«, fragte der Mann, und Cara wurde klar, dass sie mal wieder viel zu schnell und unzusammenhängend geredet hatte. Was ihr häufig passierte, wenn sie nervös war.

»Nein, nicht ich, sondern mein Bruder. Er leitet unser Hotel mit meinen Eltern, deshalb werden wir die Hochzeit ganz groß feiern, so wie sich das für den Juniorchef gehört. Platz genug haben wir ja, schließlich finden bei uns auch sonst oft Familienfeste statt. Ich helfe natürlich bei der Organisation, und außerdem werde ich die Hochzeitstorte backen.«

Der Gedanke an die Rezepte, die sie im Gepäck hatte, ließ Cara glücklich lächeln. Ein solches mehrstöckiges Kunstwerk würde eine echte Herausforderung werden, aber eine, der sie schon entgegenfieberte. Sie liebte es zu backen, und für Patrick und Jessica würde sie sich besonders viel Mühe geben …

»Aber das interessiert Sie sicher nicht«, fügte sie ein bisschen erschrocken hinzu, als ihr klar wurde, dass sie ihren Gastgeber mit ihren viel zu ausführlichen Schilderungen wahrscheinlich langweilte.

Gelangweilt sah er jedoch nicht aus. Stattdessen betrachtete er sie mit einem Ausdruck in den Augen, den sie nicht deuten konnte.

»Verbände anlegen, Hochzeitstorten backen – gibt es auch etwas, das Sie nicht können?«

»Autos reparieren«, erwiderte Cara mit einem Seufzen. »Dabei wäre das vorhin sehr praktisch gewesen. Dann wäre ich nämlich längst zu Hause, und Sie hätten sich nicht geschnitten.«

Der Mann lehnte sich auf seinem Stuhl zurück und schien zu überlegen, ob ihm das lieber gewesen wäre.

»Sie wären auch längst zu Hause, wenn Sie da oben keinen Spaziergang gemacht hätten.«

Cara konnte ihm ansehen, dass er immer noch darüber nachdachte, was sie wirklich in Glen Garvan gewollt hatte. Aber er hakte nicht nach, als sie nicht auf seine Bemerkung einging, und dafür war sie ihm sehr dankbar. Offenbar hatte es auch Vorteile, wenn man es mit einem Waldschrat zu tun bekam, der selbst nicht gerne über sich redete.

»Ich bin übrigens Cara«, sagte sie, weil ihr plötzlich auffiel, dass sie seinen Namen noch gar nicht kannte.

»Liam«, erwiderte er knapp, dann stand er auf und ging zum Herd hinüber. »Haben Sie Hunger, Cara?«

Ein Lächeln breitete sich auf Caras Gesicht aus.

»Ich dachte schon, Sie fragen nie«, meinte sie, erleichtert über das Angebot und die Tatsache, dass er ebenfalls lächelte, als er jetzt über die Schulter zu ihr herüberblickte. Doch dann zögerte sie. »Aber ich will Ihnen nicht mehr Umstände machen als nötig.«

»Der Eintopf ist fertig, also können wir ihn auch essen«, erklärte er. »Vielleicht haben wir ja Glück, und es hört in der Zwischenzeit auf zu regnen.«

Damit war Cara mehr als einverstanden, weil sie außer dem Frühstück am Morgen nur einen Apfel und einen der Müsliriegel aus dem Notvorrat ihrer Mitbewohnerin Fiona gegessen hatte – in der Annahme, dass sie zum Tee bei ihren Eltern sein würde. Inzwischen war jedoch schon früher Abend, und ihr Magen knurrte bei der Aussicht auf eine warme Mahlzeit. Und noch dazu so eine leckere, dachte sie verzückt, als sie kurze Zeit später von dem sämigen, kräftig gewürzten Colcannon probierte.

Während sie aßen, schweifte ihr Blick immer wieder zu dem Mann hinüber. Liam, dachte sie und versuchte, hinter den dichten Bart zu blicken, der so viel von seinem Gesicht verdeckte. Er war jünger, als sie anfangs geglaubt hatte, höchstens Anfang dreißig. Und er sah trotz der breiten Narbe auf der linken Seite seines Halses ziemlich gut aus. Nicht, dass es eine Rolle spielt, erinnerte sie sich und spürte, wie ihre Wangen sich röteten, als er ihren Blick auffing.

»Was machen Sie hier oben eigentlich?«, fragte sie, um ihre Verlegenheit zu überspielen.

Der Blick des Mannes wurde sofort wieder wachsam, und das Lächeln verschwand von seinem Gesicht.

»Ich wohne hier.«

»Ja, ich weiß«, erwiderte Cara. »Aber was arbeiten Sie?«

Er schwieg einen langen Moment.

»Ich bin gerade erst hergezogen«, meinte er dann mit einem Schulterzucken. »Mal sehen, was sich ergibt.«

Hier oben im Wald sicher nicht viel, dachte Cara.

»Dann sind Sie also auch jemand mit vielen Talenten?«, neckte sie ihn, weil sie hoffte, ihn ein bisschen aus der Reserve zu locken. Aber er ging nicht darauf ein.

»Was für einen Job suchen Sie denn?«, hakte sie nach. »Vielleicht kann ich Ihnen etwas vermitteln.«

»Danke, aber ich komme schon zurecht.« Sein Tonfall war jetzt schärfer, und die Warnung in seinem Blick wurde so eindringlich, dass Cara sich nicht traute, ihm weitere Fragen zu stellen. Für einen Moment jedenfalls. Dann beschloss sie, es auf direkte Art zu versuchen.

»Sie reden nicht gerne über sich, oder?«

Er sah von seiner Suppe auf, der er sich wieder gewidmet hatte.

»Sie haben es erfasst.«

»Und wenn ich mehr über Sie erfahren möchte?«

Er antwortete nicht, sah nur zu ihr herüber, und Cara hielt den Atem an, weil sie plötzlich das Gefühl hatte, die Welt würde stehen bleiben. Um sie herum war es mit einem Mal ganz still, und es dauerte einen Moment, bis ihr klar wurde, dass sie sich das nicht einbildete. Das trommelnde Geräusch des Regens war verstummt, und als sie einen Blick aus dem Fenster warf, sah sie, dass die dichten Wolken sich gelichtet hatten.

»Es hat aufgehört«, sagte sie, mehr zu sich selbst als zu dem Mann, der von seinem Stuhl aufgestanden war.

»Dann sehen wir mal nach Ihrem Auto.« Er ging zur Haustür und sah sich zu ihr um, als er merkte, dass sie ihm nicht folgte. »Was ist? Kommen Sie?«

Cara zögerte. »Aber ... haben Sie die Überbrückungskabel denn gefunden?« Danach hatte sie ihn vorhin gar nicht gefragt.

Er nickte. »Liegen schon im Auto.«

»Oh.« Sie wusste selbst nicht, wieso sie sich nicht freute, dass sie endlich die Hilfe bekommen würde, die sie sich von ihm erhofft hatte. Vielleicht weil sie hören wollte, was er ihr geantwortet hätte. Er schien jedoch froh zu sein, das nicht mehr tun zu müssen, denn er hatte es jetzt eilig und winkte ab, als sie anbot, den Tisch abzuräumen.

»Das mache ich nachher.«

Cara holte schnell ihre Sachen aus dem Bad und zog ihre Schuhe wieder an. Dann folgte sie ihm nach draußen, und als sie kurze Zeit später neben ihm im Jeep saß, beobachtete sie mit etwas Enttäuschung, wie das Cottage hinter ihnen im Seitenspiegel immer kleiner wurde.

Der Himmel schimmerte jetzt wieder blau durch die Baumkronen, so als hätte es den heftigen Regenguss kurz zuvor gar nicht gegeben. Dieser schnelle Wechsel zwischen Sonne und Regen war typisch für das irische Wetter und erinnerte Cara ein bisschen an den Mann neben ihr, der den großen Geländewagen schweigend über den schmalen, holprigen Waldweg lenkte. Auch seine Laune schien sich jederzeit ändern zu können. Jetzt zum Beispiel wirkte er wieder eher verschlossen, und während sie verstohlen die breite Narbe an seinem Hals betrachtete, fragte sie sich, was wohl in ihm vorging. Dass sie noch Zeit haben würde, es herauszufinden, war jedoch unwahrscheinlich, denn er bog bereits auf den Hauptweg ein. Von dort waren es nur noch ein paar Hundert Meter, bis sie ihren etwas in die Jahre gekommenen roten Nissan Micra erreichten. Er stand noch genau da, wo Cara ihn zurückgelassen hatte. Und es tat sich auch immer noch nichts, als sie sich hinter das Steuer setzte und versuchte, den Motor zu starten.

»Das könnte wirklich die Batterie sein«, meinte Liam mit einem Stirnrunzeln.

Er parkte den Jeep so, dass die beiden Autos sich direkt gegenüberstanden, öffnete die Motorhauben und verband die Pole der beiden Batterien mit den Klemmen der Überbrückungskabel. Dann drehte er den Zündschlüssel des Jeeps, und als Cara einen Augenblick später erneut versuchte, den Micra zu starten, sprang dieser tatsächlich an.

»Wir lassen die Motoren einen Moment laufen, damit die Batterie ein bisschen Saft bekommt. Der Rest lädt sich wieder auf, während Sie fahren.«

Cara sah zu ihm hoch. »Vielen Dank! Ich weiß wirklich nicht, was ich ohne Sie gemacht hätte.«

Und ich würde immer noch gerne mehr über Sie wissen, schob sie in Gedanken nach. Aber vielleicht begegneten sie sich ja an anderer Stelle wieder.

»Sind Sie manchmal in Namara? Oder in Kenreagh?«

»Nein.« Seine Antwort klang endgültig, so als stünde das völlig außer Frage. Was Cara irritierte, denn es waren von hier aus die nächstgelegenen Orte.

»Aber … wo kaufen Sie denn dann Ihre Vorräte?«

»Ich werde versorgt«, erklärte er. »Sie müssen also nicht befürchten, dass wir uns noch mal über den Weg laufen.«

»Dagegen hätte ich gar nichts«, erwiderte sie, irritiert darüber, dass er offenbar davon ausging, sie würde nichts mit ihm zu tun haben wollen. Er war schon irgendwie merkwürdig, aber er machte sie auch neugierig, deshalb beschloss sie, sich nach ihm zu erkundigen. Irgendjemand wusste sicher mehr über ihn und diese Hütte und konnte ihr sagen, weshalb er hier oben so zurückgezogen lebte.

Ihr Blick fiel auf den Verband an seiner Hand.

»Der muss regelmäßig gewechselt werden«, erinnerte sie ihn. Aus Erfahrung wusste sie, dass es dauerte, bis so ein Schnitt richtig verheilt war. Und mit einer Hand konnte man Verbände nicht besonders gut wickeln. »Kriegen Sie das hin?«

Er hob einen Mundwinkel. »Nicht so gut wie Sie, aber es wird schon gehen.«

Cara runzelte die Stirn, weil er nicht so klang, als würde er ihre Besorgnis ernst nehmen.

»Und falls sich die Wunde entzündet, gehen Sie zum Arzt.«

Er brummte etwas Unverständliches.

»Das ist wichtig!«, beharrte sie.

»Ich denke nicht, dass es nötig sein wird.«

»Aber …«

»Ich komme klar«, versicherte er ihr, bevor sie erneut protestieren konnte, und Cara kam sich plötzlich dumm vor. Natürlich kam er klar, schließlich war er ein erwachsener Mann. Dass sie trotzdem das Gefühl hatte, sich um ihn kümmern zu müssen, lag an ihr. Es war einfach da, dieses Bedürfnis, vielleicht, weil sie im Hotelbetrieb aufgewachsen und von klein auf daran gewöhnt war, sich um die Gäste im Haus zu sorgen. Andere hätten das vermutlich als Belastung empfunden, aber Cara machte es gern. Zu gern sogar, wenn es nach ihrem Bruder ging. Patrick fand nämlich, dass sie oft über das Ziel hinausschoss und sich anderer Leute Kopf zerbrach, obwohl diese sie nicht darum gebeten hatten. Oder ihre Hilfe gar nicht wollten, so wie dieser Liam.

Ein bisschen verlegen senkte sie den Kopf und bemerkte, dass sie immer noch seinen Pullover trug. Schnell zog sie ihn aus.

»Hier, den hätte ich fast vergessen«, sagte sie und gab ihm den Pulli. Dabei streifte ihre Hand seine, und als ihre Blicke sich begegneten, schlug Caras Herz plötzlich schneller. Er hat wirklich verdammt blaue Augen, dachte sie und fügte etwas atemlos hinzu: »Danke fürs Leihen.«

»Gern geschehen.«

Liam warf den Pullover in den Jeep und holte ihren Cardigan, der noch auf der Rückbank lag. Er gab ihn Cara zurück, und während sie zu ihm aufsah, wurde ihr noch einmal bewusst, wie groß er war. Das allein war nicht ungewöhnlich, weil sie mit ihren ein Meter fünfundsechzig und ihrer eher zierlichen Figur von vielen überragt wurde. Aber der Gegensatz zwischen ihr und ihm war schon augenfällig, vielleicht weil er zusätzlich zu seiner Größe auch noch durchtrainiert wirkte. So als wäre er körperliche Arbeit gewohnt, dachte sie und verlor sich für einen Moment in seinem Blick.

Dann gab er sich sichtlich einen Ruck.

»Ich denke, das reicht jetzt«, verkündete er, und Cara brauchte einen kurzen Moment, bis sie begriff, dass er die Autos meinte und nicht sie.

Er begann damit, die Klemmen wieder von den Batterien zu lösen, und Cara sah ihm mit vor der Brust verschränkten Armen dabei zu. Sie fror ein bisschen, weil ihr die Wärme seines Pullovers fehlte. Aber als Liam mit allem fertig war, fand sie es trotzdem ein bisschen schade, sich schon verabschieden zu müssen.

»Tja, dann.« Sie löste die Arme und hielt ihm die Hand hin. »Noch mal vielen Dank.«

Seine Hand schloss sich fest um ihre, und Cara schluckte unwillkürlich.

»Wenn ich mich irgendwie erkenntlich zeigen kann, dann ...«

»Sie können tatsächlich etwas für mich tun.« Er ließ ihre Hand wieder los, und sein Blick wurde eindringlich. »Erzählen Sie niemandem von mir.«

»Was?«, fragte Cara irritiert. »Aber wieso denn?« Ein mulmiges Gefühl breitete sich in ihrem Magen aus. »Haben Sie ... Ärger mit der Polizei?«

Der Gedanke, dass er sich hier oben im Wald versteckt hielt, weil er auf der Flucht war oder etwas Illegales getan hatte, war ihr noch überhaupt nicht gekommen. Ihr Bruder, der sie für zu gutgläubig hielt, hätte dazu sicher einiges zu sagen gehabt. *Nicht alle Menschen sind vertrauenswürdig, Cara.* Aber dieser schon, dachte sie, beinahe trotzig. Schließlich hatte er ihr geholfen, wenn auch ein bisschen widerwillig.

Liam schien die Vorstellung, dass er ein Verbrecher war, eher belustigend zu finden, denn er verzog den Mund zu etwas, das gerade noch als Lächeln durchging.

»Nein, in letzter Zeit nicht. Ich habe nur einfach gerne meine Ruhe, deshalb wäre es mir lieb, wenn keiner erfährt, dass ich hier oben wohne. Also vergessen Sie mich am besten wieder.«

Fassungslos starrte Cara ihn an. »Aber … dann müsste ich verschweigen, dass Sie mir geholfen haben.«

»Das war nicht der Rede wert«, meinte er. »Also? Kann ich mich auf Sie verlassen?«

Seine Bitte irritierte Cara immer noch. »Kommt Sie denn sonst nie jemand hier oben besuchen?«

»Ich mag keinen Besuch.« Er lächelte schief, aber seine Augen blieben ernst. »Ist Ihnen das nicht aufgefallen?«

Cara schüttelte den Kopf, aber nicht, um seine Frage zu verneinen, sondern weil da etwas nicht stimmen konnte.

»Aber Sie haben doch gesagt, Sie würden versorgt! Woher bekommen Sie denn Lebensmittel und Benzin, wenn Sie …«

»Ich habe alles, was ich brauche«, fiel er ihr ins Wort. »Was ich definitiv nicht brauche, sind neugierige Menschen, die mir Fragen stellen. Wenn Sie sich also wirklich revanchieren möchten, dann sprechen Sie mit niemandem darüber, dass wir uns begegnet sind. Bitte.«

Er klang todernst, und so sah er sie auch an.

»Okay. Wenn es Ihnen so wichtig ist.«

Er nickte, stieg in den Wagen und ließ den Motor an.

»Ein schönes Leben noch, Cara«, meinte er. »Und kommen Sie heil nach Hause.«

Sie sah dem Wagen nach, der auf der Straße wendete und wieder in den kleinen Waldweg einbog, wo er zwischen den Bäumen verschwand. Dann setzte sie sich in ihr Auto, das immer noch im Leerlauf lief.

Vergessen Sie mich am besten wieder.

Ungläubig schüttelte sie den Kopf über die seltsame Bitte. Aber sie schuldete ihm was, und wenn er es so wollte, dann würde sie seinem Wunsch entsprechen.

Im Grunde war es sogar eine gute Idee. Schließlich habe ich in der nächsten Zeit Wichtigeres zu tun, als mir Gedanken über einen Waldschrat zu machen, der lieber allein sein will, dachte sie und legte den Gang ein.

***

Liam parkte den Jeep an seinem üblichen Platz vor dem Schuppen, blieb jedoch noch einen Moment hinter dem Steuer sitzen und starrte auf das ausgeblichene Holz der Schuppentür.

Ich hätte nicht aufmachen sollen, dachte er. Das war ein Fehler gewesen. Er hatte das Klopfen sofort gehört und die junge Frau durch das Fenster gesehen, aber er war fest entschlossen gewesen, nicht zur Tür zu gehen. Am Ende hatte er es jedoch nicht fertiggebracht, sie einfach im Regen stehen zu lassen, durchnässt, schutzlos und offensichtlich auf der Suche nach Hilfe. Er war schließlich kein Unmensch, auch wenn viele ihn dafür hielten.

Zögernd hob er die Hand und berührte das rote Narbengewebe an seinem Hals, jenes nicht zu übersehende Zeichen, das ihn immer wieder an den schrecklichen Tag erinnerte, der alles verändert hatte.

Die Narbe fiel den Leuten immer zuerst auf. Und dann dauerte es nicht lange, bis sie die Fragen stellten, die er nicht beantworten wollte.

Liam stieg aus, warf die Wagentür mit mehr Kraft als nötig zu und ging mit großen Schritten zurück ins Haus. Im Wohnraum blieb er abrupt stehen und sah sich um, versuchte sich vorzustellen, welchen Eindruck das alles hier auf die junge Frau gemacht haben musste.

Die leeren Regale wirkten karg, und es fehlte an persönlichen Gegenständen, aber so sah es immer aus in den Räumen, die er in den letzten sechs Jahren bewohnt hatte. Er besaß nicht viel, weil man mit leichtem Gepäck schneller weiterziehen konnte, und das war nötig gewesen bei seiner Art von Tätigkeit.

Ob neue Brunnenanlagen in Afrika, Wiederaufforstung in Indonesien oder der Bau von erdbebensicheren Häusern in Nepal – er hatte sich von den Hilfsorganisationen, für die er gearbeitet hatte, einsetzen lassen, wo immer es nötig war. Je schwerer die körperliche Arbeit, desto besser – und nie zu lange an einem Ort. Ein paar Monate hier, ein paar da. Genug Zeit, um etwas aufzubauen und die quälende Schuld, die ihn nicht losließ, wenigstens für eine Weile erträglicher zu machen. Aber nicht genug, um Freundschaften zu schließen, die so tief gingen, dass er seine Geheimnisse preisgeben musste.

Hier jedoch würde er vorerst bleiben müssen. Ausgerechnet hier in Kerry, wohin er niemals hatte zurückkehren wollen. Wie lange sein Aufenthalt dauern würde, konnte er noch nicht sagen, aber er hatte genug Geld gespart, um eine Weile über die Runden zu kommen. Leider, denn er hielt es schon jetzt kaum noch aus.

Liam schüttelte den Kopf, um die düsteren Gedanken zu vertreiben, die ihn quälten, seit er sich wieder auf den Weg nach Irland gemacht hatte. Beschäftigung war die beste Ablenkung, das hatte er gelernt, doch als er sich dem Tisch zuwandte, um ihn abzuräumen, hielt er inne. Der Teller, von dem die junge Frau gegessen hatte, stand noch neben seinem, und der Anblick versetzte ihm einen Stich. Weil die Begegnung mit ihr ihn daran erinnert hatte, was ihm fehlte.

Wie lange war es her, dass er mit einer Frau so vertraut beisammengesessen und gegessen hatte? Er sah ihr lächelndes Gesicht noch vor sich und spürte die sanften Berührungen ihrer Hände, als sie ihm den Verband angelegt hatte. Die Narbe an seinem Unterarm hatte sie erschreckt, das hatte er ihr angesehen, und die an seinem Hals war ihr sicher auch nicht entgangen. Aber sie hatte nicht nachgefragt, anders als er befürchtet hatte. Stattdessen war da ein mitfühlender Ausdruck in ihren Augen gewesen, so als würde sie genau wissen, was in ihm vorging.

Verrenn dich nicht, Liam, ermahnte er sich mit einem Kopfschütteln. Es war nicht gut, dass sie hier bei ihm gewesen war, auch wenn sie wirklich ganz bezaubernd lächelte. Denn sie wohnte sicher irgendwo in der Nähe, und wenn sie sich nicht an ihr Versprechen hielt und doch jemandem von ihm erzählte, hatte er ein Problem. Die Leute würden eins und eins zusammenzählen und wissen, dass er wieder zurück war. Dann ging alles von vorne los, und er war nicht sicher, ob er das noch einmal ertrug.

Liam stieß die Luft aus und rief sich noch ein letztes Mal das Bild der jungen Frau in Erinnerung. Cara, dachte er. Das bedeutete Liebste. Teuerste. Der Name passte zu ihr.

Und wenn ich mehr über Sie erfahren möchte?

Ein Schauer durchlief ihn. Früher hätte ihr Interesse ihm geschmeichelt, schon weil sie ihm wirklich gefiel. Vermutlich hätte er sogar alles daran gesetzt, sie wiederzusehen und näher kennenzulernen. Aber jetzt stand das vollkommen außer Frage. Er hatte nichts mehr zu geben. Deshalb war es besser, wenn sie ihn tatsächlich vergaß, so wie er es von ihr verlangt hatte.

Und ich werde auch aufhören, über sie nachzudenken, beschloss er mit grimmiger Miene, während er die Teller zusammenstellte und in die Küche trug.

3

Der Kies knirschte unter den Reifen, als Cara endlich das große steinerne Eingangstor passierte und auf das Gelände des Kerryhead Castle fuhr. Das weitläufige, teilweise efeubewachsene Gebäude des Haupthauses erhob sich in der Abendsonne vor ihr. Es lag mitsamt den zahlreichen Nebengebäuden idyllisch am Rande des Lake Tarnish, und wie immer, wenn sie es sah, überkam Cara ein Gefühl von Heimat.

Sie hatte nach der Schule ein Jahr in Australien gelebt und wohnte jetzt schon seit einiger Zeit in Cork. Aber das alte Herrenhaus mit seiner grauen Steinfassade, den weißen Sprossenfenstern und dem großen Wehrturm an der Westseite war für sie immer noch der Ort, an dem sie sich am wohlsten fühlte. Sie liebte den Hotelbetrieb, und mitzuhelfen war für sie eher eine Freude als eine Belastung. Im Gegensatz zu meinem Studium, dachte sie beklommen.

Sie stellte den Wagen nicht auf dem großen Gästeparkplatz ab, der links neben dem Eingang lag, sondern fuhr rechts um das große Gebäude herum auf die Rückseite, wo sich die Einfahrt zum Innenhof befand.

Dieser Bereich war nur für Mitarbeiter und Zulieferer gedacht, denn von hier aus gelangte man direkt zur Hotelküche und zu den Vorratsräumen, die Caras Vater gerne als »Herzkammer des Hotels« bezeichnete.

Ein langer dunkelblauer Kleintransporter, dessen Hecktüren weit geöffnet waren, parkte mitten auf dem Hof, und ein grauhaariger Mann in einem grünen Overall lud gerade einige

Kisten mit Kartoffeln aus. Er hielt inne und sah dabei zu, wie Cara den Micra vorsichtig an seinem Auto vorbei in die einzige noch freie Parklücke lenkte. Als sie es geschafft hatte, stellte sie mit einem erleichterten Seufzen den Motor ab und stieg aus.

»Tut mir leid, Cara!«, rief der Mann ihr zu, der mit den gestapelten Kisten bereits auf dem Weg zum Hintereingang war. »Das nächste Mal parke ich den Wagen ein bisschen geschickter!«

»Kein Problem, Mr O'Neill!«, erwiderte Cara und lächelte dem alten Farmer zu, dessen Hof ganz in der Nähe lag und der das Hotel – je nach Saison – mit frischem Biogemüse versorgte. »Wie geht es Ihnen denn?«

»Ich kann nicht klagen«, meinte er und musterte Cara dann schmunzelnd. »Aber du siehst aus, als könntest du einen Tee vertragen, Mädchen!«

»Da haben Sie recht.« Cara blickte mit einem schiefen Lächeln an sich herunter.

Ihr Kleid war inzwischen zwar fast wieder trocken, aber völlig zerknittert, und über den Zustand ihrer Frisur mochte sie gar nicht erst nachdenken. Sie brauchte dringend ein heißes Bad und einen Tee, genau in der Reihenfolge, deshalb ging sie durch die große Tür in die Hotelküche, in der sie vertraute Geräusche und Gerüche empfingen. Das Zischen des Öls in den Pfannen, die köstlichen Düfte der zubereiteten Speisen, Tellergeklapper und das Geräusch der Messer, die rhythmisch auf Schneidebretter niedersausten. Und über allem die durchdringende Stimme von Chefkoch Kenneth O'Leary, der seinen Assistenten Anweisungen zurief.

»Matt, die Zwiebeln brennen an, wenn du sie nicht langsam vom Herd nimmst! Und nicht so viel Mehl in die Soße, Holly. Hector, der Fisch muss in den Ofen, und zwar jetzt sofort!«

Der drahtige Ire, der mit seiner asketischen Figur so gar nicht aussah wie ein Koch, galt als strenger Chef und forderte viel von seinen Leuten. Aber nicht nur Cara wusste, dass er eigentlich ein herzensguter Mensch und vor allem ein ganz hervorragender Lehrmeister war, der seinen Schützlingen das beibrachte, was er selbst in Perfektion beherrschte. Mit seinen immer neuen Variationen der irischen und englischen Küche hatte er das Hotelrestaurant des Kerryhead Castle in den elf Jahren, die er schon bei den Connellys arbeitete, über die Ortsgrenzen hinaus bekannt gemacht, sodass das Team längst nicht mehr nur die Hausgäste bekochte, sondern auch viele externe Besucher.

»Hallo, Cara!«, rief Kenneth mit einem breiten Grinsen, als er sie entdeckte. »Hast du wieder ein paar neue Rezepte mitgebracht?«

»Aber natürlich!« Sie winkte ihm kurz, bevor sie weiterging und er sich wieder seiner Arbeit widmete. Die Gäste warteten auf ihr Dinner, das wusste Cara, deshalb war jetzt keine Zeit für ein ausführliches Gespräch. Das würden sie später nachholen.

An der Tür zum Gastraum stieß sie beinahe mit einer schlanken jungen Frau zusammen, deren blonde Haare streng zum Pferdeschwanz zurückgebunden waren. Um die Hüfte trug sie die blaue Schürze, an der man die Kellnerinnen des Kerryhead Castle erkennen konnte.

»Verdammt, pass doch auf!«, rief die Frau und hatte kurz Mühe, die Teller, die sie auf ihren Händen und Unterarmen trug, wieder auszubalancieren. Doch sie schaffte es, und als sie erkannte, wer sie da versehentlich angerempelt hatte, verschwand der vorwurfsvolle Ausdruck aus ihrem Gesicht. »Oh, du bist es, Cara!«

»Hallo, Jessica.« Cara hätte die Freundin und zukünftige

Braut ihres Bruders gerne zur Begrüßung umarmt, ließ es jedoch wegen der Teller bleiben.

»Tut mir leid, ich wollte dich nicht so anblaffen«, entschuldigte sich Jessica. »Aber es ist furchtbar voll heute. Wir kommen kaum nach mit den Bestellungen, und die neuen Kellnerinnen sind leider noch keine große Hilfe.«

Caras Lächeln schwand. »Hast du neue Leute eingestellt?«

Jessica nickte. »Ja, zwei. Und das war auch dringend nötig, schon wegen der Hochzeit.«

»Oh!«, meinte Cara, ein bisschen entmutigt. Sie hatte eigentlich mit Jessica über genau diesen Punkt sprechen wollen. »Aber wir könnten doch sicher noch eine Kellnerin gebrauchen, oder?«

Jessica ging an ihr vorbei und stellte die Teller auf die Ablage neben der großen Industriespülmaschine.

»Entschuldige. Was hast du gesagt?«, fragte sie, und Cara begriff, dass jetzt nicht der richtige Zeitpunkt war, um mit Jessica über ihr Anliegen zu reden. Es war ohnehin besser, es erst mit ihren Eltern und Patrick zu besprechen, deshalb winkte sie ab.

»Schon gut. Sag mal, hast du eine Ahnung, wo Mum ...?«

»Cara! Gott sei Dank, da bist du ja endlich!«, erklang eine vertraute Stimme hinter ihr, und als Cara sich umdrehte, sah sie eine zierliche Frau mit kurzen mittelblonden Haaren auf sich zukommen.

»Mum!« Cara lächelte, doch ihre Mutter erwiderte es nicht.

»Wo warst du denn bloß! Dad hat versucht, dich anzurufen, aber nur deine Mitbewohnerin erreicht. Sie meinte, du hättest das Handy vergessen und dass du schon vor Stunden losgefahren wär...« Susan Connelly hielt in ihrem Redeschwall inne, weil sie erst jetzt den derangierten Zustand ihrer Tochter zu bemerken schien. Ein entsetzter Ausdruck erschien auf ihrem

Gesicht. »Mein Gott, Kind, wie siehst du denn aus! Ist was passiert?«

»Ich hatte eine Panne. Aber es geht mir gut, wirklich«, erklärte Cara hastig, weil sie wusste, wie schnell ihrer Mutter die Nerven durchgingen, wenn sie Angst um ihre Kinder bekam. Eigentlich war Susan Connelly eine sehr robuste Frau, die alle Krisen und Herausforderungen des Hotelalltags problemlos bewältigte. Aber wenn sie um das Wohlergehen von Patrick und Cara fürchtete, geriet sie sofort in Panik. Und Cara verstand das. Schließlich hatte sie schon einmal die schlimmste Nachricht erhalten, die man einer Mutter überbringen konnte.

»Es tut mir leid, Mum«, sagte sie zerknirscht und nickte Jessica zu, die wieder zurück in den Gastraum ging. »Ich hätte mich längst gemeldet, wenn ich mein Handy nicht vergessen hätte. Aber es ist wirklich alles gut. Na ja, mal abgesehen davon, dass ich mich dringend umziehen muss.«

»Das sehe ich.« Susan Connelly schüttelte den Kopf und zog Cara in ihre Arme, drückte sie fest. »Ich habe mir Sorgen gemacht«, flüsterte sie, und als sie sich wieder trennten, lag ein erleichtertes Lächeln auf ihrem Gesicht. Sie wollte noch etwas sagen, aber in diesem Moment schaute Elaine, die an der Rezeption arbeitete, zu ihnen herein.

»Mrs Connelly, könnten Sie kurz kommen? Es gibt da eine Nachfrage wegen einer Buchung, die ich nicht beantworten kann.«

»Natürlich.« Susan seufzte und wandte sich wieder an Cara. »Geh schon vor und mach dich frisch, ja? Ich komme nach, so schnell ich kann, und ich sage auch den anderen Bescheid. Dann essen wir zusammen.«

»Das ist nicht nötig«, widersprach Cara. »Ich ziehe mich schnell um und helfe Kenneth beim ...«

»Auf gar keinen Fall«, beharrte ihre Mutter. »Wir haben uns

alle schon den ganzen Tag auf dich gefreut, und deshalb machen wir es genauso wie immer und essen zusammen.«

Cara wollte gerade sagen, dass sie bereits gegessen hatte, als ihr Liams Bitte wieder einfiel, nichts von ihrer Begegnung zu erzählen. Außerdem hätte es ohnehin nichts genützt zu protestieren. Wenn sie aus Cork anreiste, war es Tradition, dass die ganze Familie am Tisch in der großen Wohnküche gemeinsam zu Abend aß. So hatten sie es immer gehalten, auch damals, als es Isabel gewesen war, die alle paar Wochen aus dem Studium nach Hause gekommen war …

»Okay«, sagte Cara deshalb nur und lächelte ihrer Mutter zu, die in Richtung Rezeption verschwand. Dann ging sie durch eine Seitentür in den Bereich des Hauses, in dem die privaten Räume ihrer Familie lagen.

Patrick hatte mit Jessica vor einiger Zeit die Zimmer im ersten Stock bezogen, die jetzt eine abgeschlossene Wohnung bildeten. Das Erdgeschoss gehörte nach wie vor Caras Eltern, und wenn Cara hier war, schlief sie in ihrem alten Zimmer. Darin standen noch die Möbel ihrer Kindheit, und wie immer, wenn sie es betrat, überkam sie eine Welle von Erinnerungen. Die meisten waren schön, aber nicht alle, und als ihr Blick auf die gerahmte Fotografie an der Wand fiel, die sie zusammen mit Isabel zeigte, mischte sich die schon vertraute Trauer in ihre Freude darüber, endlich angekommen zu sein.

Seit Isabels Tod waren sechs Jahre vergangen, aber ihre Schwester war trotzdem noch überall gegenwärtig, nicht nur auf den Fotos, die in den Zimmern hingen, sondern auch in ihren Gesprächen. Es schien Susans größte Angst zu sein, dass ihre älteste Tochter »totgeschwiegen« werden und dadurch in Vergessenheit geraten könnte. Aber das wird nicht passieren, dachte Cara. Das konnte es gar nicht, weil Isabel ihnen allen immer noch schrecklich fehlte.

Sie war so hübsch gewesen mit ihren langen blonden Haaren und ihrem fröhlichen Lächeln. Und so klug und engagiert. In der Schule hatte sie zu den Klassenbesten gehört, und in ihrer Freizeit hatte sie sich leidenschaftlich für den Tierschutz eingesetzt. Sie war aktives Mitglied bei der Organisation Act for Wildlife gewesen und hatte sich unter anderem deswegen für Jura als Studienfach entschieden, um sich später als Anwältin für das starkzumachen, was ihr am Herzen lag. Und sie wäre ganz sicher eine ausgezeichnete Juristin geworden, wenn sie ihr Studium hätte beenden können. Im Gegensatz zu mir, dachte Cara und seufzte tief, während sie ihre Tasche auspackte und sich anschließend auf den Weg ins Bad machte.

Als sie eine halbe Stunde später geduscht und umgezogen in die Wohnküche zurückkehrte, duftete es nach dem frischen Sodabrot, das ihre Mutter gerade aufschnitt. Der Tisch war bereits gedeckt, und in der Mitte stand ein Topf mit …

»Colcannon.« Cara lächelte schief, als sie den Deckel öffnete und einen Blick hineinwarf.

Susan Connelly nickte. »Hat Kenneth für dich gekocht. Mit ganz viel Frühlingszwiebeln, so wie du ihn magst.«

Ich mag ihn auch ohne, dachte Cara und sah wieder den dampfenden Teller vor sich, den der schweigsame Liam ihr serviert hatte. Dann lächelte sie strahlend, als ihr Vater die Küche betrat.

»Cara, Liebes!«, rief Ian Connelly mit der volltönenden Stimme, die gut zu seiner kräftigen Statur passte. Als junger Mann hatte er sehr erfolgreich Rugby gespielt, und auch wenn er inzwischen fast sechzig war, wirkte er mit seinen breiten Schultern immer noch stark und fit. Sein früher feuerrotes Haar war vor sechs Jahren beinahe über Nacht weiß geworden, und die Linien in seinem Gesicht hatten sich seitdem vertieft. Aber in seinen grünen Augen, die er genau wie seine

Haarfarbe an Cara und Patrick weitergegeben hatte, lag ein freundliches Strahlen, als er seine Tochter jetzt fest in die Arme schloss.

»Bin ich froh, dass du heil angekommen bist!« Er ließ Cara wieder los und musterte sie prüfend. »Aber was muss ich da hören? Du hattest einen Unfall?«

»Eine Panne«, korrigierte Cara ihn mit einem Seitenblick auf ihre Mutter, die das offenbar falsch weitergegeben hatte. Wenn es um ihr Wohlergehen ging, malten ihre Eltern sich leider oft das Schlimmste aus, was Caras Gewissensbisse über ihr Zuspätkommen verstärkte. Sie hätte ihnen die Sorge gerne erspart.

Während sie sich an den Tisch setzten und ihre Mutter die Teller füllte, musste Cara ausführlich berichten, wie sie überhaupt in ihre missliche Lage geraten war. Nach ihren Gründen für den Besuch in Glen Garvan fragten ihre Eltern nicht, sie wussten, was Cara mit der Burgruine verband. Aber alles, was mit der Panne zusammenhing, wurde haarklein besprochen.

»Wenn das Reh gegen den Wagen gesprungen wäre …« Ihre Mutter legte die Hände an ihre Wangen. »Das mag ich mir gar nicht vorstellen.«

Ian Connelly war in Gedanken schon weiter. »Und wie hast du den Motor wieder in Gang gekriegt?«

Cara zögerte. Es fiel ihr schwer, ihre Eltern anzulügen. Aber sie hatte Liam versprochen, ihre Begegnung nicht zu erwähnen, deshalb zuckte sie mit den Schultern.

»Keine Ahnung. Ich habe es immer wieder versucht, und irgendwann ist er plötzlich doch angesprungen.«

Seinem Gesichtsausdruck nach schien das ihren Vater sehr zu wundern, und auch ihre Mutter runzelte die Stirn.

»Aber wenn du im Auto gesessen hast, wie bist du denn dann so nass geworden?«

»Ich …« Cara suchte fieberhaft nach einer plausiblen Begründung und atmete erleichtert auf, als ihr Bruder die Küche betrat.

»Patrick!« Sie erhob sich und musste sich strecken, um ihn zu umarmen, weil er sie um einen Kopf überragte. Er war drei Jahre älter als sie, und sein Haar war nicht ganz so kupferrot wie ihr eigenes, schimmerte eher rotbraun. Aber auch er hatte die grünen Augen der Connellys.

»Na, Schwesterherz!« Er grinste breit. »Wie ich hörte, hattest du bei der Anreise ein paar Schwierigkeiten.«

Cara lachte. »Kann man wohl sagen«, meinte sie und wechselte rasch das Thema, um ihn nicht auch noch anlügen zu müssen. »Wie laufen denn die Vorbereitungen für die Hochzeit?«

»Gut.« Patrick ließ sich auf den Stuhl neben ihr sinken. »Was sollte da auch schiefgehen, wenn sich die beiden talentiertesten Hochzeitsplanerinnen Irlands an die Arbeit machen? Stimmt's, Mum?«

Er lächelte verschmitzt, was typisch für ihn war, weil er fast alles im Leben auf die leichte Schulter nahm. In diesem Fall schien Susan seine Einstellung jedoch zu stören.

»Da kann sogar jede Menge schiefgehen«, widersprach sie. »Deshalb könntest du dich ruhig ein bisschen mehr einbringen.«

»Ach, Mum.« Patrick lachte. »Ihr braucht mich doch gar nicht. Und einer muss sich schließlich ums Hotel kümmern.«

Er machte sich mit großem Appetit über das Essen auf seinem Teller her und ignorierte Susans strengen Blick, bis diese es aufgab und lieber Cara erzählte, wie weit die Planungen schon gediehen waren.

»Jessicas Kleid ist endlich von der Schneiderin zurück, aber sie sucht noch nach einem passenden Schleier. Dafür ist die Menüabfolge fertig, und das Farbthema für den Blumenschmuck steht auch. Ach, und Father O'Brian wird nun doch die Messe halten, stell dir vor! Er konnte den anderen Termin zum Glück noch verschieben. Jessy ist überglücklich. Sie hat sich so gewünscht, dass ihr Onkel sie traut.«

»Freut mich, dass es geklappt hat«, meinte Cara und sah zu ihrem Bruder hinüber, der weiter schweigend seinen Eintopf aß, so als ginge ihn das alles gar nichts an. »Und du? Bist du auch zufrieden?«

»Sicher. Alles bestens.« Patrick lächelte, aber sie hatte den Eindruck, dass es seine Augen nicht erreichte.

»Was ist los mit dir?«, fragte sie ihn leise, als ihre Eltern abgelenkt waren, weil sie sich über eine Gruppe von Gästen unterhielten, die am nächsten Tag erwartet wurde. »Ich hätte gedacht, du wärst ein bisschen euphorischer. Freust du dich gar nicht auf die Hochzeit?«

»Doch, natürlich«, flüsterte er ihr zu. »Es ist nur plötzlich alles so – bombastisch. Ich hatte eigentlich an eine kleine Feier gedacht, im engsten Familienkreis. Aber Jessy will eine von diesen Hochglanzhochzeiten, wie in den Brautmagazinen, die sich bei uns stapeln. Die Gästeliste wird jeden Tag länger, und mit ihr die Liste der Dinge, die noch zu erledigen sind. Ich habe wirklich nicht gewusst, dass es so kompliziert ist, Blumen auszusuchen oder sich für die Farbe der Brautjungfernkleider, das Menü, die Musik oder die Sitzordnung zu entscheiden.« Er seufzte. »Zum Glück geht Mum total in der Organisation auf und hilft Jessy. Sonst wüsste ich ehrlich nicht, wo mir der Kopf steht.«

Cara grinste. »Aber du kennst deine Braut doch. Wenn Jessica etwas macht, dann richtig. Das hättest du wissen können, als du ihr einen Antrag gemacht hast.«

»Ja, das stimmt«, meinte Patrick und seufzte so tief, dass Cara ihn überrascht musterte.

»Du willst sie doch heiraten, oder?«

Er nickte. »Es ist Jessy sehr wichtig. Ich glaube, sie hat schon eine ganze Weile darauf gewartet, dass ich ihr endlich einen Antrag mache. Und nach fünfeinhalb Jahren Beziehung ist es ja auch eigentlich der nächste logische Schritt.« Er zuckte mit den Schultern. »Ich weiß selbst nicht, warum ich so lange gezögert habe. Sie ist eine tolle Frau, und wir sind ein gutes Team. Also können wir auch heiraten.«

Cara runzelte die Stirn. »Klingt ja sehr romantisch.«

»Ach, Cara, du kennst mich doch. Wenn es nach mir ginge, dann bräuchte ich diesen ganzen Hochzeitszirkus nicht. Die Hauptsache ist doch, dass man mit dem anderen zusammen sein will. Oder nicht?«

»So hast du früher nicht gedacht«, erinnerte ihn Cara. »Du hast immer gesagt, du willst auf jeden Fall heiraten, wenn du die Richtige findest. Du hast sogar behauptet, man würde merken, dass sie die Richtige ist, weil man ihr unbedingt einen Antrag machen will.«

»Ich habe Jessica einen Antrag gemacht.«

»Aber nur, weil sie es wollte.«

»Herrje, das kommt doch aufs Gleiche raus.« Er verdrehte die Augen. »Ehrlich, euch Frauen kann man es aber auch nie recht machen.«

Cara boxte ihn leicht in die Seite. »Du Ärmster! Mir kommen die Tränen.«

»Warum kommen dir die Tränen?«, fragte Jessica, die in diesem Moment die Wohnküche betrat.

Cara sah Patrick an, der breit grinste.

»Weil es eine so schöne Hochzeit werden wird«, meinte sie und trat ihn unter dem Tisch.

»Ja, es wird alles perfekt.« Geistesabwesend setzte Jessica sich auf den freien Platz neben Patrick und nahm den gefüllten

Teller entgegen, den Caras Mutter ihr reichte. »Ich kann leider nicht lange bleiben. Drüben ist immer noch die Hölle los, und die Neuen sind noch nicht eingearbeitet.«

»So schnell geht das ja auch nicht«, meinte Patrick. »Sei ein bisschen nachsichtig mit ihnen. Ich finde, sie machen das schon sehr gut.«

»Das findest du ja immer«, erwiderte Jessica scharf. »Aber wenn man ihnen alles durchgehen lässt, werden sie nie besser.«

Das werden sie auch nicht, wenn man sie ständig anschnauzt, dachte Cara und musterte ihre zukünftige Schwägerin aus den Augenwinkeln.

Manchmal fiel es ihr wirklich schwer, die Frau zu mögen, die ihr Bruder bald heiraten würde. Dabei war Jessica in vielerlei Hinsicht tatsächlich genau die Richtige für ihn. Ihren Eltern gehörte ein großes Hotel in Killarney, deshalb kannte sie sich im Gastgewerbe aus, und mit ihrer fleißigen, zupackenden Art war sie in den vergangenen Jahren eine große Hilfe für die Connellys gewesen. Entsprechend glücklich waren Caras Eltern über die Wahl ihres Sohnes. Aus ihrer Sicht hätte er keine Bessere finden können, und Cara hätte das gerne genauso gesehen. Aber sie wurde das ungute Gefühl, was die beiden anging, einfach nicht los. Vielleicht, weil Jessica so herrisch und ungeduldig sein konnte, ganz anders als Patrick, der mit seiner großzügigen, freundlichen Art nicht nur beim Personal sehr beliebt war.

Aber hieß es nicht immer, dass Gegensätze sich anzogen? Cara hoffte es jedenfalls, weil das Glück ihres großen Bruders ihr sehr am Herzen lag. Sie hatte immer ein gutes Verhältnis zu Patrick gehabt, und nach Isabels Tod waren sie noch enger zusammengerückt, hatten sich gegenseitig Halt gegeben in jener schweren Zeit …

»Wie waren eigentlich die Prüfungen? Ist es gut gelaufen?« Die Frage ihrer Mutter riss Cara aus ihren Gedanken. Erschrocken blickte sie auf, hatte sich aber schon einen Moment später wieder unter Kontrolle.

»Ich glaube schon«, erklärte sie und lächelte gegen das Gefühl der Beklommenheit an, das sich kalt in ihr ausbreitete. Denn tatsächlich wusste sie die Ergebnisse längst, und sie würden ihren Eltern nicht gefallen. Deshalb wollte Cara bis nach der Hochzeit warten, bevor sie es ihnen sagte. Jura ist eben kein einfaches Fach, tröstete sie sich. Es wurde mit jedem Semester härter, und egal wie viel sie lernte, es schien einfach nicht zu reichen. Aber sie konnte nicht aufgeben. Sie konnte ihre Eltern auf keinen Fall enttäuschen.

»Ach, das freut mich.« Susan Connelly strahlte und tauschte einen Blick mit ihrem Mann. »Du bist jetzt fast so weit wie Isabel damals. Ihr fehlten nur noch ein paar Wochen.« Tränen schimmerten in ihren Augen, als sie zu dem gerahmten Porträt hinübersah, das neben dem Küchenbüfett an der Wand hing. »Sie hätte den Abschluss bestimmt mit Auszeichnung bestanden.«

»Ich weiß«, sagte Cara tonlos und starrte auf ihren Teller, von dem sie bisher kaum gegessen hatte. Als Patrick seine Hand auf ihre legte und sie sanft drückte, blickte sie überrascht auf.

»Du schaffst das auch«, sagte er, und sein mitfühlendes Lächeln tröstete sie. Bis jetzt war er der Einzige, der von ihren Schwierigkeiten wusste. Aber irgendwann – bald – würde sie auch ihren Eltern gestehen müssen, dass sie die Stelle in der Kanzlei ihres Onkels in Cork nicht wie geplant antreten konnte. Isabel hätte damals nach ihrem Abschluss dort einsteigen sollen, und jetzt hielt Matthew auch für Cara eine entsprechende Position frei. Doch dafür musste sie ihr Studium erfolgreich abschließen. Und dieses Ziel war nach den letzten Prüfungen leider in weite Ferne gerückt.

»Natürlich schafft sie das! Nicht wahr, Cara?«

Dass ihre Mutter so überzeugt klang, machte es nicht besser, deshalb war Cara froh darüber, dass Jessica sich erhob und damit die Aufmerksamkeit auf sich zog.

»Ich muss jetzt wieder rüber«, verkündete sie.

»Aber es gibt doch noch Nachtisch«, protestierte Susan. »Ich habe Nutcake gebacken.«

»Den könnte ich sowieso nicht essen.« Jessica legte die Hände an ihre schlanke Taille. »Sonst passe ich nachher nicht mehr in mein Brautkleid.«

Sie lächelte Patrick noch einmal zu, bevor sie die Wohnküche verließ.

»Dann bleibt eben mehr für uns«, meinte Susan Connelly und griff nach der Platte mit dem Kuchen, die sie schon auf der Arbeitsplatte bereitgestellt hatte. »Patrick, würdest du ein paar kleine Teller holen?«

Patrick erhob sich und ging zum Schrank, um die Bitte seiner Mutter zu erfüllen, während Cara das benutzte Geschirr zusammenstellte und zur Spüle trug.

»Ach ja«, sagte sie, weil sie über der ganzen Aufregung fast vergessen hätte, ihrer Familie zu erzählen, was noch passiert war. »Ich habe heute übrigens mit Amy telefoniert.«

Patrick, der gerade die Teller aus dem Schrank genommen hatte, hielt in der Bewegung inne und starrte sie an.

»Mit Amy? Ich dachte, du hättest keinen Kontakt mehr zu ihr.«

»Doch.« Cara verzog schuldbewusst das Gesicht. »Aber Amy wollte nicht, dass ich es euch sage ... Vorsicht!«

Sie machte einen Schritt nach vorn und schaffte es gerade noch, die Kuchenteller aufzufangen, die Patrick aus der Hand gerutscht waren.

4

»Tut mir leid!« Patrick sah sie erschrocken an.

»Ist ja nichts passiert«, meinte Cara und betrachtete ihren Bruder, der plötzlich ganz blass war. »Alles in Ordnung?«

Er nickte und sank geistesabwesend auf seinen Stuhl, während Cara an seiner Stelle die Teller auf dem Tisch verteilte.

»Du hattest die ganze Zeit über Kontakt zu Amy?«, fragte Susan aufgeregt. »Mein Gott, wie geht es ihr denn?«

Cara zögerte mit der Antwort. Natürlich war ihr bewusst gewesen, dass ihre Familie über ihre Nachricht erstaunt sein würde. Aber mit der heftigen Reaktion ihres Bruders hatte sie nicht gerechnet, und auch ihre Eltern wirkten erschüttert, was ihr schlechtes Gewissen verstärkte. Ich hätte nicht so lange schweigen dürfen, dachte sie zerknirscht.

»Sie lebt inzwischen in London und arbeitet dort als Kellnerin.«

»In London!« Susan setzte sich ebenfalls und schien den Kuchen vergessen zu haben, den sie gerade hatte anschneiden wollen. »Warum hast du uns das denn nicht schon längst erzählt?«

»Weil ich Amy versprochen habe, dass ich es für mich behalte. Das war ihr wichtig.«

»Aber wieso denn? Sie weiß doch, dass wir uns für sie interessieren.«

Cara zuckte mit den Schultern. »Eben deswegen. Sie wollte nicht, dass ihr euch Sorgen macht.«

»Gibt es denn Grund zur Sorge?«, wollte Ian wissen.

Cara zögerte erneut und suchte nach den richtigen Worten. Sie wollte das Vertrauen, das Amy in sie setzte, nicht enttäuschen. Aber sie musste den anderen sagen, was derzeit im Leben ihrer Freundin los war, damit sie verstanden, warum sie Amy helfen wollte.

»Ihr kennt sie doch, sie beklagt sich nie. Aber sie hatte es in den letzten Jahren nicht leicht. Ihr Freund hat sie schwanger sitzen gelassen, deshalb muss sie ganz allein für ihren kleinen Sohn sorgen und …«

»Sie hat ein Kind?«, unterbrach Susan sie schockiert. »Wirklich, Cara, wieso hast du uns das denn nicht erzählt?« Sie schüttelte den Kopf. »Ich verstehe sowieso nicht, warum das Mädchen damals unbedingt weggehen musste. Sie hatte hier doch ihren Platz, und wir hätten sie so gerne bei uns behalten.«

»Sie brauchte einfach etwas Abstand zu ihrem Leben hier, Mum«, erwiderte Cara, obwohl ihre Mutter die Gründe, warum Amy ihrem Heimatort vor knapp sechs Jahren ganz plötzlich den Rücken gekehrt hatte, genauso gut kannte wie sie selbst. »Du weißt doch, wie schwierig es mit ihrem Vater war.«

Sean Walsh war nach dem Tod seiner Frau dem Alkohol verfallen und hatte sich kaum noch um seine kleine Tochter gekümmert. Deshalb war Amy damals mehr oder weniger bei Caras Familie aufgewachsen, hatte im Kerryhead Castle Zuflucht gefunden, wenn sie es zu Hause nicht aushielt. Entsprechend eng war ihr Verhältnis zu den Connellys gewesen. Amy hatte genau wie Cara und ihre Geschwister im Betrieb mitgeholfen und war entschlossen gewesen, nach der Schule zu bleiben und eine Ausbildung zur Hotelfachfrau zu machen, so wie Caras Eltern es ihr vorgeschlagen hatten.

Doch dann war ihr Vater plötzlich gestorben, nur ein paar

Wochen, nachdem das mit Isabel passiert war, und das hatte Amy völlig aus der Bahn geworfen. Sie hatte noch die Beerdigung abgewartet und dann erklärt, dass es ihr in Namara zu eng geworden sei und sie endlich ihren eigenen Weg gehen müsse. Dass dieser nach einigen Umwegen in London enden würde, wo sie sich als alleinerziehende Mutter mit Aushilfs- und Kellnerjobs mehr schlecht als recht durchschlug, war allerdings sicher nicht das Ziel gewesen. Doch Amy war zu stolz, um Hilfe anzunehmen, was vermutlich der Grund war, warum sie sich von allen ihren früheren Freunden zurückgezogen hatte. Selbst zu Cara hielt sie nur wenig Kontakt, und seit ihrem Weggang vor knapp sechs Jahren war sie nie wieder in Irland gewesen.

»Trotzdem!«, widersprach Susan Connelly. »Sie hätte doch nicht gleich alle Brücken hinter sich abbrechen müssen. Wir wollen doch wissen, wie es ihr geht! Und wir hätten sie so gerne mal wieder hier, nicht wahr, Ian?«

Caras Vater nickte. »Das wäre schön.«

»Ihr meint das ernst, oder?« Cara sah zu Patrick hinüber, der immer noch nichts gesagt hatte, und dann wieder zu ihren Eltern. »Ihr würdet euch freuen, wenn sie käme?«

»Wieso?« Ihre Mutter runzelte die Stirn. »Will sie das denn?«

Cara verzog das Gesicht. »Na ja, nicht direkt. Es ist eher so, dass ich ihr angeboten habe bei uns zu arbeiten, wenn sie will.«

»Was?«

Patrick starrte sie an, und auch ihre Eltern wirkten überrumpelt. Deshalb redete Cara rasch weiter.

»Ich weiß, das hätte ich erst mit euch absprechen müssen. Aber ich hatte das Gefühl, dass sie Hilfe braucht. Sie klang so erschöpft und niedergeschlagen am Telefon. Offenbar war ihr Sohn sehr krank, er hatte Keuchhusten.«

»Oje!« Susan schüttelte den Kopf. »Dein Cousin Steven hatte mal Keuchhusten. Die Hustenanfälle sind so schlimm, dass man die Kinder nicht allein lassen kann. Und es dauert Wochen, bis es besser ist.«

»Genau«, bestätigte Cara. »Amy musste deswegen ihren Job aufgeben. Inzwischen geht es dem Kleinen zwar besser, aber ganz über den Berg ist er noch nicht. Deshalb haben die Ärzte ihr geraten, mit ihm irgendwohin zu fahren, wo er wieder zu Kräften kommen kann. Am besten aufs Land und möglichst sofort. Was natürlich schwierig ist, weil Amy gerade arbeitslos und knapp bei Kasse ist. Na ja, und weil ihr gesagt habt, dass wir mehr Personal brauchen, dachte ich, dass es eine gute Lösung wäre, wenn sie für eine Weile bei uns arbeitet. Sie kennt sich doch hier aus, und der Kleine könnte sich weiter erholen.«

Susan runzelte die Stirn. »Ich fürchte, das geht nicht. Jessica hat gerade erst zwei neue Kellnerinnen eingestellt.«

»Das hat sie mir erzählt. Aber das wusste ich nicht, als ich Amy das Angebot gemacht habe«, verteidigte sich Cara. »Und ehrlich gesagt weiß ich auch gar nicht, ob sie es überhaupt annimmt. Bisher hat sie immer abgelehnt, wenn ich sie hierher eingeladen habe. Allerdings braucht sie den Job wohl wirklich sehr dringend.«

»Aber wir brauchen sie nicht!« Patrick, der bis jetzt geschwiegen hatte, erhob sich abrupt von seinem Stuhl. »Sie war die ganzen Jahre über nicht hier, dann kann sie jetzt auch wegbleiben«, meinte er grimmig. »Ich gehe Jessy helfen.«

Mit weit ausholenden Schritten lief er zur Tür und knallte sie so lautstark hinter sich zu, dass Cara erschrocken zusammenzuckte.

»Warum ist er so böse auf Amy?«, meinte sie beklommen. »Ich dachte, sie wäre ihm inzwischen egal.«

Bisher hatte Patrick nämlich immer erstaunlich gleichmütig

reagiert, wenn es um Amy ging. Dabei war das Verhältnis der beiden damals so eng gewesen, dass Patrick sie oft als seine »dritte Schwester« bezeichnet hatte. Doch als Amy gegangen war, hatte er darauf nicht so überrascht reagiert wie alle anderen. Und er hatte auch nie mehr nach ihr gefragt, wodurch es Cara leichter gefallen war, ihr Geheimnis für sich zu behalten. Gewundert hatte sie sein Desinteresse zwar, aber sie hatte es auf Patricks Art geschoben. Er arrangierte sich schnell mit neuen Situationen, deshalb war sie davon ausgegangen, dass es in diesem Fall genauso gewesen war. Das schien jedoch nicht der Fall zu sein, und das konnte zum Problem werden, falls Amy wirklich nach Namara kam.

Zerknirscht zuckte Cara mit den Schultern. »Ich wollte doch nur helfen.«

»Ich weiß.« Susan strich ihr über den Arm, was Caras Sorgen jedoch nicht vertrieb.

»Aber was ist, wenn Patrick …?«

»Ach, der beruhigt sich schon wieder. Wahrscheinlich ist er nur nervös wegen der Hochzeit. Außerdem ist Amy noch gar nicht hier, und wenn sie wirklich kommt, dann finden wir schon eine Lösung. Du kennst Patrick doch: Er hat ein weiches Herz, gerade wenn es um Kinder geht.«

Cara hoffte sehr, dass ihre Mutter recht behielt.

»Apropos Kuchen«, erkundigte sich Susan, als sie den Nutcake endlich anschnitt. »Wie steht es denn eigentlich mit der Hochzeitstorte?«

Ihr derzeitiges Lieblingsthema vertrieb Caras trübe Gedanken und ließ sie wieder strahlen.

»Gut. Ich habe einen ganzen Stapel Rezepte dabei, die ich mit Jessy und Patrick durchgehen will. Ein paar Ideen sind ein bisschen ungewöhnlich, aber ich hätte große Lust, sie auszuprobieren.«

»Dann musst du eigentlich nur Jessica überzeugen«, meinte ihre Mutter. »Du hast es ja mitbekommen: Dein Bruder hält sich da gerne raus. Was ich wirklich nicht gut finde. Es ist schließlich auch seine Hochzeit.«

»Ach was, der Junge macht das genau richtig«, widersprach Ian. »Jessica weiß, was sie will, und anstatt sich mit ihr zu streiten, lässt er sie machen. Dann ist sie zufrieden, und alles ist gut.« Er grinste Cara an. »So läuft das bei deiner Mutter und mir schon seit Jahren.«

Cara erwiderte sein Lächeln nur halbherzig, weil sie nicht fand, dass man das vergleichen konnte. Ihre Eltern waren seit über dreißig Jahren glücklich verheiratet, was auch daran lag, dass sie sich gegenseitig respektierten. Vielleicht gab ihr Vater öfter nach, aber ihre Mutter traf keine Entscheidungen über seinen Kopf hinweg. Die beiden begegneten sich stets auf Augenhöhe, und Cara hoffte, dass es bei Patrick und Jessica über kurz oder lang genauso sein würde, auch wenn sie daran so ihre Zweifel hatte.

»Wir werden uns schon einig werden«, meinte sie und nahm den Kuchenteller entgegen, den ihre Mutter ihr hinhielt.

5

Kenneth betrachtete die Kuppeltorte prüfend von allen Seiten, während Cara aufgeregt neben ihm stand und versuchte, ihr Werk mit seinen Augen zu sehen.

Die halbrunde Form war schön gleichmäßig, und die glänzende, durchsichtige Glasur gab den Blick frei auf eine Schicht aus perfekt angeordneten Orangenscheiben, hinter denen die Cremefüllung durchschimmerte.

»Die Glasur war schwierig«, gestand sie. »Das kriege ich sicher noch besser hin.«

Kenneth schüttelte den Kopf. »Unsinn. Sie ist genau richtig. Wie viele Böden?«

»Drei. Sie sind mit Whiskey getränkt«, erklärte Cara und spürte, wie ihre Wangen sich vor Freude röteten, als der Koch anerkennend nickte.

»Und die Füllung?«

»Orangenbuttermilchcreme mit einem Hauch Vanille.«

Kenneth griff zu dem Messer, das neben der Torte bereitlag. Gekonnt schnitt er ein Stück heraus und legte es auf einen Teller. Dann probierte er.

»Und?« Cara biss sich auf die Unterlippe, während sie auf sein Urteil wartete, und lächelte dann erleichtert, als ein verzückter Ausdruck auf seinem Gesicht erschien.

»Wunderbar!« Er nahm gleich noch eine Gabel voll. »Die Böden sind saftig, und die Füllung ist einfach himmlisch. Und dann diese leichte Whiskeynote! Wirklich, Cara, du solltest diesen Jurakram hinschmeißen und Bäckerin werden!«

Das Kompliment ließ Cara schlucken. »Ach, das ist doch nur ein Hobby«, wehrte sie ab und war froh, dass Kenneth das Thema nicht vertiefte.

Sie waren allein in der Küche, in der es am frühen Nachmittag meist ruhig zuging. Das Mittagessen war vorbei, und die Vorbereitungen für die Teezeit und das Abendessen hatten noch nicht begonnen. Entsprechend friedlich wirkte der Raum, der sonst oft von so viel Hektik und Leben erfüllt war, und die Sonne, die durch die Fenster hereinfiel, ließ die Edelstahloberflächen der Küchengeräte strahlen.

Cara liebte diese Zeit am Tag, die sie gerne nutzte, um in Ruhe neue Rezepte auszuprobieren oder sich von Kenneth in ein paar Küchengeheimnisse einweihen zu lassen. Doch in den drei Tagen, die seit ihrer Ankunft vergangen waren, hatte der Spaß, den sie damit verband, deutlich nachgelassen. Und das lag vor allem an Jessica, mit der sie in der Küche verabredet war und die eigentlich schon vor ein paar Minuten hätte da sein sollen.

»Du findest die Torte also wirklich gut?«, vergewisserte sie sich noch einmal bei Kenneth, der begeistert nickte.

»Sie ist großartig. Noch besser als die anderen. Das wäre eine tolle Hochzeitstorte«, befand er.

Cara seufzte. »Ja, das finde ich auch. Aber ich fürchte …«

Sie verstummte, als Jessica die Küche betrat und mit großen Schritten auf sie zueilte.

»Tut mir leid, ich wurde vorne aufgehalten«, entschuldigte sie sich und betrachtete dann das Ergebnis von Caras neuem Backversuch. »Eine … Kuppeltorte?«

»Mit Orange und Whiskey«, bestätigte Cara.

»Für die Hochzeit?«

Jessicas hochgezogene Brauen verrieten Cara, dass sie auch mit diesem Vorschlag offenbar danebenlag. Aber sie versuchte trotzdem, Jessica zu überzeugen.

»Das wäre doch ein echter Hingucker, findest du nicht? Die ist frisch und sommerlich, und ich würde sie natürlich noch entsprechend verzieren. Die einzelnen Ebenen kämen auf ein Gestell, weil sie sich nicht aufeinanderschichten lassen, aber dadurch wird die Torte schön hoch, und es sieht edel aus. Außerdem könnte ich jeder Etage eine andere Geschmacksrichtung geben und andere Früchte benutzen. Ganz oben zum Beispiel Erdbeeren und unten …«

»Nein«, unterbrach Jessica sie. »Ich habe dir doch gesagt, was ich will. Eine dreistöckige Buttercremetorte mit weißem Fondantüberzug und Marzipanrosen. So wie auf dem Foto aus dem Hochzeitsmagazin, das ich dir gezeigt habe.«

Cara seufzte tief. »Aber so eine hat doch jeder.«

»Und es wird seine Gründe haben, dass die meisten so eine Torte wollen«, erwiderte Jessica schnippisch. »Was ist denn falsch daran?«

»Nichts.« Cara zuckte mit den Schultern. »Ich dachte nur, dass es schön wäre, wenn eure Hochzeitstorte etwas Besonderes ist.«

Für einen Moment schien Jessica über diesen Aspekt nachzudenken, dann schüttelte sie den Kopf.

»Man muss das Rad nicht immer neu erfinden. Altbewährtes kann auch sehr schön sein. Und ich mag es eben lieber klassisch.« Sie hob die Augenbrauen. »Oder kannst du so eine Torte nicht? Dann sollten wir den Auftrag vielleicht doch lieber an einen Konditor geben. Meine Eltern kennen einen in Killarney, der sehr gut sein soll.«

»Nein, nein«, versicherte Cara ihr hastig. »Eine klassische Torte geht auch.«

»Sehr gut. Dann hätten wir das ja geklärt.« Jessica lächelte zufrieden. »Ach, und wo wir gerade dabei sind: Ich habe mir deinen Vorschlag für die Tischkarten angesehen, aber ich denke, wir bleiben doch bei denen, die ich mit meiner Mutter ausgesucht habe.«

»Die mit den Rosen und dem Goldprägedruck?«

»Genau. Wir finden, das passt besser als der Ginster auf deinem Entwurf. Das ist doch keine Hochzeitsblume.«

»Aber Ginster wächst hier überall«, verteidigte sich Cara. »Und Patrick liebt das leuchtende Gelb im Frühjahr. Das hat er schon ganz oft gesagt. Deshalb würden ihm die Karten sicher gefallen, und sie wären dann auch ein bisschen ... individueller.«

»Ich möchte aber Rosen«, erwiderte Jessica, fast ein bisschen trotzig. »Wir können Patrick gerne fragen, aber ich bin ganz sicher, dass er nichts dagegen hat.«

»Okay.« Cara bemühte sich, ihre Enttäuschung nicht zu zeigen. »Ganz wie du meinst.«

Jessica lächelte zufrieden. »Trotzdem danke für deine Mühe. Wir sehen uns dann später, ja? Ich muss jetzt zurück zu den Gästen.«

Cara riss sich zusammen, bis ihre zukünftige Schwägerin die Küche wieder verlassen hatte, dann zog sie ihre Schürze aus und warf sie zusammengeknüllt auf die Arbeitsplatte. Ihr lag ein übles Schimpfwort auf der Zunge, das sie im Moment für Jessica passend gefunden hätte, aber weil Kenneth neben ihr stand, hielt sie sich zurück.

»Sieh es positiv«, meinte er. »Zumindest weiß sie, was sie will.«

»Ja, aber es geht immer nur um sie. So als würde Patrick bei der ganzen Sache gar keine Rolle spielen. Und egal, was ich ihr zeige – sie ist dagegen.« Frustriert ballte Cara die Hände zu Fäusten. »Das ist jetzt die dritte Probetorte, die ich für sie gebacken habe, und keine gefällt ihr. Sie probiert nicht mal.«

»Geschmäcker sind eben verschieden.« Kenneth sah sie mitfühlend an. »Was glaubst du, was ich in dieser Hinsicht hier im Restaurant schon erlebt habe? Nicht jeder weiß unsere Kunst zu schätzen.«

Cara seufzte tief. »Ach, vielleicht bin ich auch nur frustriert, weil ich mir so nutzlos vorkomme. Ich dachte, es würde Spaß machen, mit Jessica zusammen eine Torte auszusuchen, aber du siehst ja, was dabei herauskommt. Und alles andere will sie auch lieber selbst machen. Sie lässt sich von mir einfach nicht helfen, und die anderen winken auch immer ab, wenn ich mit anpacken will. Selbst du!« Vorwurfsvoll sah sie den Koch an. »Dabei bin ich doch extra hergekommen, um euch alle ein bisschen zu entlasten.«

»Oh nein!«, widersprach Kenneth. »Du bist hier, um dich von der Uni zu erholen. Und genau das sollst du tun, darauf besteht dein Vater. Deshalb habe ich strikte Anweisungen, dich diesmal nicht in die Küchenarbeit einzubinden. Er will, dass du ausgeruht bist, wenn du zurück nach Cork fährst. Und er hat recht. Ein bisschen Urlaub schadet dir nicht.«

»Aber …«

»Kein Aber«, beharrte er. »Ich weiß, wie gerne du dich um alles kümmerst, aber du darfst auch ruhig mal an dich denken. Wenn die anderen dich brauchen, sagen sie es dir schon. Also genieß den Sommer und denk an etwas anderes.«

Als wenn das so einfach wäre, dachte Cara mit einem inneren Seufzen. Sie war noch nie der Typ gewesen, der gut untätig herumsitzen konnte. Dann dachte sie zu viel nach und fing an, sich Sorgen zu machen.

Um Patrick zum Beispiel, der während der letzten Tage ungewöhnlich schweigsam gewesen war, ihr jedoch auswich, wenn sie versuchte, ihn darauf anzusprechen. Sie kam einfach nicht an ihn heran, und das beunruhigte sie. Außerdem hatte sie nichts mehr von Amy gehört. Ihre Freundin schien ihr Handy ausgestellt zu haben, denn Cara landete immer nur auf der Mailbox, auf der sie schon Dutzende Nachrichten hinterlassen hatte. Aber Amy meldete sich nicht zurück, also würde sie Caras gut gemeintes Angebot wohl doch nicht annehmen. Und dann noch die beratungsresistente Jessica, die alle ihre Ideen zurückwies …

Meine Hilfe scheint im Moment nicht besonders gefragt zu sein, gestand Cara sich niedergeschlagen ein und musste an den Mann in der Waldhütte denken, der ihr mit so deutlichen Worten klargemacht hatte, dass er allein zurechtkam.

Sie hatte ihn den anderen gegenüber nicht erwähnt, genau wie sie es versprochen hatte, aber vergessen hatte sie ihn nicht. Im Gegenteil. Je mehr sie es versuchte, desto hartnäckiger schlich dieser Liam sich zurück in ihre Gedanken, und nicht zum ersten Mal fragte sie sich, wie es ihm wohl ging. War seine Wunde inzwischen verheilt? Oder lag er hilflos und von Fieberkrämpfen geschüttelt in der Hütte, ohne dass es jemand ahnte? Musste nicht doch mal einer nach ihm sehen?

»Vielleicht mache ich einen Ausflug«, sagte sie, mehr zu sich selbst. »Rauf nach Glen Garvan.«

»Dann nimm diesmal aber lieber den Geländewagen.« Kenneth deutete durch das Fenster in den Hof, wo der schwarze Range Rover ihres Vaters geparkt war. Dann wurde er wieder ernst. »Du hattest wirklich Glück, dass deine alte Rostlaube wieder angesprungen ist. Das ist eine verdammt einsame Gegend da oben.«

Cara spürte, wie ihr Herz schneller schlug. »Da wohnt niemand, oder?«, fragte sie vorsichtig.

Kenneth runzelte die Stirn, schien zu überlegen.

»Doch, der alte Dave Ryan hatte da oben früher eine Hütte. Er hat sie eigentlich nur zum Jagen benutzt, aber in den letzten zwei Jahren vor seinem Tod ist er ganz dorthin gezogen. Ein komischer alter Kauz. Erinnerst du dich noch an ihn? Er war Wirt im The Stag in Kenreagh.«

Cara dachte an den alten Mann mit den schlohweißen Haaren und dem wettergegerbten Gesicht, der früher hin und wieder vorbeigekommen war, um mit ihrem Vater zu reden. »Ziemlich gut sogar. Er hat Isabel und mir immer ein bisschen Angst gemacht, weil er so grimmig aussah.«

»Ach, eigentlich war er harmlos. Aber er konnte sehr knurrig sein – und ungeduldig mit Kindern. Deshalb wollte er wohl nie eigene.«

»Hatte er keine Familie?«

Kenneth schüttelte den Kopf. »Nur eine Schwester, aber die lebte woanders.«

»Und die Hütte? Wurde sie verkauft?«

»Keine Ahnung.« Verwundert sah Kenneth sie an. »Wieso interessiert dich das?«

»Einfach so«, erklärte Cara hastig. »Könnte ja sein, dass ich da oben noch mal in Schwierigkeiten gerate.«

»Das wollen wir nicht hoffen.« Kenneth deutete auf die Torte. »Wenn du nichts dagegen hast, biete ich dein Werk heute zum Tee an. Die Gäste werden begeistert sein.«

»Gerne«, meinte Cara. »Aber zwei Stücke brauche ich selbst.«

»Gleich zwei?« Kenneth grinste, während er ihr die gewünschte Anzahl aus der Torte schnitt. »Du isst doch sonst nicht so viel auf einmal.«

»Ich brauche Proviant für meinen Ausflug«, meinte Cara, weil sie nicht zugeben wollte, dass nicht beide für sie selbst bestimmt waren. »Packst du sie mir ein?«

Kenneth holte eine Dose, hob die Tortenstücke vorsichtig hinein und reichte sie Cara. »Na, dann wünsche ich dir guten Appetit.«

»Danke.«

Cara verließ die Küche mit einem Lächeln, fest entschlossen, ihren Plan in die Tat umzusetzen.

Doch als sie kurze Zeit später umgezogen war und in einem luftigen weißen Sommerkleid mit schwingendem Rock in ihrem Zimmer vor dem Spiegel stand, überkamen sie noch einmal Zweifel.

War es wirklich eine gute Idee, dem geheimnisvollen Liam Kuchen vorbeizubringen? Er war nicht ihr Freund, ganz im Gegenteil, und er hatte sehr deutlich gemacht, dass er niemanden sehen wollte. Auch sie nicht. Aber trotzdem. Irgendetwas sagte ihr, dass ihre Gesellschaft für ihn nicht so furchtbar gewesen war, wie er sie hatte glauben lassen wollen. Und wenn doch …

Das werde ich dann schon merken, dachte sie und warf noch einen letzten Blick auf ihr Spiegelbild. Dann nahm sie die Dose mit der Torte und ging ihren Vater suchen, um ihn um die Schlüssel für den Range Rover zu bitten.

6

»Ist es noch weit, Mummy?« Charlie drehte sich auf dem Sitz des Buggys um und blickte zu Amy auf. Sein kleines Gesichtchen war blass, und der müde Ausdruck in seinen großen blauen Augen versetzte ihr einen Stich.

»Es ist noch ein Stück«, sagte sie ein bisschen außer Atem und blieb kurz stehen, um den großen, hohen Rucksack zurechtzuschieben, den sie auf dem Rücken trug. Sie hatte so viel von ihren Habseligkeiten hineingepackt wie möglich, deshalb war er schwerer als sonst, und einmal mehr wünschte sie, dass sie sich ein Taxi hätten leisten können. Doch ihr knappes Budget gab das nicht her, deshalb mussten sie die zwei Meilen vom Bahnhof in Namara zum etwas außerhalb gelegenen Kerryhead Castle notgedrungen laufen.

Zum Glück war die schmale, von niedrigen Steinmauern gesäumte Straße asphaltiert, sodass sie den Buggy gut schieben konnte. Wenigstens das, dachte sie und atmete noch einmal durch, bevor sie weiterging.

Als sie um die nächste Biegung kamen, öffnete sich der Wald zu ihrer Linken und gab den Blick frei auf die Landschaft, die ihr schmerzhaft vertraut war. Die grünen Hügel und etwas dahinter das dunkle Wasser des Lake Tarnish. Wenn sie sich nicht täuschte, dann konnte man von hier aus sogar schon …

»Siehst du, da vorne ist es.« Sie beugte sich über den Buggy und deutete auf das Kerryhead Castle, dessen Wehrturm in der Ferne über die Bäume ragte.

Charlie kniff die Augen zusammen.

»Was ist das für ein Haus?«

»Das ist ein Hotel. Ein sehr schönes sogar. Da habe ich früher für eine Weile gewohnt.«

Der Kleine blickte wieder zu ihr hoch.

»Und da wohnen wir jetzt auch?«

»Ja, ich denke schon«, sagte Amy und dachte an ihr Gespräch mit Cara.

Nachdem ihre Freundin ihr einen Job im Kerryhead Castle in Aussicht gestellt hatte, war sie hin- und hergerissen gewesen, ob sie das Angebot annehmen sollte. Aber sie brauchte dringend Geld, und Charlie brauchte Erholung auf dem Land. Deshalb hatte sie für die Reise von London hierher ihre letzten Ersparnisse zusammengekratzt. Jetzt war alles verbraucht, wirklich alles, sogar das Guthaben ihres Handys. Sie konnte es nicht mehr aufladen, weil sie die wenigen Pfund, die ihr noch geblieben waren, fürs Essen aufsparen musste. Also hatte sie Cara nicht noch einmal anrufen und über ihre Ankunft informieren können. Und je näher sie dem Kerryhead Castle kam, desto stärker wurde das flaue Gefühl in ihrem Magen. Was, wenn sie doch nicht bei den Connellys arbeiten konnte? Dann wusste sie nicht weiter. Dann ...

Ein heftiger Hustenanfall schüttelte Charlie, ließ seine schmalen Schultern beben. Sofort blieb Amy stehen und setzte den Rucksack ab. Sie zog die Wasserflasche aus der Seitentasche und gab ihm davon zu trinken, als der Anfall abgeklungen war. Liebevoll strich sie ihm über das weiche dunkelblonde Haar.

»Geht es wieder, Schatz?«

Der Kleine nickte, aber in seinen Augen stand ein angstvoller Ausdruck, der Amy einen Stich versetzte. So hatte er sie in den durchwachten Nächten angesehen, die hinter ihnen lagen. Nächte, in denen die quälenden Hustenanfälle so schnell aufeinandergefolgt waren, dass er kaum noch Luft bekam. Teilweise hatte er sich sogar deswegen übergeben müssen. Jetzt war das Schlimmste zum Glück überstanden, aber der Schreck über das Erlebte wirkte in ihnen beiden noch nach.

»Du bist so tapfer«, sagte sie mit belegter Stimme und küsste ihn aufs Haar, bevor sie sich erhob und den Rucksack wieder aufsetzte. Charlie lächelte schwach und lehnte sich wieder in den Sitz des Buggys zurück, als Amy weiterging.

Mit seinen fast fünf Jahren war er eigentlich schon viel zu groß, um noch im Kinderwagen herumgeschoben zu werden, und noch vor ein paar Monaten hätte ihn nichts darin gehalten. Er wäre selbst gelaufen und auf die Mauer geklettert, hätte nach dem gesucht, was es hier zu entdecken gab. Blumen, Steine, Käfer – alles hatte ihn interessiert, wenn sie an Amys freien Tagen durch einen der Londoner Parks gewandert waren. Jetzt dagegen saß er teilnahmslos in seinem Buggy und ließ sich schieben, eine Tatsache, die Amy ins Herz schnitt. Es war, als hätte der Keuchhusten ihm jede Kraft genommen. Er ermüdete schnell, deshalb leistete ihnen der Buggy, den Amy eigentlich schon weggestellt hatte, wieder gute Dienste.

Aber hier in der frischen Luft wird er sich erholen, dachte Amy. Nur deswegen war sie gekommen, auch wenn sich alles in ihr immer noch dagegen sträubte. Schließlich hatte sie sich geschworen, nicht mehr zurückzukehren. Weil es einfach zu sehr geschmerzt hätte …

Ein Hupen ließ sie erschrocken herumfahren. Sie war viel zu tief in Gedanken gewesen, um zu bemerken, dass sie mitten auf der Straße lief – und dass sich von hinten ein Auto genähert hatte.

Es war ein metallicblauer Volvo-Kombi, nicht mehr ganz neu, aber sehr gepflegt. In der Windschutzscheibe spiegelte sich die Sonne so stark, dass Amy nicht ins Innere des Wagens blicken konnte.

Hastig trat sie einen Schritt zur Seite und gab die Fahrbahn wieder frei. Doch der Wagen fuhr nicht weiter. Stattdessen öffnete sich die Tür, und der Fahrer stieg aus.

Immer noch geblendet von der Sonne musste Amy ihre Augen mit der Hand beschatten. Doch dann erkannte sie den Mann, der auf sie zukam, und spürte, wie ihr Herz schneller schlug.

»Patrick.«

Natürlich hatte sie gewusst, dass sie ihm begegnen würde, wenn sie herkam. Aber musste ausgerechnet er es sein, dem sie als Erstes über den Weg lief?

Kurz vor ihr blieb er stehen, und für einen langen Moment starrten sie sich schweigend an.

Es war fast sechs Jahre her, seit sie sich zuletzt gesehen hatten, und sie hatte erwartet, dass er ihr fremd sein würde. Beinahe angstvoll studierte sie deshalb sein Gesicht, das kantiger wirkte, als sie es in Erinnerung hatte. Auch sein rotbraunes Haar trug er jetzt kürzer als früher, und seine Wangen bedeckte ein Dreitagebart, der ihn älter wirken ließ. Älter, aber kein bisschen weniger attraktiv. Im Gegenteil, wenn überhaupt, dann sah er jetzt noch besser aus als auf dem einzigen Foto, das sie von ihm besaß. Es war verblasst und schon ein bisschen zerknickt, weil es einige Zeit in einer Kiste und später versteckt zwischen Buchseiten in einem ihrer Regale verbracht hatte. Es waren ihre fruchtlosen Versuche gewesen, ihn aus ihren Gedanken zu verbannen. Aber am Ende hatte sie das Bild immer wieder herausgekramt. Vielleicht weil sie wusste, dass es ohnehin keinen Zweck hatte. Sie konnte Patrick nicht vergessen. Das war unmöglich.

Atme, befahl sie sich selbst, während sie in seinen grünen

Augen versank, in denen ein Ausdruck lag, den sie nicht deuten konnte.

»Du bist also wirklich gekommen.« Der Klang seiner tiefen Stimme, die sie so lange nicht gehört hatte, sandte einen Schauer über Amys Rücken.

»Ich ... möchte zu Cara«, brachte sie mühsam heraus.

»Cara ist vorhin weggefahren. Ich weiß nicht, wann sie zurückkommt.«

»Oh.« Amy starrte ihn an, weil sie nicht wusste, wie sie seine Antwort deuten sollte. War sie im Kerryhead Castle nicht willkommen, wenn Cara nicht dort war?

»Mummy?«

Sie spürte, wie Charlies kleine Hand sich in ihre schob. Er war aus dem Buggy gestiegen und stand jetzt neben ihr. Müde lehnte er den Kopf gegen ihre Hüfte, betrachtete Patrick jedoch neugierig.

»Wer ist das, Mummy?«

»Das ist ... ein alter Freund von mir.« Nur mit Mühe schaffte Amy es, ihren Sohn anzulächeln. »Er heißt Patrick und arbeitet in dem Hotel, das ich dir gerade gezeigt habe.«

»Dann wohnen wir jetzt also bei dir?«, fragte Charlie, und Amys Herz zog sich zusammen, weil er so vertrauensvoll zu Patrick aufsah.

Ihr Sohn war ein freundlicher, lieber Junge, aber wie alle Kinder in seinem Alter manchmal Fremden gegenüber scheu. Bei Patrick schien das jedoch nicht der Fall zu sein, und das wunderte Amy kein bisschen. Patrick hatte diese Wirkung auf Kinder schon früher gehabt, sie mochten ihn einfach, was sicher auch daran lag, dass er so entspannt mit ihnen umging. Und daran schien sich nichts geändert zu haben, denn er ging lächelnd vor Charlie in die Hocke.

»Und wer bist du?«, fragte er, ohne auf die Worte des Jungen einzugehen.

»Ich bin Charles Walsh. Aber du kannst mich Charlie nennen«, verkündete der Kleine mit so feierlichem Ernst, dass Amy geschmunzelt hätte, wenn ihr nicht so beklommen zumute gewesen wäre. Sie konnte den Blick nicht von den beiden lösen, und ihr Herz schlug ihr bis zum Hals.

»Freut mich, Charlie.« Patrick lächelte immer noch, doch als er zu Amy aufsah, war der Ausdruck in seinen Augen so ernst, dass ihr Herz sich schmerzhaft zusammenzog. Ich hätte nicht herkommen dürfen, dachte sie verzweifelt. Ich ...

Ein neuer Hustenanfall schüttelte Charlie. Er war nicht so heftig wie eben, aber das Rasseln in seiner Brust klang auch dieses Mal bedrohlich.

»Das hört sich aber gar nicht gut an.« Patrick wirkte ehrlich erschrocken.

»Ach, das ist nur mein Keuchhusten«, beruhigte ihn Charlie, nachdem er noch einen Schluck getrunken hatte. »Der ist nicht mehr so schlimm.«

Patrick runzelte die Stirn. »Aber er war schlimm?«

Der Kleine nickte. »Der hat ganz doll wehgetan und hat mir Angst gemacht, weil ich gar nicht mehr richtig atmen konnte. Aber Mummy war die ganze Zeit bei mir, das war gut. Jetzt geht es wieder, aber Mummy sagt, ich muss viel frische Luft atmen, damit ich ganz gesund werde. Und die gibt es in London nicht, deshalb ist es auch okay, dass eine andere Frau in unsere Wohnung gezogen ist. Weil wir ja jetzt hier sind.«

Amy stöhnte innerlich auf und wünschte, sie hätte Charlie die Tatsache, dass sie ihr Apartment in Greenwich hatte kündigen müssen, anders erklärt. Aber sie hatte nicht gewollt, dass er mitbekam, wie schlecht es ihnen finanziell ging. Und Patrick, der sich wieder erhob und sie fragend ansah, durfte das auch nicht wissen.

»Wir sind gekommen, weil Cara meinte, ich könnte bei euch arbeiten. Als Kellnerin, so wie früher.«

Patrick schwieg für einen langen Moment.

»Das kann Cara aber nicht entscheiden«, sagte er dann. »Jessica ist jetzt für den Service zuständig und stellt die Kellnerinnen ein. Erinnerst du dich noch an sie?«

Amy nickte unbehaglich. Natürlich erinnerte sie sich an die blonde junge Frau, die kurz vor Isabels Tod im Kerryhead Castle angefangen hatte. Ehrgeizig war sie gewesen und sehr fleißig, und für eine Weile hatte Amy geglaubt, dass sie Freundinnen werden könnten. Ein Trugschluss, wie sich herausgestellt hatte.

»Cara hat mir erzählt, dass du Jessica bald heiratest.« Sie staunte selbst darüber, wie ruhig ihre Stimme klang, als sie es aussprach.

»Die Hochzeit ist Ende des Monats«, bestätigte Patrick, und Amy wurde mit Bestürzung klar, dass es bis dahin nur noch knapp drei Wochen waren. Wenn sie blieb, würde sie also dabei sein müssen, wenn er Jessica ewige Liebe schwor.

Sie schluckte. »Und ... denkst du, dass sie einen Job für mich hat?«

Wieder zögerte er. »Das musst du sie fragen«, meinte er und wich ihrem Blick aus. Er deutete auf ihren Rucksack und den Buggy. »Soll ich euch mit zum Hotel nehmen?«

»Au ja!«, rief Charlie und lief zu Patricks Auto, bevor Amy reagieren konnte.

»Nein, das musst du nicht«, protestierte sie, aber Patrick hatte sich schon den Buggy geschnappt und schob ihn hinter Charlie her zu seinem Wagen. Amy folgte ihm. »Wir können laufen, wirklich. Außerdem kann Charlie bei dir nicht mitfahren. Du hast keinen …«

Kindersitz, wollte sie sagen, hielt jedoch inne, als Patrick eine Sitzerhöhung aus dem Kofferraum holte und auf die Rückbank legte. Er half Charlie, sich daraufzusetzen und den Gurt anzulegen, dann richtete er sich wieder auf und sah Amy an.

»Ich hole oft Gäste vom Bahnhof ab. Da sind auch schon mal Kinder dabei.« Er deutete auf den Buggy. »Wie klappt man den zusammen?«

Offenbar hatte er entschieden, dass er sie mitnehmen würde, und Amy war zu schwach, um sich dagegen zu wehren. Sie spürte jeden Knochen im Körper, und es war noch ein gutes Stück bis zum Hotel, deshalb war die Aussicht, gefahren zu werden, einfach zu verführerisch – selbst wenn Patrick ihr Chauffeur war. Deshalb löste sie mit routinierten Handgriffen die Sicherungen des Klappmechanismus und sorgte dafür, dass der Kinderwagen in sich zusammensank.

Als sie sich bücken wollte, um ihn aufzuheben, rutschte der große Rucksack über ihre Schultern hoch und drückte sie nach vorn, ließ sie das Gleichgewicht verlieren. Aber sie fiel nicht, weil Patrick sofort reagierte und sie auffing.

»Danke«, stammelte sie erschrocken, als sie wieder sicher stand, doch er hielt sie weiter fest, und seine plötzliche Nähe nahm ihr für einen Moment den Atem.

Er roch vertraut, und die Wärme seiner Umarmung brachte Erinnerungen zurück, die sie lange verdrängt hatte. *Seine Hände, die zärtlich ihre nackte Haut erkundeten. Seine Lippen, die über ihre strichen, bis sie sie willig für ihn öffnete …*

Entsetzt über die Richtung, in die ihre Gedanken drifteten, machte sie sich von ihm los und hielt den Blick gesenkt, weil sie nicht wollte, dass er ihr ansah, wie aufgewühlt sie war.

Patrick verstaute den Buggy im Kofferraum und half ihr dann, den Rucksack abzusetzen.

»Meine Güte, der ist doch viel zu schwer für dich!«, rief er überrascht, als er ihn in den Wagen wuchtete.

Das Gewicht nicht mehr auf den Schultern zu spüren war tatsächlich eine enorme Erleichterung, und als Amy sich kurze Zeit später in die überraschend weichen Polster des Beifahrersitzes sinken ließ, kämpfte sie plötzlich mit den Tränen.

Vielleicht waren es nur ihre Nerven, die von der anstrengenden Reise überreizt waren, aber Patricks beiläufige Bemerkung hatte ihr vor Augen geführt, dass es nicht nur der Rucksack war, der im Moment zu schwer auf ihren Schultern lastete.

Sie liebte Charlie über alles und hatte es geschafft, ihn aufzuziehen und für ihn da zu sein, auch wenn es zwischendurch sehr hart gewesen war. Doch die letzten Wochen hatten sie an ihr Limit gebracht. Sie war vollkommen erschöpft, und die finanziellen Probleme türmten sich so hoch vor ihr auf, dass sie einfach nur noch die Augen schließen und sich fallen lassen wollte in dieses Gefühl der Kraftlosigkeit, das sie nur noch mühsam zurückdrängen konnte. Doch sie musste stark bleiben. Für Charlie. Und weil Patrick nicht merken sollte, wie schlecht es ihr in Wirklichkeit ging. Deshalb atmete sie noch einmal tief durch und wandte sich zu ihm um, als er sich hinter das Steuer setzte.

»Danke, dass du uns mitnimmst«, sagte sie mit einem matten Lächeln. »Das ist nett von dir.«

***

Patrick spürte, wie sich etwas in ihm schmerzhaft zusammenzog, als er die Tränen sah, die in Amys Augen schimmerten.

»Schon gut«, murmelte er und musste gegen das Bedürfnis

ankämpfen, sie in die Arme zu nehmen und zu trösten. Was er ganz sicher nicht tun würde. Er wollte das nicht mal empfinden, sondern wütend auf sie sein.

Wütend darüber, dass sie damals einfach gegangen war, ohne sich zu verabschieden. Ohne ein Wort der Erklärung, abgesehen von dem kurzen Brief, den sie ihm hinterlassen hatte. Den Brief, in dem stand, dass ihre gemeinsame Zeit ein Fehler gewesen war, den sie bereute. Dass sie einfach nicht dafür gemacht war, in Namara zu bleiben, sondern etwas von der Welt sehen wollte. Und dass er deshalb nicht versuchen sollte, Kontakt zu ihr aufzunehmen.

Er startete den Wagen und fuhr an, während seine Gedanken zu jenen Tagen und Wochen nach ihrem Weggang zurückkehrten. Es hatte sich angefühlt, als hätte ihm jemand den Boden unter den Füßen weggezogen. Er hatte weitergemacht wie immer und versucht, sich nicht anmerken zu lassen, wie verletzt er war. Wie erstarrt war er gewesen, unfähig, einen klaren Gedanken zu fassen. Aber was hätte er auch tun können? Sie zurückholen, wenn sie das offensichtlich gar nicht wollte?

Er betrachtete Amy aus den Augenwinkeln, während er den Wagen über den kurvenreichen Weg lenkte. Sie war früher schon schlank gewesen, doch jetzt wirkte sie in der abgetragenen Jeans und dem schlichten weißen T-Shirt geradezu zerbrechlich. Ihre langen dunklen Haare waren zu einem lockeren Pferdeschwanz gebunden, den ein einfaches Gummiband zusammenhielt, und ihr fein geschnittenes Gesicht war ungeschminkt, was die Blässe ihres hellen Porzellanteints noch etwas betonte. Aber sie war immer noch bildhübsch, und er war sicher, dass ihre blauen Augen strahlen würden, wenn sie lächelte. Das tat sie jedoch nicht, sondern saß zusammengesunken neben ihm und starrte auf die Straße.

Sie war sehr erschöpft, das konnte er ihr ansehen, und es

rührte etwas in ihm. Etwas, gegen das er nicht ankam. Deshalb hatte er sie und den Jungen nicht einfach an der Straße stehen lassen können. Und deshalb überlegte er, wie es jetzt für die beiden weitergehen sollte.

»Sieh mal, Mummy!«, rief Charlie und deutete aufgeregt aus dem Fenster zum Kerryhead Castle, auf das sie zufuhren. »Die haben Löwen!«

Er meinte die beiden steinernen Figuren, die den Eingang flankierten und lebensgroße liegende Löwen darstellten.

»Die sind aber groß!«, staunte Charlie und klebte förmlich an der Scheibe, was Patrick dazu veranlasste, nicht zum Innenhof weiterzufahren, wie er es eigentlich vorgehabt hatte, sondern direkt vor dem Haus zu parken.

»Willst du sie dir mal ansehen?«

»Oh ja!«, rief der Kleine begeistert und kletterte sofort aus dem Auto, als Patrick ihm die Tür öffnete. Er lief zu dem linken Löwen hinüber und berührte ehrfürchtig die Zähne in dem geöffneten steinernen Maul. Dann kletterte er auf den Rücken des Löwen und winkte Amy und Patrick, die beim Auto standen und ihm zusahen.

»Das haben Cara und ich früher auch gemacht.« Amy lächelte wehmütig. »Wir haben den Löwen sogar Namen gegeben und sie mit Äpfeln gefüttert.«

»Ich weiß. Und dann habt ihr mich gerufen, damit ich die Äpfel wieder heraushole, weil sie feststeckten und ihr Angst hattet, dass Dad sauer wird, wenn er sie entdeckt.«

Patrick grinste bei der Erinnerung, und als er Amys Blick auffing, war da für einen Moment wieder diese Vertrautheit zwischen ihnen, die sie so viele Jahre verbunden hatte. Bis zu jener Nacht, in der sie die Linie der Freundschaft überschritten hatten, damals, als sie nach Isabels Tod beide beim anderen Trost suchten …

Amy schien dasselbe zu denken wie er, denn das warme Leuchten wich aus ihren Augen, und sie wurde wieder ernst.

»Das ist lange her«, sagte sie, und Patrick hatte das Gefühl, dass sie damit nicht nur die Spiele ihrer Kindheit meinte.

Schweigend sahen sie wieder Charlie zu, der immer noch auf dem Löwen saß und ganz in sein Spiel versunken war.

Der Kleine hat Amys Augen, dachte Patrick. Überhaupt sah er seiner Mutter sehr ähnlich. Aber er hatte sicher auch etwas von seinem Vater, und diese Vorstellung versetzte Patrick einen Stich.

Er konnte immer noch nicht fassen, dass Amy ein Kind mit einem anderen Mann hatte. Charlie musste ungefähr vier sein, also war sie seinem Vater recht bald nach ihrem Weggang aus Namara begegnet. Und wenn sie gleich von ihm schwanger geworden ist, dann hat sie wohl kaum noch einen Gedanken an mich verschwendet, überlegte Patrick. Dabei war dieser Kerl es nicht mal wert gewesen, wenn er sie einfach sitzen gelassen hatte …

Er konnte den Gedanken nicht zu Ende denken, denn in diesem Moment erschien Jessica am Hoteleingang. Sie hatte Charlie auf dem Löwen entdeckt, und das schien ihr nicht zu gefallen.

»Gehst du da bitte runter?« Ihre Stimme klang scharf. »Das ist kein Kinderspielplatz.«

»Ich habe es ihm erlaubt«, rief Patrick, aber Charlie war schon von dem Löwen heruntergeklettert und lief mit erschrockenem Gesicht zurück zu Amy.

Jessica folgte ihm, weil sie offenbar erkannt hatte, wer da neben Patrick stand.

»Amy? Was machst du denn hier?«, fragte sie ungläubig, und Patrick wurde bewusst, dass er noch gar nicht dazu gekommen war, ihr von Caras Telefonat mit Amy zu erzählen.

»Meine Schwester hat sie eingeladen«, erklärte er, doch Jessica schien ihm gar nicht zuzuhören, war stattdessen auf Amy konzentriert.

»Ich dachte, du wolltest nie mehr zurückkommen.«

Lag es am Licht oder wirkte Amy plötzlich noch ein bisschen blasser als eben? Sie schlang die Arme um Charlie, der jetzt vor ihr stand und den Kopf gegen ihre Beine lehnte.

»Ich ... brauche dringend einen Job, und Cara meinte, ihr sucht noch Kellnerinnen. Deshalb hatte ich gehofft, dass ich hier vielleicht für eine Weile arbeiten kann.«

Dieses Eingeständnis war ihr schwergefallen, das erkannte Patrick, als ihre Blicke sich trafen. Und er sah noch etwas anderes. Etwas, das ihn anzog so wie damals, als ...

»Nein.«

Jessicas Antwort klang so entschieden, dass Patrick sie überrascht ansah. Sie achtete jedoch nicht auf ihn, sondern fixierte Amy mit einem harten Ausdruck in den grauen Augen.

»Da war Cara leider falsch informiert. Wir brauchen im Moment kein zusätzliches Personal.« Sie lächelte kühl. »Tut mir leid.«

7

Zögernd ging Cara auf die Hütte zu. Die Sonnenstrahlen, die durch das wogende Blätterdach der Bäume fielen, malten helle, tanzende Flecken auf das Holz der Eingangstür und ließen den Lack des Jeeps glänzen, der genau wie beim letzten Mal vor dem Schuppen stand. Abgesehen davon, dass diesmal der Schornstein nicht rauchte, hatte sich kaum etwas verändert, aber trotzdem war das Bild, das sich Cara bot, ein völlig anderes. Alles wirkte viel friedlicher und einladender. Vögel zwitscherten irgendwo in den Ästen über ihr, und die Luft duftete nach Harz und dem frischen Gras der Wiese, die sich am Waldrand öffnete.

Es fiel Cara schwer zu glauben, dass sie diese perfekte Sommeridylle am selben Ort vorfand, an dem sie noch vor ein paar Tagen nass und frierend gestanden hatte. Die Frage ist nur, ob diese positive Verwandlung auch den Bewohner der Hütte betrifft, dachte sie beklommen.

Auf einmal kam sie sich lächerlich vor, und die Dose mit den Tortenstücken, die ihr als Vorwand für ihren Besuch dienen sollten, wog schwer in ihrer Hand. Liams verschlossenes Gesicht tauchte vor ihrem inneren Auge auf, und für einen kurzen Moment wollte sie umkehren. Doch dann siegte die Mischung aus Neugier und Sorge, die sie hergeführt hatte.

Ich werde mich einfach kurz davon überzeugen, dass es ihm gut geht, dachte sie. Dagegen kann er doch nichts haben.

Sie atmete noch einmal tief durch und hob die Hand, um zu klopfen, hielt jedoch inne, als plötzlich ein lautes Poltern erklang. Es war nicht von drinnen gekommen, sondern von irgendwo hinter dem Haus. Cara zögerte kurz, dann ging sie durch den schmalen Gang zwischen Hauswand und Schuppen zur Rückseite der Hütte.

Auf der Lichtung hinter dem Haus lagerte das Holz für den Kamin. Es war an der Holzwand unter der Dachschräge aufgestapelt und füllte auch einen nach drei Seiten offenen, mit Schindeln gedeckten Unterstand, der an den Schuppen grenzte. Außerdem lag ein ganzer Haufen frisch geschlagener Scheite neben einem breiten Holzblock, in dem eine Axt steckte. Liam schien bis kurz vor ihrer Ankunft mit dem Holzhacken beschäftigt gewesen zu sein, hatte die Arbeit aber offenbar unterbrochen, um sich einen Schaden am Dach des Unterstands anzusehen. Er stand nämlich mit dem Rücken zu Cara auf einer Leiter und untersuchte einige beschädigte Schindeln.

Zu seiner Jeans trug er diesmal feste schwarze Arbeitsschuhe. Mehr nicht, dachte Cara und schluckte hart, während sie den Blick über seinen nackten Oberkörper gleiten ließ.

Sein linker Unterarm war tatsächlich bis zum Ellbogen mit Narbengewebe bedeckt, und auch über den Rücken zog sich ein breiter, dunkler Striemen. Es mussten Brandwunden sein, genau wie die an seinem Hals, aber sie lenkten Cara nur kurz von der Tatsache ab, dass sein Torso ansonsten einen ziemlich atemberaubenden Anblick bot. Die Muskeln seiner breiten Schultern und seiner kräftigen Arme saßen an genau den richtigen Stellen und spielten unter der gebräunten, vom Schweiß leicht glänzenden Haut, während er sich streckte, um eine defekte Schindel zu erreichen.

Fasziniert und völlig selbstvergessen beobachtete Cara ihn dabei und schreckte erst aus ihrem Trancezustand, als er die Schindel über das Dach rutschen ließ. Diese landete mit dem gleichen lauten Poltern, das eben schon zu hören gewesen war, auf dem Boden, und der überraschte Laut, den Cara ausstieß, machte Liam auf sie aufmerksam.

Er drehte den Kopf, und als ihre Blicke sich trafen, vergaß Cara zu atmen. Blut strömte in ihre Wangen, weil ihre Gedanken diesem Besuch so gar nicht angemessen gewesen waren. Aber ein Zurück gab es jetzt nicht mehr, deshalb schlang sie die Arme um die Dose und hielt sie wie einen Schutzschild vor ihren Bauch.

»Kann ich helfen?«, fragte sie betont fröhlich.

Liam antwortete nicht, sondern stieg hastig von der Leiter herunter. Mit großen Schritten ging er zu dem Holzblock hinüber und hob das langärmlige Shirt auf, das daneben auf dem Boden lag. Er streifte es über und stopfte es in den Bund seiner Jeans. Erst dann wandte er sich wieder zu Cara um.

»Was an ›Vergessen Sie, dass wir uns begegnet sind‹ hatten Sie nicht verstanden?«

Seine Stimme klang streng, und der Ausdruck auf seinem Gesicht schwankte zwischen grimmig und erstaunt, so als könnte er nicht fassen, dass sie zurückgekommen war.

Cara lächelte gegen das flaue Gefühl in ihrem Magen an.

»Ich bin eben nicht besonders vergesslich. Aber Sie anscheinend.« Sie deutete auf seine Hand, an der er immer noch einen Verband trug. Dieser sah jedoch sehr mitgenommen aus, was kein Wunder war, wenn er damit Holz gehackt und ein Dach repariert hatte. »Sie sollten den Verband doch jeden Tag wechseln.«

»Das habe ich.« Liam blickte seine Hand an und schien den schlechten Zustand der Gaze erst in diesem Moment zu bemerken. »Gestern«, schränkte er ein, und als er wieder aufsah, hatte das Erstaunen gegen die Grimmigkeit gewonnen. »Sind Sie ernsthaft gekommen, um mir noch eine Predigt über Wundversorgung zu halten?«

»Nein, aber das könnte sicher nicht schaden. Denn beim letzten Mal haben Sie mir ja offensichtlich nicht zugehört.«

»Dito«, gab er zurück, und Caras Herz schlug ein bisschen schneller, als seine Miene sich wieder verdüsterte.

»Sie haben mich darum gebeten, niemandem zu sagen, dass Sie hier sind. Was ich nicht getan habe«, rechtfertigte sie sich. »Und Sie haben gesagt, dass Sie keine Leute brauchen, die Ihnen neugierige Fragen stellen. Was ich nicht vorhabe.«

Er schnaubte. »Und weswegen sind Sie dann hier?«

»Um Ihnen das hier zu bringen.« Sie hielt ihm die Dose entgegen.

»Was ist das?«, wollte er wissen und hob überrascht die Augenbrauen, als er einen Blick hineingeworfen hatte. »Kuchen?«

»Torte, um genau zu sein. Es war mein insgesamt dritter Versuch, meine zukünftige Schwägerin davon zu überzeugen, dass Hochzeitstorten auch etwas individueller schmecken und aussehen können. Aber sie will leider immer noch eine stinknormale, langweilige Buttercremetorte.«

Caras Erklärung schien Liam so zu verwirren, dass er für einen Moment vergaß, wütend zu sein. Er deutete mit dem Kinn auf die Dose. »Und was ist das für eine?«

»Orangenbuttermilchcreme mit Whiskeyböden. Wollen Sie ein Stück probieren?«

Er schien mit sich zu ringen, und für einen Moment war sie sicher, dass er sie endgültig wegschicken würde. Doch dann nickte er.

»Okay.« Es klang nicht begeistert, eher so, als würde er sich selbst über seine Antwort wundern. Für Cara fühlte es sich trotzdem wie ein kleiner Sieg an, deshalb folgte sie ihm mit einem zufriedenen Lächeln ins Haus.

Als sie den Wohnraum betrat, blieb sie jedoch überrascht stehen.

»Wie sieht es denn hier aus?«

Beim letzten Mal hatte das Zimmer mit seinen leeren Regalen und den fehlenden persönlichen Sachen beinahe unbewohnt gewirkt. Jetzt war das Gegenteil der Fall. Liam schien sich im ganzen Raum ausgebreitet zu haben. Auf dem Tisch stapelte sich benutztes Geschirr, achtlos abgestreifte Kleidungsstücke hingen über der Couch, deren zerdrückte Kissen davon zeugten, dass dort jemand länger gelegen haben musste. Außerdem stand eine leere Whiskeyflasche auf dem Boden vor dem Couchtisch, umgeben von einem ganzen Haufen Fotos und Papieren.

»Ich war nicht auf Besuch eingestellt«, sagte Liam, halb entschuldigend, halb vorwurfsvoll, und schob eilig die Papiere zusammen.

Cara konnte das als Begründung jedoch nicht gelten lassen. Schließlich hatte sie vor ein paar Tagen auch unangekündigt bei ihm vor der Tür gestanden, und da hatte es hier nicht so ausgesehen. Unwillkürlich fragte sie sich, wieso er sich so hatte gehen lassen, doch letztlich bestätigte es nur ihren Verdacht. Es war richtig, nach ihm zu sehen, dachte sie und half ihm beim Aufräumen, indem sie das Geschirr zusammenstellte und in die Küche brachte.

Dort bot sich ein ähnlich chaotisches Bild, denn er schien seit Tagen nicht mehr abgewaschen zu haben. Sie fand dennoch zwei saubere Teller im Schrank und setzte Wasser auf, um Tee zu kochen. Als sie fertig war und mit einem Tablett in den Wohnraum zurückkehrte, hatte Liam diesen wieder in einen halbwegs vorzeigbaren Zustand gebracht. Auch die leere Whiskeyflasche war verschwunden.

»Guten Appetit«, wünschte Cara ihm, als sie kurz darauf

zusammen am Tisch saßen, und beobachtete, wie er den ersten Bissen von ihrer Torte probierte. Sofort hellte sich seine Miene auf.

»Sehr lecker«, befand er, offenbar ehrlich begeistert. »Und diese Torte mochte die Braut nicht?«

»Nein.« Cara seufzte. »Sie findet, dass Kuppeltorten generell unpassend für Hochzeiten sind. Genauso unpassend übrigens wie alles andere, was ich ihr vorschlage. Und ich gebe es jetzt auch auf, sie von etwas zu überzeugen, was sie nicht will.«

Er verzog den Mund zu einem schiefen Lächeln. »Darin sind Sie aber gut.«

Cara kämpfte kurz gegen ein flattriges Gefühl in ihrem Magen, als ihre Blicke sich trafen.

»Worin? Im Tortenbacken oder im Leuteüberzeugen?«

»In beidem. Wenn Sie etwas wollen, dann hat man anscheinend kaum eine Chance, sich dem zu widersetzen.«

Sie grinste. »Ich fürchte, meine zukünftige Schwägerin sieht das anders. Aber jetzt weiß ich ja, wo ich hinfahren kann, wenn ich jemanden brauche, der meine Torten kostet. Sie wissen das im Gegensatz zu Jessica wenigstens zu schätzen.«

Sein Lächeln erlosch, als hätte es jemand ausgeknipst, und seine Augen wurden schmal. Mit vor der Brust verschränkten Armen lehnte er sich auf seinem Stuhl zurück.

»Weshalb sind Sie hier, Cara?«, fragte er. »Aus Mitleid? Haben Sie das Gefühl, sich um den armen Mann mit den Narben kümmern zu müssen? Dann vergessen Sie das lieber ganz schnell wieder. Mir geht es gut, ich brauche keine Hilfe.«

Seine Stimme klang so scharf, dass es Cara für einen Moment die Kehle zuschnürte. Sie fühlte sich auf unangenehme Weise ertappt. Doch dann sah sie das unsichere Flackern in Liams blauen Augen, das so gar nicht zu seiner abwehrenden

Haltung passte. Mit neuer Entschlossenheit hielt sie seinem Blick stand.

»Ich habe kein Mitleid mit Ihnen«, erklärte sie. »Wieso auch? Sie haben es hier doch gut. Tatsächlich beneide ich Sie sogar ein bisschen. Es ist nämlich sehr schön hier. Ich mag die Gegend – und ich habe zu Hause nicht so viel zu tun, wie ich dachte. Wie es aussieht, muss ich jetzt nämlich doch nicht bei den Vorbereitungen für die Hochzeit helfen. Meine Eltern lassen mich nicht. Weil ich mich erholen soll, damit ich fit bin für mein Studium, sagen sie. Und genau das kann ich hier oben sehr gut. Also dachte ich, ich komme hin und wieder her und leiste Ihnen ein bisschen Gesellschaft. Davon haben wir dann beide etwas.«

In Liams Gesicht arbeitete es. »Ich dachte, ich hätte deutlich gemacht, dass ich keine Gesellschaft will«, knurrte er.

»Ach, jetzt hören Sie schon auf! Jeder braucht Gesellschaft, Sie auch. Sie sogar besonders, denn Sie sind auf dem besten Wege, ein sonderbarer Waldschrat zu werden.«

Erschrocken hielt Cara inne und biss sich auf die Lippe, weil sie das so hart nicht hatte sagen wollen. Jetzt wirft er mich raus, dachte sie. Doch Liam starrte sie nur weiter an.

»Ich bin kein Waldschrat.« Er klang eher verwundert als verletzt.

»Nein, noch nicht«, beharrte Cara. »Aber Sie werden einer, wenn Sie noch lange hier oben alleine sind. Hören Sie, was ist denn so schlimm daran, wenn ich ab und zu vorbeikomme? Niemand erfährt davon, versprochen. Und ich könnte Ihnen ein bisschen helfen, schließlich schulde ich Ihnen noch was. So wie es hier aussieht, kann etwas Unterstützung wohl nicht schaden.« Sie atmete noch einmal tief durch und lächelte. »Also? Haben wir einen Deal?«

Statt ihr eine Antwort zu geben, stand Liam auf und trat an

das Fenster neben der Eingangstür. Er starrte nach draußen. Lange. Dann wandte er sich wieder zu ihr um.

»Das wäre nicht gut«, sagte er, aber es klang, als wäre er selbst nicht von seinen Worten überzeugt. Sein Widerstand ließ offenbar nach, wie Cara erfreut feststellte.

»Dass Sie ein Waldschrat werden? Nein, das wäre wirklich nicht gut.« Sie erhob sich und stellte die Kuchenteller zusammen. »Ich denke, ich werde mir als Erstes die Küche vornehmen. Danach sehe ich mir Ihre Hand noch mal an, und dann helfe ich Ihnen mit dem kaputten Dach draußen am Unterstand. Das müssen Sie doch noch reparieren, oder?«

Liam nickte, offenbar zu überrascht, um etwas darauf zu erwidern, und Cara ging schnell in den Flur, um ihr Vorhaben in die Tat umzusetzen, bevor er es sich anders überlegte und sie aufhielt.

* * *

Wie vom Donner gerührt stand Liam da und starrte auf die Tür, durch die Cara gerade verschwunden war. Träumte er das alles nur? Gewundert hätte es ihn nicht, denn nach der letzten Nacht, die er mit der Whiskeyflasche auf der Couch verbracht hatte, brummte ihm noch ganz schön der Schädel.

Er trank sonst nicht viel, aber in den letzten Tagen hatte er sich regelrecht in den Alkohol geflüchtet. Er hatte sich nicht mehr zu helfen gewusst, denn seit ihrer unerwarteten Begegnung ging ihm die junge Frau mit den kupferroten Haaren einfach nicht mehr aus dem Kopf. Ihr lächelndes Gesicht hatte ihn bis in seine Träume verfolgt und auf neue, quälende Weise daran erinnert, dass er ein verdammt einsames Leben führte.

Nicht, dass er das vorher nicht gewusst hätte. Er hatte diese Rastlosigkeit, die ihn davon abhielt, Freundschaften zu schließen oder gar eine Familie zu gründen, schließlich selbst gewählt. Erst seitdem er wieder nach Kerry gekommen war, gar nicht weit entfernt von dem Ort, an dem er früher gelebt hatte, spürte er eine nie gekannte Leere. Vielleicht weil er nicht weglaufen konnte, so wie sonst. Wie erstarrt war er gewesen, nachdem Cara gegangen war, hatte im Haus und draußen alle Arbeiten schleifen lassen, zu viel getrunken und Löcher in die Wände gestarrt.

Heute Morgen hatte er dann beschlossen, dass es so nicht weiterging. Er musste endlich zur Besinnung kommen, deshalb war er rausgegangen und hatte wie ein Wilder Holz gehackt. Und es hatte auch geholfen – bis Cara plötzlich aufgetaucht war wie ein Traumbild, das seine Fantasie ihm vorgaukelte. Für einen Moment hatte er sich sogar eingebildet, Begehren in ihren Augen zu sehen. Aber dann hatte er sich wieder daran erinnert, was sie sah, wenn sie ihn betrachtete. Narben. Hässliche rote Narben, die nie wieder verschwinden würden.

Deshalb hatte er versucht, sie wieder wegzuschicken. Doch wie es schien, ließ sie sich so leicht nicht vertreiben. Im Gegenteil. Sie war offenbar fest entschlossen zu bleiben, und ein Teil von ihm war auf fast lächerliche Weise erleichtert darüber.

Mit einem Ruck setzte er sich in Bewegung und ging in den Flur. Im Türrahmen der kleinen Küche blieb er stehen.

Cara hatte ihm den Rücken zugewandt und spülte seine Teller und Becher, so als wäre das völlig selbstverständlich. Ihr Haar glänzte im Licht, das durch das kleine Fenster hereinfiel, und Liam betrachtete es fasziniert. Die ungewöhnliche Farbe passt zu ihr, dachte er. Sie ist anders. Besonders ...

Als hätte sie seine Gedanken gehört, blickte Cara über ihre Schulter und lächelte ihn an, was seinen Magen kurz auf Talfahrt schickte.

»Sie müssen das nicht machen«, sagte er mit rauer Stimme, doch sie hielt nicht inne.

»Ich weiß. Aber es macht mir nichts aus. Ich bin Hotelierstochter, schon vergessen?«

Hotelierstochter. Liam erstarrte für einen kurzen Augenblick. Richtig, das war sie. Genau wie Isabel, dachte er beklommen und überlegte kurz, ob er sie fragen sollte, woher genau sie kam. Aber dann wollte sie vielleicht auch mehr über ihn wissen, und darüber konnte er nicht sprechen. Außerdem gab es Dutzende Hotels in der Gegend. Es war ein Zufall, weiter nichts.

»Wie wäre es, wenn Sie mir beim Abtrocknen helfen?« Auffordernd hielt Cara ihm das Geschirrtuch hin, das sie vom Haken an der Wand genommen hatte. »Dann geht es schneller.«

Liam zögerte und überlegte ein letztes Mal, sie wegzuschicken. Aber wenn er das tat, würde sie dieses Gefühl von Normalität mitnehmen, das er so vermisst hatte. Dann war er wieder allein und würde auf der Couch sitzen und die Wände anstarren …

»Okay«, sagte er, zum zweiten Mal an diesem Nachmittag, und als er einen Schritt in die Küche machte, um ihr das Geschirrtuch abzunehmen, fühlte es sich an, als würde er den ersten Fuß in ein Gebiet setzen, in dem er sich nicht mehr auskannte. Doch die Erleichterung überwog, deshalb erwiderte er ihr Lächeln und griff nach dem ersten Teller.

8

Amys Herz raste, und sie schaffte es nur mühsam, Jessicas kühlem Blick standzuhalten.

»Und ... da kann man gar nichts machen?«

Jessica schüttelte den Kopf. »Nein, tut mir leid. Kellner brauchen wir diese Saison nicht mehr.« Sie deutete auf Charlie, der sich an Amys Bein klammerte. »Und selbst wenn – wer würde während deiner Schichten auf dein Kind aufpassen?«

»Ich könnte vor allem die Abendschichten übernehmen, wenn Charlie schläft«, erklärte Amy. »Außerdem kann er sich gut selbst beschäftigen. Er würde nicht stören.«

Sie hatte Charlie schon manches Mal mit zur Arbeit nehmen müssen, weil es einfach nicht anders gegangen war, und das hatte immer gut geklappt. Er war ein geduldiger kleiner Kerl und daran gewöhnt, dass er manchmal auf sie warten musste. Deshalb war sie sicher gewesen, dass sie das irgendwie hinbekommen würde. Aber offenbar gab es den Job gar nicht, den Cara ihr in Aussicht gestellt hatte. Oder wollte Jessica ihr nur keinen geben, weil sie ihre Abneigung gegen sie auch nach all der Zeit immer noch nicht abgelegt hatte?

Dabei war Amy überhaupt keine Konkurrenz für die große blonde Frau, die nur so strotzte vor Selbstbewusstsein und sie in jeder Hinsicht ausstach. Kein Wunder, dass Patrick sich nicht für mich entschieden hat, dachte Amy bedrückt, während sie Jessicas kritischem Blick standhielt.

Sie hasste es zu betteln, aber sie musste es einfach noch mal versuchen, weil sie nicht wusste, was sie sonst machen sollte.

Sie hatte kein Geld mehr, und da sie die Wohnung in London aufgegeben hatte, gab es auch keinen Ort, an den sie mit Charlie hätte zurückkehren können.

»Gibt es dann vielleicht einen anderen Job, den ich übernehmen kann?«

Jessica hob die Augenbrauen. »Ich wüsste nicht, was.«

Amy kämpfte gegen die Tränen, die ihr erneut in die Augen zu steigen drohten. Sie war verzweifelt und müde, sie konnte einfach nicht mehr. Und wenn Jessica sie hier nicht arbeiten ließ, dann ...

»Amy!«

Susan Connelly war aus dem Eingang gekommen und hatte sie entdeckt. Mit einem strahlenden Lächeln kam sie zu ihnen herüber und umarmte Amy.

»Wie schön, dass du da bist! Cara war nicht sicher, ob du wirklich kommen würdest.«

»Ich konnte ihr nicht Bescheid sagen«, gestand Amy, überwältigt von dem herzlichen Empfang.

»Und das ist sicher dein Sohn?« Susan lächelte Charlie an, der sich immer noch schüchtern an Amys Bein drückte. Ihm schien jedoch nur Jessica nicht geheuer zu sein, denn Susan gegenüber war er etwas zutraulicher und erwiderte ihr Lächeln zaghaft.

Amy legte die Hand auf sein Haar. »Das ist Charlie.«

»Freut mich dich kennenzulernen.« Susan betrachtete ihn liebevoll, und Amy hatte plötzlich ein schrecklich schlechtes Gewissen, weil sie den Kontakt zu den Connellys damals so abrupt abgebrochen hatte. Aber was hätte ich tun sollen?, dachte sie verzweifelt und sah zu Patrick auf, der immer noch neben ihr stand.

»Wie lange könnt ihr denn bleiben?«, wollte Susan wissen.

Unglücklich zuckte Amy mit den Schultern. »Ich glaube,

wir können gar nicht bleiben. Ich dachte eigentlich, dass es hier Arbeit für mich gäbe. Aber das war offenbar ein Missverständnis.«

»Ja, leider«, erklärte Jessica, deren Gesichtsausdruck nicht mehr so feindselig war wie gerade eben noch. Stattdessen sah sie jetzt eher zerknirscht aus, als sie den fragenden Blick ihrer zukünftigen Schwiegermutter erwiderte. »Du weißt doch, dass ich gerade erst zwei Kellnerinnen eingestellt habe. Das reicht erst mal.«

»Hast du nicht gesagt, dass wir für die Hochzeit noch Leute brauchen?«, fragte Susan.

»Da habe ich mich vertan«, erwiderte Jessica.

Susan runzelte die Stirn, dann wandte sie sich wieder an Amy. »Wenn das so ist, dann bleibst du eben als Gast. Cara sagt, dass Charlie krank war und Erholung braucht, und dir können ein paar freie Tage sicher auch nicht schaden.«

»Wir haben aber kein Zimmer frei«, mischte Jessica sich erneut ein. »Das Hotel ist den ganzen Sommer über komplett ausgebucht.«

»Stimmt«, seufzte Susan und wirkte für einen Moment ratlos.

»Sie kann Isabels Zimmer nehmen.«

Patricks Vorschlag kam so überraschend, dass alle ihn anstarrten.

»Was?«, fragte Susan mit einer Mischung aus Unglauben und Entsetzen. »Das geht nicht!«

Doch Patrick schien von der Idee begeistert, die ihm anscheinend gerade erst gekommen war.

»Der Raum steht doch leer. Wir stellen einfach noch eins von den Kinderbetten für Charlie rein. Dann geht es.«

Susan zögerte. »Ich weiß nicht …«

»Es ist die einzige Möglichkeit, wie wir die beiden unterbringen können«, erinnerte Patrick sie, und dieses Argument schien seine Mutter zu überzeugen, denn sie nickte.

»Du hast recht. Es wird Zeit, dass das Zimmer wieder genutzt wird.«

Amy zögerte. Die Aussicht auf ein Zimmer schien perfekt, schon weil sie plötzlich unendlich müde war. Aber es gab da ein Problem.

»Das ist furchtbar nett von euch, aber es geht nicht. Ich habe für einen längeren Ferienaufenthalt kein Geld.«

»Du musst nichts bezahlen«, erklärte Susan sofort, doch davon wollte Amy nichts wissen.

»Das kann ich nicht annehmen.« Auch unter normalen Umständen wäre sie dafür zu stolz gewesen. Aber die Gastfreundschaft der Connellys konnte sie nach allem, was passiert war, unter keinen Umständen in Anspruch nehmen. »Ich möchte euch nicht zur Last fallen.«

»Du würdest uns nicht zur Last fallen, du würdest uns einen Gefallen tun«, widersprach Patrick. »Wir brauchen nämlich Verstärkung für die Kinderbetreuung. Den Job kannst du haben, wenn du willst. Der Stundenlohn ist gut, auch wenn es keine Trinkgelder gibt. Und du könntest Charlie mitnehmen, dann ist auch das Problem mit seiner Betreuung gelöst.«

Amy war so perplex, dass sie im ersten Moment nichts sagen konnte. Aus Jessica, der die Idee ganz und gar nicht zu gefallen schien, platzte es dagegen regelrecht heraus.

»Aber Brianna und Jane kümmern sich doch schon um das Kinderprogramm! Und wir hatten noch nie mehr als zwei Betreuerinnen.«

»Wir hatten auch noch nie so viele Anmeldungen«, erwiderte Patrick. »Brianna hat mir gestern erst gesagt, dass sie das zu zweit kaum schaffen. Es wäre also perfekt, wenn wir noch jemanden hätten, der sie unterstützt.« Er sah Amy an. »Natürlich nur, wenn du den Job haben willst.«

»Ja«, stammelte Amy. »Ja, das ... wäre großartig.«

»Also abgemacht.« Patrick grinste breit, so wie früher, wenn er ein Problem gelöst hatte, und für einen Moment öffnete Amy ihm ihr Herz und ließ die Erinnerungen an die vielen Dinge zu, die er in der Vergangenheit schon für sie getan hatte.

Er war immer ihr Beschützer gewesen, hatte sie nicht nur vor Ärger bewahrt, wenn ihre Streiche mit Cara aus dem Ruder zu laufen drohten, sondern war ihr auch zur Seite gesprungen, wenn die Leute ihr vorgehalten hatten, dass ihr Vater ein stadtbekannter Trinker war. Einmal hatte er sich sogar mit Sean Walsh selbst angelegt, als dieser Amy im Suff Schläge angedroht hatte. Und jetzt war wieder er es, der ihr half. Es änderte nichts an der Situation zwischen ihnen. Aber es löste die Anspannung in Amy und machte es ihr schwer, nicht vor Erleichterung zu weinen.

»Dann wohnen wir jetzt doch hier?« Charlie hatte die Diskussion verwirrt verfolgt, doch jetzt klang seine Stimme hoffnungsvoll.

»Ja, wir bleiben.« Amy strich ihm über das Haar und wich Jessicas Blick aus, die als Einzige nicht besonders glücklich über die Entwicklung zu sein schien.

Susan dagegen lächelte.

»Wunderbar! Das ist doch die perfekte Lösung!«

Doch als sie wenig später mit Amy in Isabels ehemaligem Zimmer stand, schien ihre gute Stimmung verflogen. Und auch Amy musste tief durchatmen, während sie den Blick über die Einrichtung gleiten ließ.

Es hatte sich nicht viel verändert, seit sie das letzte Mal in diesem Raum gewesen war, und doch war die Atmosphäre jetzt ganz anders. Man spürte sofort, dass der Raum unbewohnt war, auch wenn in den Regalen noch einige Bücher und Erinnerungsstücke standen, die Isabel gehört hatten. Es waren jedoch viel weniger als früher, so als hätten die Connellys mit den Jahren immer mehr aussortiert. Auf dem Schreibtisch stand nur eine Lampe, sonst nichts, und allein die gerahmten Fotos über dem perfekt gemachten, unberührten Bett zeugten noch von der lebenslustigen jungen Frau, die hier früher gelebt hatte.

»Der Schrank ist leer, den kannst du benutzen. Und die Kommode auch«, sagte Susan und fügte beinahe entschuldigend hinzu: »Wir haben Isabels Sachen letztes Jahr zur Kleidersammlung gegeben.«

Amy schluckte. »Das muss dir schwergefallen sein.«

Jetzt, wo sie selbst Mutter war, konnte sie auf eine ganz neue Weise nachvollziehen, was die Connellys durchgemacht hatten. Es war furchtbar, sein Kind zu verlieren. Dafür gab es keine Worte und auch keinen Trost. Wenn überhaupt, dann konnte man vermutlich nur darauf hoffen, dass es mit der Zeit erträglicher wurde.

Für Susan schien der Schmerz jedoch noch genauso frisch zu sein wie vor sechs Jahren, denn in ihren Augen lag eine traurige Fassungslosigkeit, während ihr Blick zu den Fotos ihrer Tochter glitt. Kraftlos ließ sie sich auf das Bett sinken.

»Früher habe ich hier tagelang gesessen«, sagte sie leise. »Ich wollte Isabel nah sein, ich habe mich an alles geklammert, was mir von ihr geblieben war. Aber sie ist nicht mehr hier, das musste ich irgendwann einsehen. Und ihre Sachen bringen sie nicht zurück. Das Leben geht weiter, nicht wahr?«

Unglücklich starrte sie ins Leere, und Amy war sich plötzlich nicht mehr sicher, ob es richtig war, dass sie Patricks Angebot angenommen hatte.

»Ist es dir wirklich recht, wenn Charlie und ich hier wohnen?«

Die Frage schien Susan aus ihrer Trauer zu reißen, denn sie blickte erschrocken auf.

»Was? Ja, natürlich.« Hastig stand sie wieder auf. »Entschuldige, das sollte nicht so klingen, als wollte ich euch hier nicht haben. Patrick hat völlig recht, das Zimmer stand viel zu lange leer. Und euch gebe ich es besonders gerne.«

Sie blickte zu Charlie, der im Flur vor dem Zimmer auf dem Boden saß und selbstvergessen mit den beiden kleinen Metallautos spielte, die Susan ihm herausgesucht hatte.

»Genauso war Patrick auch«, meinte sie lächelnd. »Die Autos hat er geliebt. Er konnte sich stundenlang damit beschäftigen.«

Amy spürte einen Stich in der Brust. »Danke, dass du sie Charlie gegeben hast. Ich ... konnte nicht so viel Spielzeug mitnehmen.«

»Das ist doch selbstverständlich. Er kann noch mehr haben, wenn er will. Und ihr esst natürlich mit uns, solange ihr hier seid. Wir treffen uns immer so gegen sieben in der Wohnküche. Und bis dahin ist dann hoffentlich auch Cara zurück.« Susan runzelte die Stirn. »Ich wüsste wirklich gerne, wo sie so lange bleibt. Sie hat sich unseren Range Rover geliehen, aber nicht gesagt, wo sie hinwill.«

»Sie ist sicher bald zurück«, meinte Amy und hoffte, dass es wirklich so war. Schließlich war es Cara mit ihrer fröhlichen, immer optimistischen Art gewesen, die sie überredet hatte herzukommen. Vielleicht konnte Cara dann auch ihre Zweifel ausräumen, ob diese Entscheidung richtig gewesen war.

Sie trat ans Fenster, als Susan sie allein gelassen hatte, und sah auf den See hinaus. Für den Moment war alles gut, sie hatte ein Dach über dem Kopf und wieder einen Job. Doch zu welchem Preis ...?

Ein dumpfes Geräusch hinter ihr riss sie aus ihren Gedanken. Erschrocken fuhr sie herum.

»Hier, dein Gepäck.« Patrick lehnte den Rucksack, den er gerade abgestellt hatte, gegen das Fußende des Bettes. »Wie hast du dieses schwere Ding bloß bis hierher geschleppt?«

»Ich weiß nicht«, erwiderte Amy. »Ich schätze, ich bin stärker, als ich aussehe.«

»Ja. Das bist du wohl.« Patrick hielt ihren Blick fest, und für einen Moment vergaß Amy zu atmen. Dann stürmte Charlie zu ihnen ins Zimmer.

»Guck mal!«, rief er und hielt Patrick seine neuen Spielzeuge hin.

»Hey, das sind ja meine!« Patrick lächelte breit. »Damit habe ich früher auch sehr viel gespielt. Ich glaube, dazu gibt es noch eine Rennbahn. Die kann ich dir nachher raussuchen, wenn du willst.«

»Au ja!« Charlie strahlte. »Fährst du dann auch mit mir Rennen?«

»Sicher«, versprach Patrick und sah Charlie nach, der zufrieden in den Flur zurückkehrte. Dann wandte er sich wieder Amy zu, und der liebevolle Ausdruck in seinen Augen brach ihr fast das Herz. »Er ist ein toller Junge.«

Amy nickte, nicht in der Lage zu sprechen, und wünschte plötzlich, dass alles anders gekommen wäre.

»Ach, hier bist du.« Jessica tauchte im Türrahmen auf und legte Patrick eine Hand auf den Arm. »Kommst du? Wir brauchen dich unten.«

Sie ging wieder, und Patrick folgte ihr. Nach ein paar Schritten blieb er jedoch noch einmal stehen und wandte sich zu Amy um.

»Ich hoffe, ihr lebt euch gut ein.«

»Danke.« Amy schluckte. »Für alles.«

Er zuckte mit den Schultern. »Cara wäre ziemlich böse gewesen, wenn wir dich wieder hätten ziehen lassen. Außerdem brauchen wir wirklich Verstärkung für die Kinderbetreuung.«

Amys Augen brannten, aber sie riss sich zusammen, bis er gegangen war. Dann sank sie müde und abgekämpft auf den Schreibtischstuhl und senkte die Lider, spürte, wie ihr die Tränen über die Wangen liefen, die sie schon so lange zurückhielt.

Es ist aber nicht anders gekommen, dachte sie. Patrick hatte sich für Jessica entschieden, und die beiden würden bald heiraten. Und das war gut so, denn dann musste sie sich keine sinnlosen Hoffnungen machen ...

»Mummy?« Charlie stand vor ihr und sah sie besorgt an. »Was hast du?«

Hastig wischte Amy sich die Tränen ab.

»Nichts, Schatz. Ich ... bin nur ein bisschen müde.«

Er kletterte auf ihren Schoß und schmiegte sich an sie. »Ich hab dich lieb, Mummy.«

»Ich dich auch«, sagte sie und küsste sein Haar, hielt ihn ganz fest. Dann atmete sie tief durch und hob ihn von ihrem Schoß herunter, froh über die Erinnerung, dass sie keine Zeit für Selbstmitleid hatte.

»Darf ich mir deine Autos auch mal ansehen?«, fragte sie und hörte geduldig zu, während Charlie ihr ausführlich die Vorzüge seiner neuen Spielzeuge schilderte.

***

Als sie die Wohnung seiner Eltern verlassen hatten, blieb Jessica so abrupt stehen, dass Patrick, der hinter ihr ging, beinahe mit ihr zusammengestoßen wäre.

»Was hast du dir dabei gedacht?«, fragte sie vorwurfsvoll. »Wieso hast du Amy einfach eingestellt?«

Patrick wich ihrem forschenden Blick aus.

»Das habe ich doch gesagt. Wir brauchen noch jemanden für die Betreuung.«

»Du hättest das mit mir absprechen müssen«, beharrte Jessica. »Wir treffen solche Entscheidungen doch sonst gemeinsam.«

Er wusste, dass sie recht hatte. Aber sie war so ablehnend gegenüber Amy gewesen, hatte sich nicht erweichen lassen. Und er hatte es einfach nicht zulassen können, dass Amy wieder ging.

»Es war Caras Idee, nicht meine«, rechtfertigte er sich. »Und jetzt, wo sie einmal hier ist, können wir Amy doch nicht einfach wieder wegschicken. Ich glaube, sie und ihr Sohn haben ein paar schwere Wochen hinter sich.«

»Oh, die arme Amy.« Jessica schnaubte. »Sie hat euch im Stich gelassen, hast du das schon vergessen? Ist einfach gegangen damals und hat sich nie wieder gemeldet. Und wenn sie dann nach Jahren plötzlich auftaucht, rollst du ihr den roten Teppich aus? Nach allem, was sie gemacht hat?«

»Sie wird für uns arbeiten, mehr nicht«, erklärte Patrick. »Und sie hat nichts gemacht. Sie ist gegangen. Und jetzt ist sie eben wieder da.«

»Weil du es ihr ermöglicht hast!« Jessicas Augen funkelten beinahe hasserfüllt, wie Patrick irritiert feststellte.

»Was hast du gegen Amy? Sie hat dir doch gar nichts getan.«

»Nein«, versicherte ihm Jessica, fast ein bisschen erschrocken, und wich seinem Blick aus. »Aber ich … nehme es ihr eben übel, dass sie euch damals so wehgetan hat.«

Das nehme ich ihr auch übel, dachte Patrick. Aber er hatte

mehr Grund dazu als Jessica, die damals gerade erst im Kerryhead Castle als Kellnerin angefangen hatte. Deshalb verstand er ihre heftige Reaktion nicht.

»Das ist lange her«, erwiderte er und merkte erst, als er es aussprach, dass Amy vorhin das Gleiche zu ihm gesagt hatte.

Er wollte weitergehen, weil er keine Lust mehr hatte, diese Diskussion fortzusetzen. Doch Jessica blieb stehen.

»Trotzdem«, sagte sie. »Keine Alleingänge mehr, okay? Wir sind doch ein Team.«

Patrick musste nicht darauf antworten, weil eine der neuen Kellnerinnen auf sie zukam und Jessica in ein Gespräch verwickelte. Und das war vielleicht auch besser so, weil er ihr sonst hätte widersprechen müssen. Sie war nämlich kein Teamplayer. Sie bestimmte gerne, was gemacht wurde, und da Patrick mit ihren Entscheidungen meistens einverstanden war, hatte er bisher keinen Grund gehabt, ihr das vorzuwerfen. Im Gegenteil. Es entlastete ihn, ließ ihm ein bisschen Raum zum Atmen. Er hatte alle seine eigenen Träume hintangestellt, als Isabel gestorben war. Seine Eltern brauchten ihn, das Hotel brauchte ihn, und das eigentlich rund um die Uhr. Deshalb war er froh, dass die patente, unermüdliche Jessica ihm zur Seite stand und ihn unterstützte.

Aber in diesem Fall war er nicht ihrer Meinung. Amy und Charlie bleiben, dachte er und machte sich entschlossen auf den Weg zu den Räumen der Kinderbetreuung, um Brianna und Jane davon in Kenntnis zu setzen, dass sie jetzt eine neue Kollegin hatten.

9

»Es tut mir so leid, dass ich nicht da war!« Cara hakte sich bei ihrer Freundin ein, während sie am Ufer des Lake Tarnish entlang auf den hoteleigenen Steg zugingen.

Die Sonne ging gerade hinter den Baumkronen auf der anderen Seite des Sees unter und ließ die sanften Wellen auf der Wasseroberfläche orangefarben leuchten.

»Wenn ich gewusst hätte, dass du kommst, wäre ich früher hier gewesen. Und ich hätte das mit Jessica geregelt.«

Amy lächelte. »Es hat sich doch auch so etwas ergeben.«

»Ja, und sogar was viel Besseres!«, bestätigte Cara.

Dass ausgerechnet ihr Bruder die Idee mit der Kinderbetreuung gehabt hatte, konnte sie zwar immer noch nicht glauben, aber es war die perfekte Lösung für Amy. Was vermutlich bewies, dass sie ihm keinesfalls egal war. Wobei Cara tatsächlich den Vorschlag ihrer Mutter bevorzugt hätte.

»Am besten wäre es allerdings, wenn du gar nicht arbeitest, sondern einfach so bei uns wohnst. Du siehst nämlich aus, als würdest du Erholung mindestens so dringend brauchen wie Charlie.«

»Auf keinen Fall«, widersprach Amy. »Es ist schon nett genug, dass ich in Isabels Zimmer wohnen darf. Mehr kann ich nicht annehmen.«

Cara seufzte, ließ den Punkt jedoch auf sich beruhen.

Als sie vorhin aus Glen Garvan zurückgekehrt war, hatte die Freude darüber, dass ihre Freundin tatsächlich gekommen war, überwogen. Doch sie konnte den Eindruck nicht abschütteln, dass Amy trotz der glücklichen Wendung mit dem Job in der Kinderbetreuung etwas bedrückte. Natürlich machte sie sich Sorgen um Charlie, aber Cara hatte das Gefühl, dass mehr dahintersteckte.

Deshalb hatte sie Amy zu einem Spaziergang am See überredet – damit sie in Ruhe reden konnten. Der erschöpfte Charlie schlief längst in seinem Kinderbettchen, und Susan hatte sich bereiterklärt, in der Nähe zu bleiben, falls er aufwachte.

»Macht es deiner Mutter wirklich nichts aus, auf Charlie aufzupassen?«, fragte Amy, und Cara bestätigte ihr zum dritten Mal, dass es kein Problem war.

»Mum hat jetzt schon einen Narren an dem Kleinen gefressen. Ich glaube, sie kann es kaum noch abwarten, endlich Großmutter zu werden. Deshalb hast du die kostenlose Babysitterin für die Zeit, die du hier bist, quasi schon sicher.«

Die Bemerkung war aufmunternd gemeint gewesen, erreichte jedoch das Gegenteil, denn Amy war ganz blass geworden.

»Alles in Ordnung mit dir?«

»Ja, ich …« Amy schüttelte den Kopf. »Ich bin nur so überwältigt, dass ihr alle so nett zu mir seid. Vor allem Susan und Ian. Ich dachte, sie würden mich hassen, weil ich mich so lange nicht gemeldet habe.«

»Im Gegenteil. Sie waren begeistert, als ich ihnen gesagt habe, dass du zurückkommst. Was sie angeht, hast du dir wirklich zu Unrecht Sorgen gemacht.«

Amy seufzte tief. »Ich möchte euch trotzdem nicht zur Last fallen«, sagte sie und hob überrascht den Kopf, als Cara stehen blieb.

»Das tust du nicht! Herrgott, Amy, ich bin deine Freundin, und du hast hier früher quasi gewohnt! Du warst Teil dieser Familie. Deshalb wünschte ich wirklich, du würdest aufhören, unsere Hilfe abzulehnen oder dich dafür zu entschuldigen, dass du sie in Anspruch nimmst.«

Erschrocken sah Amy sie an. »Ich wollte nicht undankbar klingen. Ich ... bin nur schon sehr lange auf mich allein gestellt. Wahrscheinlich bin ich es einfach nicht mehr gewohnt, dass ein anderer meine Probleme löst.«

Sie zuckte mit den Schultern und wirkte für einen Moment so müde und traurig, dass Cara sie spontan umarmte.

»Dann gewöhn dich lieber schnell daran«, sagte sie aufmunternd. »Komm, setzen wir uns ein bisschen, ja?«

Sie führte Amy zu der Holzbank in der Nähe des Stegs, die ihr Vater vor Jahren für Gäste aufgestellt hatte.

Nachdem sie Platz genommen hatten, schwiegen sie beide für einen Moment und blickten auf den See hinaus.

»Was ist eigentlich mit Charlies Vater?«, fragte Cara in die Stille. »Er ist doch verpflichtet, dir zu helfen. Warum tut er das eigentlich nicht?«

Das wunderte sie schon lange. Amy sprach nicht gerne über ihren Exfreund, deshalb wusste Cara nicht viel über den Mann, der ihre Freundin schwanger sitzen gelassen hatte. Nur, dass er Rick hieß und Musiker war. Amy hatte ihn in Cardiff kennengelernt, wo sie für ein paar Monate gelebt hatte, und war ihm nach London gefolgt. Kurz darauf hatte er die Beziehung beendet. Er war offenbar einfach verschwunden und unterstützte die beiden auch finanziell nicht.

»Du kannst ihn auf Unterhaltszahlungen verklagen. Dann hättest du wenigstens keine Geldsorgen mehr.«

Das hatte sie Amy schon mehrfach vorgeschlagen, doch ihre Freundin war in dieser Hinsicht nie aktiv geworden.

»Wirklich, du kannst ihn nicht einfach so davonkommen lassen!«, beharrte sie. »Das ist nicht fair von ihm, er muss doch zumindest ...«

»Er weiß nichts von Charlie, Cara.«

»Was?« Sie starrte ihre Freundin entsetzt an. »Du … hast es ihm nicht gesagt? Aber warum denn nicht?«

Amy wich ihrem Blick aus.

»Unsere Beziehung war kompliziert und eigentlich schon vorbei, als ich gemerkt habe, dass ich schwanger bin. Ich wollte einfach nicht, dass er sich verpflichtet fühlt, bei mir zu bleiben.«

»Aber er hat ein Recht darauf, es zu erfahren«, meinte Cara. »Und Charlie wird irgendwann wissen wollen, wer sein Vater ist. Was machst du denn dann?«

Damit schien sie einen wunden Punkt getroffen zu haben, denn Amy sah sie erschrocken an.

»Ich weiß es nicht«, sagte sie mit dünner Stimme. »Ich weiß nur, dass ich es ihm damals nicht sagen konnte. Und jetzt ist es zu spät.«

»Dafür ist es nie zu spät.« Cara sah ihre Freundin eindringlich an. »Du schiebst es nur vor dir her, Amy. Irgendwann wirst du ihm die Wahrheit sagen müssen, spätestens wenn Charlie ihn kennenlernen möchte.«

Amy schwieg und wirkte so ratlos, dass Cara es bereute, sie unter Druck gesetzt zu haben.

»Aber das findet sich alles, du wirst sehen. Auf jeden Fall ist es schön, dass du wieder hier bist.«

Amy lehnte ihren Kopf gegen Caras Schulter.

»Ich hab dich auch vermisst«, sagte sie, und als sie sich anlächelten, waren sie für einen Moment wieder die alten Komplizinnen von früher, die gemeinsam durch dick und dünn gegangen waren. Vielleicht hatte die räumliche Trennung diese Verbindung etwas schwächer werden lassen, aber es gab sie noch, und jede gemeinsame Erinnerung belebte sie neu.

»Wo warst du heute eigentlich?«, wollte Amy wissen. »Das hast du noch gar nicht erzählt.«

»Ich war in Killarney«, antwortete Cara, weil sie das auch gegenüber ihren Eltern behauptet hatte. Und genau wie eben fühlte sie sich schlecht bei ihrer Lüge. Im Gegensatz zu allen anderen schien Amy das jedoch zu merken, denn sie hob einen Mundwinkel.

»Und wo warst du wirklich?«

Cara stieß die Luft aus, fast froh darüber, dass Amy ihr nicht glaubte.

»Das ist ein Geheimnis.«

»Aha.« Amy setzte sich wieder auf und sah Cara neugierig an. »Aber mir verrätst du es doch, oder?«

Cara seufzte. Sie hätte Amy gerne von Liam erzählt, weil sie immer noch ganz voll war von den Eindrücken dieses Nachmittags. Doch sie fühlte sich an ihr Versprechen gebunden, auch wenn sie sicher war, dass Amy es niemandem sagen würde.

»Ich ... helfe jemandem«, erklärte sie ausweichend. »Aber ich habe ihm versprochen, dass ich das für mich behalte.«

»Ihm?« Amy hob die Augenbrauen. »Also ist es ein Mann?«

Cara nickte, was Amys Neugier offenbar verstärkte.

»Wie alt ist er denn?«

»Keine Ahnung. Anfang dreißig, glaube ich.«

»Aha.« Amys Augen blitzten auf, und ihr Lächeln wurde breiter. »Und sieht er gut aus?«

Cara spürte, wie sie rot wurde. »Ich gehe nicht zu ihm, weil ich ihn attraktiv finde!«

»Also findest du ihn attraktiv?«

»Ja. Nein. Ich weiß nicht«, erwiderte Cara. »Du bringst mich ganz durcheinander.«

»Ich?« Amy lachte. »Oh nein, du warst schon ganz durcheinander, als du vorhin zurückgekommen bist. Deine Augen haben gestrahlt, und da waren diese rosa Flecken auf deinen

Wangen, genau wie damals, als du dich Hals über Kopf in Kieran O'Malley verliebt hattest. Jedes Mal, wenn du mit ihm zusammen warst, hast du genauso ausgesehen.«

»Kieran O'Malley war ein Schuft, der mir das Herz gebrochen hat!« Cara schüttelte den Kopf. Sie dachte nicht gerne an ihre Erfahrungen mit dem gut aussehenden Freund ihres Bruders.

Kieran war ihre erste große Liebe gewesen, und sie hatte ihm vertraut, als er ihr versichert hatte, dass mit den anderen Mädchen, mit denen er sich traf, nichts lief. Er hatte auch gesagt, er würde auf sie warten, als sie nach der Schule für ein Jahr nach Australien gegangen war, um dort ein Praktikum in dem Hotel von Freunden ihrer Eltern zu machen. Alles schien gut, doch dann war die Sache mit Isabel passiert, und als Cara für die Beerdigung wieder zurückgekehrt war, hatte sie erfahren, dass Kieran sie schon seit einer ganzen Weile mit einer anderen betrog. Für Cara, die den Verlust ihrer Schwester kaum ertrug, war endgültig eine Welt zusammengebrochen, und sie war froh gewesen, dass sie das Praktikum auf Wunsch ihrer Eltern hatte fortsetzen können. Es war ihr zwar schwergefallen, nicht bei ihrer Familie zu sein, aber die fremde Umgebung hatte es ihr leichter gemacht, mit der Trauer umzugehen. Außerdem war sie dort nicht ständig mit Kieran zusammengetroffen, und bei ihrer Rückkehr nach Irland war die Sache für sie erledigt gewesen. Seitdem war sie jedoch vorsichtig, was Männer anging, und hatte keinen mehr wirklich an sich herangelassen. Mit ihren männlichen Kommilitonen in Cork verband sie nur Freundschaft, und es war noch keinem anderen gelungen, ihr Herz zu erobern.

Liam gefiel ihr allerdings tatsächlich, auch wenn sie sich das nicht recht eingestehen mochte.

»Okay, ich finde ihn interessant«, räumte sie ein und hielt Amys Blick stand. »Aber das ist alles.«

»Und wobei genau braucht er Hilfe?«

Cara zögerte, weil ihr plötzlich klar wurde, wie lächerlich das klang, wenn man Liam kannte. Aber sie hatte trotzdem das Gefühl, dass sie etwas für ihn tat und dass es richtig gewesen war, ihn noch einmal zu besuchen.

Nach dem holprigen Start war er nämlich wie ausgewechselt gewesen. Wenn er seine Knurrigkeit ablegte, konnte er richtig nett sein, und auch wenn er im Umgang mit ihr oft unsicher wirkte, war der Waldschrat komplett verschwunden und hatte einen Mann zum Vorschein gebracht, der sich gut auskannte in der Welt und sich für viele Themen interessierte. Was vermutlich daran lag, dass er während der letzten Jahre verschiedene Projekte in der Entwicklungshilfe betreut hatte, die dem Aufbau von Infrastruktur gedient hatten. Das erklärte auch das Foto mit dem Brunnen, das sie in der Hütte gefunden hatte. Als Cara ihn für diese Tätigkeit gelobt hatte, die sie wichtig und bewundernswert fand, hatte er es abgetan und schnell das Thema gewechselt. Offenbar war es ihm unangenehm, deshalb war sie nicht weiter darauf eingegangen. Und auch sonst hatte sie ihm keine persönlichen Fragen gestellt. Schließlich war das der Deal gewesen, und als er gemerkt hatte, dass sie sich daran hielt, war das Misstrauen langsam aus seinem Blick gewichen. Er hatte sich im Umgang mit ihr deutlich entspannt und ihr sogar verraten, dass der Name des Hundes auf dem anderen Foto Trooper lautete. Der Irish Setter hatte Liam bis zu seinem Tod vor fünf Jahren fast überallhin begleitet, aber einen neuen Hund hatte er sich danach nicht mehr angeschafft. Obwohl es ihm bestimmt gutgetan hätte, wenn er …

»Erde an Cara! Hörst du mir zu?« Amys Worte rissen Cara aus ihren Gedanken. »Ich hab dich gefragt, wobei du diesem geheimnisvollen Mann hilfst.«

»Bei gar nichts Bestimmtem«, erwiderte sie. »Er braucht einfach jemanden, der sich ein bisschen um ihn kümmert.«

Amy grinste. »Na, da ist er bei dir ja in guten Händen. Ich kenne niemanden, der das besser könnte als du.« Sie wurde wieder ernst. »Aber wieso darf keiner von deinen Besuchen bei ihm wissen?«

»Weil er mich darum gebeten hat, es niemandem zu sagen«, erklärte Cara. »Deshalb behalte es bitte für dich, okay?«

Die Falten auf Amys Stirn vertieften sich. »Das klingt ... merkwürdig. Bist du sicher, dass mit dem Kerl alles in Ordnung ist?«

»Ja«, erwiderte Cara, obwohl das natürlich nicht stimmte. Aber was immer Liam für ein Geheimnis haben mochte, es war sicher nicht so schrecklich, dass es sie davon abhalten würde, wieder zu ihm zu gehen. »Ich muss das machen, Amy. Deshalb werde ich in nächster Zeit wahrscheinlich öfter weg sein. Aber wir beide werden natürlich auch ganz viel zusammen machen. Ich habe mich so auf dich gefreut und ...«

»Hey, keine Sorge«, beruhigte Amy sie lächelnd. »Ich arbeite tagsüber, also werde ich dich gar nicht vermissen. Und außerdem kenne ich dich und deine ›Projekte‹ doch. Wenn du dir in den Kopf gesetzt hast, jemandem zu helfen, dann lässt du dich davon nicht abhalten. Und das ist auch gut so, schließlich habe ich davon selbst schon profitiert. Wenn du mich fragst, dann kann dein geheimnisvoller Freund sich sehr glücklich schätzen, dass er dich getroffen hat.« Sie erhob sich wieder von der Bank. »Wollen wir umkehren? Ich bin echt geschafft. Wenn ich morgen für meinen neuen Job fit sein will, dann muss ich jetzt dringend schlafen.«

Cara nickte und hakte sich bei ihrer Freundin ein, als sie sich wieder zurück auf den Weg ins Hotel machten, dessen Fassade und Fenster in der Abendsonne glühend rot leuchteten.

10

Das Feuer toste um Liam herum, brüllend laut und alles verzehrend, auch wenn er die Hitze nicht spüren konnte. Es musste heiß sein, denn die Flammen waren ganz nah. Doch er stand nur da, unfähig sich zu rühren, und versuchte, sich in dem Inferno um ihn herum zu orientieren.

»Isabel!« Er schrie aus Leibeskräften, wieder und wieder. Sie musste hier irgendwo sein, und er musste sie finden. Er musste sie rausholen aus dieser Hölle.

Sein Herz krampfte sich zusammen, als er endlich die Umrisse einer Gestalt vor sich sah. Sie stand nicht weit von ihm, und er strebte auf sie zu, kam jedoch kaum vom Fleck. Es kostete ihn all seine Kraft.

»Isabel!«

Die Gestalt rückte näher, wurde deutlicher, bis er die gequälten Gesichtszüge der blonden jungen Frau überdeutlich vor sich sah. Ihr Mund öffnete sich in einem stummen Schrei, und ihre weit aufgerissenen Augen blickten flehend, aber sosehr er sich auch anstrengte und die Hände nach ihr ausstreckte, er konnte sie nicht erreichen. Ihr Haar stand in Flammen, und das Feuer leckte an ihren Armen und Beinen, verschlang immer mehr von ihr.

»Isabel!« Wieder schrie er ihren Namen, doch sie entfernte sich von ihm, verschwand in den Flammen, ohne dass er es verhindern konnte …

Schweißgebadet schreckte Liam im Bett hoch und brauchte einen Moment, bis sein Atem sich beruhigt hatte. Sein Hals schmerzte, und seine Stimmbänder fühlten sich rau an, weil er vermutlich wieder im Schlaf geschrien hatte, wie so oft, wenn ihn dieser verdammte Albtraum heimsuchte.

Er verfolgte ihn seit Jahren, quälte ihn mit Bildern, von denen er nicht wusste, ob sie der Wahrheit entsprachen oder nicht.

Hatte er Isabel in der brennenden Scheune gesehen? Oder gaukelte ihm sein Gehirn im Schlaf nur das Horrorszenario vor, das er sich schon so oft ausgemalt hatte?

Er konnte sich einfach nicht erinnern. Es war alles weg, von dem Moment an, wo er mit Isabel vor der Scheune gestanden hatte, bis zu dem Moment, wo er mit schweren Verbrennungen im Krankenhaus aufgewacht war …

»William?«

Er hielt inne, nicht sicher, ob er sich eingebildet hatte, dass jemand nach ihm rief. Doch dann ertönte ein lautes Klopfen.

»Bist du da?«

Überrascht warf er einen Blick auf den Wecker, der auf dem Nachttisch stand, und stellte fest, dass es schon neun Uhr morgens war. So lange schlief er sonst nie.

Hastig stand er auf, streifte sich seine Jeans und ein T-Shirt über und ging zur Tür. Er wusste, wer davorstand, deshalb setzte er ein Lächeln auf, auch wenn es ihm schwerfiel.

»Hallo, Barbara!«

»Habe ich dich geweckt? Das tut mir leid!« Die ältere Dame mit den weißen, zu einem strengen Dutt zusammengefassten Haaren gab ihm einen Kuss auf die Wange, als er sich zu ihr herunterbeugte, um sie zur Begrüßung zu umarmen. »Geht es dir gut, mein Junge?«

Er versicherte es ihr, so wie er es immer tat, und sah in ihren Augen, dass sie genau wusste, dass es eine Lüge war.

»Wieso bist du heute schon da?«, fragte er. »Wolltest du nicht erst übermorgen kommen?«

»Ich musste meine Pläne leider ändern«, erklärte sie mit einem Seufzen.

»Hast du alles dabei?« Liam blickte über ihre Schulter zu dem grünen Kastenwagen hinüber, der hinter seinem Jeep parkte und auf dessen Türen das Logo der Brennerei prangte. *O'Byrne Original Irish Whiskey* stand da in geschwungenen Lettern, und wie jedes Mal, wenn er den Firmennamen las, zog sein Herz sich für einen Moment schmerzhaft zusammen.

Barbara war seinem Blick gefolgt. »Ich weiß, ich sollte nicht mit dem Firmenwagen herkommen«, sagte sie. »Aber Oran ist mit dem Mercedes unterwegs.«

Liam kommentierte das nicht weiter, sondern half ihr, die Vorräte auszuladen, die sie mitgebracht hatte.

»Das ist doch viel zu viel«, meinte er, als sie alles verstaut hatten. »Die Hälfte hätte auch gereicht.«

»Ich habe lieber etwas mehr mitgebracht, weil ich nicht weiß, wann ich das nächste Mal kommen kann.«

Liam hielt in der Bewegung inne und sah sie erschrocken an, weil das nur eins bedeuten konnte. »Geht es Dad schlechter?«

Barbara nickte. »Er ist noch schwächer geworden, deshalb lasse ich ihn nur noch ungern alleine. Behandeln lassen will er sich aber immer noch nicht. Es ist fast, als hätte er sich aufgegeben. Ich mache mir wirklich Sorgen.«

»Hat er nach mir gefragt?«, erkundigte er sich und spürte einen Stich, als Barbara seinem Blick auswich.

»Noch nicht. Aber bitte bleib trotzdem noch. Ich bin sicher, dass er das bald tun wird.«

Liam biss die Zähne aufeinander. Aber er nickte, weil er ihr diese Bitte nicht abschlagen konnte. Er konnte ihr überhaupt nichts abschlagen, weil sie der einzige Mensch war, für den er tatsächlich alles tun würde. Sie war weit mehr als eine Haushälterin, hatte schon damals in Belfast bei ihnen gelebt, wo

Liams Vater Robert als Geschäftsführer einer Leinenfabrik gearbeitet hatte. Und sie war auch bei ihnen geblieben, als Robert sich vor neun Jahren entschlossen hatte, seinen Job an den Nagel zu hängen und stattdessen die marode Whiskeybrennerei in Kenreagh zu kaufen und wiederzueröffnen.

Liams Mutter Deidre, die in der Gegend Verwandtschaft hatte, war damals schon krank gewesen, und Robert hatte gehofft, dass die Landluft ihr guttun würde. Doch nur ein Jahr nach ihrem Umzug war sie ganz plötzlich gestorben, nicht an ihrem Krebsleiden, sondern an einem Schlaganfall. Ihr Tod war für sie alle furchtbar gewesen, aber Robert hatte es regelrecht aus der Bahn geworfen. Er war völlig apathisch geworden und hatte sich um nichts mehr gekümmert.

Liam war gezwungen gewesen, sein Studium abzubrechen und die Leitung der Brennerei zu übernehmen, die sich damals noch im Aufbau befand. Das hatte er nur mit Barbaras unermüdlicher Unterstützung geschafft, und sie war später auch die Einzige gewesen, die fest zu ihm gehalten hatte, als diese furchtbare Sache mit Isabel passiert war. Barbara hatte immer darauf beharrt, dass Liam unschuldig war, und er wusste das zu schätzen, auch wenn es nichts änderte.

Deshalb war er sofort gekommen, als sie ihn darum gebeten hatte, weil es seinem kranken Vater zunehmend schlechter ging. Robert litt seit zwei Jahren an einer lymphatischen Leukämie, die eigentlich heilbar war. Doch in den letzten Monaten hatte er deutlich abgebaut, und da er eine weitere Chemotherapie strikt ablehnte, befürchtete Barbara das Schlimmste. Liam wusste, dass ihr Wunsch, ihn in der Nähe zu wissen, auch mit der Hoffnung verbunden war, dass er sich wieder mit seinem Vater aussöhnte. Aber er würde Robert erst besuchen, wenn dieser nach ihm verlangte, und das schien bisher nicht der Fall zu sein. Also musste er weiter in dieser Hütte hocken und darauf warten, dass er ans Bett seines Vaters gerufen wurde. Falls das überhaupt jemals passierte ...

»Es tut mir leid«, sagte Barbara, die seine Gedanken zu erraten schien. »Du weißt doch, wie stur er sein kann. In dieser Hinsicht stehst du ihm schließlich in nichts nach.«

Niedergeschlagen schüttelte Liam den Kopf. »Er wird seine Meinung über mich nicht ändern. Genauso wenig wie alle anderen.«

Barbara widersprach ihm nicht, was er als schlechtes Zeichen wertete.

»Ich mache uns einen Tee«, verkündete sie stattdessen und verschwand in der kleinen Küche.

Als sie etwas später am Tisch vor ihren dampfenden Bechern saßen, seufzte sie tief.

»Du fehlst in der Brennerei, William. Seit du weg bist, geht es stetig bergab. Oran hat einfach kein Händchen für die Geschäfte. Er kann die Brennerei nicht leiten. Nicht so wie du.«

Liam hätte gelächelt, wenn das Thema nicht so ernst gewesen wäre. Barbara hatte ihre Abneigung gegen Oran Nelson niemals ablegen können. Er war der Brennmeister der Destillerie gewesen, als Robert den Betrieb übernommen hatte, und es war ihnen richtig erschienen, ihn weiterzubeschäftigen, weil er sich mit der Herstellung des Whiskeys viel besser auskannte als sie selbst. Außerdem wusste er einiges über den Vertrieb, deshalb war er Liam eine große Hilfe gewesen, als er für seinen Vater einspringen musste. Sie hatten gut zusammengearbeitet, und Oran hatte auch Robert unterstützt, der nach Liams Weggang wieder das Ruder in der Brennerei übernommen hatte. Doch seit Robert krank war, leitete Oran die Brennerei alleine – eine Tatsache, mit der Barbara sich noch nicht wirklich angefreundet hatte.

»Er behauptet, er hätte alles im Griff. Aber ich sehe, dass er überfordert ist. Er kann guten Whiskey brennen. Aber allein schafft er es nicht, ihn auch gut zu verkaufen.«

»Ich bin sicher, er tut sein Bestes«, meinte Liam. »Außerdem verdanke ich ihm mein Leben. Wenn er mich nicht aus der brennenden Scheune gezogen hätte, dann wäre ich jetzt tot. Genau wie Isabel.«

»Ich weiß.« Barbara trank einen Schluck Tee und stellte den Becher vorsichtig wieder ab. »Aber das macht ihn noch nicht zu einem guten Geschäftsführer. Du kannst das besser, William.«

»Nur würden die Leute mit mir keine Geschäfte mehr machen«, erinnerte Liam sie. »Für sie bin ich schuld an Isabels Tod. Und vielleicht haben sie ja recht.«

Eine neue Welle der Verzweiflung überkam ihn, weil wohl niemals endgültig geklärt werden würde, wie das verheerende Feuer entstanden war. Weil er sich nicht erinnern konnte.

War es ein Versehen gewesen oder Absicht? Ein Unfall oder Brandstiftung? Liam konnte diese Fragen nicht beantworten, und die Untersuchung durch die Brandexperten hatte kein eindeutiges Ergebnis erbracht. Das Heu hatte sich entweder selbst entzündet, was vorkommen konnte, oder war angezündet worden, aber ob und von wem, ließ sich nicht feststellen. Und da in der Rechtsprechung der Grundsatz »Im Zweifel für den Angeklagten« galt, hatte man Liam nicht angeklagt. Von einer möglichen Schuld sprach ihn das jedoch nicht frei, und die Dorfbewohner glaubten nicht an einen Unfall. Für sie war Liam der Böse in diesem Szenario, und das hatten sie ihn spüren lassen. Dabei machte er sich selbst die größten Vorwürfe …

»Ich wünschte, du würdest zurückkommen.« Barbara sah ihn traurig an. »Wir brauchen dich in der Brennerei.«

»Du weißt, dass das nicht geht.«

Wenn er sich in Kenreagh zeigte, würde der Spießrutenlauf von Neuem beginnen. Selbst sein Vater glaubte, dass Liams

Amnesie nur eine Schutzbehauptung war, weil er nicht zu dem stehen wollte, was er getan hatte. Der Streit mit Robert war der Tropfen gewesen, der das Fass zum Überlaufen gebracht hatte. Nicht mehr in der Lage, die ständigen Anfeindungen auszuhalten, war Liam gegangen. Und er wäre auch nicht zurückgekehrt, wenn Barbara nicht darauf bestanden hätte. Es fühlte sich falsch an. Er gehörte nicht mehr an diesen Ort. Er gehörte überhaupt nirgendwo mehr hin.

»Aber das ist doch alles schon so lange her«, widersprach Barbara. »Irgendwann vergessen die Leute das auch wieder.«

»Nein, das werden sie nicht.« Er stand auf und trat ans Fenster. »Und ich kann es auch nicht.«

Er hörte, wie Babara sich hinter ihm erhob und neben ihn trat. Sie strich ihm über den Arm.

»Ich muss wieder los.« Ihre Stimme klang traurig. »Ich sage dir Bescheid, wenn sich etwas ändert.«

Liam blieb an der Tür stehen, sah zu, wie sie in den Wagen stieg und wegfuhr, ihn wieder allein ließ.

Nur, dass er diesmal vielleicht nicht allein bleiben würde. Cara kam ihn bald wieder besuchen, das hatte sie ihm versprochen, und obwohl er wusste, dass es falsch war, hoffte er, dass sie es wirklich tun würde.

Natürlich war es nur eine vorübergehende Sache. Sie wollte sich bei ihm für eine Weile die Zeit vertreiben, bevor sie wieder zurück zu ihrem anspruchsvollen Studium fuhr, und er brauchte genau das. Jemanden, der ihn davon abhielt, die Wände hochzugehen.

Mehr ist das nicht zwischen uns, und mehr wird es nie sein, schärfte er sich ein und ging mit weit ausholenden Schritten hinter die Hütte, um Holz zu hacken oder irgendetwas anderes zu tun, was ihn von den Gedanken ablenken würde, die er sich nicht machen durfte.

11

»So, fertig!« Brianna schob die letzte Kiste mit Legosteinen zurück ins Regal, während Amy die Stühle wieder an die vier Tische rückte, die in dem großen »Kinderparadies« im Erdgeschoss des Kerryhead Castle standen.

Die verschieden hohen Tische, auf denen jede Menge Mal- und Bastelutensilien lagen, bildeten das Herzstück des Raums, zusammen mit einem riesigen bunten Teppich, auf dem bis eben noch zahlreiche Spielsachen verteilt gewesen waren. Jetzt jedoch reihten sich die Bobbycars, Spielhäuser und Kuscheltiere am Rand unter dem Fenster aneinander und warteten darauf, dass die kleinen Hotelgäste sich morgen wieder mit ihnen beschäftigten. Für die etwas älteren Kinder standen im angrenzenden Zimmer außerdem ein Tischfußballspiel, ein Billardtisch und ein Sofa, sodass das Hotel tatsächlich für alle Altersgruppen etwas zu bieten hatte.

Es war ein schöner Arbeitsplatz, der Amy sehr gut gefiel, vor allem, weil sie sich nicht um die Betreuung ihres Sohnes sorgen musste. Charlie war den ganzen Tag bei ihr, was sie beide sehr genossen, und er erholte sich sichtlich. Mit den anderen Kindern zu spielen machte ihm Spaß, und ihn so glücklich und zufrieden zu sehen war auch für Amy sehr erholsam, genau wie die Tatsache, dass sie sich nicht um die Mahlzeiten zu kümmern brauchte. Morgens frühstückten sie mit Cara, mittags versorgte Kenneth sie mit einem Snack aus der Küche, und abends aß sie mit den Connellys, genau wie früher. Nur dass jetzt außer ihr auch noch Jessica mit am Tisch saß und argwöhnisch über jedes

Wort wachte, das Amy mit Patrick wechselte. Dabei waren es bisher gar nicht viele, dachte Amy traurig, während sie noch mal kontrollierte, ob wirklich alles wieder an seinem Platz war. Patrick saß meistens an der anderen Seite des Tisches und würdigte sie kaum eines Blickes ...

»Und?« Brianna trat neben sie. »Was macht ihr mit dem Rest des Tages?«, fragte sie und grinste breit. Das tat sie meistens, weil sie zu den Menschen gehörte, die grundsätzlich alles positiv sahen und die selten etwas aus der Ruhe brachte. Was sie zu einer ausgesprochen angenehmen Kollegin machte, wie Amy fand. »Habt ihr schon Pläne?«

»Ich weiß noch nicht«, erwiderte Amy seufzend und dachte an den freien Nachmittag, der vor ihr lag.

Normalerweise endete die Betreuung nach der kurzen Mittagspause von halb eins bis halb zwei erst um fünf, aber heute fielen die Nachmittagsstunden aus, weil die meisten Gäste an einer von Ian und Susan organisierten Fahrt nach Cork teilnahmen. Was Amy und ihren Kolleginnen unerwartete Freizeit bescherte.

»Ich denke, wir gehen runter zum See.«

»Ich kann aber nicht«, protestierte Charlie, der mit seinen beiden heißgeliebten Autos auf dem Spielteppich saß. »Patrick will gleich mit mir auf der Bahn Rennen fahren.«

Die Bahn, die Patrick ihm vor ein paar Tagen wie versprochen gegeben hatte, war Charlies Ein und Alles, genau wie die beiden Rennwagen, von denen er sich nie trennte und die er sogar mit ins Bett nahm. Bisher war es allerdings immer nur Amy gewesen, die mit ihm gespielt hatte, und es brach ihr das Herz, ihren Sohn wieder enttäuschen zu müssen.

»Ich weiß, Schatz. Das macht Patrick auch bestimmt noch. Aber ich glaube, im Moment hat er einfach zu viel zu tun.«

»Nein, er hat Zeit«, beharrte Charlie. »Das hat er mir gesagt, als er vorhin da war.«

»Patrick war hier?« Verwirrt sah Amy zu Brianna.

Ihre Kollegin nickte. »Als du vorhin mit den Großen unten am See warst. Er hat sich nach dir erkundigt und eine Weile bei Charlie gesessen und mit ihm gespielt.«

Amys Magen zog sich zusammen. »Was wollte er denn wissen?«

»Nur, ob alles in Ordnung ist. Aber keine Sorge, Jane und ich haben ihm gesagt, dass wir ein tolles Team sind und nicht mehr auf dich verzichten wollen.«

»Das ist nett von euch«, sagte Amy mit einem gezwungenen Lächeln, während ihre Gedanken rasten.

Bis vor einer Minute war sie noch davon ausgegangen, dass Patrick keinerlei Interesse mehr an ihr hatte. Sie war mit Charlie nun schon seit fast einer Woche im Kerryhead Castle, doch abgesehen vom täglichen Abendessen und dem einen Mal, als er vorbeigekommen war, um Charlie die Rennbahn zu geben, hatte sie Patrick kaum gesehen – fast so, als würde er ihr bewusst aus dem Weg gehen. Bereute er es vielleicht schon, sie überhaupt eingestellt zu haben?

»Jetzt guck nicht so.« Brianna stieß sie an. »Er wollte sich nur vergewissern, das ist alles. Du weißt schon, weil wir jetzt zu dritt sind.«

»Ist das denn ein Problem?«, fragte Amy. »Ich dachte, ihr bräuchtet mich wegen der vielen Anmeldungen.«

Verwundert sah Brianna sie an.

»Es sind nicht mehr als im letzten Jahr.«

Amy wurde plötzlich kalt. »Dann hast du ihm nicht gesagt, dass ihr Unterstützung braucht?«

»Nicht, dass ich wüsste«, meinte Brianna, fügte, als sie Amys entsetzten Gesichtsausdruck sah, jedoch hastig hinzu: »Aber es ist toll, dass du da bist. Wir kommen jetzt viel besser zurecht, und das habe ich dem Chef auch gesagt. Er könnte dich gar nicht entlassen, selbst wenn er wollte. Das würde einen Aufschrei unter den Gästen geben. Du machst einen super Job, und die Kinder lieben dich. Also entspann dich. Er hat wirklich nur gefragt, mehr nicht.«

Amy versuchte, das aufmunternde Lächeln ihrer Kollegin zu erwidern, aber es gelang ihr nicht. Wieso hatte Patrick gelogen?

»Ich muss jetzt los«, meinte Brianna. »Wir sehen uns dann morgen.«

Amy nickte nur stumm, immer noch erschüttert von dem, was sie gerade erfahren hatte. Erst, als Charlie zu ihr kam und nach ihrer Hand griff, schreckte sie aus ihren Gedanken.

»Gehen wir jetzt zu Patrick?« Seine helle Stimme klang hoffnungsvoll.

»Oh ja, das tun wir«, bestätigte Amy. »Ich muss ihn nämlich dringend etwas fragen.«

Patrick war jedoch weder im Restaurant noch in der Küche, und da Susan und Ian mit der Reisegruppe unterwegs waren und sie Jessica nicht nach ihm fragen wollte, wandte Amy sich an Cara, die ihr am Empfang über den Weg lief.

»Er wollte in den Stall«, meinte Cara. »Der Tierarzt ist da, um sich Currys Huf anzusehen.«

»Patrick ist bei den riesigen Pferden?« Charlies Augen weiteten sich. »Aber da will ich nicht noch mal hin!«

Er war in der Stadt aufgewachsen und kannte die meisten Tiere bisher nur aus Büchern. Deshalb hatten ihm die beiden großen Kaltblüter Curry und Mayo, die den Connellys gehörten und bei Ausflügen mit Gästen den großen Planwagen zogen, gehörigen Respekt eingejagt, als Cara sie ihm gezeigt hatte. Selbst Caras Beteuerungen, dass die beiden Pferde absolut friedfertig seien, hatten ihn nicht beruhigt, und er ging seitdem nur sehr ungern in die Nähe des Stalls, der etwas abseits vom Haupthaus lag.

»Aber ich muss mit Patrick sprechen«, meinte Amy. Sie wollte ihr Gespräch mit ihm nicht aufschieben, deshalb sah sie ihre Freundin hilfesuchend an.

»Ich muss zwar gleich weg, aber ein bisschen Zeit habe ich noch.« Cara wandte sich an Charlie. »Wollen wir beide zu den Löwen gehen, bis deine Mum wieder zurück ist?«

Charlie nickte begeistert und griff nach Caras Hand, folgte ihr zum Ausgang.

»Ich bin gleich zurück«, rief Amy ihnen nach und eilte dann durch den Hinterausgang in Richtung Stall.

Patrick stand tatsächlich in der Stallgasse neben der weißgefleckten Curry, die er am Halfter hielt, und redete mit einem älteren Mann mit Bart, den Amy noch von früher kannte und der sie offenbar auch nicht vergessen hatte, denn er lächelte, als er sie erkannte.

»Amy! Ich habe schon gehört, dass du wieder zurück bist!«

»Hallo, Dr. Hollister.« Sie fragte sich, ob Patrick dem Tierarzt von ihrer Rückkehr erzählt hatte. Aber wahrscheinlich waren es die Buschtrommeln gewesen. In einem kleinen Ort wie Namara sprachen sich Neuigkeiten schnell herum.

»Ich muss leider weiter, ich bin schon spät dran«, sagte Dr. Hollister entschuldigend und wandte sich wieder an Patrick. »Ich sehe mir den Huf Ende der Woche noch mal an. Bis dahin sollte es deutlich besser sein.«

Er verabschiedete sich, und Amys Herz schlug schneller, als ihr klar wurde, dass sie seit ihrer Rückkehr zum ersten Mal mit Patrick allein war. Nervös räusperte sie sich.

»Kann ich dich kurz sprechen?«

»Warte einen Moment.« Patrick führte die Stute zurück in

ihre Box und schob die Tür zu, dann kehrte er zu Amy zurück. »Was ist denn los?«

Sie zögerte, plötzlich nicht mehr sicher, ob sie die Sache wirklich ansprechen sollte. Aber sie musste es einfach wissen.

»Warum hast du behauptet, dass Brianna dir gesagt hätte, sie bräuchten noch Unterstützung? Es gibt doch gar nicht mehr Anmeldungen als im letzten Jahr.«

Er wich ihrem Blick aus. »Ich dachte, es seien mehr.«

»Und wieso hast du dich bei ihr über mich erkundigt?« Das alles passte nur auf eine Weise zusammen. »Du willst mich wieder entlassen, oder? Du hattest Mitleid mit mir und hast mir diesen Job angeboten, aber jetzt wärst du mich lieber wieder los. Weil ihr mich eigentlich gar nicht braucht.«

»Was? Nein!« Entsetzt sah Patrick sie an. »Brianna und Jane waren im letzten Jahr am Limit mit ihren Kapazitäten. Deshalb wollte ich die Kinderbetreuung sowieso personell aufstocken. Es war einfach eine gute Gelegenheit, dass du gerade da warst.«

»Und warum hast du dann nach mir gefragt?«

Erneut vermied er es, sie anzusehen.

»Warum, Patrick? Bist du nicht zufrieden mit meiner Arbeit?«

»Doch. Natürlich.«

»Aber warum hast du dann ...?«

»Weil ich mich für dich interessiere, okay?« Die Worte brachen aus ihm heraus, und er sah genauso erschrocken darüber aus wie Amy. Abrupt wandte er sich ab und ging ein Stück weg, fuhr sich mit der Hand durchs Haar.

»Das stimmt doch gar nicht. Du ignorierst mich«, gab Amy zurück und merkte erst in dem Augenblick, in dem sie es aussprach, wie sehr sein distanziertes Verhalten sie verletzte. Sie hatte sich eingeredet, dass es besser wäre, wenn sie Abstand hielten. Dass sie froh darüber war. Doch in Wirklichkeit machte es sie traurig. »Seit ich hier bin, hast du kaum zwei Worte mit mir gewechselt.«

Mit drei langen Schritten war Patrick wieder bei ihr.

»Weil ich dachte, dass es dir so lieber ist«, verteidigte er sich. »Du hast schließlich sehr deutlich gemacht, dass du nichts mehr mit mir zu tun haben willst.«

Amy wusste sofort, dass er von ihrem Brief sprach. Aber den hatte sie aus gutem Grund geschrieben, deshalb verstand sie nicht, weshalb er sie so gekränkt ansah.

»Und du hattest kein Problem damit, mich gehen zu lassen«, sagte sie, ohne nachzudenken, und merkte erst jetzt, wie dicht Patrick vor ihr stand. Ihr Wortgefecht hatte sie immer weiter aufeinander zugetrieben, und ihre Gesichter waren nur noch Zentimeter voneinander entfernt.

»Was hätte ich denn tun sollen, Amy?« Seine Stimme klang heiser, und in seinen grünen Augen lag ein beinahe verzweifelter Ausdruck, der sie kurz zögern ließ. Aber dann erinnerte sie sich daran, dass er es gewesen war, der die Entscheidung gegen sie getroffen hatte. Und dass sie gegangen war, um wenigstens ihren Stolz zu wahren.

»Nichts«, sagte sie mit dünner Stimme. »Ich … musste einfach weg. Das ist alles.«

Sie wollte einen Schritt zurück machen, wollte Abstand zwischen sich und ihn bringen. Doch er griff nach ihr, umfasste ihre Arme.

»Aber jetzt bist du wieder hier.« Seine Stimme war immer noch rau. »Und solange das so ist, möchte ich sicherstellen, dass es dir gut geht.«

Amy schluckte hart.

»Warum?«

»Weil …« Er ließ sie los und sah für einen Moment so aus, als wüsste er den Grund selbst nicht. »Weil wir Freunde waren«, sagte er dann. »Du kannst das vielleicht einfach so abhaken, aber ich nicht.«

Freunde, dachte Amy und spürte einen scharfen Stich in der Brust. Für sie war Patrick mehr gewesen als das. Viel mehr. Aber jetzt wusste sie wenigstens endgültig, dass er diese Gefühle nie geteilt hatte.

»Du willst, dass wir Freunde sind?«, fragte sie tonlos, unfähig den Blick von seinem zu lösen.

***

Patrick starrte in ihre blauen Augen. Nein, dachte er. Das will ich nicht. Aber das, was er tatsächlich wollte, konnte er nicht mal sich selbst eingestehen. Er durfte sich nicht zu Amy hingezogen fühlen, verdammt. Und er durfte auch nicht darüber nachdenken, wie es wäre, wenn er sie jetzt einfach an sich zog und küsste. Das war etwas, was man zwei Wochen vor der Hochzeit mit einer anderen Frau nicht machen sollte.

Er hatte schlicht unterschätzt, welche Wirkung sie auf ihn haben würde. Es stimmte, dass er versucht hatte, ihr aus dem Weg zu gehen, schon weil Jessica überraschend eifersüchtig auf Amys Ankunft reagiert hatte, fast so, als wüsste sie, was damals zwischen ihm und Amy passiert war. Aber das war Unsinn. Nicht mal seine Familie hatte das mitbekommen, und aus Jessica und ihm war erst nach Amys Weggang ein Paar geworden.

Gut fünfeinhalb Jahre waren seitdem vergangen, und irgendwann war es ihm gelungen, wieder nach vorn zu sehen, auch wenn er Amy nie wirklich vergessen hatte.

Aber jetzt …

Jedes Mal, wenn er sie sah, wurde das Bedürfnis in ihm größer, ihr wieder näherzukommen. Er wollte wissen, was sie dachte, er wollte sie wieder neu kennenlernen nach der langen Zeit, die sie getrennt gewesen waren. Diesen Wunsch konnte er allerdings schlecht offen zugeben, deshalb flüchtete er sich in eine einfachere Begründung, mit der er seine Gefühle vor sich selbst rechtfertigte.

»Wir waren Freunde, also können wir es doch auch wieder sein.«

Der Glanz, der gerade noch in Amys Augen gelegen hatte, verschwand abrupt, und er spürte, wie sie sich von ihm zurückzog.

»Amy ...«

Er wollte wieder nach ihr greifen, hielt jedoch inne, als Cara mit Charlie an der Hand durch die Stalltür hereinkam.

»Hallo, ihr beiden«, rief sie fröhlich. »Hier ist jemand, der Sehnsucht nach euch hat.«

Sie blieb stehen und runzelte die Stirn, blickte abwechselnd zu Patrick und zu Amy, die einen Schritt vor ihm zurückgewichen war. Charlie, der von der angespannten Stimmung zwischen den beiden nichts mitbekam, machte sich von Cara los und lief auf Patrick zu. Als der Rappe Mayo seinen großen Kopf aus der Box streckte und laut schnaubend seine lange Mähne schüttelte, blieb der Kleine jedoch abrupt wieder stehen.

»Spielen wir jetzt, Patrick?« In Charlies großen blauen Augen lag diese ansteckende kindliche Vorfreude, die offenbar auch seine Angst vor den Pferden nicht dämpfen konnte, und Patrick spürte, wie ihm das Herz aufging. Er mochte Kinder grundsätzlich, aber Charlie hatte er richtig gern. Vielleicht weil er Amy so ähnlich sah.

»Klar«, sagte er deshalb. »Wenn deine Mutter nichts dagegen hat?«

»Nein, natürlich nicht«, sagte Amy und wandte sich an Cara. »Kommst du auch mit?«

Es klang ein bisschen, als bräuchte sie ihre Freundin als Schützenhilfe. Aber Cara schüttelte den Kopf.

»Ich kann nicht, ich muss noch mal weg.«

»Schon wieder?«, fragte Patrick, weil ihn die ständige Abwesenheit seiner Schwester langsam nervte. »Wo treibst du dich eigentlich die ganze Zeit rum? Wir kriegen dich seit Tagen kaum noch zu Gesicht!«

»Gestern war ich den ganzen Tag hier«, widersprach Cara.

»Aber nur, weil die neue Kellnerin krank war und wir dich für die Carpenter-Hochzeit brauchten«, gab Patrick zurück. »Und darüber warst du nicht begeistert.« Er runzelte die Stirn. »Willst du schon wieder nach Killarney?«

»Nein, heute fahre ich nach Tralee«, erklärte Cara. »Ich habe da was zu erledigen.«

»Aber ich nehme an, du wirst uns nicht verraten, was?«

»Du hast es erfasst, Bruderherz«, sagte sie mit einem breiten Grinsen und gab ihm einen Kuss auf die Wange. »Ich wünsche euch noch viel Spaß. Ich muss jetzt nämlich wirklich los, sonst schaffe ich es nicht mehr rechtzeitig.« Sie winkte ihnen, dann war sie auch schon wieder weg.

»Weißt du, was das zu bedeuten hat?«, wollte Patrick von Amy wissen, doch sie zuckte nur mit den Schultern.

»Sie sieht glücklich aus. Also denke ich nicht, dass wir uns Sorgen machen müssen.«

»Hm.« Patrick war sich nicht ganz sicher, ob er das glauben konnte. Aber als er Amys Blick auffing, wurde ihm klar, dass er genug eigene Probleme hatte, um die er sich kümmern musste.

»Na, komm, gehen wir ein paar Rennen fahren«, sagte er zu Charlie, der ihn erwartungsvoll ansah.

***

Als sie den Eingang zum Hotel erreicht hatte, blickte Cara sich noch einmal um und sah Patrick mit Amy und Charlie auf dem Weg, der zum Stall führte. Sie gingen langsam, weil sie sich Charlies Tempo anpassten, der an Patricks Hand lief und zu ihm aufsah, während er ihm aufgeregt etwas erzählte. Die drei wirkten wie eine kleine Familie, und Cara stellte fest, dass es ihr gut gefallen hätte, wenn es tatsächlich so gewesen wäre. Sie hatte immer das Gefühl gehabt, dass Amy gut zu ihrem Bruder gepasst hätte, und es hatte eine Zeit gegeben, wo die beiden sich so nahegestanden hatten, dass Cara hätte wetten mögen, aus ihnen würde ein Paar werden. Aber dann war Amy weggegangen und von einem anderen Mann schwanger geworden, und Patrick war mit Jessica zusammengekommen.

Es sollte einfach nicht sein, dachte Cara wehmütig auf dem Weg durch die Küche hinaus auf den Innenhof, wo ihr Micra geparkt war. Ihr Vater hatte den Wagen generalüberholen lassen, deshalb benutzte sie ihn wieder. Das war auch besser, denn dann musste sie keine Rechenschaft darüber ablegen, wann und wohin sie fuhr.

An diesem Tag würde ihr Weg sie jedoch tatsächlich nicht hinauf nach Glen Garvan zu Liams Hütte führen. Zumindest nicht sofort.

Sie stellte das klobige Navi an, das an der Windschutzscheibe befestigt war, und gab die Adresse ein, die sie im Internet herausgesucht hatte. Sicher, ob der weite Weg nach Tralee sich lohnen würde, war sie nicht. Aber einen Versuch ist es wert, dachte sie und lächelte, als sie sich vorstellte, wie Liam wohl auf ihre Überraschung reagieren würde.

12

Die Sonne stand schon tief über der Wiese, ließ die Baumstämme golden leuchten, als Cara endlich die Hütte erreichte.

»Liam!«, rief sie laut, als sie ausstieg, doch er musste den Wagen gehört haben, denn er war bereits an der Tür, stieß sie auf und kam mit langen Schritten auf sie zu. Auf seinem Gesicht stand Erleichterung.

Dicht vor ihr blieb er stehen, und für einen kurzen, atemlosen Moment glaubte Cara, dass er sie in die Arme nehmen würde. Er sah so aus, als hätte er das gerne getan, und sie stellte fest, dass sie nichts dagegen gehabt hätte.

»Ich dachte schon, Sie hätten mich vergessen!«, meinte er, und Cara verstand das gut. Er hatte sich bestimmt Sorgen gemacht, als sie gestern nicht gekommen war, obwohl sie ihm das angekündigt hatte. Und heute war sie auch viel später als sonst bei ihm.

»Tut mir leid! Ich kam gestern nicht weg, weil ich für eine ausgefallene Kellnerin einspringen musste. Und Bescheid sagen konnte ich Ihnen ja leider nicht.«

»Und was hat Sie heute so lange aufgehalten? Ich nehme an, Sie hatten Wichtigeres zu tun, als an den alten Waldschrat zu denken.«

Er sagte es leichthin, aber sie hatte den Schatten gesehen, der über sein Gesicht gehuscht war.

»So alt sind Sie auch wieder nicht«, widersprach sie ihm. »Und tatsächlich habe ich sogar sehr viel an Sie gedacht. Ich bin sogar extra wegen Ihnen nach Tralee gefahren.«

Er runzelte die Stirn. »Und was wollten Sie da?«

»Ich habe etwas für Sie geholt«, erklärte sie und trat hinter den Micra. Als sie den Kofferraum öffnete, sprang ein großer graubrauner Hund aus dem Wagen und sah sich neugierig um. Er hatte Schlappohren, ein etwas längeres, zottiges Fell und eine verkümmerte Rute. Obwohl er kein Welpe mehr war, wirkte er noch ein bisschen tapsig und unbeholfen, während er die Umgebung erkundete.

»Darf ich vorstellen: Das ist Whiskey«, erklärte Cara. »Seine Mutter war eine Pointer-Hündin und sein Vater vermutlich ein Irischer Wolfshund, deswegen dürfte er wohl noch etwas größer werden. Er ist nämlich erst ungefähr ein halbes Jahr alt und noch nicht ganz ausgewachsen. Aber immerhin schon stubenrein. Und wirklich nett, obwohl er schon einiges mitgemacht hat. Als er gefunden wurde, war seine Rute mehrfach gebrochen. Es kann ein Unfall gewesen sein, aber die Leute vom Animal Heaven, wo er bis jetzt untergebracht war, glauben, dass er misshandelt wurde.«

»Der arme Kerl.« Liam war in die Hocke gegangen und hielt seine Hand dem Hund hin, der interessiert daran schnupperte. »Und weshalb haben Sie ihn mitgebracht?«

»Weil er jetzt hier wohnt«, verkündete Cara und lächelte, als Liam sie überrascht ansah. »Natürlich nur, wenn Sie wollen. Und gerne auch erst mal nur zur Pflege, für den Fall, dass Sie sich nicht mit ihm vertragen.«

Das kam ihr unwahrscheinlich vor, denn Whiskey hatte seine Inspektion von Liam beendet und sich neben ihn gesetzt. Er hechelte mit offenem Maul und sah sehr zufrieden aus, während der Ausdruck auf Liams Gesicht Fassungslosigkeit spiegelte.

»Sie haben mir einen Hund besorgt? Ohne mich vorher zu fragen?«

»Ich hatte eigentlich nicht vor, Ihnen sofort einen mitzubringen. Eigentlich bin ich nur zu dem Tierheim gefahren, um mich dort umzusehen«, erklärte sie. »Aber als ich dann Whiskey entdeckt habe, dachte ich, dass er wirklich gut zu Ihnen passen würde.«

»Der Name passt auf jeden Fall«, murmelte Liam mit einem schiefen Lächeln und kraulte den Mischling hinter den Ohren, was Cara als gutes Zeichen wertete.

»Er erinnert mich irgendwie an Sie.«

Liam hob die Augenbrauen. »Ich erinnere Sie an einen misshandelten Hund?«, fragte er, offenbar nicht sicher, ob er darüber beleidigt oder amüsiert sein sollte.

»Ja. Nein. Natürlich nicht«, versicherte Cara ihm rasch. »Aber er sah so allein aus. Und er hat ...«

Sie zögerte, aber Liam schien zu wissen, was sie hatte sagen wollen.

»... auch ein paar Narben?«, beendete er den Satz für sie.

»Ja, so in etwa.« Cara zuckte lächelnd mit den Schultern. »Deshalb dachte ich, dass Sie sich gegenseitig ein bisschen Gesellschaft leisten könnten.«

Das leichte Lächeln auf Liams Gesicht erlosch schlagartig.

»Soll das heißen, dass Sie nicht mehr kommen werden?«

Die Vorstellung schien ihm ganz und gar nicht zu gefallen. Cara lächelte.

»Im Gegenteil. Wenn Whiskey bei Ihnen bleiben darf, hätte ich einen Grund mehr, regelmäßig vorbeizukommen. Schließlich muss ich nachprüfen, ob Sie ihn auch gut behandeln.«

Er entspannte sich sichtlich. »Wenn das so ist«, meinte er und erhob sich wieder, »dann versuchen wir es mal miteinander, hm, Whiskey?«

Der Rüde wedelte mit dem Schwanz, und Cara atmete erleichtert auf.

Es war eine verrückte Idee gewesen, aber etwas sagte ihr, dass es gut für Liam war, wenn er wieder einen Begleiter hatte. Jemanden, der bei ihm bleibt, wenn der Sommer vorbei ist, dachte sie und seufzte innerlich.

»Jetzt könnte ich einen Tee gebrauchen. Ich werde uns schnell einen kochen.« Sie wollte ins Haus gehen, aber Liam hielt sie auf.

»Das mache ich«, erklärte er. »Sie können schon mal rüber zur Wiese gehen.«

»Zur Wiese?« Verwundert blickte Cara zum Waldrand hinüber. »Was ist denn da?«

»Das sehen Sie ja dann«, meinte er geheimnisvoll und verschwand im Haus.

Whiskey schien kurz zu überlegen, ob er ihm folgen sollte, entschied sich dann jedoch dafür, Cara zu begleiten. Er lief ein Stück voraus, die Nase auf dem Boden.

Als sie die Wiese erreichten, blieb der Hund stehen, genau wie Cara, die erstaunt den Tisch und die beiden einfachen Holzbänke betrachtete, die Liam am Rand der Wiese aufgestellt hatte.

Sie waren aus Baumstämmen und Brettern zusammengesetzt und so bearbeitet, dass die Tisch- und Sitzflächen angenehm glatt waren. Auf dem Tisch lag außerdem ein rechteckiges Trockentuch, das als Tischdecke diente, und darauf stand ein Steingutbecher mit Wiesenblumen.

»Wow«, sagte sie, als Liam mit dem Tee kam, und strahlte ihn an. »Wann haben Sie das denn gemacht?«

»Ich hatte sowieso vor, mir hier draußen einen Essplatz einzurichten.« Er hob die Kanne und die Becher vom Tablett und stellte sie auf den Tisch. »Und da ich die letzten Tage unerwartet viel Zeit hatte, konnte ich das endlich angehen.«

Cara setzte sich und lächelte ihn an, als er ihr gegenüber

Platz nahm. »Wenn Sie in meiner Abwesenheit immer so produktiv sind, dann sollte ich vielleicht doch nicht mehr so oft kommen.«

* * *

Liam blickte in ihre grünen Augen, für einen Moment nicht fähig, ihr zu antworten. Was hätte er auch sagen sollen? Es würde sie vermutlich irritieren, wenn sie wüsste, dass er diesen Sitzplatz nur für sie gemacht hatte. Damit sie sich wohler fühlte, wenn sie ihn besuchen kam, und vielleicht länger blieb. Deshalb hatte er die letzten beiden Tage geschuftet – ohne zu wissen, ob die Mühe sich lohnte, denn bis vor ein paar Minuten war er sich nicht sicher gewesen, ob er sie noch einmal wiedersehen würde.

Überhaupt waren die letzten beiden Tage eine verdammte Hölle gewesen. Er hatte sich die furchtbarsten Dinge ausgemalt, die Cara zugestoßen sein konnten, und war kurz davor gewesen, seinen Vorsatz zu brechen und runter nach Namara zu fahren, um sich nach ihr zu erkundigen. Was allerdings schon daran gescheitert wäre, dass er ihren vollen Namen nicht kannte.

Über diese Dinge sprachen sie nie, und obwohl Liam es eigentlich zu schätzen wusste, dass Cara die Mauer, die er um seine persönliche Geschichte gezogen hatte, nicht einzureißen versuchte, störte es ihn jetzt, dass er so wenig über sie wusste.

Weil sie ihm dafür längst viel zu wichtig war.

Er hatte keine Ahnung, wieso er das nicht hatte verhindern können. Seine Abwehrmechanismen funktionierten bei Cara einfach nicht. Sie hatte sie außer Kraft gesetzt, indem sie jeden seiner Einwände mit einem Lächeln ignorierte. Mehr als einmal hatte er versucht, ihr zu sagen, dass sie sich keine Mühe mit ihm zu geben brauchte. Dass er ihrer Aufmerksamkeit nicht wert war und sie ihre Zeit besser nutzen konnte, als sie mit ihm zu verbringen. Aber davon wollte sie nichts wissen, und mit jeder Stunde, die er mit ihr verbracht hatte, war sein Widerstand ein Stück mehr geschmolzen, und er hatte angefangen, von etwas zu träumen, das er sich eigentlich schon seit einer Ewigkeit verbot.

Aber es gab Gründe, warum er niemanden mehr an sich heranließ. Und es war besser, wenn er das nicht vergaß.

»Ja, vielleicht sollten Sie das. Sie müssen mich nicht besuchen, das habe ich Ihnen doch schon gesagt.« Er presste die Worte zwischen den Zähnen hindurch und senkte den Kopf, starrte auf die Tischplatte, während er auf ihre Antwort wartete. Es ist sowieso nur eine Frage der Zeit, dachte er. Sie wird irgendwann wieder gehen. Also konnten sie es auch gleich hinter sich bringen. Bevor es richtig wehtat.

Überrascht sah er auf, als sie ihre Hand auf seine legte. In ihren Augen lag ein weicher Ausdruck.

»Hey, das war ein Scherz. So schnell werden Sie mich ganz bestimmt nicht los.« Ihre Hand ruhte noch einen Augenblick lang auf seiner, dann ließ sie ihn wieder los und goss den Tee ein. »Ich habe übrigens noch eine Ladung Hundefutter im Auto, die müssen wir gleich ausladen. Und dann könnten wir ein bisschen mit Whiskey spazieren gehen, damit er die Gegend kennenlernt. Oder haben Sie was anderes vor?«

Liam nahm den gefüllten Teebecher von ihr entgegen.

»Nein«, sagte er und schaffte es nicht, seine Erleichterung zu verbergen, als er ihr Lächeln erwiderte.

13

Patrick lehnte an seinem Volvo und starrte an der Reihe der geparkten Autos und der geschlossenen Häuserfront vorbei auf das Ende der Straße. Man konnte dort nur nach rechts oder links abbiegen, denn geradeaus versperrte eine weiß gekalkte Mauer den Weg. Ein hoher Torbogen war darin eingelassen, und daneben prangte unübersehbar das große aufgemalte Firmenlogo der Brennerei, die dahinterlag.

O'Byrne Original Irish Whiskey.

Patrick schluckte, weil der Name auch nach sechs Jahren immer noch ein Gefühl der brennenden Wut in ihm auslöste. Er kam oft nach Kenreagh, aber er mied diesen Teil des Ortes, soweit es ging. Weil der Anblick der Brennerei Erinnerungen zurückbrachte an jene furchtbare Nacht, in der er neben den brennenden Ruinen der Scheune irgendwo am Ende des weitläufigen Geländes gestanden hatte, ohne jede Hoffnung, dass sie Isabel noch lebend finden würden …

»Hey, Pat!« Der Ruf schreckte Patrick aus seinen Gedanken auf, und er sah, dass ein weißer Toyota-Kombi neben seinem Volvo stehen geblieben war. Der Fahrer, ein blonder Mann in seinem Alter, hatte die Scheibe heruntergekurbelt und grinste breit.

»Hallo, Kieran.« Patrick lächelte ebenfalls, auch wenn es ihm schwerfiel.

»Wir haben uns ja ewig nicht gesehen!« In Kierans Stimme schwang wie immer diese Mischung aus Überraschung und Enttäuschung mit, so als hätte er immer noch nicht begriffen, dass die Zeiten, in denen er zu Patricks engsten Vertrauten gehört hatte, lange vorbei waren. Ihre Freundschaft hatte in dem Moment geendet, als Kieran seiner Schwester das Herz gebrochen hatte, noch dazu zu einer Zeit, als sie alle wegen Isabels Tod vor Schmerz fast verrückt geworden waren. Das hatte Patrick seinem früheren Freund nicht verziehen und den Kontakt abgebrochen. Wenn sie sich zufällig irgendwo trafen, tat Kieran, der inzwischen den Tischlereibetrieb seines Vaters übernommen hatte, jedoch immer noch so, als wäre alles wie früher.

»Wie geht es dir?«, erkundigte sich Patrick, eher aus Höflichkeit als aus Interesse.

Kierans Miene verdüsterte sich. »So gut, wie es einem gehen kann, wenn man gerade in einem Unterhaltsstreit steckt.«

Patrick wusste sofort, worum es ging. Und er war nicht der Einzige, denn es hatte sich längst auch bis Namara herumgesprochen, dass Kierans Exfreundin ihn wegen ausstehender Zahlungen für die gemeinsame Tochter vor Gericht gezerrt hatte.

»Lacey stellt völlig überzogene Forderungen«, schimpfte Kieran. »Aber das fechte ich an. Das kann sie doch nicht einfach so verlangen!«

»Ich glaube nicht, dass sie mehr will, als ihr zusteht«, erwiderte Patrick kühl.

Er kannte Lacey, die gut mit Jessica befreundet war, und wusste, dass sie mit der kleinen Alice nur über die Runden kam, weil ihre Eltern sie unterstützten. Deshalb hoffte er sehr, dass das Gericht Kieran nicht nur zu den überfälligen Zahlungen, sondern außerdem zu einer saftigen Geldstrafe verdonnern würde. Er dachte an Amy, die auch allein zurechtkommen musste, und merkte, wie Wut in ihm aufstieg. Wie konnten Väter sich so verantwortungslos verhalten?

Kieran schien es unangenehm zu sein, dass Patrick nicht seiner Meinung war, denn er murmelte nur etwas Unverständliches und wechselte dann das Thema.

»Und was machst du hier? Musst du zum Arzt?« Er deutete auf das Haus, vor dem Patricks Wagen stand und in dem sich eine Gemeinschaftspraxis mehrerer niedergelassener Ärzte befand.

»Nein. Ich ... warte auf jemanden«, meinte Patrick vage und war froh, dass Kieran abgelenkt war, weil in diesem Moment ein grüner Kastenwagen aus der Toreinfahrt der Brennerei kam und auf sie zufuhr. Als das große Auto auf ihrer Höhe war und sich an Kierans Toyota vorbeischob, erkannte Patrick, dass ein hagerer dunkelhaariger Mann mit einer Tweedmütze hinter dem Steuer saß.

»War das nicht Oran Nelson?«

Kieran nickte und lehnte sich ein bisschen weiter aus dem Fenster.

»Und ich weiß auch, weshalb er so grimmig aussah. Der Brennerei soll es nämlich sehr schlecht gehen«, berichtete er mit gesenkter Stimme. »Der alte O'Byrne ist krank, und wie man hört, steckt der Betrieb schon länger in finanziellen Schwierigkeiten. Würde mich deshalb nicht wundern, wenn sie bald aufgeben müssten.«

Patrick horchte in sich hinein, ob ihm diese Neuigkeit irgendeine Art von Befriedigung verschaffte. Aber im Grunde war es ihm egal, was mit der Brennerei passierte. Selbst wenn die O'Byrnes pleitegingen – seine Schwester brachte ihm das nicht zurück. Eins interessierte ihn aber doch.

»Und was ist mit William O'Byrne?«

Kieran zuckte mit den Schultern. »Keine Ahnung. Der hat sich hier schon seit Jahren nicht mehr blicken lassen. Versteckt sich wahrscheinlich irgendwo und hofft, dass ihn niemand findet.«

»Ja, das sollte er auch besser tun«, knurrte Patrick und spürte, wie kalte Wut in ihm aufstieg. Er hatte sich mit dem Tod seiner Schwester abgefunden, aber nicht mit der Tatsache, dass der Mann, der dafür verantwortlich war, niemals zu seiner Schuld gestanden hatte. Deshalb war es gut, wenn der Kerl sich hier nie wieder blicken ließ. Denn wenn Patrick ihn in die Finger bekam, dann …

»Du heiratest nächstes Wochenende, oder?«, meinte Kieran, und für einen kurzen Moment befürchtete Patrick, dass sein ehemaliger Freund ihn fragen würde, warum er noch keine Einladung erhalten hatte. Aber Kieran schien zu wissen, dass er nicht auf der Gästeliste stand. Tatsächlich interessierte ihn etwas ganz anderes. »Stimmt es, dass über zweihundert Leute kommen?«

»Nein, es sind ungefähr sechzig«, stellte Patrick richtig und fragte sich erschrocken, wie Kieran auf so eine riesige Zahl kam. Aber so ist das eben mit dem Dorftratsch, dachte er. Die Leute übertrieben gerne, und nicht alles, was sie voller Überzeugung weitererzählten, stimmte auch. »Wenn es nach mir ginge, dann wären es sogar noch weniger. Ich wollte eigentlich eine kleine …«

Er brach seine Erklärung ab, weil Kieran ihm nicht mehr zuhörte, sondern zur Eingangstür der Praxis blickte, aus der Amy gerade mit Charlie herausgetreten war. Charlie lief sofort zu Patrick, blieb jedoch stehen, als er den fremden Mann im Auto sah. Auch Amy hielt abrupt inne, als sie Kieran erkannte.

»Amy! Das ist ja eine Überraschung!«, sagte Kieran, sichtlich erstaunt. Offenbar hatte ihn die Nachricht von ihrer Rückkehr noch nicht erreicht.

»Hallo, Kieran«, sagte Amy, und Patrick hätte beinahe geschmunzelt, als er den angewiderten Ausdruck auf ihrem

Gesicht sah. Es mochte viel Zeit vergangen sein, aber sie schien ebenfalls nicht vergessen zu haben, wie mies sein ehemaliger Freund sich Cara gegenüber benommen hatte.

Kieran sah jedoch nicht sie an, sondern musterte Charlie, der sich immer noch hinter Patrick versteckte.

»Ich wusste gar nicht, dass du ein Kind hast«, meinte er und hob fragend die Augenbrauen. »Wer ist denn der glückliche Vater?«

Es war typisch für Kieran, so eine dreiste Frage zu stellen, und als Patrick sah, wie Amys Wangen sich rot färbten, reichte es ihm.

»Du entschuldigst uns, Kieran? Wir müssen weiter«, sagte er und öffnete die hintere Tür des Volvos, um Charlie einsteigen zu lassen.

»Tja, dann. Bis demnächst.« Kieran lächelte ein bisschen säuerlich und fuhr davon.

»Er ist und bleibt ein unangenehmer Typ«, meinte Patrick, während er Amy die Beifahrertür aufhielt. »Dass ich das nicht von Anfang an erkannt habe, werde ich niemals begreifen.«

»Manchmal merkt man eben erst spät, dass man sich in einem Menschen getäuscht hat«, erwiderte Amy, und als ihre Blicke sich trafen, hatte Patrick plötzlich das Gefühl, dass sie nicht von Kieran sprach. Aber sie war schon eingestiegen, bevor er nachfragen konnte. Mich kann sie damit nicht meinen, dachte er, während er Charlie beim Anschnallen half. Jedenfalls war er sich keiner Schuld bewusst.

»Danke, dass du uns mitgenommen hast«, meinte Amy, als er sich hinter das Steuer setzte.

»Mit dem Bus hätte es doch viel zu lange gedauert«, erwiderte er. »Und ich musste hier sowieso noch was erledigen.«

Das hatte er behauptet, als er ihr vorgeschlagen hatte, sie und Charlie nach Kenreagh zu bringen. Es war eine glatte Lüge gewesen, weil sie sicher nicht mit ihm gefahren wäre, wenn sie gewusst hätte, dass er ihr damit einen Gefallen tun wollte. Aber immerhin hatte ihr Verhältnis sich seit ihrem Streit vor einer Woche so weit normalisiert, dass sie jetzt wieder miteinander sprachen.

»Was hat Dr. Baker gesagt? Wie geht es Charlie?«

»Gut so weit«, erwiderte Amy. »Aber dass er immer noch so blass ist, macht ihm Sorgen.«

»Was kann man dagegen tun?«

Amy seufzte. »Nicht viel. Er soll sich nicht überanstrengen und möglichst gesund essen. Was ja dank Kenneth und deiner Mutter im Moment kein Problem ist.«

»Und sonst?«

»Täte ihm Seeluft gut. Wobei die Luft hier auch schon viel besser ist als in London«, meinte Amy mit einem Lächeln, das nicht wirklich überzeugend wirkte. Sie machte sich Sorgen um den Kleinen, das konnte Patrick ihr ansehen, und es schnitt ihm ins Herz.

»Was ist Seeluft?«, fragte Charlie von der Rückbank.

»Das ist das, was du einatmest, wenn du am Meer stehst«, erklärte ihm Patrick.

Charlie überlegte kurz. »Ich glaub, da war ich noch nie. Oder, Mummy?«

»Nein«, bestätigte Amy und zuckte mit den Schultern, als Patrick sie überrascht ansah. »Wir hatten nie Geld für Urlaub.«

Sie senkte den Blick, und Patrick spürte ein Gefühl der Wut in sich aufsteigen, als ihm klar wurde, dass sie sich deswegen schämte. Er hätte sich Charlies Vater wirklich gerne vorgeknöpft und ihm gesagt, was er davon hielt, dass er Amy und ihren gemeinsamen Sohn derart im Stich gelassen hatte. Aber daran ließ sich nichts ändern. Daran, dass Charlie noch nie das Meer gesehen hatte, allerdings schon.

»Ich muss noch mal runter nach Kenmare und dort etwas abholen. Wie wär's, wenn ihr mitkommt?«, schlug er vor. »Dann fahren wir danach noch ein Stück weiter die Küste entlang zum Castlecove Beach.«

Amy sah ihn überrascht an.

»Nach Castlecove?«

Der breite weiße Sandstrand galt als einer der schönsten in Kerry und zog vor allem Familien mit Kindern an. Aber es war auch der Ort, an dem sie beide einige schöne Nachmittage verbracht hatten – eine Tatsache, die ihr offenbar genauso bewusst war wie ihm. Nur schien sie sich nicht mehr so gerne daran zu erinnern wie er.

»Ich weiß nicht ...«

»Da wird es Charlie bestimmt gefallen«, meinte Patrick, und der Kleine stimmte begeistert mit ein.

»Oh ja! Können wir mit Patrick fahren, Mummy? Bitte!«

Amy zögerte noch immer. »Aber das schaffe ich nicht«, sagte sie und blickte auf ihre Armbanduhr. »Ich habe Brianna und Jane gesagt, dass ich nach der Mittagspause zurück bin. Und jetzt ist es schon fast zwölf.«

»Die beiden kommen bestimmt noch eine Weile ohne dich klar«, erklärte Patrick. »Außerdem bin ich dein Chef, schon vergessen? Wenn ich dir einen freien Nachmittag genehmige, dann werden deine Kolleginnen wohl kaum etwas dagegen sagen können.«

Amy schien mit sich zu kämpfen. Aber am Ende siegte die Sorge um ihren Sohn. »Charlie würde das sicher guttun.«

»Also abgemacht«, meinte Patrick zufrieden und startete den Motor.

14

»Ist es da oben?« Cara stemmte die Hände in die Hüften und blickte den steilen Hügel hinauf, der sich mitten im Wald erhob. Bäume wuchsen darauf, und der Boden dazwischen war fast überall von teilweise hüfthohen Farnen und Büschen bedeckt. Sie sahen nicht dornig aus, aber da sie nur Shorts, ein dünnes T-Shirt und leichte weiße Sneaker trug, würde sie Schwierigkeiten haben, den Aufstieg zu meistern.

Das schien auch Liam klar zu werden, denn er runzelte die Stirn, als er neben sie trat.

»Wir müssen da nicht rauf.«

»Aber Sie haben doch gesagt, dass man von dort eine super Aussicht hat.«

»Das ist auch so. Ich hatte allerdings vergessen, dass das Hinaufklettern etwas schwierig ist.«

»Kam Ihnen wahrscheinlich nicht schwer vor«, meinte Cara lächelnd und ließ den Blick über die stattlichen Muskelpakete gleiten, die sich unter seinem Shirt deutlich abzeichneten. Für jemanden von seiner Größe und Statur war so ein Hang keine besondere Herausforderung, und in seiner olivfarbenen Outdoor-Hose, dem karierten Hemd und den festen schwarzen Lederschuhen wirkte er auch sonst besser gerüstet für den Aufstieg als sie.

Aber sie hatte auch nicht damit gerechnet, dass sie heute eine so weite Tour durch die Wälder unternehmen würden. Es war eine spontane Idee gewesen, ihre übliche Runde mit Whiskey, die sie während der letzten Woche zu ihrer nachmittäglichen

Routine gemacht hatten, ein bisschen auszudehnen und bis zu dem Aussichtspunkt zu laufen, den Liam ihr zeigen wollte. Doch nun schien er sich nicht mehr sicher zu sein, ob er ihr das zumuten konnte.

»Wir hätten zur Ruine gehen sollen. Da ist es viel ebener.«

»Nein.« Entschieden schüttelte Cara den Kopf. Er hatte das schon ein paarmal vorgeschlagen, aber sie hatte das immer abgelehnt. Zum Glück fragte er bei so etwas nie nach, denn vermutlich hätte sie Schwierigkeiten gehabt, ihm den Grund dafür zu erklären. Für sie war der Besuch in Glen Garvan einfach etwas, das sie allein machen musste. Früher war die Ruine oft Ziel ihrer Familienausflüge gewesen, weil ihr Vater die Einsamkeit dort schätzte und sich gern abseits der Touristenpfade hielt. Zusammen mit Patrick hatten Isabel und Cara dort zwischen den Steinen Verstecken gespielt, und später, als Isabel schon selbst Auto fahren durfte, waren die beiden Schwestern immer wieder dorthin zurückgekehrt, wenn sie in Ruhe reden wollten.

Mit Isabel hatte Cara über alles sprechen können. Sie war ihr großes Vorbild gewesen, und wenn Cara sie besonders vermisste, fuhr sie nach Glen Garvan. Dort fühlte sie sich Isabel näher, aber es tat auch weh, diese Erinnerungen zu wecken. Deshalb wollte sie nicht, dass sie jemand begleitete, schon gar nicht Liam. Wenn sie mit ihm zusammen war, wollte sie an etwas Positives denken. Zum Beispiel daran, wie sehr er sich verändert hatte.

Wenn sie ihn jetzt ansah, dann konnte sie oft gar nicht mehr glauben, dass er ihr bei ihrer ersten Begegnung beinahe ein bisschen Angst gemacht hatte. Nicht, dass er nicht ab und zu noch sehr wortkarg sein konnte. Aber er war nicht mehr so grimmig wie am Anfang, im Gegenteil. Der Mann, mit dem sie heute unterwegs war, hatte fast nichts mehr mit dem Waldschrat gemein, der an jenem Nachmittag ihr Auto wieder in Gang gebracht hatte. Er redete nach wie vor nicht über seine Vergangenheit, aber er war inzwischen viel offener zu Cara, und sie spürte, dass ihre Besuche ihm wichtig waren. Er sagte es nicht in so vielen Worten, aber sie merkte es an seinem warmen Lächeln, wenn er sie begrüßte. Oder daran, dass er versuchte, ihr die Stunden bei ihm so angenehm wie möglich zu machen. Es war nie mehr unaufgeräumt bei ihm gewesen, und wenn sie kam, hatte er meistens schon etwas für sie vorbereitet, ein Essen, ein Picknick, Blumen, eine Figur, die er ihr geschnitzt hatte. Er lehrte Whiskey sogar Tricks, die sie zum Lachen brachten.

Und rein äußerlich hatte er sich auch verändert. Sehr zu seinem Vorteil, wie sie fand …

»Was ist?«, fragte Liam irritiert, und sie merkte erschrocken, dass sie ihn die ganze Zeit angestarrt hatte.

»Nichts. Ich … dachte nur gerade, dass Sie so wirklich besser aussehen. Ohne Bart, meine ich.«

Sie war sehr überrascht gewesen, als er sie gestern mit einem dramatisch gekürzten Bart begrüßt hatte. Es war jetzt eher ein Dreitagebart, der seine Wangen gerade noch bedeckte. Dadurch konnte man erkennen, dass die Narbe tatsächlich nur bis zur Linie seines Kinns reichte und nicht weiter. Aber sie fiel deswegen nicht stärker auf als sonst, vielleicht, weil man eher auf seine Gesichtszüge achtete, die klarer zu erkennen waren. Cara tat das jedenfalls und fand sich bestätigt darin, dass er wirklich ein sehr attraktiver Mann war. Nicht, dass ihr das nicht schon vorher aufgefallen wäre. Aber es machte sie auf eine ganz neue Weise nervös.

»Jetzt wirken Sie nicht mehr wie ein Waldschrat«, sagte sie lächelnd, um ihre Befangenheit zu überspielen.

»Ich weiß nicht.« Liam legte eine Hand an sein Kinn und

strich sich unsicher über die Wange. »Ich muss mich erst noch daran gewöhnen. Ohne fühle ich mich immer noch ein bisschen nackt.«

»Warum haben Sie den Bart dann abgenommen?«

Er hob einen Mundwinkel zu einem schiefen Lächeln.

»Weil Sie ihn nicht mochten.«

Überrascht sah Cara ihn an.

»Ich sagte nur, dass ich finde, der Bart macht Sie älter«, widersprach sie atemlos. »Und ich hatte recht. So werden Sie der Damenwelt viel besser gefallen.«

»Mir würde es schon reichen, wenn es Ihnen gefällt«, meinte Liam, und Cara spürte ein Kribbeln im Magen.

»Es gefällt mir sogar sehr«, erklärte sie mit geröteten Wangen, und in den Sekunden des Schweigens, die folgten, schlug ihr Herz so schnell, dass sie kaum zu atmen wagte.

Doch dann unterbrach Liam den Blickkontakt und sah wieder den Hügel hinauf.

»Ich glaube, wir kehren besser um.«

Er rief Whiskey, der ganz in ihrer Nähe an einem Baum schnüffelte. Sofort kam der große, schlaksige Hund zu ihnen, doch anstatt bei Liam stehen zu bleiben, lief er ein Stück den Hang hinauf und untersuchte die große Wurzel eines Baumes.

Liam wollte ihn erneut rufen, doch Cara legte ihre Hand auf seinen Arm.

»Whiskey hat recht. Wenn wir schon mal hier sind, dann gehen wir auch da hoch.«

Wie um ihre Worte zu bestätigen, lief der Hund den Hang weiter hinauf, und Cara folgte ihm entschlossen. Doch schon nach ein paar Metern hatte sie Mühe, auf dem vom letzten Regen noch feuchten Boden nicht auszurutschen. Sie fand einfach keinen Halt mit ihren Schuhen, und das Gestrüpp, durch das sie sich den Weg bahnen musste, machte die Sache nicht einfacher.

»Das ist wirklich ziemlich steil«, musste sie eingestehen.

»Warten Sie, lassen Sie mich vorgehen.« Liam hatte sie eingeholt und schob sich an ihr vorbei. »Hier, nehmen Sie meine Hand.«

Dankbar ließ Cara sich von ihm über die besonders schwierigen Stellen helfen. Mit ihm zusammen war es kein Problem mehr, und nach wenigen Minuten erreichten sie das Plateau, wo Whiskey schon schwanzwedelnd auf sie wartete.

Noch ganz außer Atem von der Anstrengung des Aufstiegs lehnte Cara sich kurz gegen Liam, der immer noch ihre Hand hielt, und genoss den Anblick, der sich ihr bot. Die sanften grünen Hügel von Kerry breiteten sich vor ihnen aus und schienen sich mit ihren Wiesen und Wäldern bis zum Horizont zu erstrecken

»Und? Habe ich Ihnen zu viel versprochen?«

»Es ist wunderschön«, bestätigte Cara und war sich für einen Moment nicht sicher, ob sie damit die Landschaft meinte oder die Tatsache, dass sie Liam auf einmal so nah war wie nie zuvor.

Normalerweise vermied er jede Art von Körperkontakt. Er umarmte sie nicht zur Begrüßung oder zum Abschied, und er berührte sie meist nur zufällig, wenn er ihr etwas reichte. Das war vielleicht auch ganz gut so, denn die Tatsache, dass er ihre Hand warm mit seiner umschloss, stellte schlimme Dinge mit ihrem seelischen Gleichgewicht an. Wenn es nach ihr gegangen wäre, dann hätten sie noch ewig so nebeneinanderstehen können, deshalb seufzte sie innerlich, als er sie wieder losließ und seinen Rucksack absetzte.

Er begann damit, die Sachen herauszuholen, und Cara half ihm dabei. Gemeinsam breiteten sie eine Decke auf der Wiese aus und verteilten darauf die Köstlichkeiten, die er mitgebracht hatte: belegte Brote, Früchte, hart gekochte Eier und eingelegte Gurken, dazu eine Flasche Wasser und eine gekühlte Flasche Weißwein. Cara hatte nur den Kuchen beigesteuert.

Liam füllte zwei Gläser, die er ebenfalls dabeihatte, und reichte Cara eins davon. Dann setzte er sich neben sie auf die Decke und stieß mit ihr an. Schweigend blickten sie auf die atemberaubend schöne Landschaft vor ihnen, während sie aßen und ihren Wein tranken.

Sie hatten bei ihren Ausflügen schon oft irgendwo zusammengesessen, aber diesmal war es anders. Cara schaffte es nicht, so locker zu sein wie sonst, vielleicht weil sie sich Liams Nähe auf eine fast schmerzhafte Weise bewusst war.

»Wann haben Sie diese Stelle eigentlich entdeckt?«, fragte sie, um die Stille zwischen ihnen zu füllen.

»Vor einer Ewigkeit. Als ich noch ein Kind war.«

Cara runzelte die Stirn. »Dann waren Sie früher schon mal hier?«

Überrascht sah er sie an und schien erst in diesem Moment zu erkennen, dass er mit seiner Antwort mehr verraten hatte, als er wollte.

»Ja«, bestätigte er knapp.

Caras Herz schlug schneller.

»Dann stammen Sie aus dieser Gegend?«

»Nein. Aber meine Mutter. Deshalb war ich als Kind öfter hier zu Besuch.«

Es schien ihm sehr schwerzufallen, das zuzugeben, deshalb war Cara nicht sicher, ob sie weiter nachbohren sollte. Doch sie konnte sich diese Gelegenheit nicht entgehen lassen.

»Haben Sie etwas mit Dave Ryan zu tun?«, fragte sie vorsichtig, weil ihr wieder eingefallen war, was Kenneth ihr über den ehemaligen Besitzer der Hütte erzählt hatte.

»Kannten Sie ihn?«, fragte Liam zurück.

»Nicht gut«, gestand Cara. »Eigentlich gar nicht. Ich weiß nur, dass ihm die Hütte gehört hat.«

»Und jetzt gehört sie mir«, erklärte Liam mit dieser Endgültigkeit, die immer in seiner Stimme mitschwang, wenn er nicht weiter über ein Thema sprechen wollte.

Aber Cara spürte, dass die Mauer, die er sonst um alles baute, was ihn und seine Vergangenheit betraf, heute nicht mehr ganz so undurchlässig war wie sonst. Und das musste sie einfach ausnutzen.

»Warum? Haben Sie die Hütte gekauft?«

Mit klopfendem Herzen wartete sie auf seine Antwort. Er zögerte lange.

»Ich habe sie geerbt«, sagte er dann.

»Aber Dave hatte keine Kinder.«

»Er war mein Großonkel.«

»Oh. Dann sind Sie also ein Ryan?«

»Cara ...« Seine Stimme klang warnend, deshalb hob sie schnell die Hand.

»Schon gut. Sie müssen es mir nicht sagen. Aber verraten Sie mir wenigstens, was Sie wieder hergeführt hat, nachdem Sie so viel rumgekommen sind.«

Sie hatte inzwischen eine ganz gute Vorstellung davon, wohin seine Reisen ihn geführt hatten. Da waren exotische Orte dabei gewesen, weit weg und sicher viel spannender als Kerry, aber er schien es an keinem wirklich lange ausgehalten zu haben. Und irgendwie hatte sie auch nicht den Eindruck, dass es ihm um die Hilfe selbst gegangen war, die er dort in den jeweiligen Projekten geleistet hatte. Es schien eher eine Art Wiedergutmachung zu sein, die er sich selbst auferlegt hatte. Wofür, wusste sie nicht, aber irgendetwas belastete ihn, das spürte sie. Und es fiel ihr schwer, ihre Neugier noch länger zu zügeln.

»Wieso sind Sie wieder in Kerry?«

Liam schwieg, und sie war fast sicher, dass er nichts mehr dazu sagen würde. Doch er überraschte sie mit einem tiefen Seufzen.

»Es ist … etwas Persönliches«, sagte er und trank sein Glas Wein mit einem großen Schluck leer. »Ich muss etwas klären.«

Seine Miene war grimmig, deshalb würde sie vermutlich nicht mehr aus ihm herauskriegen. Aber es ist mehr, als er mir bisher über sich verraten hat, dachte Cara zufrieden und nahm sich ein Stück Apfel aus einer der geöffneten Plastikdosen. Als ihr Blick noch einmal über die Auswahl an Verpflegung glitt, musste sie unwillkürlich lächeln.

»Was ist so amüsant?«, wollte Liam wissen.

»Nichts. Es fühlt sich nur so ungewohnt an, dass ich mich um gar nichts kümmern musste«, gestand sie. »Sonst bin eigentlich immer ich diejenige, die alles einpackt und mitnimmt, wenn ich mit meinen Freunden ein Picknick mache.«

Liam hob einen Mundwinkel. »Scheint, als wäre ich da ein bisschen selbstständiger.«

Er sagte es leichthin, aber Cara sah den Schatten, der über sein Gesicht huschte, und spürte, wie ihr die Kehle eng wurde. Denn sie wussten beide, was der Grund für diese Selbständigkeit war: Er hatte niemanden, der es sonst für ihn übernahm.

»Wieso leben Sie hier draußen allein?« Cara konnte die Frage, die sie schon so lange beschäftigte, nicht mehr zurückhalten.

Liam, der gerade nach einem der Brote hatte greifen wollen, ließ die Hand wieder sinken.

»Weil es mir gefällt.«

Das war eine so offensichtliche Lüge, dass Cara entrüstet schnaubte.

»Unsinn. Sie hassen es. Sie sind wie ein Tier, das sich selbst in einen Käfig gesperrt hat. Sie möchten da raus, aber Sie können nicht, und das quält Sie. Warum ist das so, Liam? Wieso gehen Sie nicht unter Menschen? Wovor haben Sie Angst?«

»Ich gehe unter Menschen. Nur hier nicht.«

»Und warum nicht?«

Seine Miene verschloss sich. »Ich dachte, wir hätten abgemacht, dass wir uns nicht gegenseitig ausfragen.«

Cara schluckte, weil sie wusste, dass sie die Linie überschritten hatte, die er scharf um alles zog, was seine Vergangenheit betraf. Aber diesmal wich sie nicht mehr zurück, sondern hielt seinem vorwurfsvollen Blick stand.

»Das war okay, solange wir uns nicht so gut kannten. Aber das hat sich geändert. Wenn ich jemanden mag, dann interessiere ich mich für ihn – so funktioniert das nun mal. Und ich verstehe auch nicht, wieso ich es nicht wissen darf. Was kann denn so schlimm daran sein, es mir zu sagen? Ich werde darüber nicht urteilen, Liam, egal was es ist. Es ändert nichts.«

»Es ändert alles, glauben Sie mir.«

Sie griff nach seiner Hand, verschränkte ihre Finger mit seinen. »Und wenn ich verspreche, dass es das nicht tut?«

Liam blickte ihr in die Augen, und zum ersten Mal, seit sie ihn kannte, hielt er den Schmerz nicht zurück, den er in seinem Innern eingeschlossen hatte, sondern zeigte ihr, wie tief seine Verzweiflung reichte.

Instinktiv streckte sie ihre freie Hand aus und legte sie an seine Wange, strich über die rauen Bartstoppeln. Eigentlich wollte sie ihn nur trösten und ihm vermitteln, dass sie mit ihm litt. Aber die Berührung setzte etwas in ihr frei, das sie plötzlich nicht mehr unter Kontrolle hatte. Ein Schauer rann ihr über den Rücken, während sie in seinen blauen Augen versank, in denen sich dieses überwältigende Gefühl zu spiegeln schien, das sie plötzlich von Kopf bis Fuß erfüllte.

»Bitte, Liam«, flüsterte sie, nicht sicher, um was sie ihn eigentlich bat. Sie wollte wissen, was ihn so quälte. Und sie wollte ihm noch näher sein, sie wollte …

Abrupt ließ Liam ihre Hand los und erhob sich, ging ein paar Schritte und wandte ihr den Rücken zu.

»Ich will nicht darüber reden.«

Seine Stimme klang rau und abweisend, aber es schwang etwas darin mit, ein Zittern, das Cara den Mut gab, trotz seiner Worte aufzustehen und zu ihm zu gehen. Direkt vor ihm blieb sie stehen und suchte erneut seinen Blick.

Ein Muskel zuckte in seiner Wange, und seine Augen wurden dunkel, aber es machte ihr keine Angst. Im Gegenteil. Es war, als würde sie etwas zu ihm hinziehen, dem sie nicht widerstehen konnte. Und Liam konnte das offenbar auch nicht, denn sie spürte, wie seine Arme sich um sie schlossen, als sie noch ein bisschen näher auf ihn zutrat.

»Cara, verdammt«, stöhnte er heiser und zog sie an sich. Und dann lagen seine Lippen auf ihren, und er küsste sie mit einer Leidenschaft, die sie vollkommen überwältigte und jeden zusammenhängenden Gedanken aus ihrem Kopf löschte.

Plötzlich war nicht mehr wichtig, was er vor ihr verbarg, sondern nur noch das, was er ihr mit seinen Liebkosungen offenbarte. Er begehrte sie genauso wie sie ihn, und das war alles, was sie wissen musste. Glücklich schlang sie die Arme um seinen Hals, vergrub die Hände in seinem Haar und erwiderte voller Inbrunst seinen Kuss, berauscht von seiner Nähe und den Gefühlen, die er in ihr weckte – bis Liam sie abrupt wieder freigab und von sich wegschob.

»Nein.« Sein Atem ging schwer, und seine Augen waren

immer noch dunkel vor Verlangen. Doch er schüttelte den Kopf, so als müsste er dringend wieder zur Vernunft kommen.

»Liam ...« Cara wollte zurück in seine Arme, doch er hob die Hand, hielt sie von sich fern.

»Wir gehen besser«, erklärte er grimmig und begann damit, die Reste ihres Picknicks in seinen Rucksack zu packen.

Fassungslos und noch immer erschüttert von ihrem Kuss sah Cara ihm dabei zu. Erst, als er auch die Decke aufgerollt und unter dem Rucksack befestigt hatte, fand sie ihre Stimme wieder.

»Was soll das, Liam?« Sie verschränkte die Arme vor der Brust, weil ihr plötzlich kalt war. »Willst du mich nicht?«

***

Liam, der sich mit dem gepackten Rucksack in der Hand gerade wieder erhoben hatte, hielt inne und starrte Cara an. Es kostete ihn seine ganze Selbstbeherrschung, nicht die zwei Schritte zu gehen, die ihn von ihr trennten, und sie wieder in seine Arme zu ziehen und zu küssen, bis er vergessen hatte, warum er das lieber nicht tun sollte.

»Dich nicht wollen?« Er stieß die Luft aus. »Cara, ich will dich schon, seit du klatschnass vor meiner Tür gestanden hast.« Und jetzt, wo er von ihrer Süße gekostet hatte, jetzt, wo er wusste, wie es sich anfühlte, ihren weichen Körper an seinem zu spüren, war es noch viel schlimmer. »Aber es geht nicht«, sagte er, um es sich selbst noch einmal einzubläuen, und schulterte den Rucksack. Er wollte an ihr vorbeigehen, aber Cara hielt ihn am Arm fest.

»Wieso nicht, Liam?« Die Tränen, die in ihren Augen standen, brachten seinen Entschluss, sich von ihr fernzuhalten, gefährlich ins Wanken. Hastig machte er sich von ihr los und ging mit großen Schritten zu der Stelle, an der sie vorhin heraufgekommen waren.

Cara holte ihn ein, als er gerade nach einem der Äste des nächsten Baumes greifen und mit dem Abstieg beginnen wollte.

»Ich brauche eine Antwort, Liam! Bitte!«

Er schloss für einen Moment die Augen und sah Isabels Gesicht vor sich.

»Es geht nicht, weil in meinem Leben etwas passiert ist. Etwas Schlimmes. Etwas, das ich nicht vergessen kann. Es verfolgt mich, Cara. Und deshalb ist es besser, wenn ich allein bin.«

Er hielt sich an einem der Baumstämme fest und ließ sich ein Stück den steilen Hang hinunter. Cara folgte ihm, genau wie Whiskey, der ebenso leichtfüßig nach unten lief, wie er hinaufgekommen war. Sie dagegen hatte wie zuvor Mühe, auf den feuchten Moosen und Blätterresten Halt zu finden, und rutschte nach zwei Schritten ab. Zum Glück stand Liam so, dass er ihren Fall bremsen konnte, indem er nach ihrem Arm griff.

Besorgt sah er Cara an, aber in ihren Augen standen jetzt keine Tränen mehr. Stattdessen fixierte sie ihn mit diesem entschlossenen Gesichtsausdruck, den er nur zu gut kannte.

»Und du denkst, das geht nur dir so?«, meinte sie, so als hätte es die Unterbrechung ihres Gesprächs nicht gegeben. »Schlimme Dinge passieren, Liam. Katastrophale, furchtbar ungerechte Dinge, die alles kaputt machen. Damit wird man nicht besser fertig, wenn man allein ist. Im Gegenteil. Dafür braucht man Freunde. Menschen, mit denen man reden kann.«

Er schnaubte. »Du hast ja keine Ahnung.«

»Doch«, beharrte sie. »Meine Schwester ist vor ein paar Jahren ums Leben gekommen. Deshalb weiß ich, wie es ist, wenn sich von einer Sekunde auf die andere alles ändert.« Ihre Stimme zitterte leicht. »Wenn man weitermachen muss, obwohl man keine Ahnung hat, wie das gehen soll. Wenn man in einer Sackgasse endet, egal, wohin man sich wendet. Und deshalb weiß ich auch, dass es keine Lösung ist, sich zu verstecken.«

»Du hattest eine Schwester?« Er ließ sie los und starrte sie überrascht an. Bisher hatte sie immer nur ihren Bruder erwähnt. »Was ist mit ihr passiert?«

Cara öffnete den Mund, um zu antworten, doch heraus kam ein Schrei, weil ihr Fuß plötzlich erneut auf dem feuchten Boden wegrutschte. Liam wollte nach ihr greifen und sie festhalten, aber er war nicht schnell genug und konnte nur noch entsetzt zusehen, wie sie den Hang hinunterrollte und unten vor einem der Bäume reglos liegen blieb.

15

Vehement schüttelte Charlie den Kopf. »Ich will aber noch nicht fahren!«, erklärte er Amy und wandte sich dann an Patrick, der auf der anderen Seite neben ihm im Sand saß. »Ich möchte vorher noch mal auf den großen Steinen klettern. Bitte, darf ich?«

Amy blickte zu den mit Seepocken übersäten Felsen hinüber, die an der Wasserlinie des Castlecove Beach aus dem Sand ragten. Charlie hatte sie im Laufe des Nachmittags immer wieder ausgiebig erkundet, genau wie den wunderschönen breiten Sandstrand. Er hatte gar nicht genug davon bekommen, war fasziniert von allem, was es am und um das Meer zu entdecken gab. Und da er so fröhlich und voller Elan wirkte wie schon lange nicht mehr, brachte sie es kaum übers Herz, ihn zu enttäuschen.

»Aber es ist schon spät, Charlie. Wir müssen langsam wirklich zurück.«

Eigentlich wollte sie das genauso wenig wie ihr Sohn. Dafür hatte sie den Ausflug selbst viel zu sehr genossen. Zuerst hatte Patrick sie in die O'Carrolls Cove Beach Bar zum Essen eingeladen, und danach waren sie zum Strand gegangen. Den ganzen Nachmittag über waren sie zu dritt auf den Felsen herumgeklettert, hatten eine Sandburg gebaut und Wettrennen veranstaltet, bei denen immer Charlie der Sieger gewesen war. Und während sie ein Stück am Wassersaum entlangspaziert waren, hatten sie Charlie in die Mitte genommen und ihn an den Armen zwischen sich hochfliegen lassen, was ihn immer wieder vor Freude hatte jauchzen lassen. Es war das, was auch die vielen anderen Familien taten, die sich überall am Strand tummelten. Nur, dass wir keine Familie sind, dachte Amy und spürte einen schmerzhaften Stich in der Brust. So schön es auch war, es war nur eine Illusion. Und deshalb war es besser, sich auf den Rückweg zu machen.

Charlie sah das jedoch ganz anders. »Ich hab doch noch gar nicht genug Wasserluft geatmet!«

»Seeluft«, korrigierte Amy ihn. »Davon hatten wir heute wirklich reichlich. Und Patrick hat sich schon viel zu viel Zeit für uns genommen. Er muss zurück ins Hotel.«

»Ach, auf ein paar Minuten mehr oder weniger kommt es jetzt auch nicht mehr an«, widersprach Patrick und lächelte Charlie an. »Na, los, dann geh noch mal zum Wasser! Aber komm zurück, wenn wir rufen, okay?«

»Okay!«, rief Charlie glücklich und rannte zu den Felsen an der Wellenkante, wo auch noch andere Kinder spielten.

»So werden wir ihn nie hier wegbekommen«, meinte Amy und kämpfte gegen das Gefühl der Nervosität an, das immer in ihr aufstieg, wenn sie mit Patrick allein war.

»Ach, ich wollte als Kind auch nie aufhören zu spielen.« Patrick lehnte sich auf seine Arme zurück und blinzelte in die tiefstehende Sonne. Sie ließ sein rotbraunes Haar leuchten, und Amy war fast sicher, dass es sich noch genauso weich anfühlen würde wie früher, wenn sie mit den Fingern hindurchglitt. Nicht, dass ich dazu noch mal Gelegenheit haben werde, erinnerte sie sich und zog ihre Beine zu sich heran, umschlang sie mit den Armen. Es fiel ihr schwer, ihm so nah zu sein und zu wissen, dass sie ihn nicht berühren durfte. Aber sie konnte ihm zumindest sagen, was ihr dieser Ausflug bedeutete.

»Danke«, sagte sie und versuchte ein Lächeln. »Das war ein sehr schöner Tag.«

Der entspannte Ausdruck, der gerade noch auf Patricks Gesicht gelegen hatte, verschwand.

»Ich habe das für Charlie gemacht«, sagte er und wandte den Kopf ab, sah wieder zu den Steinen hinüber. »Ich mag ihn.«

Amy kämpfte gegen die Enttäuschung an, die sich in ihr ausbreitete. Deutlicher hätte er ihr nicht sagen können, dass er mit ihr noch immer nichts zu tun haben wollte. Aber wichtig war ohnehin nur Charlie.

»Er mag dich auch«, sagte sie und ärgerte sich darüber, dass ihre Stimme so kratzig klang. »Du kannst wirklich gut mit Kindern umgehen.«

»Das sagt meine Mutter auch immer.« Patrick griff mit der Hand in den Sand und ließ die feinen Körner durch seine Finger rieseln. »Ich schätze, sie hofft, dass es etwas schneller geht mit den Enkeln, wenn sie mir in dieser Hinsicht Mut macht. Aber ich fürchte, da wird sie sich noch gedulden müssen. Jessica will keine Kinder. Jedenfalls noch nicht. Sie findet, dass wir uns erst mal auf das Hotel konzentrieren sollten.« Er seufzte. »Und damit hat sie wahrscheinlich recht.«

»Du wärst ein guter Vater.« Die Bemerkung war Amy rausgerutscht, bevor sie wirklich darüber nachgedacht hatte, und sie spürte, wie ihre Wangen sich rot färbten. Was Patrick zum Glück nicht bemerkte, weil sein Blick zurück zu Charlie gewandert war, der auf einem der Felsen herumkletterte und mit seinem grasgrünen T-Shirt auch von Weitem gut zu erkennen war.

»Zumindest würde ich mein Kind nicht einfach im Stich lassen«, meinte er, und Amy schloss für einen Moment die Augen. Wechsel das Thema, dachte sie verzweifelt.

»Was ist eigentlich aus deinen Reiseplänen geworden?«, fragte sie. »Hast du die Tour durch Neuseeland gemacht, so wie du es vorhattest?«

Patrick verzog den Mund. »Nein. Nach Isabels Tod herrschte hier Chaos. Mum war verzweifelt, und Dad hat auch nur noch funktioniert. Sie haben versucht, weiterzumachen, aber allein hätten sie das nicht geschafft. Sie brauchten mich, deshalb bin ich geblieben.«

In seiner Stimme schwang Bedauern mit und eine Niedergeschlagenheit, die Amy überraschte. Sie hatte sich oft gefragt, wie es Patrick in der Zwischenzeit ergangen war. In ihrer Vorstellung war er jedoch der optimistische junge Mann geblieben, den sie in Erinnerung hatte, sorglos und immer zu einem Scherz aufgelegt. Natürlich hatte Isabels Tod ihn getroffen, genau wie alle anderen, aber wie sehr es sein Leben verändert hatte, wurde ihr erst jetzt klar. Für ihn war damals alles ein Abenteuer gewesen, er wollte die Welt erkunden, und Neuseeland war dabei nur eins seiner Ziele gewesen. Doch anstatt seinen Träumen zu folgen, hatte er Verantwortung übernommen und zu seiner Familie gestanden.

Amy seufzte innerlich. Aber war er letztlich nicht immer verlässlich gewesen? Ein Fels in der Brandung, unerschütterlich in seiner positiven Sicht auf die Dinge. Es war das, was sie an ihm geliebt hatte. Bis zu dem Tag, an dem er sie so bitter enttäuscht hatte …

»Und was ist mit dir? Hast du dir dein Leben so vorgestellt?« Patrick sah sie ernst an, schien in ihren Augen etwas zu suchen, was ihm keine Ruhe ließ. »Bist du glücklich geworden damit, alles einfach hinter dir zu lassen?«

Seine Stimme klang vorwurfsvoll. Verletzt. So als hätte er nach allem, was passiert war, ein Recht darauf, ihr vorzuhalten, dass sie gegangen war.

»Nein.« Amy schluckte gegen die hilflose Wut an, die sie plötzlich erfüllte. »Aber ich bin froh, dass ich es gemacht habe. Es war besser so.«

»Besser für wen? Für dich vielleicht, aber ganz sicher nicht für mich. Nicht für uns.« Patrick schüttelte den Kopf. »Wieso, Amy? Warum hast du das, was wir hatten, einfach weggeworfen?«

Ihr Herz zog sich schmerzhaft zusammen, während sie seinem Blick standhielt. Hatte er überhaupt eine Ahnung, wie viel es sie gekostet hatte zu gehen? Es war die schwerste Entscheidung ihres Lebens gewesen, und sie hatte es nur getan, weil ihr klar geworden war, dass sie sein Herz niemals würde erobern können. Ihre Liebe war einseitig, und sie hätte es einfach nicht ertragen, ihn jeden Tag glücklich mit einer anderen zu sehen.

»Wir hatten nichts, Patrick. Du wolltest Jessica, und ich wollte weg. So einfach ist das.«

»Jessica?« Er runzelte die Stirn. »Was hat Jessica denn damit zu tun?«

Hastig wandte Amy den Kopf ab, damit er die Tränen nicht sah, die ihr in die Augen schossen. Plötzlich war alles wieder da, die Enttäuschung und der Schmerz darüber, dass sie nur ein Ausrutscher für ihn gewesen war. Dass sie ihre gemeinsame Nacht völlig falsch gedeutet hatte ...

Ein lauter Ruf klang über den Strand und lenkte ihre Aufmerksamkeit zurück auf das Geschehen vorne am Wasser. Amy ließ fast automatisch den Blick über die Kinder auf den Felsen schweifen, doch einen Jungen mit einem grünen T-Shirt konnte sie nicht entdecken.

»Wo ist Charlie? Ich sehe ihn nicht mehr, Patrick!«

Besorgt erhob sie sich und legte die Hand über die Augen, suchte den gesamten Strand ab. Doch sie bemerkte nur, dass mehrere Leute plötzlich zu einer Stelle hinter dem Felsen liefen, die sie von ihrem Platz aus nicht einsehen konnte. Die Menschen riefen sich etwas zu, was sie nicht verstand, aber sie konnte die Aufregung in ihren Stimmen hören. Ein kalter Schauer rann ihr über den Rücken.

»Da muss was passiert sein«, meinte Patrick, und als ihre Blicke sich trafen, spiegelte ihr Entsetzen sich in seinen Augen.

Eine Sekunde später rannten sie beide, so schnell sie konnten, über den Strand auf den Felsen zu.

16

»Cara!« Liams Stimme kam von weit weg, aber sie drang zu ihr durch. Mühsam öffnete sie die Augen und sah, dass er sich dicht über sie gebeugt hatte.

»Liam.« Sie war nicht ganz sicher, ob sie wach war oder träumte. Aber ihn so nah bei sich zu wissen war schön, deshalb lächelte sie.

»Oh, Gott sei Dank!« Die Sorge, die in seinen Augen gelegen hatte, wich einem erleichterten Ausdruck. »Bist du okay?«

War sie okay? Cara runzelte die Stirn, als ihr klar wurde, dass sie das nicht wirklich wusste. Tatsächlich war sie nicht mal sicher, wo genau sie sich eigentlich befand. Sie sah die Baumkronen über Liams Kopf und fühlte den Waldboden unter sich. Aber für einen Moment konnte sie sich nicht erklären, was sie hier draußen machte.

Whiskeys Kopf erschien über ihr, aber Liam schob den Hund weg und half Cara, sich aufzusetzen.

»Was ist passiert?« Ihr Blick fiel auf den Abhang, an dessen Fuß sie saß, und plötzlich wusste sie es wieder. »Ich bin gestürzt.«

Innerlich durchlebte sie noch einmal den Moment, in dem sie auf dem feuchten Untergrund den Halt verloren hatte und weggerutscht war. Und sie erinnerte sich auch an das, was davor passiert war. Daran, was Liam gesagt hatte. Und an ihren leidenschaftlichen Kuss ...

»Kannst du aufstehen?« Liams Frage brachte sie zurück in

die Realität. Sie nickte, und er half ihr hoch, hob sie mehr, als dass sie es selbst wieder auf die Füße schaffte.

Sie horchte in sich hinein, aber so weit schien alles in Ordnung zu sein. Als sie ihr Gewicht verlagerte und ihr linkes Bein belastete, sackte sie jedoch mit einem Schmerzenslaut wieder in sich zusammen und musste sich an Liam lehnen, der sie erschrocken festhielt. Vorsichtig setzte er sie wieder auf dem Boden ab und untersuchte ihr Bein. Als er ihren Fuß berührte, zuckte Cara zusammen.

»Ich glaube, ich habe mir den Knöchel verstaucht.« Jetzt sah sie auch, wie geschwollen ihr Fuß über dem Schuh war. »Tut mir leid«, fügte sie unglücklich hinzu.

»Es tut dir leid?« Liam schien es nicht fassen zu können. »Cara, du bist gerade ein paar Meter tief einen Abhang hinuntergefallen. Wenn du dir dabei nur den Knöchel verstaucht hast, dann hast du extremes Glück gehabt.«

Seine Lippen bildeten eine schmale Linie, und erst jetzt fiel ihr auf, wie blass er war.

»Mir geht es gut«, versicherte sie ihm, doch er glaubte ihr offensichtlich nicht.

»Und was ist mit deinem Kopf? Du warst für einen Moment bewusstlos. Und das da sieht auch nicht gut aus.«

Er berührte vorsichtig eine Stelle an ihrer Stirn, was unerwartet wehtat. Als Cara ebenfalls danach tastete, fühlte sie eine ansehnliche Beule. Aber ihr war weder schwindelig, noch brummte ihr der Kopf.

»Das ist nichts Schlimmes«, versicherte sie ihm. »Mir fehlt nichts, wirklich. Na ja, abgesehen von meinem Knöchel.« Sie runzelte die Stirn, als ihr klar wurde, dass das allerdings ein Problem war. »Wie soll ich denn jetzt zurückkommen?«

»Das schaffen wir schon.« Liam half ihr wieder auf die Füße und schlang den Arm um ihre Taille. An ihn gelehnt humpelte

Cara ein paar Schritte, doch es fiel ihr schwer, und sie kamen nur sehr langsam voran.

Nach ein paar Metern blieb Liam stehen. »So wird das nichts.«

Bevor Cara ihn fragen konnte, was er vorhatte, schob er einen Arm unter ihre Knie und hob sie hoch.

»Du kannst mich nicht den ganzen Weg tragen«, protestierte sie erschrocken.

»Wenn es nicht mehr geht, nehme ich dich auf den Rücken«, erklärte er entschlossen. »Aber wenn wir in dem Tempo weitergehen, kommen wir erst morgen früh bei der Hütte an.«

Unsicher schlang Cara die Arme um seinen Hals. »Bin ich denn nicht viel zu schwer?«

Wie um ihr das Gegenteil zu beweisen, setzte Liam sich in Bewegung, ohne dabei besonders angestrengt zu wirken.

»Ich habe schon deutlich schwerere Dinge getragen«, meinte er, und Cara wehrte sich nicht mehr, weil es viel zu angenehm war, in seinen Armen zu liegen. Sie fühlte sich sicher bei ihm und merkte, wie der Schock und die Schmerzen nachließen.

»Danke«, murmelte sie und legte den Kopf an seine Schulter.

So einfach, wie Liam es hatte klingen lassen, war es am Ende doch nicht. Der Weg war weit, und sie mussten einige Pausen einlegen, deshalb brauchten sie gut doppelt so lange wie auf dem Hinweg. Aber er trug sie tatsächlich die gesamte Strecke und wollte nichts davon hören, dass sie auch laufen könnte. Auf dem letzten Stück schlief Cara in seinen Armen ein und wachte erst wieder auf, als er sie vorsichtig im Wohnraum auf der Couch absetzte.

»Ich lege dir einen Verband an«, meinte er. »Und dann fahre ich dich nach Kenreagh zum Arzt.«

Er wollte in die Küche gehen, um den Erste-Hilfe-Kasten zu holen, doch Cara hielt ihn am Ärmel fest.

»Unsinn. Ich brauche keinen Arzt. Ich muss meinen Knöchel nur ein bisschen schonen, das ist alles.«

»Aber …«

»Es ist nicht nötig«, erklärte sie. »Wirklich nicht.«

Liam sank auf den Rand der Couch und nahm ihre Hand in seine. Der entschlossene Ausdruck, der während des gesamten Rückwegs auf seinem Gesicht gelegen hatte, war verschwunden. Stattdessen las sie in seinen blauen Augen, wie schockiert er tatsächlich über ihren Sturz gewesen war und dass er immer noch Angst um sie hatte.

»Cara, bitte. Ich muss sicher sein können, dass es dir gut geht. Wenn dir etwas passiert, dann …«

Er schüttelte den Kopf, so als müsste er diesen Gedanken vertreiben, und Cara spürte, wie ihr Herz ihm zuflog, weil dieser große, starke Mann, der sie kilometerweit durch den Wald tragen konnte, plötzlich so hilflos wirkte. Er mochte es leugnen und sich dagegen wehren, aber sie bedeutete ihm etwas, da war sie sich jetzt ganz sicher. Und dieses Wissen breitete sich wie ein warmes, wohliges Gefühl in ihr aus, ließ sie strahlend lächeln.

»Mir geht es gut, Liam. Wirklich. Alles, was ich brauche, sind ein Verband und etwas zu essen. Dann ist alles wieder in Ordnung.«

Er schien davon nicht überzeugt zu sein, aber er widersprach nicht mehr, sondern stand auf, um den Verbandskasten zu holen.

Nachdem er ihren Fuß versorgt hatte, half er ihr ins Bad, damit sie sich frisch machen konnte. Ihre Sachen waren von dem Sturz ganz verdreckt, deshalb gab er ihr einen Pullover und eine Jogginghose von sich. Beides war ihr zwar viel zu groß, die

Hose sogar so sehr, dass sie die Kordel im Bund ganz straff ziehen musste. Aber sie fühlte sich viel besser, als sie kurze Zeit später in den Wohnraum zurückhumpelte. Liam hatte in der Zwischenzeit die Suppe aufgewärmt, die sie mittags gegessen hatten.

»Ich gehe mich auch schnell umziehen«, sagte er und verschwand für ein paar Minuten im Bad. Als er wiederkam, war sein Haar feucht von der Dusche, und er wirkte nicht mehr ganz so abgekämpft wie zuvor.

Sie setzten sich an den Tisch und aßen, aber die Stimmung zwischen ihnen war anders als sonst. Da war plötzlich diese Spannung zwischen ihnen, die jeden Blick und jede zufällige Berührung mit etwas auflud, das Cara den Atem nahm. Wir sind zu weit gegangen, dachte sie. Es gab kein Zurück mehr zu der lockeren Kameradschaft, die sie so lange verbunden hatte, und sie wollte das auch gar nicht.

»Es ist schon spät«, meinte Liam, als er die Teller zusammenstellte, und deutete auf die Standuhr, deren Zeiger auf kurz nach zehn standen. »Deine Familie vermisst dich sicher schon.«

»Ich glaube, ich kann mit dem Fuß nicht fahren.«

Er hielt mit den Tellern in der Hand inne und runzelte die Stirn.

»Ich kann dich bringen.«

»Aber dann ist mein Auto hier, und ich müsste mich von jemandem herbringen lassen, um es abzuholen«, wandte Cara ein.

Sie war sich ziemlich sicher, dass ihm das nicht recht wäre, und sein Stirnrunzeln schien das zu bestätigen. Außerdem gab es noch eine Alternative.

»Ich könnte auch hierbleiben. Vielleicht ist mein Fuß ja morgen früh schon wieder besser.« Sie schluckte. »Wenn du nichts dagegen hast.«

Für einen langen Moment sahen sie sich in die Augen, und Cara vergaß zu atmen, während das Ziehen in ihrem Magen immer stärker wurde.

»Du kannst mein Bett haben. Ich schlafe auf der Couch.« Er wandte sich ab und verschwand im Flur, ließ Cara mit klopfendem Herzen zurück.

Flüchtig dachte sie an ihre Eltern, die sich sicher Sorgen machten, wenn sie nicht nach Hause kam. Aber es ging ihr ja gut, und das würde sie ihnen spätestens morgen Mittag versichern können. Und außerdem wollte sie lieber hier bei Liam bleiben. Sie waren sich noch nie so nah gewesen, und sie hatte das Gefühl, dass er sich wieder von ihr zurückziehen würde, wenn sie jetzt ging.

»Ich habe das Bett frisch bezogen«, sagte er, als er ein paar Minuten später in den Wohnraum zurückkehrte. »Willst du dich hinlegen?«

Cara nickte und stand auf, doch noch bevor sie einen Schritt tun konnte, war Liam bei ihr und hob sie erneut auf seine Arme, trug sie durch den Flur in das kleine Schlafzimmer auf der hinteren Seite des Hauses. Außer einem breiten Bett mit dicken, geschnitzten Pfosten stand nur noch ein alter Schrank darin. Die beiden Hemden, die auf Bügeln an einer der Schranktüren hingen, waren die einzigen persönlichen Gegenstände, aber es war trotzdem Liams Zimmer. Sein Duft hing in den Kissen, auch wenn sie frisch bezogen waren, und Cara atmete tief ein, als Liam sie vorsichtig auf das Bett legte.

Er verharrte über sie gebeugt, die Arme neben ihren Schultern aufgestützt, und sein Blick glitt über ihr Gesicht, so als würde er versuchen, sich ihre Züge einzuprägen.

»Schlaf gut«, sagte er und wollte sich wieder aufrichten.

»Bleib.« Erstaunt darüber, wie sicher sie sich plötzlich war, schlang Cara die Arme um seinen Hals. »Du musst nicht auf der Couch schlafen.«

Ihr Herz schlug wild, während sie zu ihm aufsah. Sie hatte noch nie einem Mann ein so eindeutiges Angebot gemacht, und für einen Moment fürchtete sie, dass er sie zurückweisen würde, so wie oben auf dem Plateau.

Er kämpfte mit sich, das konnte sie sehen. Seine Nackenmuskeln fühlten sich steinhart an, und in seinem Gesicht arbeitete es.

»Cara«, sagte er heiser. »Cara, ich ...«

»Nein.« Hastig legte sie die Fingerspitzen an seine Lippen. »Sag es nicht. Sag nicht, dass es nicht geht. Was immer es ist, ich will es nicht hören.«

Sie zog ihn zu sich herunter.

»Nicht jetzt«, flüsterte sie. »Jetzt will ich, dass du mich küsst.«

Liam stöhnte. »Oh Gott, Cara«, raunte er, und sie lächelte, als sie spürte, wie er nachgab. Seine Muskeln entspannten sich unter ihren Händen, und einen Augenblick später lagen seine Lippen auf ihren. Er küsste sie mit einer Verzweiflung, die davon zeugte, wie sehr er gegen sein Verlangen nach ihr angekämpft hatte, und Caras Herz jubilierte, während sie sich an ihn schmiegte und sich ganz der Leidenschaft überließ, die er in ihr entfachte.

Sie wusste, dass es verrückt war, sich in einen Mann zu verlieben, über den sie so wenig wusste. Fast hörte sie die Stimme ihres Bruders in ihrem Kopf, dass sie vorsichtig sein sollte. Dass Liam ihr wehtun konnte, wenn sie ihm vertraute, ohne sein Geheimnis zu kennen.

Aber wusste sie nicht längst alles, was zählte? Sie hatte gesehen, was für ein Mensch er war. Sie kannte vielleicht nicht seine Vergangenheit, aber sie kannte ihn und fühlte sich sicher bei ihm. Deshalb konnte es gar nichts geben, was sie davon überzeugt hätte, dass sie sich in ihm täuschte.

Liam gab ihre Lippen frei und legte sich neben sie auf das Bett, zog sie in seine Arme. In seinen Augen stand wieder dieser dunkle Ausdruck, wie oben auf dem Plateau, aber es machte Cara keine Angst. Sie legte eine Hand an seinen Hals, strich mit den Fingerspitzen über das raue Narbengewebe, das so sehr zu ihm gehörte. Dann öffnete sie die Knöpfe an seinem Hemd und legte ihre Hände auf seine Brust, genoss das Gefühl seiner nackten Haut unter ihren Fingern. Sie war noch nicht mit vielen Männern zusammen gewesen, aber sie war trotzdem nicht nervös, und sie spürte auch keine Schüchternheit. Im Gegenteil. Es erregte sie zu wissen, dass sein Herzschlag, den sie unter ihrer Handfläche spüren konnte, ihretwegen schneller ging.

Er setzte sich wieder auf, und sie tat das ebenfalls, um ihm zu helfen, das Hemd ganz abzustreifen. Dass er gut gebaut war, hatte sie gewusst, aber damals hatte sie nur von Weitem einen Blick auf seinen beeindruckenden Oberkörper geworfen. Ihn jetzt so dicht vor sich zu haben und berühren zu können war etwas ganz anderes. Seine Muskeln fühlten sich hart und warm an, und sie eroberte jeden Zentimeter, küsste seine Schulter, während ihre Hände über seine Haut strichen. Auch die rauen Stellen an seinem Rücken und an seinem Arm sparte sie nicht aus, und er hielt sie nicht auf, erschauderte nur unter ihren sanften Berührungen.

Irgendwann legte er eine Hand unter ihr Kinn und hob ihr Gesicht zu ihm auf, küsste sie erneut, während er seine Hände unter den viel zu weiten Pullover schob und nun seinerseits ihren Körper erkundete. Cara löste sich von seinen Lippen und atmete scharf ein, als sie spürte, wie sich seine Hände um ihre nackten Brüste schlossen und seine Daumen die aufgerichteten Spitzen reizten.

»Liam«, flüsterte sie und legte den Kopf in den Nacken, überließ sich ganz seinem erregenden Streicheln. Er küsste die Linie ihres Kinns und ließ seine Lippen dann an ihrem Hals entlangwandern, was Schauer durch Caras Körper schickte. Sie hatte das Gefühl zu zerfließen vor Sehnsucht, und sie brauchte mehr, deshalb half sie ihm, als er nach dem Saum ihres Pullovers griff und ihn ihr auszog. Achtlos warf er ihn weg und ließ den Blick über ihre nackte Haut gleiten.

»Du bist so schön«, sagte er und küsste sie wieder, hörte nicht mehr damit auf, während sie sich weiter gegenseitig auszogen, bis sie nackt nebeneinanderlagen.

»Du hast keine Ahnung, wie oft ich mir ausgemalt habe, dich zu lieben«, flüsterte er in ihr Ohr, während seine Hände sie zärtlich berührten und das Verlangen in ihr immer weiter anfachten.

Cara war wie berauscht, wölbte sich ihm entgegen, als er seine Lippen um ihre aufgerichteten Brustspitzen schloss und sanft daran saugte. Ihr Verstand war ausgeschaltet, und sie fühlte nur noch, stöhnte und seufzte, während Liam ihren Körper auf diese unglaublich sinnliche Weise erforschte. Er fand geduldig heraus, was ihr gefiel, bis Cara ganz schwach vor Lust war.

»Bitte, Liam«, flüsterte sie und streckte die Arme nach ihm aus. Doch er zögerte.

»Ich kann dich nicht schützen«, sagte er zerknirscht, und Cara wurde erst in diesem Moment klar, dass sie an Verhütung noch keinen Gedanken verschwendet hatte. Das war auch nicht nötig, weil sie wegen ihres unregelmäßigen Zyklus schon seit Jahren die Pille nahm. Und sie war noch nie glücklicher darüber gewesen als in diesem Augenblick.

»Das musst du nicht. Es kann nichts passieren.« Sie runzelte die Stirn. »Oder spricht etwas anderes dagegen?«

Sie sah, wie der angestrengte Ausdruck von seinem Gesicht verschwand und purer Erleichterung Platz machte.

»Nein«, sagte er und küsste sie erneut, während er zu ihr kam. Kehlig stöhnte sie auf, als er in sie eindrang, genoss das Gefühl, eins mit ihm zu sein. Ein Schauer durchlief sie, und sie versank in seinen blauen Augen, gefangen von dem wilden und gleichzeitig zärtlichen Ausdruck darin. Sie spürte die Kraft, mit der er sie begehrte, und auch, wie sehr er sich bemühte, sich zu kontrollieren. So als hätte er Angst, ihr wehzutun. Aber Cara wollte nicht geschont werden, sie wollte sich ihm noch weiter öffnen und empfangen, was immer er ihr gab.

»Liam«, stöhnte sie und bewegte sich, lächelte an seinen Lippen, als sie spürte, wie er sich zurückzog und dann erneut in sie eindrang. Glücklich folgte sie seinem Rhythmus, ließ sich treiben in der lustvollen Sinnlichkeit und spürte, wie das machtvolle Gefühl in ihrem Innern immer weiter anschwoll. Sie konnte es nicht mehr aufhalten und schluchzte auf, als sich plötzlich alles in ihr zusammenzog. Und dann explodierte die Welt in einem Farbenmeer, und Wellen der Erlösung brandeten durch ihren Körper. Liam folgte ihr einen Augenblick später, hielt sie fest, während er in ihr erschauerte und sie noch einmal mitriss in diesen köstlichen Abgrund, der so viel tiefer war, als sie jemals geahnt hatte.

Es dauerte lange, bis ihr Atem wieder ruhiger ging, und als sie neben Liam lag, der sie eng an sich zog, wusste Cara, dass nichts mehr so war wie vorher.

Sie fühlte sich schutzlos, weil sie sich noch nie einem Menschen so vollkommen hingegeben hatte wie ihm. Es war, als wäre die alte Cara verschwunden und hätte einer neuen Frau Platz gemacht, für die andere Regeln galten. Alles, was sie von jetzt an mit einem Mann erlebte, würde sie mit diesem Augenblick vergleichen, und es kam ihr schier unmöglich vor, dass es mehr geben konnte.

»Ich liebe dich«, sagte sie und sah zu ihm auf, versank in seinen blauen Augen. Ihr Herz floss über vor Glück, und sie wollte diese Worte so gerne auch von ihm hören, wollte wissen, dass das, was sie fühlte, keine Einbildung war.

Liam beugte sich vor und küsste sie, lange und innig, bis das Feuer zwischen ihnen erneut aufflammte und sie die Arme um ihn schlang, um sich in seinem leidenschaftlichen Liebesspiel zu verlieren.

Erst viel später, als Cara schläfrig in seinen Armen lag, fiel ihr auf, dass er nicht geantwortet hatte. Aber sie war zu müde und zu glücklich, um über die Gründe dafür nachzudenken. Mit einem Seufzen kuschelte sie sich an ihn und schloss die Augen, merkte kaum noch, wie sie in einen tiefen, traumlosen Schlaf glitt.

17

»Ihr Sohn hat großes Glück gehabt.« Dr. MacIntyre, ein Mann um die vierzig mit schütterem Haar und einer dicken, dunkel gerahmten Hornbrille, wandte den Blick von den Röntgenbildern ab, die er sich gerade angesehen hatte. »Gebrochen hat er sich nichts.«

Amy atmete erleichtert auf und sah zu Charlie hinüber, der in dem kleinen Behandlungszimmer auf einer Liege lag. Er hatte eine Wunde am Knie, die so tief gewesen war, dass der Arzt sie hatte klammern müssen, und sein Arm war aufgeschürft. Aber ansonsten schien er bei seinem Sturz mit dem Schrecken davongekommen zu sein.

»Danke, das ist eine große ...«

»Sie sollten ihn in ein paar Tagen zur Kontrolle der Wunde bei Ihrem Hausarzt vorstellen«, fuhr Dr. MacIntyre fort, und erst jetzt merkte Amy, dass er gar nicht mit ihr sprach, sondern mit Patrick, der neben ihr stand. »Aber hierbehalten müssen wir ihn nicht.«

»Hast du gehört, Partner?« Patrick ging zu Charlie und hob ihn hoch, nahm ihn auf den Arm. »Wir können nach Hause.«

Charlie nickte. Er weinte nicht mehr, nur die Tränenspuren auf seinen Wangen zeugten davon, wie groß seine Schmerzen gewesen waren.

Noch jetzt wurde Amy ganz übel, wenn sie daran dachte, was ihm hätte passieren können. Sie hatte mit dem Schlimmsten gerechnet, als sie ihn umringt von Leuten im Sand liegen sah. Aber er musste einen Schutzengel gehabt haben, als er mit dem anderen Jungen beim Spielen zusammengestoßen und von dem großen Felsen herunter auf einen der kleineren gefallen war. Sie mochte sich gar nicht ausmalen, was ihm alles hätte passieren können, wenn er mit dem Kopf aufgeschlagen wäre.

Aber die stark blutende Wunde am Knie war schlimm genug gewesen, deshalb hatte Patrick sofort entschieden, mit Charlie ins Krankenhaus zu fahren. Das St. Anne's Hospital in Cahersiveen lag näher als das in Killarney, und Patrick war sehr zügig gefahren. Gebraucht hatten sie trotzdem eine halbe Stunde, die Amy wie eine Ewigkeit vorgekommen war, und auch das Warten in der vollen Notaufnahme und dann vor der Röntgenabteilung hatte sich quälend lange hingezogen. Aber jetzt war alles wieder gut, und sie spürte, wie die Anspannung von ihr abfiel. Auch Dr. MacIntyre, der bisher sehr ernst gewesen war, lächelte zum ersten Mal, seit er das Behandlungszimmer betreten hatte.

»Dann alles Gute für Sie«, meinte er und wandte sich noch mal an Charlie. »Auch für dich, kleiner Mann. Und fürs Erste keine Klettertouren mehr, okay?«

Der Junge erwiderte nichts, sondern lehnte seinen Kopf an Patricks Schulter. Er war müde, das konnte Amy sehen – kein Wunder, wenn man bedachte, dass es inzwischen schon nach zehn und damit längst Schlafenszeit für ihn war. Und ihr selbst ging es nach den Aufregungen der letzten Stunden auch nicht besser. Sie fühlte sich ganz zittrig und hätte sich auch gerne an Patrick gelehnt, so wie ihr Sohn es gerade tat.

»Falls die Schmerzen zu stark werden, geben Sie dem Kleinen ruhig noch etwas von dem Saft, den ich Ihnen aufgeschrieben habe.« Dr. MacIntyre schüttelte erst Amy und dann Patrick die Hand. Bei Charlie, der schon halb eingeschlafen war, begnügte er sich mit einem Lächeln. »Ihr Sohn sieht Ihnen wirklich ähnlich, Mr Walsh«, sagte er, bevor er im Arztzimmer verschwand.

Erschrocken blickte Amy ihm nach und sah dann Patrick an.

»Hey, kein Problem. Er muss doch denken, dass ich Charlies Vater bin.« Patrick sagte es mit einem Schulterzucken, wich dabei jedoch ihrem Blick aus, sodass sie den Ausdruck in seinen Augen nicht deuten konnte. »Na, komm, fahren wir. Es ist schon spät.«

Mit einem beklommenen Gefühl im Magen folgte Amy ihm durch den Flur nach draußen zum Wagen, wo er den schlafenden Charlie vorsichtig im Kindersitz anschnallte.

»Wie lange brauchen wir zurück?«, wollte sie wissen.

»Eine knappe Stunde.« Patrick ging um das Auto herum und öffnete ihr die Tür. »Aber die anderen wissen ja Bescheid.«

Auf dem Weg ins Krankenhaus hatte er im Hotel angerufen und Jessica berichtet, was passiert war und dass es spät werden würde. Wie sie auf die Nachricht reagiert hatte, dass er mit Amy und Charlie den ganzen Nachmittag lang am Strand gewesen war, wusste sie nicht. Aber besonders glücklich hatte Patrick danach nicht ausgesehen.

»Ich hoffe, Jessica ist nicht böse auf dich, weil du unseretwegen so lange unterwegs warst«, sagte sie.

»Das konnte ja niemand vorhersehen«, meinte er, aber er sah sie nicht an, und seine zusammengepressten Lippen schienen ihren Verdacht zu bestätigen, dass seine Verlobte nicht begeistert gewesen war.

Müde lehnte Amy sich in ihren Sitz zurück. Das gleichmäßige Schaukeln des Autos während der Fahrt ließ sie bald wegdämmern, und sie wachte erst wieder auf, als Patrick sie sanft weckte.

»Wir sind da«, sagte er, und als sie sich überrascht aufsetzte und umsah, erkannte sie, dass der Wagen im Innenhof des Kerryhead Castle stand.

Schnell stieg sie aus und ging um den Wagen herum zur hinteren Tür, um sich um Charlie zu kümmern. Doch Patrick kam ihr zuvor und hob den schlafenden Jungen aus seinem Sitz.

»Gib ihn mir«, sagte sie leise, doch Patrick schüttelte den Kopf.

»Ich trage ihn rauf. Du bist doch viel zu müde.«

Amy spürte, wie sich ein warmes Gefühl in ihr ausbreitete. Ja, sie war müde und erschöpft. Aber nicht so, wie sie es gewesen wäre, wenn sie das alles hätte allein bewältigen müssen.

»Danke«, sagte sie mit belegter Stimme. »Ich weiß wirklich nicht, was ich ohne dich gemacht hätte.«

Sie dachte daran, wie hilflos sie sich gefühlt hatte. Die Angst um Charlie hatte ihr die Kehle zugeschnürt, und sie wäre in Panik verfallen, wenn Patrick sich nicht so besonnen um alles gekümmert hätte. Es war seine zupackende Art gewesen, die sie beruhigt und die Situation für sie erträglich gemacht hatte.

Patrick schien das anders zu sehen. »Wenn ich euch nicht überredet hätte, zum Strand zu fahren, dann wäre das alles gar nicht erst passiert.«

»Du darfst dir deswegen keine Vorwürfe machen«, widersprach sie ihm. »Wenn überhaupt, dann müsste ich das tun, weil ich ihn aus den Augen gelassen habe.« Sie legte eine Hand auf seinen Arm, spürte die Wärme seiner Haut durch den dünnen Stoff seines Hemdes. »Du warst wirklich großartig, Patrick.«

Das Licht, das aus den erleuchteten Küchenfenstern auf den Hof fiel, spiegelte sich in seinen Augen, als ihre Blicke sich trafen. Sie hatte keine Ahnung, ob es die Erschöpfung war, die ihre Wahrnehmung verzerrte, aber sie glaubte plötzlich, etwas darin zu sehen, was ihr Herz schneller schlagen ließ. Und für einen kurzen, wilden, unvernünftigen Moment wünschte sie sich, dass er sie in die Arme nehmen und küssen würde. Nur dieses eine Mal noch, dachte sie sehnsüchtig. Damit ich wieder weiß, wie seine Lippen sich auf meinen anfühlen ...

»Patrick! Amy! Oh, Gott sei Dank, dass ihr zurück seid!«

Erschrocken nahm Amy die Hand von Patricks Arm und drehte sich zu Susan um, die aus der Küche in den Hof gelaufen kam, gefolgt von Ian. Sorge stand den beiden ins Gesicht geschrieben.

»Wie geht es dem Kleinen?«, fragte Susan, als sie Patrick und Amy erreichte, und musterte Charlie, der auf Patricks Arm so fest schlief, dass ihn selbst die lauten Stimmen nicht weckten.

»Er hat Glück gehabt«, berichtete Amy. »Es ist nichts gebrochen.«

»Das ist gut.« Susan nickte, doch das Seufzen, das sie ausstieß, klang nicht erleichtert. Im Gegenteil. Sie war blass und wirkte immer noch bedrückt.

»Was ist los?«, fragte Patrick, dem ihre Nervosität offenbar genauso wenig entging wie Amy.

»Cara ist nicht nach Hause gekommen«, erklärte Ian anstelle seiner Frau. »Sie ist schon heute Morgen weggefahren, aber noch nicht zurück. Und an ihr Handy geht sie auch nicht.«

»Hat sie gesagt, wo sie hinwill?«, fragte Patrick.

»Nein, eben nicht.« Susan schüttelte den Kopf. »Seit sie aus Cork zurück ist, ist sie ständig weg, aber wenn ich sie frage, wohin sie fährt, weicht sie mir aus. Fast so, als würde sie uns etwas verheimlichen.«

Beklommen dachte Amy an ihr Gespräch mit Cara unten am See.

»Ach was, wahrscheinlich hat sie im Ort Bekannte getroffen und darüber die Zeit vergessen«, meinte Patrick.

»Nein, hat sie nicht«, widersprach Susan. »Ich habe alle

Leute angerufen, bei denen sie sein könnte, und niemand hat sie gesehen. Außerdem scheint sie seit ihrer Ankunft kaum im Ort gewesen zu sein. Dahin fährt sie also offenbar nicht, wenn sie verschwindet.« Ihre Augen füllten sich mit Tränen. »Es sieht Cara gar nicht ähnlich, dass sie sich nicht meldet. Sie weiß doch, wie nervös ich dann bin. Wenn sie nun wieder eine Panne hatte. Oder einen Unfall …«

»Es geht ihr bestimmt gut.« Ian legte seiner Frau den Arm um die Schultern, weil auch er merkte, dass sie kurz davor war, endgültig die Fassung zu verlieren.

»Aber wo kann sie denn nur sein?« Susan klang verzweifelt, und Amy wurde heiß und kalt, weil sie nicht wusste, ob sie weiter schweigen durfte. Was, wenn ihrer Freundin wirklich etwas zugestoßen war?

»Ich glaube, Cara trifft sich mit jemandem. Einem Freund«, sagte sie zögernd.

Die drei anderen sahen sie überrascht an.

»Mit einem Freund?« Susan griff nach Amys Arm. »Mit wem denn? Kennst du ihn?«

»Nein. Ich weiß nur, dass er Anfang dreißig ist und dass sie ihn mag«, erklärte Amy. »Ich glaube, sie kennt ihn noch nicht lange. Aber als sie mir von ihm erzählt hat, meinte sie, dass sie ihn in der nächsten Zeit öfter besuchen will. Also ist sie wahrscheinlich bei diesem Mann.«

Die Information machte Susan fassungslos. »Aber wieso hat sie ihn denn nie erwähnt?«

»Weil sie ihm versprochen hat, niemandem von ihren Treffen zu erzählen«, meinte Amy.

»Oh Gott!« Susan legte die Hände an ihre Wangen. »Cara ist so vertrauensselig. Hoffentlich ist das nicht irgendein Betrüger!« Ihre Stimme wurde schrill. »Oder noch etwas Schlimmeres!«

»Jetzt mal den Teufel nicht an die Wand. Es kann auch alles ganz harmlos sein«, sagte Ian, aber er klang selbst nicht wirklich überzeugt.

»Da stimmt etwas nicht«, erklärte Susan entschlossen. »Wir müssen sie suchen! Aber wo?«

»Vielleicht wissen Jessica und Kenneth mehr«, meinte Patrick. »Habt ihr mit den beiden schon gesprochen?«

»Ich werde Kenneth fragen«, verkündete Ian und wandte sich an Patrick. »Suchst du nach Jessica? Ich glaube, sie ist in der Bar.«

Patrick nickte. »Ich helfe nur schnell Amy mit Charlie.«

»Das kann ich machen«, erklärte Susan und streckte die Arme aus, um ihrem Sohn den Jungen abzunehmen.

Patrick zögerte kurz, dann übergab er ihr den schlafenden Charlie. Er sah Amy noch einmal an und ging mit seinem Vater ins Haus.

»Dann legen wir den kleinen Mann mal schlafen«, meinte Susan, und Amy folgte ihr in die Wohnung der Connellys.

In Gedanken war sie halb bei Cara und halb bei dem, was gerade zwischen ihr und Patrick passiert war. Oder war gar nichts passiert? Wahrscheinlich hast du dir das eingebildet, dachte sie und schloss die Augen, als ihr klar wurde, dass Susan und Ian aufgetaucht waren, bevor sie einen großen Fehler machen konnte. Es hätte nämlich nicht viel gefehlt und sie hätte sich vorgebeugt und Patrick geküsst. Daran, wie peinlich es gewesen wäre, wenn er sie zurückgewiesen hätte, mochte sie gar nicht denken.

Als sie Isabels Zimmer erreicht hatten, legte Susan Charlie behutsam auf sein Bettchen.

»Wo ist sein Schlafanzug?«, fragte sie leise.

Amy holte ihn und half ihr dann, Charlie vorsichtig aus seinen Sachen zu schälen und bettfertig zu machen. Er murmelte etwas, aber seine Augen blieben geschlossen, und als er ein paar Minuten später unter seiner Decke lag, schlief er ruhig weiter.

Liebevoll strich Amy ihm das Haar aus der Stirn und küsste ihn auf die Wange. Dann lächelte sie Susan an, die neben ihr auf der Bettkante saß. Doch Patricks Mutter blieb ernst.

»Ich muss mit dir reden«, sagte sie und erhob sich.

Irritiert folgte Amy ihr hinaus in den Flur und in das Wohnzimmer der Connellys.

»Was ist denn?«, fragte sie, nachdem sie sich beide gesetzt hatten.

Susans Gesicht war immer noch wie versteinert, und sie holte tief Luft, bevor sie antwortete.

»Wieso hast du es uns verschwiegen?«

»Was?«, fragte Amy, erkannte jedoch schon in Susans vorwurfsvollem Blick, was diese eine Sekunde später aussprach.

»Wieso hast du uns verschwiegen, dass Charlie Patricks Sohn ist?«

18

Amy schlug das Herz bis zum Hals, während sie Susans Blick erwiderte.

»Woher weißt du es?«, fragte sie tonlos.

»Dann stimmt es?« Susan wurde blass. »Ich war mir nicht ganz sicher, aber ich hatte von Anfang an so ein Gefühl. Es ist die Art, wie Charlie lächelt. Wie er mit den Autos spielt. Oder wie er sich beim Schlafen gerade im Bett zusammengerollt hat. Genauso hat Patrick das in seinem Alter auch gemacht. Ich dachte zuerst, ich wäre einfach sentimental und würde mir das einbilden. Aber als ich euch gerade im Hof stehen sah ...« Sie schien es immer noch nicht fassen zu können. »Du warst mit Patrick zusammen?«

Amy spürte, wie ihr die Kehle eng wurde. »Ja. Aber nicht lange. Und für Patrick war es auch nichts Ernstes.«

Susan runzelte die Stirn. »Das sieht ihm gar nicht ähnlich«, meinte sie. »Und was ist mir dir? War es für dich etwas Ernstes?«

»Nein«, log Amy. »Es war nur eine Nacht.«

Eine wunderschöne, magische Nacht, die alles für sie verändert hatte und an die sie nicht denken durfte, wenn sie nicht in Tränen ausbrechen wollte.

Susans Blick blieb skeptisch. »Weiß Patrick es?«, fragte sie und schnaubte, als Amy den Kopf schüttelte. »Du hast es ihm nicht gesagt?«

»Weil ich nicht wollte, dass er sich mir gegenüber verpflichtet fühlt.«

Diese Begründung hatte immer irgendwie richtig geklungen, aber Amy erkannte jetzt, dass es reiner Selbstschutz gewesen war. Patrick hatte sie tief verletzt, und der Gedanke, ihn regelmäßig zu sehen und zu wissen, dass er sie nicht liebte, war unerträglich für sie gewesen. Deshalb hatte sie sich eingeredet, dass es besser für sie alle war, wenn sie schwieg. Wenn sie Patrick und die Connellys aus ihrem Leben strich und Charlie allein großzog. Natürlich hatte es Phasen gegeben, in denen sie an ihrer Entscheidung gezweifelt hatte. Aber die Jahre waren vergangen, und sie hatte einfach weitergemacht und versucht, nicht darüber nachzudenken. Doch jetzt, wo sie Patrick und Charlie zusammen gesehen und miterlebt hatte, wie stark die beiden aufeinander reagierten, war ihr klar geworden, wie egoistisch das gewesen war.

Das schien Susan genauso zu sehen.

»Aber hier geht es doch nicht um dich, sondern um Charlie«, warf sie Amy vor. »Natürlich ist Patrick ihm gegenüber verpflichtet, wenn er sein Vater ist. Und er hätte ein Recht darauf gehabt, es zu erfahren!«

»Es tut mir leid.« Amy senkte den Blick und dachte daran, wie Charlies Gesicht strahlte, wenn er zu Patrick aufblickte. Er brauchte einen Vater, und es würde – genau wie Cara gesagt hatte – nicht mehr lange dauern, bis er anfing, Fragen zu stellen.

»Ich weiß jetzt, dass es falsch war«, sagte sie. »Aber ich habe erst gemerkt, dass ich schwanger war, als ich Namara längst verlassen hatte. Patrick war da schon mit Jessica zusammen. Ich dachte, es ist einfacher, wenn ich es für mich behalte. Später habe ich den Zeitpunkt irgendwie verpasst. Und jetzt … « Sie stieß die Luft aus. »Hätte ich ihm jetzt, kurz vor seiner Hochzeit, sagen sollen, dass er einen Sohn hat?«

Auf diese Frage schien auch Susan keine Antwort zu haben, denn sie runzelte nachdenklich die Stirn.

»Es ist ein schlechter Zeitpunkt, das stimmt«, meinte sie und seufzte tief. »Warum hast du es ihm nicht von Anfang an gesagt? Patrick hätte sich doch um euch gekümmert.«

Amy konnte nicht antworten, zuckte nur mit den Schultern, während sie mit den Tränen kämpfte, die ihr in den Augen brannten. Sie hatte keine Erklärung für Susan, denn dann hätte sie zugeben müssen, dass sie Patrick liebte. Und außerdem war es nicht mehr zu ändern. Sie musste mit ihrer Entscheidung leben und damit, was sie angerichtet hatte. Eins jedoch war ihr wichtig.

»Bitte, lass mich das Patrick selbst sagen. Er soll es von mir erfahren.«

Susan nickte. »Das bist du ihm schon sehr lange schuldig. Aber du solltest nicht erwarten, dass er viel Verständnis für dein Schweigen hat«, sagte sie, und Amy schluckte beklommen, als ihr klar wurde, dass Patricks Mutter auch in diesem Punkt recht hatte.

***

»Patrick!« Jessica kam auf ihn zu, als er die Bar betrat, in der jetzt nur noch wenige Gäste vor ihren Getränken saßen. Sie gab ihm nicht wie sonst einen Kuss zur Begrüßung, und in ihren Augen lag ein misstrauischer Ausdruck. »Endlich! Das hat ja ewig gedauert.«

»Weißt du, wo Cara ist?«, fragte Patrick ohne Umschweife, weil er nicht wollte, dass sie ihm erneut Vorwürfe machte, so wie vorhin am Telefon. Sobald es um Amy ging, reagierte Jessica gereizt. Aber für eine Standpauke war jetzt wirklich keine Zeit.

»Nein, wieso?« Jessica runzelte die Stirn. »Ist sie überhaupt da? Ich habe sie heute noch gar nicht gesehen.«

»Eben«, meinte Patrick. »Sie ist von ihrem Ausflug noch nicht zurück, und Mum macht sich Sorgen.«

»Oh.« Ratlos sah Jessica ihn an. »Vielleicht weiß Kenneth was? Cara ist doch oft bei ihm.«

»Dad fragt ihn gerade.« Patrick wandte sich um und wollte wieder gehen, aber Jessica hielt ihn auf.

»Warte, ich komme mit.« Sie zog ihre Schürze aus und rief dem Barkeeper zu, dass er für sie übernehmen sollte. Dann folgte sie Patrick in die Küche, in der kein Betrieb mehr herrschte. Um diese Zeit gab es für die Gäste keine warmen Speisen mehr, deshalb war das übrige Küchenpersonal schon gegangen.

Kenneth war jedoch noch da. Er hatte seine weiße Kochjacke schon ausgezogen und stand mit Ian in der Nähe des Hofausgangs.

»Keine Ahnung«, sagte er gerade, als Patrick mit Jessica zu ihnen trat, und runzelte die Stirn. »Mir ist nur aufgefallen, dass sie in den letzten zwei Wochen sehr viel unterwegs war.«

»Und sie hat wirklich nie etwas erwähnt? Irgendeinen Namen?«, drängte Ian, offenbar schon zum wiederholten Male.

Kenneth schüttelte den Kopf. »Nein, wie gesagt. Ich hab sie ja kaum zu Gesicht bekommen. Aber ...« Er dachte nach. »Ja, doch, damals, kurz nach ihrer Ankunft, wollte sie rauf nach Glen Garvan. Sie hat sich zwei Stücke Kuchen mitgenommen als Proviant. Und sie hat mich nach der Hütte vom alten Ryan gefragt.«

»Was wollte sie denn wissen?«, fragte Patrick.

»Nur, ob da oben noch jemand wohnt. Wenn ich darüber nachdenke, kam es mir schon komisch vor, dass sie das so brennend interessiert hat.« Kenneth runzelte die Stirn. »In der Nähe von Glen Garvan ist sie doch auch mit dem Wagen liegen geblieben, oder?«

Patrick nickte und tauschte einen Blick mit Ian.

»Es wäre möglich, dass ihr derjenige, von dem sie Amy erzählt hat, da oben begegnet ist«, meinte Ian. »Mich hat es sowieso gewundert, wie sie den Wagen mit der defekten Batterie wieder starten konnte.«

»Vielleicht hat der Mann ihr geholfen«, spekulierte Patrick weiter. »Und sie ist später noch mal hingefahren, um sich zu bedanken. Dann war das zweite Kuchenstück vielleicht für ihn.« Plötzlich schienen sich die Puzzleteile zusammenzusetzen.

»Aber da oben wohnt niemand«, beharrte Kenneth.

»Vielleicht ja doch.« Patricks Entschluss stand fest. »Ich werde hinfahren und mich da mal umsehen.«

»Weißt du denn, wo diese Hütte ist?«, fragte Ian.

»Ich kann mitfahren und es dir zeigen«, bot Kenneth an. »Ich war früher ein paarmal dort.«

»Dann los.« Patrick beeilte sich, die Autoschlüssel zu holen, und atmete fast ein wenig auf, als er wenige Minuten später mit Kenneth im Volvo saß und das Hotel hinter sich ließ.

Er war froh darüber, etwas tun zu können, nicht nur, weil er sich Sorgen um Cara machte, sondern auch, weil er damit Jessicas Fragen nach seinem Tag mit Amy ausweichen konnte. Er brauchte nämlich selbst noch Zeit, um sich über die verwirrende Achterbahnfahrt der Gefühle klar zu werden, die dieser Tag ihm beschert hatte.

Während sie fuhren, durchlebte er das alles noch einmal in seiner Erinnerung. Die Spiele am Strand mit Charlie, die so viel Spaß gemacht hatten, dann die Angst um ihn nach seinem Sturz und die Erleichterung, dass ihm nichts Schlimmes passiert war. Es hatte Patrick gerührt, dass der Kleine sich so vertrauensvoll in seine Arme geflüchtet hatte, und da war plötzlich dieser überwältigende Drang gewesen, ihn zu beschützen. Und als der Arzt ihn dann für Charlies Vater gehalten hatte, war ihm das nicht unangenehm gewesen. Im Gegenteil. Es hatte ihm einen schmerzhaften Stich versetzt, dass es nicht stimmte.

Bis vor Kurzem war er noch ganz Jessicas Meinung gewesen. Er hatte sich keine Gedanken über eigene Kinder gemacht. Das war etwas gewesen, was die Zukunft bringen würde – oder auch nicht. Aber jetzt sah er das plötzlich anders. Jetzt war es eine schöne Vorstellung, einen Sohn wie Charlie zu haben. Und eine Frau wie …

Patrick stieß die Luft aus, als Amys Gesicht vor seinem inneren Auge auftauchte. Er wusste, dass er nicht einmal darüber nachdenken durfte, was wäre, wenn er sie damals nicht hätte gehen lassen. Aber wenn er in ihre blauen Augen sah, dann spürte er es wieder, dieses Bedürfnis, für sie da zu sein.

Und zum ersten Mal seit ihrer Rückkehr hatte sie tatsächlich zugelassen, dass er sich um sie kümmerte. Sie hatte bei ihm Schutz gesucht, und es hatte sich auf eine erschreckende Weise richtig angefühlt. Und dann, als sie sich vorhin auf dem Hof gegenübergestanden hatten …

Herrgott, ich hätte sie fast geküsst! Er durfte gar nicht daran denken, was passiert wäre, wenn seine Eltern nicht gekommen wären. Wie lange hätte er noch durchgehalten, ohne nach ihr zu greifen und sie in seine Arme zu ziehen?

Du bist verlobt, verdammt, schalt er sich selbst. In einer Woche würde er vor den Altar treten und Jessica Buchanan ewige Treue schwören. So war es abgemacht. Und anstatt sich darauf zu freuen, dachte er plötzlich nur noch an eine andere Frau. Eine Frau, die ihm deutlich zu verstehen gegeben hatte, dass sie ihn nicht wollte. Und die ein Kind mit einem anderen Mann hatte, den sie vielleicht noch liebte. Der Gedanke, dass Amy unter der Trennung litt, war ihm bisher noch gar nicht gekommen, und er traf Patrick so unerwartet hart, dass er die Hände fester um das Steuer legte.

Sie hatte den Kerl den ganzen Nachmittag lang nicht einmal erwähnt, aber das musste nichts heißen. Vielleicht hatte sie trotzdem die ganze Zeit an ihn gedacht, während sie mit Charlie am Strand gewesen waren …

»Hoffentlich irren wir uns, und Cara ist nicht dort«, sagte Kenneth unerwartet in die Stille.

Überrascht sah Patrick ihn an.

»Wieso?«

»Weil … Na ja …« Kenneth zögerte. »Du weißt doch, wer der alte Ryan war, oder?«

»Der Wirt vom The Stag?«, meinte Patrick, der ihm nicht ganz folgen konnte.

Kenneth nickte. »Und der Onkel von Robert O'Byrnes Frau Deidre«, fügte er hinzu. »Das muss natürlich nichts heißen. Die Hütte ist vielleicht längst verkauft worden und gehört jetzt jemand anderem. Aber der alte Ryan hat sehr daran gehangen. Er wollte, dass das Grundstück in der Familie bleibt.«

Patrick spürte, wie sein Magen sich zusammenkrampfte, als ihm einfiel, dass William O'Byrne jetzt Anfang dreißig sein musste, genau wie der Mann, den Cara kennengelernt hatte. Und wenn die Hütte seiner Familie gehörte …

Nein, das ist absurd, dachte er unwillig. Seine Schwester würde sich niemals mit William O'Byrne einlassen. Aber er trat trotzdem aufs Gas und fuhr ein bisschen schneller über die mondbeschienene Straße hinauf in den Wald.

19

Liam lag ganz still und betrachtete Cara. Ihr Kopf ruhte auf seiner Schulter, und sie hatte einen Arm um seine Brust geschlungen, so als wollte sie ihn selbst im Schlaf noch festhalten. Ihr glänzendes kupferrotes Haar breitete sich wie ein Fächer auf dem Kopfkissen aus, und ihr gleichmäßiger Atem strich als sanfter Hauch über seine Haut.

Er hatte keine Ahnung, wie spät es war. Da er die Vorhänge nicht zugezogen hatte, drang fahles Mondlicht durchs Fenster, also war der Morgen sicher noch fern, und er hätte schlafen sollen wie Cara. Aber er war nicht müde. Im Gegenteil. Um keinen Preis der Welt wollte er jetzt die Augen schließen und diesen perfekten, friedlichen Moment aufgeben.

Er hätte gerne mit der Hand über ihr seidiges Haar gestrichen oder ihre samtweichen, vollen Lippen geküsst, die seinen so verführerisch nah waren, doch er wagte es nicht, sich zu bewegen. Wenn er sie weckte, würde die Realität in diesen glücklichen Traum einbrechen. Dann würde er ihr sagen müssen, was er ihr bis jetzt verschwiegen hatte. Nach dieser Nacht schuldete er ihr die Wahrheit, und wenn er sie aussprach, würde sich alles ändern.

Und wenn ich verspreche, dass es das nicht tut?

Er schloss für einen Moment die Augen und rief sich ins Gedächtnis, wie ihre Finger federleicht und ohne jedes Zögern seine Narben berührt hatten. So als würden sie sich nicht anders anfühlen als der Rest seiner Haut. Als wären sie gar nicht da.

Die wenigen Frauen, mit denen er nach dem Unfall zusammen gewesen war, hatten seine Narben immer gemieden. Aber das waren ohnehin nur flüchtige Affären gewesen, völlig ohne Bedeutung, deshalb hatte er gar nicht erwartet, dass sie sich ernsthaft auf ihn einließen. Und mit der Zeit hatte er selbst diese kurzen Begegnungen nicht mehr zugelassen, hatte sich zurückgezogen und nicht mehr damit gerechnet, dass es etwas geben könnte, was ihn berührte und aus der kalten Einsamkeit riss, die ihn erfüllte.

Bis Cara gekommen war.

Ich liebe dich, hatte sie gesagt, aber er hatte darauf nicht antworten können. Weil er eine Frau wie sie nicht verdiente. Sie brauchte einen Mann, der ihr ein normales Leben bieten konnte. Einen Mann, der nicht belastet war mit einer Schuld, die alles überschattete …

Cara regte sich in seinen Armen und schlug die Augen auf.

»Hey«, sagte sie mit belegter Stimme, und ihr entspanntes, zauberhaftes Lächeln traf ihn mitten ins Herz. Sie schmiegte sich noch enger an ihn, und er beugte sich vor und küsste sie, weil er einfach nicht anders konnte.

»Wie geht es dir? Hast du noch Schmerzen?«

Sie bewegte ihren Knöchel und verzog das Gesicht.

»Ein bisschen«, sagte sie, doch das Lächeln kehrte fast sofort wieder auf ihr Gesicht zurück. »Aber du hast eine sehr effektive Methode, mich das vergessen zu lassen.«

Ihre Fingerspitzen, die sanft über seine Brust strichen, waren wie eine süße, sinnliche Folter, und sein Verlangen nach ihr regte sich erneut. Er hätte sie nur zu gerne noch einmal in seine Arme gezogen und sich in ihrer Süße verloren. Aber er durfte es nicht noch länger hinauszögern, so gerne er das auch getan hätte.

»Cara, ich muss dir …«

Er hielt inne und lauschte. Ein Wagen näherte sich dem Haus. Das Motorengeräusch war in der stillen Nacht deutlich zu hören, und Liams Muskeln spannten sich unwillkürlich an. Mit einer geschmeidigen Bewegung stand er auf.

»Bleib hier«, sagte er zu Cara, die ihn erschrocken ansah, und griff nach seiner Jeans, streifte sie über, während draußen zwei Autotüren klappten. Als er schon auf dem Weg zur Hüttentür war, hämmerte jemand laut dagegen.

»Cara? Bist du da drin?«

Die Stimme gehörte einem Mann.

»Das ist mein Bruder«, sagte Cara hinter ihm, und als Liam herumfuhr, sah er, dass sie ihm – in die dünne Bettdecke gehüllt – gefolgt war. Sie ging an ihm vorbei und öffnete die Tür, bevor er sie davon abhalten konnte.

»Patrick! Kenneth! Was macht ihr denn hier?«

Liam musterte die beiden Männer, die auf der Schwelle standen. Den älteren kannte er nicht, aber der jüngere, größere war – Patrick Connelly.

Er spürte, wie ihm das Blut aus dem Gesicht wich. Wenn das Caras Bruder war, dann ...

»Wir haben uns Sorgen um dich gemacht«, schimpfte Patrick, doch die Erleichterung schien seinen Zorn zu überwiegen. »Wieso hast du denn nicht ...?«

Er hielt inne, als sein Blick auf Liam fiel. Seine Miene versteinerte. Abrupt blickte er zurück zu seiner Schwester und schien erst jetzt zu bemerken, in welchem Aufzug sie vor ihm stand.

»Du bist bei *ihm?*« Er zeigte auf Liam und schüttelte ungläubig den Kopf. »Hast du den Verstand verloren?«

Cara fasste das Laken ein bisschen enger und sah irritiert zwischen ihrem Bruder und Liam hin und her.

»Ihr ... kennt euch?«

»Natürlich kenne ich ihn.« Patricks Augen funkelten hasserfüllt. »Das ist William O'Byrne. Der Mann, der unsere Schwester auf dem Gewissen hat.«

***

Cara war plötzlich ganz kalt.

»Nein«, stammelte sie und blickte zu Liam hinüber, der immer noch in der Mitte des Raumes stand. Seine Arme hingen neben seinem Körper, hilflos fast, und er wirkte wie erstarrt. »Das ist nicht wahr, oder?«

Aber sie sah in seinen Augen, dass es stimmte. Liam, dachte sie und spürte, wie eine Welle der Übelkeit in ihr aufstieg. Kurz für William.

Das war sein Geheimnis. Die Sache, über die er nicht sprechen wollte. Er war schuld am Tod ihrer Schwester.

Deshalb lebte er hier so zurückgezogen. Weil er wusste, dass die Leute ihn erkennen würden, wenn er sich im Ort blicken ließ.

Der Boden schien plötzlich unter Caras Füßen zu schwanken, und sie griff instinktiv nach der Lehne des Stuhls, der ihr am nächsten stand.

Es ändert alles, glauben Sie mir.

Seine Worte hallten durch ihren Kopf, und sie blinzelte gegen die Tränen an, die in ihren Augen brannten.

»Wieso hast du dich an sie herangemacht?« Patrick drängte sich an ihr vorbei und baute sich vor Liam auf. »Was hattest du vor? Willst du sie auch umbringen?«

»Ich wusste es nicht«, sagte Liam tonlos, den Blick auf Cara gerichtet. »Ich wusste nicht, dass du Isabels Schwester bist.«

Er wirkte verzweifelt, und Cara ahnte plötzlich, dass es tatsächlich so war. Er hatte sie nicht erkannt, und sie ihn auch nicht. Schließlich hatten sie einander zuvor nie persönlich gegenübergestanden.

Sie war damals schon eine ganze Weile in Australien gewesen und hatte den Brand und das, was danach passiert war, nicht hautnah mitbekommen. Natürlich kannte sie den Ablauf des Unglücks, aber nur aus den Erzählungen der anderen. Sie war nicht dabei gewesen, und in den Tagen, die sie nach der Beerdigung zu Hause verbracht hatte, war sie ganz auf ihre Eltern und ihre eigene Trauer konzentriert gewesen. Die Gerüchte über William O'Byrnes Rolle bei dem Brand waren erst später aufgekommen, als sie längst wieder abgereist war, und bei ihrer Rückkehr hatte er Kenreagh schon verlassen. Sie hatte seinen Namen immer wieder gehört, aber kein Foto von ihm gesehen. Woher also hätte sie wissen sollen, dass der Mann, in den sie sich verliebt hatte, ausgerechnet William O'Byrne war?

»Und das sollen wir dir glauben, ja?« Patrick ballte die Hände zu Fäusten. »So wie die Wissenslücke, die du angeblich hast? Die fehlende Erinnerung daran, wer das Feuer gelegt hat, bei dem meine Schwester umgekommen ist?«

Cara wartete darauf, dass Liam sich verteidigte. Dass er leugnete und es abstritt. Aber er tat gar nichts, sah sie nur an auf diese niedergeschlagene, kraftlose Weise, die keinen Zweifel daran ließ, dass es nichts gab, was er zu seinen Gunsten hätte vorbringen können. Und das tat ihr so weh, dass sie sich abwandte.

»Du verdammter …« Patrick machte noch einen Schritt auf Liam zu, aber Kenneth hielt ihn zurück.

»Nicht, Patrick.« Er wandte sich an Cara. »Lass uns fahren. Deine Eltern warten auf dich.«

Seine Worte lösten Cara aus ihrer Erstarrung. Sie lief zurück nach hinten und suchte tränenblind ihre Sachen zusammen. Der Anblick des zerwühlten Bettes im Schlafzimme schien sie jetzt zu verhöhnen, deshalb beeilte sie sich und kehrte angezogen in den Wohnraum zurück, wo Liam und Patrick sich immer noch wortlos gegenüberstanden.

Kenneth schien zu befürchten, dass Patrick doch noch auf Liam losgehen würde, denn als er sah, dass Cara fertig war, schob er Patrick hastig zur Tür. Ohne ein weiteres Wort ging Cara an Liam vorbei und folgte den beiden anderen nach draußen zum Auto. Kurze Zeit später ließen sie die Hütte hinter sich.

Es war immer noch Nacht, deshalb konnte Cara die erleuchteten Fenster noch eine Weile in der Dunkelheit sehen, während der Volvo mit hohem Tempo über den Waldweg davonfuhr. Erst, als Patrick auf den Hauptweg bog und Gas gab, verschwanden sie aus ihrem Blickfeld, und Cara hatte das Gefühl, als würde gleichzeitig auch das Licht in ihrem Innern verlöschen.

20

Die Stille in der Wohnküche wog schwer, lastete auf Cara wie ein bleiernes Gewicht, das ihr die Luft zum Atmen nahm. Aber noch schlimmer waren die Blicke ihrer Familie, in denen auch jetzt noch völlige Fassungslosigkeit stand.

»Wie konntest du das nur tun?«, fragte Susan, nicht zum ersten Mal. »Wie konntest du dich auf diesen Mann einlassen?«

»Mum, wie oft soll ich dir das noch sagen? Ich wusste nicht, wer er ist.«

Cara rieb sich mit den Fingern ihre Schläfen, um den Schmerz zu lindern, der dahinter pochte. Die Sonnenstrahlen, die durch die Fenster hereinfielen, taten ihr in den Augen weh, und sie kämpfte erneut mit den Tränen.

Gestern Nacht war ihr das alles beinahe unwirklich erschienen, wie ein böser Traum. Aber jetzt, im nüchternen, grellen Licht des späten Vormittags, wurde ihr klar, dass sie daraus nicht erwachen würde.

Geschlafen hatte sie ohnehin kaum, weil sie schon in der Nacht die Vorwürfe ihrer Familie über sich ergehen lassen musste. Die anfängliche Freude ihrer Eltern über ihre Rückkehr war in Entsetzen umgeschlagen, als Patrick ihnen erzählt hatte, wo er sie gefunden hatte und vor allem bei wem. Cara hatte sich nur retten können mit der Behauptung, dass sie zu müde war, um weiter zu reden. In ihrem Bett hatte sie sich dann zusammengerollt und geweint, bis sie irgendwann vor Erschöpfung eingeschlafen war. Aber seit sie die Augen wieder aufgeschlagen hatte, kreisten ihre Gedanken erneut nur um das, was sie immer noch nicht fassen konnte, und die Tatsache, dass ihre Familie sich zu einer weiteren Krisensitzung in der Küche zusammengefunden hatte und Antworten wollte, machte es nicht besser.

Natürlich wusste sie, dass ihre Eltern und ihr Bruder sich vor allem Sorgen um sie machten. Aber keiner von ihnen schien auch nur einen Gedanken daran zu verschwenden, wie es ihr dabei ging. Dass es ihr das Herz zerriss, weil sie ihre Gefühle für Liam nicht einfach so abschalten konnte. Sie waren noch da, auch wenn ihr Verstand ihr sagte, dass sie ihn jetzt hassen musste.

»Was macht der Kerl überhaupt wieder hier?«, meinte Ian, der neben Cara saß, mit grimmiger Miene. »Ich dachte, er wäre zu feige, um sich hier blicken zu lassen.«

»Wahrscheinlich will er seinen Vater besuchen«, erklärte Patrick. »Kieran hat mir erzählt, dass es dem alten O'Byrne schlecht geht. Er soll krank sein.«

»Aber wieso ist Lia... William dann nicht in der Brennerei?« Cara sprach die Frage laut aus und bereute es sofort, denn Patrick sah sie böse an.

»Das müsstest du doch besser wissen als wir«, fuhr er sie an, doch als er ihren erschrockenen Gesichtsausdruck sah, nahm er sich wieder etwas zurück. »Die beiden hatten Streit, soviel ich weiß.«

Cara dachte an das, was Liam ihr erzählt hatte. *Ich muss etwas klären*. Ging es dabei um seinen Vater?

»Er muss es gewusst haben.« Patricks erneute Tirade riss Cara aus ihren Gedanken. »Dieser verdammt Kerl wusste, wer du bist, und hat sich absichtlich an dich herangemacht. Wahrscheinlich dachte er, dass er dich beeinflussen kann. Er wollte bestimmt nur seinen Ruf retten, dieser miese ...«

»Nein«, unterbrach Cara ihn scharf, weil sie sich in dieser einen Sache sicher war. »Er wusste es genauso wenig wie ich.«

Wieder sah sie Liams Gesicht vor sich, den schockierten Ausdruck darin. So etwas konnte man nicht vortäuschen.

Alles andere war jedoch eine Täuschung gewesen. Auch das, was sie gefühlt hatte. Sie konnte ihn nicht lieben. Nicht, wenn es stimmte, was ihre Familie sagte.

Und wenn es nicht stimmte?

»Lasst Cara endlich in Ruhe«, meinte ihr Vater, der ihr bis jetzt am wenigsten Vorwürfe gemacht hatte. »Es war ein unglücklicher Zufall, für den sie nichts kann. Und jetzt ist es vorbei. Nicht wahr, Cara?«

Cara sah von einem zum anderen und erkannte die Forderung, die in ihren Blicken lag. Sie sollte sich distanzieren, sie sollte bereuen, was sie getan hatte, und erklären, dass ihr Kontakt zu Liam ein Fehler gewesen war. Und dass sie das nicht aus vollem Herzen konnte, irritierte die anderen.

»Wieso seid ihr eigentlich so sicher?«, fragte sie. »Woher wisst ihr, dass er das Feuer gelegt hat?«

Sie dachte an das, was sie über den Ablauf des Unfalls wusste. Isabel war zur Brennerei gefahren an jenem furchtbaren Abend, um sich noch einmal mit William O'Byrne zu treffen. Dabei war es erneut um die alte Scheune auf dem Grundstück der Brennerei gegangen, die eigentlich abgerissen werden sollte, um Platz für ein neues Fasslager zu machen, das die O'Byrnes brauchten. Isabel, der bei ihrer Tierschutzarbeit vor allem der Erhalt der nationalen Wildvogelarten wichtig gewesen war, hatte jedoch erfahren, dass ein Paar der selten gewordenen Steinkäuze in der Scheune nistete. Deshalb war sie mehrfach in der Brennerei gewesen, um gegen den geplanten Abriss zu protestieren. Dabei war es angeblich zu einem

Streit zwischen ihr und William O'Byrne gekommen, der nicht von seinen Plänen abrücken wollte. Das Gespräch an jenem Abend war ein weiterer Versuch Isabels gewesen, ihn umzustimmen, und die beiden waren zusammen zur Scheune gegangen. An alles, was danach passiert war, konnte William O'Byrne sich jedoch nicht erinnern. Er hatte mit schweren Brandwunden mehrere Tage im Koma gelegen, und als er aufgewacht war, hatte er bestritten, etwas über den Fortgang des Abends zu wissen. Fest stand nur, dass er vom Brennmeister gerade noch aus den Flammen hatte gerettet werden können, weil er bewusstlos dicht am Ausgang gelegen hatte, getroffen von einem herabfallenden brennenden Balken.

Schnell kam das Gerücht auf, dass er Isabel, deren Überreste in der Mitte der Scheune gefunden worden waren, zurückgelassen hatte, um vor dem Feuer zu fliehen. Und da die Pläne der O'Byrnes allgemein bekannt gewesen waren, glaubten außerdem viele an einen »warmen Abriss«. Nichts schien für William O'Byrne zu sprechen, deshalb stand seine Schuld für viele im Ort fest, auch wenn es aus Mangel an Beweisen nie zu einer Anklage gekommen war.

»Er war es, Cara«, erklärte Patrick hitzig. »Wer soll es denn sonst gewesen sein? Isabel etwa?«

Cara fühlte sich, als würde ein Gewicht auf ihrer Brust lasten, das von Minute zu Minute schwerer wurde. Denn genauso hatte sie bis jetzt auch gedacht. Sie war überzeugt gewesen von dieser Version der Ereignisse. Weil es gutgetan hatte, jemanden dafür hassen zu können, dass ihre Schwester nicht mehr da war. Die Details hatten sie nicht interessiert, und William O'Byrne war nur ein Name gewesen, eine Projektionsfläche für ihre Wut und ihre Trauer. Doch jetzt wurde ihr plötzlich klar, dass sie es sich zu einfach gemacht hatte. Es war wichtig zu wissen, was genau passiert war. Sie musste es herausfinden, um sich in dem Gefühlschaos zurechtzufinden, in dem sie herumgeworfen wurde wie in einem wilden Strudel.

»Und wenn es doch ein Unfall war? Das hat die Untersuchung doch letztlich nicht ausschließen können.«

»Cara!«, entfuhr es Susan entrüstet, so als wäre schon der Versuch, eine andere Begründung zu finden, ein Verbrechen.

Auch ihr Bruder fixierte sie wütend. »Verteidigst du diesen Kerl jetzt etwa?«

»Nein, aber ... Wir wissen nicht, was wirklich passiert ist. Und es heißt doch, im Zweifel für den Angeklagten. Vielleicht ist er gar nicht schuldig, so wie ihr alle glaubt.«

Für eine Sekunde erkannte sie Zweifel in Patricks Miene. Dann kehrte der grimmige Ausdruck zurück.

»Jetzt sag nicht, dass du dich in den Kerl verliebt hast. Herrgott, Cara, sei doch nicht so naiv. Er ist nicht unschuldig, er hatte nur Glück, dass die Beweislage nicht ausreichte für eine Anklage.«

Cara dachte an Liams Narben. An die Art, wie er lebte, an seine Ruhelosigkeit.

»Er ist bestraft«, sagte sie. »Du kennst ihn doch gar nicht. Er ist ...«

»Wie kannst du nur!« Susan sprang auf. Ihre Stimme klang schrill. »Wie kannst du Verständnis für diesen Mann haben?« In ihren Augen standen Tränen. »Wäre Isabel nicht zu ihm gefahren, dann würde sie noch leben. Sie ist seinetwegen tot, Cara. Seinetwegen. Er hat sie auf dem Gewissen.«

Ian war ebenfalls aufgesprungen und ging zu seiner Frau, legte den Arm um sie.

»Beruhige dich, Liebes, sie weiß das doch. Nicht wahr, Cara?«

Cara antwortete nicht. Der Gedanke, dass Liam schuldig sein könnte, tat weh, so sehr, dass sie kaum Luft bekam.

Wie grausam konnte das Schicksal sein, dass es sie ausgerechnet zu William O'Byrne geführt hatte. Sie fühlte sich furchtbar, hin- und hergerissen zwischen ihrer Loyalität Isabel gegenüber und dem nagenden Gefühl, dass sie Liam nicht einfach so verurteilen durfte. Dass mehr hinter dieser Sache steckte und dass er es verdient hatte, angehört zu werden. Oder war sie einfach nur verblendet, weil sie so viel für ihn empfand? Verdiente er überhaupt eine Chance?

»Ich weiß gar nichts mehr«, sagte sie. »Aber Isabel hätte sicher nicht gewollt, dass wir jemanden verurteilen, wenn dessen Schuld gar nicht erwiesen ist.«

»Lass deine Schwester aus dem Spiel!«, fuhr Susan sie an. »Ich werde nicht zulassen, dass du sie benutzt, um deine Beziehung zu diesem Mann zu rechtfertigen. Du hast einen Fehler gemacht, und du wirst ihn korrigieren. Du wirst William O'Byrne nie wiedersehen, hast du verstanden?«

Die kalte Wut in den Augen ihrer Mutter erschreckte Cara, aber noch viel schlimmer war es zu sehen, wie Susan plötzlich in sich zusammensackte. Sie ließ sich zurück auf den Stuhl sinken und schlug die Hände vors Gesicht. Ihre Schultern bebten. »Er hat mir mein Kind genommen«, schluchzte sie. »Er hat mir meine wunderschöne Tochter genommen.«

Cara erhob sich sofort und ging zu ihr, setzte sich neben sie und schmiegte sich an ihre Schulter.

»Nicht weinen, Mum«, sagte sie, weil sie die Verzweiflung ihrer Mutter kaum ertrug. Es brachte ihre eigene Trauer zurück, riss die Wunde wieder auf, die sich mit den Jahren nur oberflächlich geschlossen hatte. Darunter war nichts geheilt, es blutete noch immer. »Ich werde ihn nicht mehr sehen.«

Sie hätte ihrer Mutter in diesem Moment alles versprochen, nur um ihren Schmerz zu lindern.

»Wahrscheinlich ist der Kerl sowieso längst abgehauen«,

mutmaßte Patrick, den der Gefühlsausbruch seiner Mutter sichtlich hilflos machte. »Feige ist er nämlich auch noch.«

Cara antwortete nicht darauf, sondern konzentrierte sich auf ihre Mutter, die sich langsam wieder beruhigte. Susan bat um ein Taschentuch und atmete tief durch, nachdem sie ihre Tränen getrocknet hatte.

»Lasst uns einfach nicht mehr über diesen Mann reden«, sagte sie mit der Entschlossenheit, mit der sie die Dinge in ihrem Leben gerne anging. Sie blickte zu Cara. »Wir vergessen ihn einfach wieder. Ich will diesen Namen in meinem Haus nie mehr hören.«

Patrick und Ian nickten zustimmend. Offenbar war das Problem damit für sie gelöst. Cara hatte jedoch einen dicken Kloß im Hals, der sie daran hinderte, etwas zu erwidern. Liam vergessen, dachte sie. Das hatte er selbst auch von ihr gefordert, als sie sich begegnet waren. Aber wie sollte ihr das gelingen, wenn sich in ihrem Kopf alles um ihn drehte? Wenn sie ständig sein Gesicht vor sich sah?

Hastig erhob sie sich. »Ich ... werde mal sehen, ob Kenneth etwas für mich zu tun hat«, sagte sie und floh aus der Wohnküche, in der sie sich zum ersten Mal in ihrem Leben überhaupt nicht wohlfühlte.

***

Patrick sah seiner Schwester nach und spürte, wie die Wut, die ihn die ganze Zeit erfüllt hatte, einem anderen Gefühl wich. Er konnte es nicht erklären, aber er war plötzlich ganz sicher, dass Cara sich nicht an das halten würde, was sie ihrer Mutter gerade versprochen hatte.

Seine Eltern waren nicht dabei gewesen, als er Cara in der Hütte angetroffen hatte, nur in eine Decke gehüllt. Sie hatten nicht gesehen, wie sie diesen William O'Byrne angesehen hatte. Cara verschenkte ihr Herz nicht leichtfertig. Wenn sie liebte, dann meinte sie es ernst. Kierans Betrug hatte ihr furchtbar wehgetan damals, und es hatte lange gedauert, bis sie darüber hinweg gewesen war.

Vielleicht war Patrick deshalb vorhin so furchtbar zornig gewesen. Weil er Angst hatte, dass es zu spät war. Wenn Cara sich in diesen Kerl verliebt hatte, dann würde sie leiden – und den Gedanken ertrug er nicht. Deshalb verabscheute er William O'Byrne noch ein bisschen mehr und hoffte, dass Cara nie wieder etwas mit ihm zu tun hatte.

Aber was, wenn sie ihr Versprechen wirklich brach und sich erneut mit diesem O'Byrne traf?

Ich werde ein Auge auf sie haben und sie vor sich selbst schützen, dachte er. Es war schließlich seine Pflicht, sich um seine Schwester zu kümmern und dafür zu sorgen, dass sie nicht noch einmal verletzt wurde ...

Er blickte auf, als die Küchentür sich erneut öffnete, und glaubte, dass Cara noch einmal zurückgekommen war. Stattdessen betrat Jessica den Raum.

»Hey.« Er lächelte, aber ihr Gesicht blieb ernst.

»Kann ich dich sprechen?«

»Sicher ...«

»Unter vier Augen«, sagte sie und zog ihn eilig mit sich ins Wohnzimmer, weg von Ian und Susan, die das gar nicht bemerkten, weil sie leise miteinander sprachen.

Patrick runzelte irritiert die Stirn, als Jessica die Tür hinter ihnen schloss. Über ihren Augen hatte sich eine steile Falte gebildet, was das mulmige Gefühl in seiner Magengrube verstärkte.

»Was ist denn los?«

»Lacey war gerade bei mir«, erklärte Jessica.

Patrick hob verwundert die Augenbrauen. Er wusste, dass Kierans Exfreundin eine sehr gute Freundin von Jessica war und bei der Hochzeit eine der Brautjungfern sein würde. Aber er hatte keine Ahnung, wieso dieser Besuch seine Verlobte so offensichtlich verärgert hatte. »Ging es um den Sorgerechtsstreit?«

»Nein, sie wollte mich warnen.«

Patrick runzelte die Stirn. »Wovor?«

»Davor, dass mich die Leute vielleicht bald auf etwas ansprechen werden, was gerade im Ort die Runde macht. Etwas, was dich betrifft.«

»Sie reden über mich?« Patrick grinste. »Ist es wenigstens was Interessantes?«

»Das ist nicht witzig, Patrick Connelly!«, fuhr Jessica ihn an.

Sein Lächeln erlosch. »Was sagen sie denn?«

»Dass der kleine Charlie dein Sohn ist.« Misstrauisch sah sie ihn an. »Stimmt das, Patrick? Hast du ein Kind mit Amy?«

21

»Was?« Patrick starrte Jessica entgeistert an. »Wie kommen die Leute denn darauf?«

»Oh, das ist nicht so schwer nachzuvollziehen. Schließlich verbringst du in letzter Zeit ja mehr Zeit mit Amy und ihrem Sohn als mit mir.« Jessicas Stimme klang vorwurfsvoll.

»Ich war gestern Nachmittag mit den beiden am Strand, mehr nicht«, rechtfertigte er sich.

»Ja, und davor hast du sie zum Arzt gefahren. Und du spielst ständig mit dem Kleinen. Da ist es doch ganz klar, dass die Leute anfangen zu reden.«

Er runzelte die Stirn. »Das haben die Leute doch gar nicht mitbekommen.«

»Ach, Patrick, du weißt doch, wie es hier ist. Irgendjemand sieht einen immer«, widersprach sie ihm. »Es gibt nichts, was du verheimlichen kannst.«

Das stimmte leider, aber er konnte sich trotzdem nicht erklären, woher diese Gerüchte auf einmal kamen. Es sei denn …

Er stöhnte auf, als ihm seine Begegnung mit Kieran gestern Mittag wieder einfiel. Natürlich! Sein ehemaliger Freund war ein schlimmes Tratschmaul und gab weiter, was immer er hörte und sah. So wie die Tatsache, dass die Brennerei der O'Byrnes in Schwierigkeiten steckte. Und da er vermutlich sauer darüber war, dass Patrick und Amy ihn hatten stehen lassen, machte er sich jetzt wichtig mit einer Neuigkeit, die keine war.

Wut stieg in Patrick auf, aber er bemühte sich, ruhig zu bleiben.

»Ach, das ist ein dummes Gerücht, weiter nichts. Du weißt doch, wie gerne die Leute sich das Maul zerreißen. In ein paar Tagen redet niemand mehr davon.«

Jessica verschränkte die Arme vor der Brust.

»Es sei denn, es stimmt.« Wieder musterte sie ihn auf diese intensive Weise, so als versuche sie in seinem Gesicht zu lesen. »Es könnte doch sein. Schließlich hattet ihr mal was miteinander.«

Patrick spürte, wie er innerlich erstarrte. Er war davon überzeugt gewesen, dass Amy und er es geschafft hatten, diese Tatsache zu verheimlichen.

»Woher weißt du das?«

»Weil ich gesehen habe, wie sie früh am Morgen aus deinem Zimmer gekommen ist, damals, kurz bevor sie Namara verlassen hat.« Jessica ballte eine Hand zur Faust. »Und jetzt sag mir nicht, dass ihr euch nur unterhalten habt.«

Überrascht starrte er sie an. Es passte nicht zu ihr, dass sie es die ganzen Jahre über gewusst, aber nie etwas gesagt hatte, nicht mal, als Amy plötzlich wieder aufgetaucht war. Aber es erklärte, warum sie so eifersüchtig reagiert hatte.

»Du warst mit ihr zusammen, oder?«

Patrick schloss für einen Moment die Augen, als ihn die Erinnerungen an die Stunden mit Amy überfielen.

»Aber es war nur eine Nacht.«

Eine, die ich nie vergessen werde.

Jessica schnaubte. »Eine Nacht reicht, Patrick. Das muss ich dir doch hoffentlich nicht sagen. Und vom Alter her passt es auch.«

Patrick stutzte. »Nein, Charlie ist viel zu …«

Er hielt inne. Zu jung? Wirklich? Ein kalter Schauer lief ihm über den Rücken, als ihm einfiel, dass Amy im Krankenhaus Charlies Geburtstag hatte angeben müssen. Er war so voller

Sorge um den Kleinen gewesen, dass er darauf gar nicht wirklich geachtet hatte. Aber jetzt erinnerte er sich. Charlie wurde in ein paar Wochen fünf. Gegangen war Amy vor knapp sechs Jahren. Rein rechnerisch war es also möglich, dass …

»Nein«, sagte er entschieden, weil das einfach nicht sein konnte. »Wenn Charlie mein Sohn wäre, wüsste ich das.«

Jessica schwieg einen langen Moment, schien zwischen Unsicherheit und Zorn zu schwanken.

»Dann schaff dieses Gerücht aus der Welt, Patrick! Wir heiraten nächsten Samstag, und ich will nicht, dass auf meiner Hochzeit nur über dein vermeintliches uneheliches Kind geredet wird.« Plötzlich schimmerten Tränen in ihren Augen. »Ich freue mich seit Monaten auf dieses Fest. Und jetzt das!«

Schnell zog Patrick sie an sich. »Es tut mir leid«, sagte er, weil er sich hilflos fühlte, wenn eine Frau weinte. »Ich … regele das.«

Er hatte keine Ahnung, wie er das anstellen sollte. Was konnte er gegen ein solches Gerücht schon ausrichten? Aber Jessica schien beruhigt, als sie sich von ihm löste. Tatsächlich wirkte sie jetzt sogar wieder eher wütend.

»Ich hätte mich durchsetzen müssen, was Amy angeht. Es wäre besser gewesen, ihr keine Arbeit zu geben. Und es ist noch nicht zu spät. Wenn du sie jetzt wegschickst, dann wissen die Leute, dass sie dir nichts bedeutet, und beruhigen sich vielleicht wieder. Dann löst sich diese Sache von ganz allein.«

»Ich glaube kaum, dass das helfen würde. Damit fachen wir die Gerüchte höchstens noch an«, widersprach Patrick. Außerdem bedeutet sie mir etwas, fügte er in Gedanken hinzu.

Die Tür öffnete sich, und Susan blickte ins Zimmer.

»Ich möchte nicht stören«, sagte sie. »Aber Elaine war gerade da. Sie brauchen dich drüben, Jessica.«

»Okay. Ich komme.«

Patrick sah, wie Jessica die Schultern straffte und wieder in den professionellen Modus schaltete, den er so an ihr bewunderte. Sie küsste ihn, aber nur kurz.

»Kümmere dich drum, Patrick. Bitte«, sagte sie leise, sodass nur er es hörte, und ging mit Susan hinaus, ließ Patrick allein im Wohnzimmer zurück.

Für einen Moment stand er nur da und starrte ins Leere.

Ich hätte es wissen können, dachte er. Wenn er Zeit mit Amy und Charlie verbrachte, dann würden die Leute anfangen zu reden. Hatte er sich nicht selbst gestern am Strand manchmal bei dem Gedanken erwischt, dass sie wie eine Familie wirken mussten? Er war selbst schuld, dass es so gekommen war. Und er musste es irgendwie geraderücken, denn bei der Geschwindigkeit, mit der Gerüchte in Namara und Kenreagh die Runde machten, würde es nicht mehr lange dauern, bis sie auch das Kerryhead Castle erreichten. Möglicherweise tuschelten die Angestellten sogar schon hinter vorgehaltener Hand darüber.

Konnte er das überhaupt noch aufhalten? Es gab nur eine einzige Möglichkeit, dem entgegenzutreten, und das war die Flucht nach vorn. Er musste öffentlich erklären, dass es nicht stimmte, am besten zusammen mit Amy. Sie würde es schließlich bestätigen. Vielleicht konnte er auch Charlies richtigen Vater zur Hochzeit einladen, um die Gemüter zu beruhigen. Irgendetwas musste er jedenfalls tun, und zwar schnell.

Er sah auf seine Armbanduhr. Es war fast halb eins, also würde die Kinderbetreuung gleich für die Mittagspause schließen, und Amy hatte Zeit, um mit ihm zu reden.

Entschlossen machte er sich auf den Weg, doch schon, als er durch die Tür in das Kinderparadies trat, wurde ihm klar, dass er zu spät kam.

Die Kinder gingen gerade oder wurden von ihren Eltern

abgeholt, und Brianna verabschiedete sie fröhlich. Jane stand dagegen abseits und redete sehr ernst mit Amy, die ganz blass war.

Jane war deutlich älter als Brianna und Amy und stammte aus Namara. Ihr Mann Josh betrieb den kleinen Lebensmittelladen, der genau wie der Pub ein Treffpunkt im Ort war. Wenn also jemand sofort mitbekam, was sich gerade in der Gerüchteküche zusammenbraute, dann Josh und Jane, dachte Patrick und spürte, wie sein Magen sich zusammenkrampfte.

»Patrick!« Charlie hatte ihn entdeckt und lief mit einem freudigen Strahlen auf ihn zu.

»Hey, Kleiner.« Patrick zerzauste ihm das Haar und lächelte ebenfalls, jedoch nicht aus vollem Herzen wie sonst. Charlie kann nichts dafür, erinnerte er sich, aber er war trotzdem froh, dass der Junge fast sofort wieder abgelenkt war, weil ein anderes Kind ihn ansprach.

Patrick grüßte Brianna und ging weiter zu Jane und Amy, die bei seinem Anblick noch ein bisschen blasser wurde.

»Kann ich dich sprechen?«, stieß er zwischen zusammengebissenen Zähnen hervor.

Amy wandte sich an Jane. »Würdest du kurz auf Charlie achten?«

»Natürlich«, sagte Jane, und Patrick nickte ihr noch einmal zu, bevor er mit Amy den Raum verließ. Er ging mit ihr nach draußen und ein Stück durch den Garten Richtung Stall. Erst, als er ganz sicher war, dass sie allein waren, blieb er auf dem Weg stehen und sah sie an.

»Im Ort reden sie über uns.«

»Ich weiß«, erwiderte Amy. »Jane hat es mir gerade erzählt.« Ihre Stimme klang leise, und sie senkte den Blick. »Es tut mir leid, Patrick.«

»Das ist nicht deine Schuld. Ich nehme an, dass es Kieran

war, der sich das ausgedacht hat. Aber letztlich spielt es keine Rolle. Wichtig ist nur, dass wir dieses Gerücht wieder aus der Welt schaffen.«

Sie sah immer noch zu Boden. »Das geht nicht«, sagte sie, jetzt so leise, dass er sie kaum verstand.

»Wie bitte?«

Endlich hob sie den Kopf, und als er in ihre blauen Augen blickte, lag blanke Verzweiflung darin.

»Wir können es nicht aus der Welt schaffen, Patrick.«

Es war die Art, wie sie es sagte. Die Art, wie sie ihn ansah. Er spürte, wie eine Gänsehaut über seinen Arm zog.

»Wieso nicht?«

»Weil es stimmt. Charlie ist dein Sohn.«

Patrick hatte das Gefühl, als hätte ihm gerade jemand mit voller Wucht in den Magen geboxt. Er taumelte einen Schritt zurück und versuchte, Luft zu holen. In seinem Kopf drehte sich plötzlich alles, und er griff sich an die Stirn, während er zu fassen versuchte, was er ein paar Sekunden, bevor sie es aussprach, schon geahnt hatte.

»Ich bin Charlies Vater?« Er sah den Kleinen vor sich und suchte nach irgendwelchen Anhaltspunkten in seinem Aussehen, die ihm das schon früher hätten verraten können.

Hatte seine Mutter nicht mehrfach erwähnt, dass Charlie sie an ihn erinnerte, als er klein war? Und hatte der Arzt im St. Anne's Hospital nicht gemeint, Charlie würde ihm ähnlich sehen? Hatten sie alle erkannt, wofür er offensichtlich blind gewesen war? Oder hatte er es unbewusst geahnt und sich deshalb so zu Charlie hingezogen gefühlt? War das der Grund für die besondere Verbindung, die es zwischen ihnen gab?

Patrick schüttelte den Kopf, noch nicht in der Lage, diese Neuigkeit zu verarbeiten. Eine Frage stellte sich jedoch sofort.

»Wieso hast du mir das nicht gesagt?«, fragte er Amy, lauter, als er eigentlich wollte. »Wie konntest du mir das verschweigen?«

Er hatte sie noch nie gehasst, nicht einmal, als sie damals einfach weggegangen war. Aber jetzt stand er kurz davor. Heiße Wut wallte durch seine Adern, während er sie grimmig fixierte.

»Ich … wollte es dir sagen«, stammelte Amy. »Aber ich konnte nicht. Du warst mit Jessica zusammen und …«

»Und da dachtest du, dass es mich dann bestimmt nicht interessiert, dass ich Vater werde?«, herrschte er sie an. »Dass ich es nicht wissen will, wenn ich einen Sohn habe? Herrgott, Amy, ich hätte doch …«

Er hielt inne, als ihm all die Dinge wieder einfielen, die ihn quälten, seit Amy zurückgekehrt war. Wie sehr er sich über Charlies Vater aufgeregt hatte, der sich offensichtlich nicht um sein Kind kümmerte. Und darüber, dass Charlie und Amy so viel entbehrt hatten, weil sie allein für den Kleinen hatte sorgen müssen. Dabei war die ganze Zeit über er dieser Mann gewesen. Er selbst hatte die beiden im Stich gelassen – ohne dass er es wusste.

Seine Augen wurden schmal. »Verdammt, Amy. Ich hätte ein Recht darauf gehabt, es zu erfahren.«

»Ich weiß. Es tut mir leid.« Amy wirkte zittrig und nervös, aber er unterdrückte das Bedürfnis, sie zu trösten, konzentrierte sich auf seinen Zorn.

»Mehr hast du dazu nicht zu sagen? Nur dass es dir leidtut? Hast du denn nicht einmal auch an mich gedacht?«

»Doch!«, widersprach sie sofort. »Ich hätte dich kaum vergessen können, wenn ich nur Charlie ansehen muss, um an dich erinnert zu werden. Aber ich …« Sie senkte erneut den Blick. »Ich bin es gewohnt, für mich selbst zu sorgen. Das musste ich schon bei meinem Vater. Ich wollte einfach nicht, dass du dich aus Mitleid um uns kümmerst.«

»Aus Mitleid?« Patricks Stimme überschlug sich fast. »Herrgott, Amy, Charlie ist mein Sohn, und er hätte das Meer schon viel früher sehen können. Er hätte hier aufwachsen können, bei uns. Er hätte alles gehabt, was er sich wünschen kann.«

»Ich habe gut für Charlie gesorgt«, verteidigte sie sich. »Er ist ein fröhlicher kleiner Junge, und es hat ihm nie an etwas gefehlt. Er hatte immer alles, was er braucht.«

»Aber keinen Vater«, sagte Patrick und sah den betroffenen Ausdruck in ihren Augen. Sie wusste, dass es falsch gewesen war. Aber sie hatte trotzdem lieber geschwiegen, weil sie es offenbar nicht ertrug, ihn in ihrem Leben zu haben. Sie wollte weg von ihm, und nicht mal die Tatsache, dass sie ein Kind von ihm erwartete, hatte sie dazu gebracht, wieder zurückzukehren.

Er schluckte hart. Eindeutiger hätte sie kaum zeigen können, dass er ihr nichts bedeutete, und das traf ihn härter, als er sich eingestehen wollte.

»Denk nicht, dass du mir das noch mal antun kannst, Amy.« Er ballte die Hände zu Fäusten. »Du hast mir Charlie die ersten fünf Jahre vorenthalten, aber das ist jetzt vorbei. Ich will ihn hier haben, bei mir. Immer. Ich will nachholen, was ich verpasst habe. Deshalb werdet ihr von jetzt an hier wohnen.«

Amy schüttelte den Kopf, und der unglückliche Ausdruck auf ihrem Gesicht schnitt ihm ins Herz. »Das geht nicht, Patrick. Ich kann hier nicht bleiben.«

»Oh doch, das wirst du, Amy Walsh! Sonst klage ich das Sorgerecht für Charlie ein. Wenn du unbedingt willst, dann kannst du wieder gehen. Aber Charlie bleibt hier.«

Er war außer sich vor Wut, kämpfte vergeblich gegen den

Schmerz in seiner Brust, der größer wurde mit jeder Sekunde, die er in Amys verzweifeltes Gesicht blickte. Er wollte sie packen und schütteln. Oder an sich ziehen und küssen, bis sie zugab, dass er ihr nicht vollkommen egal war. Beides war keine gute Idee, deshalb drehte er sich auf dem Absatz um und stürmte zurück ins Haus.

* * *

Amy starrte ihm nach, erstaunt darüber, dass ihre Beine sie noch trugen. Ihr Herz raste, und sie schlug die Hand vor den Mund, als sie das Schluchzen nicht mehr aufhalten konnte, das aus ihr herausbrach.

Tränenblind lief sie zum Stall und floh hinter das Gebäude, lehnte sich gegen die Wand und versuchte, sich zu beruhigen.

Sie wusste, dass Patrick mit allem recht hatte. Und dass er von ihr fordern durfte, Charlie zu sehen. Das konnte sie ihm jetzt nicht mehr verwehren. Aber den Gedanken, dauerhaft hier unter einem Dach mit ihm leben zu müssen und zu sehen, wie er mit Jessica glücklich war, hielt sie einfach nicht aus.

Das ertrage ich nicht, dachte sie verzweifelt und schlug die Hände vors Gesicht, um ihren Tränen freien Lauf zu lassen.

22

»Patrick meint das nicht so, Amy.«

Cara strich ihrer Freundin, die zusammengesunken neben ihr auf dem Bett in Isabels altem Zimmer saß, beruhigend über den Rücken.

»Doch«, erwiderte Amy unglücklich. »Du hättest ihn sehen sollen. Er war außer sich vor Wut. Und du hast ja mitbekommen, wie er mich gerade behandelt hat.«

»Er hat es ja auch gestern erst erfahren«, meinte Cara, aber innerlich musste sie Amy recht geben.

Als Patrick gerade gekommen war, um Charlie abzuholen und mit ihm im hoteleigenen Boot eine Runde über den See zu drehen, hatte er nur mit dem Jungen gesprochen und Amy ignoriert. Charlie war das nicht aufgefallen, er war wie immer begeistert, dass Patrick etwas mit ihm unternahm. Aber Cara war die angespannte Stimmung nicht entgangen.

»Das muss Patrick jetzt erst mal verdauen. Genau wie wir alle«, schob sie noch nach, denn auch sie konnte die Bombe, die Amy gestern hatte platzen lassen, immer noch nicht recht fassen. »Wieso hast du nur so lange geschwiegen? Ich verstehe das immer noch nicht, Amy. Damit hast du es dir doch selbst viel schwerer gemacht als nötig.«

»Bitte fang du nicht auch wieder davon an. Ich weiß, dass es ein Fehler war. Aber ich ... konnte nicht zurückkommen.«

Amys Blick war abwehrend, so als wäre ihre Beziehung zu Patrick ein wunder Punkt, an dem sie auf keinen Fall rühren wollte. Was Cara erneut vor die Frage stellte, wie es ihr hatte entgehen können, dass die beiden zusammen gewesen waren.

Dabei war es im Grunde gar nicht so verwunderlich, schließlich fiel das alles in die Wochen nach Isabels Tod. Davor war Cara schon monatelang in Australien gewesen, und während ihres kurzen Aufenthaltes in England war es nur um Isabel gegangen und darum, wie sie alle mit diesem Verlust fertigwerden sollten. Cara hatte damals kaum etwas anderes wahrgenommen, war ganz auf ihre Trauer und auf ihre Eltern konzentriert gewesen, die ihre Unterstützung brauchten. Und danach war sie sofort nach Australien zurückgekehrt, hatte nur noch aus der Ferne mitbekommen, dass Amy Namara ganz plötzlich verlassen hatte.

Natürlich hatte sie nach ihrer Rückkehr versucht herauszufinden, was Amy bewogen hatte, alles hinter sich zu lassen. Aber waren die Gründe, die ihre Freundin ihr damals genannt hatte, vielleicht nur vorgeschoben gewesen, und es war eigentlich um Patrick gegangen? Amy behauptete zwar, dass sie nur eine kurze Affäre mit ihm gehabt hatte, die nicht von Bedeutung gewesen war. Doch wieso litten sie dann beide so extrem unter der Situation? Patrick lief herum wie auf Autopilot, lächelte kaum und war zu allen kurz angebunden, was gar nicht zu ihm passte. Und Amy war so blass und still, dass Cara sich wirklich Sorgen machte.

»Bist du wegen Patrick weg aus Namara?«

Amy schwieg so lange, dass Cara schon glaubte, sie würde keine Antwort mehr bekommen. Doch dann zuckte sie mit den Schultern, und als sie Cara ansah, lag eine tiefe Traurigkeit in ihrem Blick. »Er wollte mich nicht, Cara. Er wollte Jessica. Also bin ich gegangen.«

Das klang nicht so, als wäre ihr Bruder Amy egal gewesen. »Dann bedeutet er dir etwas?«

Amy seufzte tief. »Es spielt doch keine Rolle. Er heiratet in ein paar Tagen.« Sie legte ihre Hand auf Caras Arm. »Bitte, lass uns nicht mehr darüber sprechen, ja? Das ist alles schon schwer genug. Ich ... komme schon damit zurecht.«

Cara war nicht sicher, ob das stimmte. Aber es war typisch für Amy, dass sie versuchte, alles mit sich allein abzumachen. So war sie einfach, und wenn sie derart dichtmachte, dann war der Grund dafür meistens ein sehr gravierender. Weiter in sie zu dringen hätte jedoch nichts gebracht, so gut kannte Cara ihre Freundin. Sie würde einfach warten müssen, bis Amy von sich aus darüber redete, deshalb ließ sie das Thema fallen.

»Weiß Charlie es eigentlich schon?«

»Nein. Wir wollen damit noch warten. Aber ich glaube nicht, dass es ein Problem sein wird. Charlie himmelt Patrick an. Außerdem liebt er es hier.«

»Dann bleibt doch«, meinte Cara. »In London wartet nichts auf euch, also ist es im Moment doch die beste Lösung, wenn ihr weiter bei uns wohnt.«

Amy stieß die Luft aus. »Ich glaube nicht, dass Jessica das auch so sieht.«

Cara dachte an die Reaktion ihrer zukünftigen Schwägerin. Jessica war fast hysterisch geworden, als Patrick es ihr gesagt hatte, und seitdem warf sie Amy nur noch eisige Blicke zu.

»Ach, sie gewöhnt sich schon an den Gedanken.«

Und selbst wenn nicht, dachte Cara. Jessica würde damit leben müssen, dass Patrick bereits ein Kind hatte. Sie konnte diese Tatsache schließlich nicht mehr ändern.

Und Liam kann auch nicht ändern, was passiert ist.

Cara spürte, wie ihr ein Schauer über den Rücken lief, als sie sein verzweifeltes Gesicht wieder vor sich sah. Die Sache mit Charlie hatte sie für eine Weile von ihren eigenen Problemen abgelenkt. Aber ihre Gedanken kehrten früher oder später immer wieder zurück zu Liam. Ich kann ihn nicht vergessen, dachte sie und seufzte tief.

Amy sah sie an. »Und was ist mit dir?«, fragte sie, so als wäre ihr plötzlich wieder eingefallen, dass sie gerade nicht die Einzige war, die Probleme hatte. »Wie geht es dir denn jetzt?«

»Schlecht«, gestand Cara, froh darüber, dass sie wenigstens mit ihrer Freundin offen über Liam reden konnte. Für alle anderen war das Thema tabu. Amy dagegen verstand, wieso Cara ihre Zeit mit ihm nicht einfach so hinter sich lassen konnte. »Ich versuche, ihn zu verabscheuen, aber ich kann nicht. Es geht einfach nicht. Ich kann nicht mal aufhören, an ihn zu denken.«

Das brachte sie schier zur Verzweiflung, genau wie die Frage, was damals wirklich passiert war. War Liam schuldig? Hatte sie sich in den Mann verliebt, der für den Tod ihrer Schwester verantwortlich war?

»Vielleicht gibt es ja auch gar nichts zu verabscheuen«, meinte Amy und lächelte, als Cara sie überrascht ansah. »Du hast gesagt, du könntest dir nicht vorstellen, dass er schuld an Isabels Tod ist. Und vielleicht hast du recht damit.«

»Aber er hat es nicht geleugnet, als Patrick ihn beschuldigt hat«, erwiderte Cara und spürte, wie ihr erneut die Kehle eng wurde.

»Dann geh hin und frag ihn«, erklärte Amy. »Er schuldet dir Antworten nach allem, was zwischen euch war. Und es lässt dir doch sowieso keine Ruhe.«

Überrascht starrte Cara sie an, aber Amy bemerkte es gar nicht, weil sie auf ihre Armbanduhr blickte. »Oh, schon so spät! Ich hab die Zeit ganz vergessen. Brianna und Jane warten sicher schon auf mich.«

Sie erhob sich, und Cara tat das ebenfalls, aber eher aus

Reflex, weil sie in Gedanken immer noch damit beschäftigt war, was Amy gesagt hatte.

»Ich … werde mal nachsehen, ob ich Kenneth helfen kann«, sagte sie.

Doch als sie sich von Amy verabschiedet hatte und schon auf dem Weg in die Küche war, blieb sie plötzlich stehen.

Amy hat recht, dachte sie. Ihre Familie verstand einfach nicht, dass sie diese Sache nicht auf sich beruhen lassen konnte. Sie musste noch mal mit Liam sprechen.

Rasch ging sie weiter und durchquerte die Küche, in der es wie immer zur Mittagszeit sehr hektisch zuging.

»Ich muss noch was für die Hochzeit besorgen«, rief sie Kenneth zu, der nur kurz nickte und sich wieder seinen Töpfen widmete. Dann war sie draußen auf dem Innenhof und stieg in ihren Micra, setzte ihn zurück und fuhr durch das Tor, bevor sie jemand aufhalten konnte.

Der Weg rauf nach Glen Garvan war ihr inzwischen vertraut, doch als sie an der Hütte ankam, schlug ihr das Herz bis zum Hals. Sie war bei ihrer Ankunft auch sonst oft aufgeregt gewesen, aber auf eine positive Weise. Jetzt dagegen hatte sie einen Kloß im Hals, während sie hinter dem Steuer saß und auf den Jeep starrte, der vor dem Schuppen geparkt war. Die Heckklappe stand offen, genau wie die Hüttentür, aus der in dieser Sekunde Whiskey herausgeschossen kam. Freudig bellend stürmte er auf Caras Wagen zu, gefolgt von Liam, der einen Augenblick später aus der Hütte trat. Er hielt einen Karton in der Hand, den er offenbar zum Auto tragen wollte, doch auf halbem Weg blieb er abrupt stehen, als sein Blick auf Caras Wagen fiel, vor dem Whiskey immer noch bellend stand.

Schnell löste Cara ihren Gurt und stieg aus. Sie begrüßte den Hund, der sich über ihre Ankunft sichtlich freute, und sah dann Liam an.

»Kann ich mit dir reden?«

Er ging weiter zum Auto und stellte die Kiste hinein. Dann streckte er die Hand aus und deutete zur Tür.

»Komm rein.«

Beklommen betrat Cara die Hütte. Es war auf einen Blick klar, was Liam vorhatte, und wenn sie nicht so nervös gewesen wäre, hätte sie es auch gleich bei ihrer Ankunft begriffen: Er packte seine Sachen.

»Willst du weg?«, fragte sie erschrocken.

Liam stand im Türrahmen. Er füllte ihn fast ganz aus, und während sie in seine blauen Augen sah, musste Cara unwillkürlich an ihre erste Begegnung denken. Er strahlte etwas aus, was sie schon damals wie magisch angezogen hatte. Nur jetzt war es schlimmer, weil widerstreitende Gefühle in ihrer Brust tobten.

»Es ist besser, wenn ich gehe«, sagte er und sah sie genauso an wie damals. Misstrauisch. Auf der Hut. Er hatte die Mauer wieder hochgezogen, hinter der er verbarg, wie es ihm wirklich ging. Alles an ihm wirkte angespannt, von der Linie seiner Schultern bis zu seiner Körperhaltung. In seiner Wange zuckte ein Muskel. »Es tut mir leid.« Seine Stimme klang ausdruckslos. »Das alles tut mir furchtbar leid. Mehr kann ich dazu nicht sagen.«

Cara fühlte sich plötzlich ganz zittrig. Sie ließ sich auf dem Rand der Couch nieder. Whiskey, der ihr ins Haus gefolgt war, setzte sich dicht neben sie, und sie vergrub die Hände in seinem Fell, hielt sich an dem Hund fest, der als Einziger vollkommen entspannt wirkte.

»Doch«, sagte sie. »Du kannst mir etwas über den Abend sagen, an dem meine Schwester gestorben ist.«

Liam stieß die Luft aus. »Alles, was ich noch weiß, habe ich schon gesagt. Wieder und wieder. Jedem, der es hören wollte.

An mehr erinnere ich mich nicht, auch wenn mir das niemand glauben will.« Gequält sah er sie an und fuhr sich mit einer fahrigen Geste durchs Haar. »Es tut mir leid, Cara. Ich wusste wirklich nicht, wer du bist. Wenn ich es gewusst hätte, dann …«

»Erzähl es mir, Liam«, beharrte sie. »Sag mir, was passiert ist. Ich war damals nicht hier und kenne vieles nur aus den Berichten der anderen. Aber ich will es von dir hören. Bitte.«

Liam betrat die Hütte und schloss die Tür. Er ließ sich auf den Stuhl sinken, der am weitesten von der Couch entfernt war, und suchte über den Raum hinweg Caras Blick.

»Ich kannte deine Schwester noch nicht lange, als es passierte. Sie kam eines Tages zusammen mit einer anderen Frau von ihrer Tierschutzorganisation in die Brennerei und forderte uns auf, irgendwelche seltenen Eulen zu schützen, die in unserer Scheune nisteten. Ich habe versucht, den beiden zu erklären, dass wir Platz für ein neues Lager brauchten und dass der Abriss deshalb unumgänglich war. Aber das wollte Isabel nicht hinnehmen. Sie hat mir anfangs mit einer Klage gedroht, dann hat sie ihre Taktik geändert und kam immer wieder, um mit mir über diese Sache zu diskutieren. An dem Abend, an dem es passierte, waren wir verabredet, weil sie mir das Gelege in der Scheune noch einmal zeigen wollte.« Er hob einen Mundwinkel zu einem bitteren Lächeln. »Sie war wirklich hartnäckig, das musste man ihr lassen. Meine Argumente zählten für sie einfach nicht.«

Das flaue Gefühl in Caras Magen wurde stärker. »Stimmt es, dass ihr euch gestritten habt?«

Liam nickte. »Ich stand damals unter großem Druck. Wir wollten expandieren, aber das war alles ziemlich riskant. Wir brauchten das neue Lager, aber die Bank fand das Risiko zu hoch. Ich musste hart um einen weiteren Kredit kämpfen, und als er endlich genehmigt war, kam deine Schwester und verlangte, dass wir die Scheune stehen lassen sollen.« Er fuhr sich mit der Hand durchs Haar. »Ich wollte davon nichts wissen. Aber sie hat nicht aufgegeben, hat mir immer wieder erklärt, wieso diese Eulen geschützt werden müssten.«

»Mochtest du sie nicht?«, fragte Cara unsicher.

»Doch.« Liam sah sie an. »Doch, ich mochte sie. Trotz allem. Es hat mir imponiert, dass sie sich so leidenschaftlich eingesetzt hat für das, was ihr wichtig war. Und je länger sie geredet hat, desto weicher hat sie mich geklopft. Es war schwer, sich ihrem Charme zu entziehen.«

Das stimmt, dachte Cara wehmütig. Isabel war eine von diesen Frauen gewesen, die ihr Gegenüber allein durch ihre Anmut für sich einnahmen. Und mit ihrer ruhigen, sachlichen, aber bestimmten Art konnte sie sehr überzeugend sein. Deshalb wäre sie vermutlich eine fantastische Anwältin geworden. *Im Gegensatz zu mir …*

Als Cara merkte, dass ihre Gedanken abschweiften, konzentrierte sie sich wieder auf Liam, der jetzt mit hängendem Kopf dasaß und schwieg.

»Und was passierte dann?«

Er sah wieder auf und zuckte mit den Schultern. »Sie hat es geschafft.«

»Sie hat dich von deinem Plan abgebracht?«

»Na ja, nicht wirklich. Wir brauchten das Lager. Aber ich war bereit, über einen anderen Standort nachzudenken. Ich hätte einiges anders planen müssen, aber es wäre machbar gewesen. Das haben wir auf dem Weg zur Scheune besprochen.«

Überrascht sah Cara ihn an. »Wirklich?« Das hörte sie zum ersten Mal. »Warum hast du das nicht ausgesagt?«

»Das habe ich.« Er seufzte tief. »Aber die Leute haben mir

nicht geglaubt. Sie dachten, das hätte ich nur behauptet, um von meinem Streit mit Isabel abzulenken. Und sie haben auch bezweifelt, dass ich mich nicht mehr daran erinnere, was passiert ist, nachdem wir die Scheune erreicht hatten.«

»Danach weißt du nichts mehr?«, fragte Cara.

Er schüttelte den Kopf. »Ich weiß noch, dass wir vor dem Tor standen. Es dämmerte schon, und wir brauchten eine Taschenlampe. Ich sehe noch den Lichtkegel vor mir auf dem Holz des Tores. Und dann … nichts mehr. Meine Erinnerung setzt erst in der Klinik wieder ein. Ich hatte Verbrennungen, eine Rückenprellung und eine schwere Gehirnerschütterung, alles von dem Balken, der mich getroffen hat. Die Ärzte meinten, es könnte der Schlag auf den Kopf gewesen sein, der die Amnesie verursacht hat. Oder der Schock. Das passiert wohl häufig bei Unfällen. Man vergisst die Minuten davor, und es ist sehr unwahrscheinlich, dass die Erinnerung daran zurückkommt.«

In seiner Stimme schwang so viel Schmerz mit, dass Caras Herz sich zusammenzog.

»Hattest du vor, die Scheune anzuzünden?« Sie musste ihn das einfach fragen.

Er stieß die Luft aus. »Würdest du mir glauben, wenn ich Nein sage?«

Offenbar schien er davon auszugehen, dass sie das nicht tat. Aber als sie in sich hineinhorchte, wusste sie die Antwort.

»Ja«, sagte sie mit fester Stimme. »Das hättest du nicht getan.«

Liam schnaubte. »Nein. So etwas tut man nicht, oder? So etwas tun nur schlechte Menschen. Aber was, wenn ich einer bin? Wenn ich doch schuld bin an Isabels Tod? Ich weiß es nicht, verstehst du? Ich werde es wahrscheinlich nie wissen. Und das frisst mich innerlich auf.«

Seine Stimme klang heiser, und sein Gesichtsausdruck war gequält. Er trug nicht nur die äußeren Narben des Brandes, er war auch innerlich verwundet. Wie sehr, begriff Cara erst jetzt. Es waren nicht nur die Verdächtigungen der Leute, die ihm zu schaffen machten. Die größten Vorwürfe machte er sich offensichtlich selbst.

Sie holte tief Luft. »Würdest du mir denn glauben, wenn ich dir sage, dass es nicht deine Schuld war?«

Sie sah die Antwort in seinen Augen.

»Du kannst mich nicht freisprechen, Cara. Niemand kann das. Und ich kann meine Schuld auch nicht abarbeiten. Ich habe es versucht. Ich dachte, wenn ich anderen helfe, würde ich besser damit leben können. Aber ich kann so viele Brunnen bauen, wie ich will, es ändert nichts.«

Das ist also der Grund, warum er so lange in der Entwicklungshilfe gearbeitet hat, dachte Cara. Was seine Tätigkeit in ihren Augen kein bisschen schmälerte.

»Aber die Tatsache, dass du bereit bist, für andere etwas zu tun, zeigt doch, was für ein Mensch du bist. Du bist nicht so schlecht, wie du glaubst. Und du bestrafst dich für etwas, das du wahrscheinlich gar nicht getan hast.«

Wieder fuhr er sich mit einer fahrigen Geste durchs Haar.

»Möglich, dass ich das Feuer nicht gelegt habe. Aber was, wenn ich wirklich weggelaufen bin, als ich es bemerkte? Was, wenn ich Isabel habe verbrennen lassen, weil ich zu feige war, sie zu retten? Könntest du einen Mann lieben, der deine Schwester im Stich gelassen hat?« Er stöhnte auf. »Ich war sicher, dass du mich mit anderen Augen sehen würdest, wenn ich es dir sage. Aber da wusste ich noch nicht, dass du ihre Schwester bist. Herrgott, du musst mich doch jetzt hassen, Cara!«

Ein Kloß bildete sich in Caras Kehle, als sie die Verzweiflung in seinen Augen sah.

»Liam ...«

Ein Motorengeräusch näherte sich, und für einen kurzen, atemlosen Moment befürchtete Cara, dass es wieder Patrick war, der sie holen kam. Fast sah sie sein wutverzerrtes Gesicht schon vor sich. Aber als sie aufsprang und Liam folgte, der bereits an der Tür war und sie öffnete, sah sie eine Frau mit weißen, zu einem Dutt zusammengefassten Haaren, die gerade aus einer Mercedes-Limousine ausstieg.

»Wer ist das?«, fragte Cara leise.

»Die Haushälterin meines Vaters«, erklärte Liam und rief Whiskey zurück, der bellend auf die Frau zugelaufen war. Der Hund gehorchte sofort und kehrte in die Hütte zurück.

»Wo kommt der denn her?«, fragte die Frau überrascht, während sie näher kam. Als sie Cara hinter Liam entdeckte, blieb sie abrupt wieder stehen. »Oh. Ich ... wollte nicht stören.«

Liam ging nicht auf ihre Bemerkung ein. »Ist was mit Dad?«

Die Frau nickte mit ernster Miene.

»Du musst nach Hause kommen, William«, sagte sie. »Sofort!«

23

Liam war plötzlich eiskalt.

»Geht es ihm schlechter?«, fragte er beklommen.

Barbara nickte. »Die Ärzte sagen, dass er nicht mehr viel Zeit hat. Er muss unbedingt mit der nächsten Chemotherapie beginnen, aber auf mich hört er nicht. Deshalb musst du mit ihm sprechen.«

»Ausgerechnet ich?« Liam schnaubte. »Als wenn meine Meinung für ihn zählen würde!«

»Du bist viel wichtiger für ihn, als du denkst«, widersprach Barbara. »Er leidet unter eurem Zerwürfnis. Aber er weiß nicht, wie er den ersten Schritt machen soll nach allem, was passiert ist. Deshalb musst du das tun, William.«

Liam stieß die Luft aus. »Ich kann nicht bleiben, Barbara.«

Sie sah zu dem geöffneten Kofferraum des Jeeps hinüber, den sie vorher offenbar nicht bemerkt hatte. Als sie den Blick wieder auf Liam richtete, waren ihre Augen erschrocken geweitet.

»Das geht nicht, William. Bitte! Du hast versprochen zu bleiben.«

Liam wusste, dass er keine Wahl hatte. Er konnte Barbara nicht im Stich lassen. Und seinen Vater auch nicht.

»Fahr schon vor«, sagte er zu Barbara. »Ich komme gleich nach.«

Nach einem letzten, eindeutig neugierigen Blick auf Cara stieg Barbara zurück in ihren Wagen, wendete und fuhr über den Weg davon.

Es kostete Liam große Überwindung, sich wieder zu Cara umzudrehen. Sie stand direkt hinter ihm, so dicht, dass er nur nach ihr hätte greifen müssen, und es lag immer noch kein Vorwurf in ihrem Blick. Auch kein Hass. Nur Sorge.

»Was ist mit deinem Vater? Ist er krank?«

Liam nickte.

»Warum bist du dann nicht gleich zu ihm gefahren?«

»Weil er mich nicht sehen will.« Er presste die Worte zwischen den Zähnen hindurch. »Mein Vater glaubt mir auch nicht. Deshalb haben wir uns gestritten.«

»Das tut mir leid«, sagte sie, und der weiche Ausdruck in ihren Augen ließ die Mauer in seinem Innern, die er mühsam wieder aufgebaut hatte, erneut einstürzen. Er sehnte sich nach der Wärme ihrer Berührungen, und der Wunsch, sie in seine Arme zu ziehen, wurde so übermächtig, dass er sich abrupt abwandte und ein paar Schritte von ihr wegging.

»Ich bin nur Barbara zuliebe hier. Sie möchte, dass ich mich mit meinem Vater versöhne. Aber ich fürchte, dafür ist es zu spät.«

»Für so etwas ist es nie zu spät.« Caras Stimme klang so eindringlich, dass er sich wieder zu ihr umwandte. Einen Moment lang verlor er sich in ihren Augen, aber er schüttelte das Gefühl ab, das ihm plötzlich die Kehle eng machte.

»Ich muss los, Cara. Barbara wartet auf mich.«

Er wollte an ihr vorbei, um die letzte Kiste zu holen, die auf dem Esstisch stand. Doch sie hielt ihn am Arm fest, zwang ihn, stehen zu bleiben.

»Ich will nicht, dass du wieder weggehst«, sagte sie. »Ich habe das ernst gemeint. Ich glaube nicht, dass du für den Tod meiner Schwester verantwortlich bist. Und es muss eine Möglichkeit geben, das zu beweisen.«

Liam schüttelte den Kopf. »Wenn es eine gäbe, hätte ich sie schon gefunden, glaub mir.«

Nachdenklich runzelte Cara die Stirn. »Was ist mit diesem Brennmeister, der dich gerettet hat? Er war doch damals auch da.«

»Ja. Genau wie einige andere Mitarbeiter«, erwiderte er. »Aber sie kamen erst, als die Scheune schon lichterloh brannte. Oran fand die Tasche deiner Schwester, die sie vor dem Tor abgestellt hatte. Er lief in die Scheune, um nachzusehen, ob noch jemand drin war, und fand mich. Für Isabel war es zu spät.«

»Und vorher hat er nichts gesehen?«

»Nein. Es gibt keine Zeugen. Nur Theorien. Das ist ja der Grund, warum sich nicht wirklich rekonstruieren lässt, was damals passiert ist.«

»Aber das ist doch nicht möglich!«, widersprach Cara. »Dann muss bei den Ermittlungen irgendetwas übersehen worden sein.«

Ihre Hand ruhte immer noch auf seinem Arm, und Liam spürte die Wärme ihrer Berührung durch den Stoff seines Hemdes. Obwohl sie jetzt wusste, was man ihm vorwarf, gab sie ihn immer noch nicht auf, und das überwältigte ihn so, dass er plötzlich nicht mehr anders konnte. Er zog sie an sich und küsste sie, gerade so lang, dass er es noch schaffte, sich wieder von ihr zu lösen.

»Es gäbe nichts, was ich mir mehr wünschen würde als Gewissheit«, sagte er. »Aber ich glaube nicht mehr daran, dass ich sie jemals bekommen werde, Cara.«

Er griff nach der Kiste, trug sie an ihr vorbei zum Auto und verstaute sie ebenfalls im Kofferraum. Dann rief er nach Whiskey, der sofort angelaufen kam, und ließ den Hund auf den Rücksitz springen.

Cara war ihm nach draußen gefolgt und sah ihm schweigend dabei zu, wie er die Hütte abschloss und in den Wagen stieg.

Liam kurbelte das Fenster herunter, als sie dicht an die Fahrertür herantrat.

»Dann bleibst du jetzt erst mal in der Brennerei?«

Er nickte und spürte, wie die Hoffnung in ihrer Stimme ihn innerlich zerriss.

»Ich muss jetzt los«, sagte er und ließ den Motor an. Er musste hier weg, bevor er ihr Dinge versprach, die er nicht halten konnte. Deshalb wendete er zügig und fuhr über den Waldweg davon, ohne noch einmal einen Blick in den Rückspiegel zu wagen.

***

Mit einem hohlen Gefühl in der Brust blickte Cara dem Wagen nach. Sie konnte seine Lippen immer noch auf ihren spüren, und seine Worte hallten in ihrem Kopf nach.

Es gäbe nichts, was ich mir mehr wünschen würde als Gewissheit.

Genau das war es, was sie beide brauchten. Antworten. Wobei es für Cara nach allem, was sie jetzt über Liam und über die Brandnacht wusste, einfach nicht mehr vorstellbar war, dass er die Scheune angezündet hatte. Und er hätte auch Isabel nicht im Stich gelassen. Das passte nicht zu ihm, auch wenn er selbst offenbar nicht in der Lage war, das zu sehen. Und auch wenn alle anderen ihn für schuldig hielten.

Für einen Moment dachte sie an Isabel. Ihre Schwester hatte sich auch deshalb für Jura als Studienfach entschieden, weil sie einen ausgeprägten Gerechtigkeitssinn besessen hatte. Sie hätte nicht zugelassen, dass jemand ohne Beweise verurteilt wurde. Sie wäre auf Liams Seite gewesen, das wusste Cara mit einer Sicherheit, die sie selbst erstaunte.

Deshalb konnte sie noch nicht aufgeben. Und sie hatte auch

schon einen Plan. Sie würde zur Kanzlei ihres Onkels in Cork fahren. Matthew hatte ihre Familie damals vertreten und die Ermittlungen verfolgt, deshalb besaß er vielleicht noch irgendwelche Unterlagen dazu. Und er wusste sicher auch noch mehr Einzelheiten über die Untersuchung. Sie musste ihn nur dazu überreden, ihrer Familie nichts von ihrem plötzlichen Interesse an dem Fall zu erzählen. Was nicht so schwierig sein würde, weil Matthew ihr selten eine Bitte abschlug.

Einen Versuch war es zumindest wert. Und ihr Jurastudium verschaffte ihr sicher einen Vorteil, wenn es darum ging, die Informationen richtig zu deuten. Dann hat diese ganze Plackerei wenigstens einmal etwas Gutes, dachte sie und ging mit neuer Entschlossenheit zurück zu ihrem Auto.

24

Barbara wartete am Tor der Brennerei auf Liam. Offenbar hatte sie den Mercedes abgestellt und war hierher zurückgekehrt, um ihn abzupassen.

»Ich dachte, ich fahre mit dir«, sagte sie, als er sie einsteigen ließ.

»Glaubst du, ich brauche Schützenhilfe?«

Seine Frage war nur halb scherzhaft gemeint, und im Stillen war er Barbara dankbar. Er fühlte sich wohler mit ihr an seiner Seite, während er zum ersten Mal seit sechs Jahren auf das Gelände der Brennerei fuhr.

Whiskey, der bis zu diesem Moment hinten auf der Rückbank gelegen hatte, streckte seinen Kopf zwischen den Sitzen hindurch. Barbara streichelte ihn und lächelte, weil der freundliche große Mischling das sichtlich genoss.

»Verrätst du mir jetzt, woher du den Hund hast?«

»Cara hat ihn mitgebracht«, erwiderte Liam.

»Die junge Frau, die gerade bei dir war?« In Barbaras Miene stand jetzt wieder die Neugier, die sie vorhin unterdrückt hatte. »Wer ist sie, und wo kommt sie her?«

»Können wir das bitte ein anderes Mal besprechen?«

»Okay.« Barbara war sichtlich enttäuscht, aber sie hakte nicht weiter nach.

Schweigend setzten sie ihren Weg über das Gelände fort, und Liam verglich das, was er sah, mit den Bildern in seiner Erinnerung.

Es hat sich nicht viel verändert, dachte er, während sie das große Hauptgebäude passierten, in dem die Destillerie untergebracht war. Daneben lag die lang gezogene Halle mit den Mälzböden, und dahinter ragten die Pagodendächer der Trocknungsanlage auf, in der sich die Öfen befanden, mit denen die gemälzte Gerste wieder getrocknet wurde.

Liam kannte noch jeden Schritt der Whiskeyproduktion, von der Auswahl der Gerste bis zur Abfüllung der Fässer, die teilweise über Jahre in großen Hallen gelagert wurden. Er wusste, wie wichtig die Auswahl des Holzes für die Fässer war, welche Auswirkungen die Form der Brennblasen, in denen der Alkohol destilliert wurde, auf den späteren Geschmack des Whiskeys hatte und wie man erkannte, wann der perfekte Zeitpunkt für die Abfüllung war. Nicht, dass er je vorgehabt hätte, dieses Handwerk zu lernen. Es waren die Umstände gewesen, die ihn dazu gezwungen hatten, sich damit zu beschäftigen. Aber je tiefer er sich reingekniet hatte, desto mehr Spaß hatte es ihm gemacht, und er hätte sich gut vorstellen können, die Brennerei eines Tages ganz von seinem Vater zu übernehmen. Es war nicht sein Traum gewesen, aber er hätte ihn gerne zu seinem gemacht – wenn die Sache mit Isabel nicht passiert wäre.

Fast automatisch wanderte sein Blick zu der großen Halle auf der anderen Seite des Geländes, in dem die Fässer lagerten. Dahinter sah er das Dach einer zweiten, neueren Halle, die offenbar an der Stelle stand, wo die alte Scheune abgebrannt war.

»Dann hat Oran das Lager also tatsächlich gebaut?«

Barbara nickte. »Ich habe ihm gesagt, dass er das nicht tun soll. Zumindest nicht so, wie ihr es geplant hattet, bevor ...« Sie ließ den Satz unbeendet. »Du weißt schon. Aber du kennst ihn doch. Er ist sehr pragmatisch, wenn es um so etwas geht. Und auf mich hört er nicht.«

Und er hat die Gerüchte über den warmen Abriss damit sicherlich noch weiter angeheizt, dachte Liam bei sich.

»Das war nicht richtig von ihm.«

»Wenn du hiergeblieben wärst, dann hättest du es sicher verhindern können«, sagte Barbara vorwurfsvoll.

Liam wich einer Gruppe von Arbeitern aus, die auf dem Weg in eines der Lager zu sein schienen. Er nickte den Männern zu, als sie vorbeifuhren, und stöhnte innerlich, als er ihre überraschten, fast erschrockenen Blicke sah. Sie hatten ihn erkannt, also würde es vermutlich nicht mehr lange dauern, bis jeder im Ort wusste, dass er zurück war.

»Ich konnte damals nicht bleiben«, erinnerte er Barbara. »Dad hat mich schließlich rausgeworfen.«

»Aber du bist nicht deswegen gegangen«, gab sie zurück, und er musste sich eingestehen, dass sie recht hatte.

Der Streit mit seinem Vater hatte ihn letztlich nur in seiner Entscheidung bestärkt, Kenreagh den Rücken zu kehren. Und dabei hätte ich es belassen sollen, dachte er.

»Es ist keine gute Idee, Barbara. Wenn Dad nicht ausdrücklich nach mir gefragt hat, dann sollte ich nicht zu ihm gehen. Das macht doch alles nur schlimmer.«

»Es kann doch gar nicht mehr schlimmer werden«, widersprach Barbara und legte eine Hand auf Liams Arm. »Ich weiß, wie schwer dir das fällt, Junge. Aber gib deinem Vater diese eine Chance. Rede mit ihm, ein Mal wenigstens. Mehr verlange ich gar nicht.«

Liam schwieg und fuhr über den langen Kiesweg zum Ende des Geländes, wo sich das Wohnhaus der O'Byrnes befand. Es war eine alte weißgetünchte Villa mit einem von Säulen getragenen Eingangsportal, imposant, aber nicht wuchtig und auf eine nostalgische Weise stilvoll. Liams Mutter hatte sich auf Anhieb in das Gebäude verliebt, und das war einer der Gründe gewesen, warum Robert die Brennerei damals unbedingt hatte übernehmen wollen.

Das Haus wirkte vertraut, genau wie der Rest der Brennerei, aber es fühlte sich für Liam trotzdem alles fremd an, so als wäre das, was er hier erlebt hatte, schon eine Ewigkeit her. In einem anderen Leben, dachte er, als er den Jeep vor dem Eingang parkte.

»Der Hund kann nicht mit rein zu deinem Vater«, meinte Barbara, als sie ausstiegen. »Aber Alfred passt sicher auf ihn auf. Nicht wahr, Alfred?«

Der Gärtner, der mit dem Schneiden der Buchsbaumhecke neben dem Haus beschäftigt gewesen war, hatte schon bei ihrer Ankunft innegehalten und starrte sie immer noch an. Ein Lächeln breitete sich auf seinem Gesicht aus.

»Mr O'Byrne!« Er kam auf sie zu und schüttelte Liam die Hand. »Es ist schön, dass Sie wieder zurück sind!«

»Freut mich auch, Alfred«, erwiderte Liam, überrascht von der überschwänglichen Begrüßung. Offenbar hatten ihn gar nicht alle in schlechter Erinnerung. »Kann Whiskey einen Moment bei Ihnen bleiben?«

»Natürlich! Lassen Sie sich ruhig Zeit«, versicherte Alfred und tätschelte den Kopf des Hundes. »Wir gehen ein bisschen in den Garten, hm?«

Whiskey reagierte freundlich auf die Ansprache, und da Liam wusste, dass Alfred sich gut mit Hunden auskannte, übergab er dem Gärtner die Leine. Er sah den beiden nach, bis sie hinter dem Haus verschwunden waren.

»Kommst du?« Barbara stand schon auf den Stufen, die zur Eingangstür führten. Immer noch zögernd folgte Liam ihr und sah sich wenig später in der großen Halle um, die direkt hinter der breiten Flügeltür lag.

Auch hier hatte sich kaum etwas verändert. Liams Mutter hatte das gesamte Haus damals mit einem Mix aus Antiquitäten und modernen Designermöbeln liebevoll eingerichtet, und das Ergebnis zeugte noch immer von ihrem guten Geschmack.

Es fühlte sich seltsam an, wieder hier zu stehen, vertraut und fremd in gleichem Maße, und Liam konnte sich nicht entscheiden, was in ihm überwog – die Sehnsucht nach den Tagen, in denen er hier zu Hause gewesen war, oder der Drang, vor den schlechten Erinnerungen zu fliehen, die ebenfalls mit diesem Haus verbunden waren.

»Dein Vater ist oben in seinem Zimmer«, sagte Barbara. »Ich werde nachsehen, ob er wach ist. Warte kurz.«

Damit ließ sie Liam in der Eingangshalle stehen und lief über die Treppe hinauf in den ersten Stock.

Weil er nicht wusste, was er sonst tun sollte, ging er zu der niedrigen Anrichte an der Wand neben der Treppe. Ein gerahmtes Foto seiner Mutter stand darauf, auf dem sie strahlend in die Kamera lächelte. Sie ist hier glücklich gewesen, dachte er. Und ich war es auch mal …

Er fuhr herum, als sich hinter ihm die Haustür öffnete und ein großer, hagerer Mann hereinkam. Er trug einen blauen Arbeitsoverall mit einem Aufnäher der Brennerei auf der Brust und die graue Tweedmütze, die so typisch für ihn war.

»Oran!«

Der Brennmeister erwiderte sein Lächeln nicht, sondern wirkte ein bisschen fassungslos.

»Dann stimmt es also! Du bist wieder zurück.«

Er schien die Arbeiter getroffen zu haben, denen Liam und Barbara vorhin vor dem Lager begegnet waren, und musste sofort hergekommen sein.

»Ja. Ich will zu meinem Vater«, erklärte Liam und wunderte sich über die verhaltene Reaktion des Brennmeisters.

Sie hatten damals eng zusammengearbeitet, und Oran hatte ihm am Ende sogar das Leben gerettet. Deshalb war Liam eigentlich davon ausgegangen, dass sie Freunde waren. Aber konnte er das noch erwarten, nachdem sie sechs Jahre lang nichts voneinander gehört hatten?

»Wie läuft es denn in der Brennerei?«, fragte er, um das Schweigen zu brechen, das unangenehm schwer im Raum lastete. »Alles in Ordnung?«

»Ja, alles bestens.« Ein Schatten huschte über Orans Gesicht, als er Liam das versicherte, und das Lächeln, das sich nun doch auf seinem Gesicht zeigte, wirkte gezwungen. »Wie lange wirst du bleiben?«

Liam wollte ihm antworten, doch in diesem Moment erschien Barbara oben auf dem Treppenabsatz und gab ihm mit einem Wink zu verstehen, dass er hinaufkommen sollte.

»Entschuldige mich. Wir reden später weiter, ja?«

Oran nickte und blieb in der Halle stehen, während Liam die Treppe emporstieg und Barbara bis zu der Tür folgte, hinter der das Zimmer seines Vaters lag.

»Ich habe ihm gesagt, dass du da bist.«

Liam schluckte beklommen. »Und?«

»Er will dich sehen«, sagte Barbara und lächelte ihm aufmunternd zu.

Liam brauchte trotzdem noch einen Moment, bevor er es schaffte, die Klinke herunterzudrücken und die Tür zu öffnen. Er betrat das Zimmer – und blieb nach zwei Schritten schockiert wieder stehen.

25

»Dad!« Liam starrte seinen Vater an, unfähig sein Entsetzen in Worte zu fassen.

Robert O'Byrne lag auf der rechten Seite des breiten Bettes, in der Nähe des Fensters und wirkte unter der dünnen Decke schmal und zerbrechlich. Er musste mindestens fünfzehn Kilo abgenommen haben, seit sie sich zuletzt gesehen hatten, und war nur noch ein Schatten seiner selbst. Dunkle Ringe lagen unter seinen Augen, und er war so blass, dass die Adern unter seiner Haut hervortraten wie blaue verzweigte Linien. Sein Haar, das vor sechs Jahren noch voll und genauso dunkel gewesen war wie Liams, hatte sich grau gefärbt und ließ ihn älter wirken, als er war.

Liam wusste nicht, was er erwartet hatte. In seiner Erinnerung war sein Vater immer gesund gewesen, und an diesem Bild hatte die Nachricht über Roberts Krankheit nichts geändert. Den körperlichen Verfall tatsächlich zu sehen war etwas ganz anderes, und Liam wurde schlagartig klar, warum Barbara so darauf gedrängt hatte, dass er zurückkam.

»Liam.« Roberts Stimme klang dünn. Er hob matt die Hand, ließ sie jedoch sofort wieder sinken. Der Ausdruck in seinen Augen war unsicher.

Wie von selbst setzte Liam sich in Bewegung. Er ging zum Bett und ließ sich auf die Kante sinken.

»Ich wusste nicht, dass es dir so schlecht geht, Dad.«

Für einen Moment schwiegen sie beide, ohne den Blick voneinander zu lösen.

»Wieso bist du gekommen?«, fragte Robert dann, und Liam fürchtete, dass er seine Vorwürfe von damals wiederholen würde. Doch Robert betrachtete ihn nicht wütend, sondern wachsam, so als erwarte er einen Angriff von seinem Sohn.

Und tatsächlich war Liam ein paar Minuten zuvor noch sicher gewesen, dass er genau das tun würde: seinem Vater die Meinung sagen. Aber die Wut und die Enttäuschung, die er all die Jahre empfunden hatte, waren plötzlich nicht mehr da. Es war gar nichts mehr da außer einem hohlen Gefühl des Bedauerns.

»Ich dachte, es wird Zeit, dass wir wieder miteinander reden«, sagte er und wusste erst in der Sekunde, als er es aussprach, dass er sich das wünschte, seit er wieder nach Kerry gekommen war. Er hatte geglaubt, dass er nur auf Barbaras Drängen hin zurückgekehrt war. Aber in Wahrheit war es auch sein Wunsch gewesen und der Grund, warum er nicht längst wieder abgereist war.

Roberts tiefes Seufzen klang wie ein Stöhnen.

»Und das willst du noch, nach allem, was ich dir an den Kopf geworfen habe? Obwohl ich dir die Tür gewiesen habe, anstatt dich zu unterstützen?« Seine Arme hoben sich in einer hilflosen Geste. »Kannst du mir das verzeihen, William?«

Liam sah die Trauer in den Augen seines Vaters und begriff, dass er sich geirrt hatte. Robert war nicht wütend auf ihn – er befürchtete vielmehr, dass es umgekehrt war. Und er hatte den ersten Schritt zu einer Aussöhnung nicht tun können, weil er nicht gern über seine Gefühle sprach. Genau wie ich, dachte Liam und spürte einen schmerzhaften Stich in der Brust.

War das alles nicht genauso sein Fehler gewesen? Er hatte sich nicht vorstellen können, dass Robert seine Haltung ihm gegenüber geändert haben könnte. Aber in Wirklichkeit war er derjenige gewesen, der sich nicht verändert hatte. Er war gefangen gewesen in seiner eigenen Verzweiflung, und das hatte ihn vergessen lassen, dass nicht nur er selbst unter der Situation litt.

»Ich bin nicht deinetwegen gegangen, Dad«, gestand er. »Ich musste weg. Unser Streit war nur der Anlass, nicht der Grund. Es war nicht deine Schuld.«

»Ich hätte trotzdem für dich da sein müssen«, meinte Robert. »Ich …«

Er hustete plötzlich heftig. Liam reichte ihm das mit Wasser gefüllte Glas vom Nachttisch und stützte ihn, während er trank. Erschöpft sank Robert danach zurück in die Kissen.

»Wenn deine Mutter noch lebte, dann wäre das alles nicht passiert«, sagte er matt. »Sie hätte niemals zugelassen, dass wir uns so entzweien. Sie hätte mich wieder zur Vernunft gebracht.«

Seine Stimme klang wehmütig, und Liam spürte, wie seine Kehle eng wurde.

Es stimmte. Deidre war das genaue Gegenteil des schweigsamen und in sich gekehrten Robert gewesen, der vieles mit sich selbst abmachte. Er hatte ihre freundliche, offene Art gebraucht, um auf Menschen zugehen zu können. Sie war sein Anker gewesen, sein Kompass, an dem er sich ausgerichtet hatte und ohne den er auch heute noch verloren war.

Genau wie ich ohne Cara, dachte Liam und spürte einen heftigen Stich in der Brust.

»Wirst du bleiben?« Roberts Frage klang genauso hoffnungsvoll wie Caras vorhin, und Liam konnte ihn nicht enttäuschen.

»Für eine Weile«, antwortete er. »Aber nur, wenn du die Chemotherapie anfängst, die der Arzt dir verordnet hat.«

»Ja. Vielleicht wäre das doch ganz gut.« Robert lächelte, aber seine Augenlider schlossen sich dabei halb, und er kämpfte sichtlich, um wach zu bleiben. »Entschuldige. Ich werde immer so schnell müde.«

Erschrocken über dieses erneute Zeichen, wie schlecht es seinem Vater ging, erhob Liam sich wieder.

»Kein Problem. Ruh dich aus«, sagte er und ging zur Tür. Als er sich noch einmal umdrehte, hatte Robert die Augen geschlossen und schien zu schlafen.

Barbara wartete im Flur auf ihn. Sie wirkte angespannt.

»Ihr habt euch nicht angeschrien. Ist das ein gutes Zeichen?«

Liam nickte. »Du hattest recht. Ich hätte viel früher herkommen müssen.«

»Dann macht er die Chemotherapie?«

»Ich denke schon.« Liam lächelte, als Barbara ihn zu sich herunterzog und auf die Wange küsste.

»Ach, ich bin so froh, dass ihr euch endlich wieder ausgesöhnt habt. Ich hatte die Hoffnung schon fast aufgegeben.«

Liam wurde wieder ernst. »Das heißt nicht, dass ich für immer bleibe. Das weißt du, oder?«

Sie seufzte tief. »Ich weiß nur, dass ich froh bin, dich wieder hier zu haben«, sagte sie. »Und jetzt mache ich dir erst mal etwas zu essen. Du musst doch völlig ausgehungert sein.«

Liam ersparte sich den Kommentar, dass er keinen Appetit hatte. Es hätte ohnehin nichts genützt, denn Barbara liebte es, ihn zu bekochen.

Er folgte ihr nach unten, blieb jedoch in der Halle stehen.

»Hat Dad sein Büro noch hier?«, fragte er und deutete auf die Tür direkt neben der Treppe.

Barbara nickte. »Aber das ist jetzt Orans Reich. Seit dein Vater nicht mehr arbeiten kann, ist er für alles Geschäftliche zuständig. Nicht, dass Robert etwas dagegen hätte.« Sie seufzte. »Ich glaube, er wollte die Brennerei nie wirklich, weißt du. Er hat das alles deiner Mutter zuliebe gemacht. Seit sie nicht mehr da ist, hat er das Interesse daran verloren. Und als du auch noch gegangen bist …« Sie zuckte mit den Schultern. »Er hat es versucht. Aber es hat ihm keinen Spaß gemacht, das habe ich ihm angemerkt. Er ist darin nicht so aufgegangen wie du. Manchmal hatte ich fast den Eindruck, dass er froh war, sich wegen seiner Krankheit nicht mehr um alles kümmern zu müssen. Deshalb hat er Oran freie Hand gelassen.«

Liam hatte plötzlich ein schlechtes Gewissen, dass er so lange weg gewesen war.

»Kann ich mir das Büro mal ansehen?«

»Natürlich.« Barbara lächelte. »Es ist eure Brennerei. Also glaube ich kaum, dass dein Vater etwas dagegen hat.«

Sie ging weiter in die Küche, und Liam wartete, bis er allein war. Dann öffnete er zögernd die Tür zum Büro.

Als er das Zimmer mit den deckenhohen Regalen voller Aktenordner und Bücher betrat, kam es ihm vor, als hätte er ein Tor zu einem Teil seines Lebens aufgestoßen, den er bis jetzt erfolgreich verdrängt hatte. Auf einmal war alles wieder da. Die vielen Stunden, die er nach dem Tod seiner Mutter an dem wuchtigen alten Schreibtisch in der Mitte des Raumes verbracht hatte, um sich einen Überblick über die Situation der Brennerei zu verschaffen.

Es hatte mehrere Wochen gedauert, ehe er alles durchschaut hatte, und fast genauso lange, um zu entscheiden, wie es weitergehen sollte. Anfangs war er nicht mal sicher gewesen, ob es sich überhaupt lohnte, den Betrieb fortzuführen. Robert hatte sich in seiner Trauer verloren und war ihm keine große Hilfe, und er selbst hatte sein Studium der Betriebswirtschaft noch nicht abgeschlossen. Doch dann hatte er das Potenzial der Brennerei erkannt. Sie stellten reinen Single-Malt-Whiskey her, nicht den in Irland ebenfalls sehr beliebten Grain-Whiskey oder einen Blend aus beiden Sorten. Und sie brannten ihn nach alter Tradition, was sich als Alleinstellungsmerkmal vermarkten ließ. Und plötzlich war eine Vision in seinem Kopf entstanden, von einer kleinen, aber feinen Brennerei, die er auch für Touristen öffnen würde. Er hatte geträumt vom Ausbau des lokalen Vertriebsnetzes und von Whiskeytouren, die das ganze Jahr über stattfinden sollten. Darum hatte er sehr kämpfen müssen, aber er war auf einem guten Weg gewesen – bis zu dem Tag, an dem die Scheune brannte …

Liam runzelte die Stirn, als ihm klar wurde, dass er sich während seiner Abwesenheit nie wirklich gefragt hatte, was aus der Brennerei geworden war. Er hatte das alles ausgeblendet und sich eingeredet, dass sein Vater und Oran sich darum kümmern würden und dass es ihn nichts mehr anging.

Doch jetzt, wo er zurück war, fühlte er sich plötzlich wieder zuständig. Der Betrieb war sein Problem und lag in seiner Verantwortung, auch wenn er das lange verdrängt hatte.

Er ging zum Schreibtisch und sah auf die Rücken der drei Aktenordner, die dort übereinanderlagen. Offenbar waren darin die Rechnungen der letzten Monate gesammelt, und als er den obersten öffnete und die ersten Seiten durchblätterte, wurde er stutzig. Es waren Belege über Wareneinkäufe, wie er sie auch getätigt hatte, aber dazwischen fanden sich immer wieder Mahnungen über Summen, die ihm hoch vorkamen.

Sein Interesse war geweckt, deshalb ging er um den Schreibtisch herum, setzte sich in den Bürosessel und schaltete den Computer ein. Es war noch derselbe wie damals, und als er das Passwort eingab, öffnete sich der Desktop ohne Probleme. Offenbar hatte Oran daran also nichts geändert, genauso wenig wie an der Art der Bilanzführung. Deshalb brauchte Liam nur wenige Klicks, bis er die Dateien gefunden hatte, die ihn interessierten. Doch was er las, war besorgniserregend, und je tiefer er in die Zahlen eintauchte, desto bestürzter war er. Wenn das hier stimmte, dann …

Ein Knarren riss ihn aus seinen Gedanken, und als er aufsah, stand Oran im Türrahmen.

»Was zur Hölle machst du da?« Orans Stimme klang eisig, und sein Blick schien sich in Liams zu bohren, während er mit großen Schritten auf den Schreibtisch zuging.

26

Drohend baute der Brennmeister sich vor dem Schreibtisch auf, aber Liam blieb auf dem Stuhl sitzen.

»Ich sehe mir die Bilanzen an«, erklärte er ruhig.

»Das brauchst du nicht. Das habe ich alles im Griff«, fuhr Oran ihn an.

»Wirklich?« Liam hob die Augenbrauen. »Ich habe noch nicht alles gesehen, aber ich habe da einen anderen Eindruck.« Er deutete auf den Computerbildschirm. »Die Umsatzzahlen sind rückläufig, und die laufenden Kosten zu hoch. Du kaufst die Gerste viel zu teuer ein und ...«

»Die Gerste ist besonders gut!«, unterbrach Oran ihn. Auf seinen Wangen hatten sich rötliche Flecken gebildet. »Du hast doch damals selbst immer gesagt, dass es wichtig ist, auf Qualität zu achten.«

»Das ist es auch«, bestätigte Liam. »Aber wir müssen auch wirtschaftlich arbeiten. Und die Kalkulation stimmt einfach nicht, so geht der Betrieb zwangsläufig ins Minus. Außerdem sehe ich keine neuen Buchungen für die Whiskeytouren.«

»Wir bieten keine mehr an.« Oran zuckte mit den Schultern, als Liam ihn überrascht ansah. »Die Reiseveranstalter haben uns aus ihren Listen gestrichen.«

»Warum?«

»Weil ... ach, das ist doch egal«, erwiderte Oran unwillig. »Wieso interessiert dich das plötzlich? Das geht dich doch gar nichts mehr an.«

»Natürlich geht es mich etwas an.« Liam spürte Wut in sich

aufsteigen. »Es ist nicht dein Betrieb, Oran. Du bist hier nur angestellt.«

»Aber ich halte seit Jahren die Stellung.« Orans helle Augen funkelten herausfordernd. »Du warst nicht da, und dein Vater hat mir freie Hand gelassen. Ihm ist es recht, wie ich die Brennerei leite.«

Liam erhob sich. »Mein Vater ist krank! Er hat dir vertraut, und ich auch. Ich dachte, du führst den Betrieb in unserem Sinne weiter.«

»Ich habe mein Bestes gegeben!«, verteidigte sich Oran. »Das habe ich immer getan, auch schon, bevor ihr die Brennerei übernommen habt. Ich lebe für meine Arbeit!«

Seine Stimme zitterte leicht, und erst in diesem Moment bemerkte Liam, wie angespannt er aussah. Er ging deutlich gebeugter als früher, und unter seinen Augen lagen tiefe Schatten.

Barbara hat recht, dachte Liam. Oran war ein guter Brennmeister, aber offenbar überfordert mit der Geschäftsleitung. Auch wenn er das nicht wahrhaben wollte.

»Das glaube ich dir«, versuchte Liam ihn zu beschwichtigen. »Aber so kann es nicht weitergehen.«

»Und was ist die Alternative? Kommst du zurück und übernimmst den Laden wieder?«

Oran hatte die Frage so gestellt, als wäre er sicher, dass die Antwort Nein lautete, und das versetzte Liam einen schmerzhaften Stich.

Er war so sehr eingetaucht in die Belange der Brennerei und alles, was damit zusammenhing, dass er tatsächlich für einen Moment vergessen hatte, warum er nicht mehr an diesem Schreibtisch saß. Er konnte nicht einfach anknüpfen an das Leben, das er aufgegeben hatte. Aber konnte er einfach wieder gehen, nach dem, was er jetzt wusste?

»William bleibt.«

Überrascht blickten Liam und Oran zur Tür. Robert lehnte dort am Rahmen. Er atmete schwer, weil ihn der Weg ins Erdgeschoss offenbar sehr angestrengt hatte, und sein unruhiger Blick zeigte, dass er einen Teil ihres Gesprächs mitangehört hatte.

Sofort liefen Liam und Oran zu ihm, um ihn zu stützen.

»Setz dich«, wies Liam seinen Vater an, nachdem sie Robert zu zweit zu dem Chesterfield-Sessel geleitet hatten, der in einer Ecke des Zimmers stand.

»Stimmt das, Oran?«, wollte Robert wissen, als er saß. »Geht es dem Betrieb wirklich so schlecht?«

»Nein. Wir ... hatten ein paar Probleme. Aber das bekomme ich wieder in den Griff.«

Robert schüttelte den Kopf. »Ich will, dass William die Leitung übernimmt. Er wird sich von jetzt an wieder um alles kümmern. Nicht wahr, William?«

Liam sah die Erwartung im Blick seines Vaters. Offenbar beflügelte Robert die Überzeugung, dass alles wieder wie früher sein würde, und Liam wollte ihm dieses Gefühl nicht nehmen. Aber es war noch mehr als das. Er *wollte* bleiben und es noch einmal versuchen, schon weil er den Gedanken nicht aushielt, sonst Cara vielleicht nie mehr zu sehen. Deshalb wandte er sich an Oran.

»Wir kümmern uns zusammen darum, so wie früher. Bis es wieder läuft.«

Auf Orans Gesicht spiegelte sich eine Mischung aus Erleichterung und Bitterkeit. Offenbar war ihm seine Überforderung sehr wohl bewusst. Aber er schien die Hilfe, die Liam ihm anbot, dennoch als persönlichen Angriff zu werten.

»Ich habe mein Bestes gegeben«, wiederholte er, mehr zu sich selbst, und es klang so verloren, dass Liam plötzlich ein schlechtes Gewissen hatte. Er verdankte diesem Mann immerhin sein Leben.

»Wir kriegen das wieder hin, Oran. Wir waren doch ein gutes Team.«

Oran nickte, aber Liam war sich nicht sicher, ob seine Worte den Brennmeister wirklich erreicht hatten.

»Du musst dich ausruhen, Dad. Ich bringe dich am besten wieder in dein Zimmer.«

Liam half seinem Vater beim Aufstehen und stützte ihn auf dem Weg nach oben. Als Robert im Bett lag, schlief er fast sofort wieder ein. Liam wartete noch einen Moment, dann kehrte er ins Erdgeschoss zurück und warf einen Blick ins Büro. Doch Oran war verschwunden, genau wie die drei Aktenordner, die vorhin noch auf dem Schreibtisch gelegen hatten.

Liam runzelte die Stirn, während er die Halle in Richtung Küche durchquerte. Falls es Orans Vorstellung von Zusammenarbeit war, einfach zu gehen und wichtige Unterlagen mitzunehmen, dann hatten sie ein Problem.

Als er die Küche betrat, begrüßte Whiskey ihn schwanzwedelnd.

»Alfred hat ihn hier abgegeben, weil er weitermachen musste«, erklärte Barbara, die am Herd stand. »Und Oran war hier. Ich soll dir sagen, dass er rüber in die Brennerei musste.«

»Hm«, brummte Liam und strich Whiskey über das lockige Fell. »Hat er gesagt, wann er zurück ist?«

Barbara schüttelte den Kopf. »Sagst du mir denn jetzt, wer die junge Frau war, die ich bei dir in der Hütte gesehen habe?«

Mit einem tiefen Seufzen ließ Liam sich auf einen der Stühle sinken, die an dem kleinen Esstisch in der Ecke des Raumes standen.

»Ihr Name ist Cara Connelly.«

»Connelly?« Barbaras Augen weiteten sich. »Ist sie ...?«
»Sie ist Isabels Schwester, ja.«
»Und was wollte sie von dir?«, fragte Barbara besorgt. »Hat sie dir Vorwürfe gemacht?«
Liam sah wieder Caras Gesicht vor sich, den verständnisvollen Ausdruck in ihren grünen Augen.
Würdest du mir glauben, wenn ich dir sage, dass es nicht deine Schuld war?
»Nein«, sagte er. »Im Gegenteil. Sie ist davon überzeugt, dass ich mit dem Brand nichts zu tun hatte.«
»Dann mag ich sie jetzt schon.« Barbara setzte sich ebenfalls. »Wie habt ihr euch kennengelernt?«
Liam erzählte ihr, wie Cara zu ihm in die Hütte gekommen war, und als er einmal angefangen hatte, konnte er gar nicht mehr aufhören, über sie zu sprechen. Nur von ihrer gemeinsamen Nacht erwähnte er nichts, aber das war auch gar nicht nötig, denn Barbaras Blick sagte ihm, dass er ihr nichts vormachen konnte.
»Sie bedeutet dir viel.« Es war eine Feststellung, keine Frage.
Er nickte. »Aber es kann trotzdem nichts daraus werden«, sagte er niedergeschlagen. »Ich kann nicht mit ihr zusammen sein, solange ich nicht sicher weiß, ob ich etwas mit dem Brand zu tun hatte.«
Das war genau die Sackgasse, in der er immer wieder landete, wenn er darüber nachdachte. Barbara schien das jedoch anders zu sehen.
»Ach, William.« Sie legte ihre Hand auf seine. »Wieso lässt du das nicht deine Cara entscheiden? Sie hat auf mich nämlich nicht den Eindruck gemacht, als wenn sie dringend von dir wegwollte.«
Liam stand wieder auf.

»Ich gehe noch mal ins Büro, bis das Essen fertig ist«, erklärte er und verließ die Küche, weil er nicht mehr über etwas reden wollte, was er für unwahrscheinlich hielt. Als er die Halle durchquerte, fühlte er sich trotzdem ein bisschen leichter.

27

»Das steht dir wirklich großartig.« Susan strich über den grauen Stoff des Cutaways, der auf einem Bügel an ihrem Kleiderschrank hing, dann wandte sie sich zu Patrick um. »Ich kann es kaum noch erwarten, dich darin vor dem Altar zu sehen.«

Patrick, der auf dem Ehebett saß, erwiderte ihr glückliches Lächeln eher halbherzig. »Wenn es nach mir gegangen wäre, dann hätte es auch ein einfacher Anzug getan«, meinte er. »Das Ding war viel zu teuer.«

»Ach, Unsinn«, widersprach seine Mutter. »Man heiratet schließlich nur einmal im Leben. Und du weißt, wie viel Wert Jessica darauf legt, dass bei eurer Hochzeit alles perfekt ist.«

»Ja, ich weiß.« Patrick seufzte und kämpfte vergeblich gegen dieses Gefühl der Unruhe, das ihn bei dem Gedanken überfiel, dass es jetzt nur noch vierundzwanzig Stunden waren. Morgen um diese Zeit war er ein verheirateter Mann – und sosehr er sich auch bemühte, im Moment wollte sich einfach keine Vorfreude bei ihm einstellen. Ungeduldig sah er zu seiner Mutter auf. »Was gibt es denn nun so Wichtiges?«

Susan hatte geheimnisvoll getan, als sie ihn gebeten hatte, ihr ins Schlafzimmer seiner Eltern zu folgen. Sie lächelte.

»Ich wollte dir das hier geben«, sagte sie und holte ein schwarzes, längliches Kästchen aus ihrem Nachttisch. Als Patrick es vorsichtig öffnete, sah er, dass sich darin eine Armbanduhr befand. Sie war schon alt, aber das Design war zeitlos schlicht und sehr edel, mit einem großen Zifferblatt und einem schwarzen Lederarmband. Das Armband wirkte neuer als der Rest, so als wäre es vor gar nicht langer Zeit ausgetauscht worden.

»Diese Uhr gehörte deinem Großvater«, erklärte Susan. »Eigentlich sollte sein Sohn sie erben, aber da ich sein einziges Kind war, wollte er, dass ich sie an dich weitergebe, wenn du heiratest.«

Patrick dachte an Susans Vater Joe, an den er sich kaum noch erinnern konnte. Er war schon vor vielen Jahren gestorben, aber Patrick wusste noch, dass er immer nach Pfeifenrauch gerochen hatte. Und dass seine Wange kratzig gewesen war, wenn er ihm als Kind zum Abschied einen Kuss gegeben hatte.

Vorsichtig nahm er die Uhr aus dem Kasten und schlang sie um sein linkes Handgelenk.

Susan lächelte. »Ich habe das Armband erneuern lassen, das war schon ein bisschen alt. Gefällt dir die Uhr?«

»Ja, sehr«, sagte er mit rauer Stimme, und als er seine Mutter ansah, hatten sie beide Tränen in den Augen. »Ich wünschte, ich hätte ihn besser gekannt.«

Susan nickte. »Er wäre morgen sicher gerne dabei gewesen. Er war immer so stolz auf dich. Aber wenn du seine Uhr trägst, dann ist er es irgendwie.«

»Ich werde sie in Ehren halten«, sagte er mit einem dicken Kloß im Hals.

Susan setzte sich neben ihn und legte ihre Hand auf seine.

»Du tust das Richtige.« Sie lächelte, als er sie überrascht ansah. »Ich kenne dich, Patrick. Du bist nervös, aber das ist ganz normal so kurz vor der Hochzeit. Und auch, dass du noch mal Zweifel hast. Das ging mir genauso damals, kurz bevor ich deinen Vater geheiratet habe.«

Patrick hob einen Mundwinkel. »Weiß Dad, dass du dir nicht sicher warst?«

»Ich war mir sicher«, sagte sie. »Trotzdem wäre ich, als es

dann so weit war und ich in meinem weißen Kleid vor der Kirche stand, am liebsten weggelaufen. Ich hatte plötzlich schreckliche Angst, dass ich einen Fehler mache. Aber dann habe ich mich daran erinnert, dass ich deinen Vater liebe. Und dass er der Richtige für mich ist.« Sie drückte Patricks Hand. »Und Jessica ist die Richtige für dich. Ihr passt so gut zusammen, und ihr werdet sicher sehr glücklich miteinander.«

»Das hoffe ich.« Patrick seufzte. »Es ist nur im Moment alles so kompliziert.«

»Wegen Amy?« Susan runzelte die Stirn. Offenbar wusste sie tatsächlich sehr genau, was ihn beschäftigte. »Das ist nicht ideal, das stimmt. Aber davon darfst du dich nicht ablenken lassen. Ihr werdet euch sicher einig werden, was Charlie angeht. Das steht deiner Zukunft mit Jessica nicht im Weg.«

Patrick wollte etwas erwidern, aber in diesem Moment steckte Jessica den Kopf zur Tür herein.

»Ach, hier bist du!«, sagte sie zu Patrick. »Kann ich dich kurz sprechen?« Sie wirkte ernst.

»Ich lasse euch allein«, meinte Susan und ging mit einem nachsichtigen Lächeln hinaus.

»Was ist denn los?«, fragte Patrick, weil Jessica so aufgebracht wirkte.

»Deine Schwester lässt uns hängen, das ist los!« Sie stemmte die Hände in die Hüften, und ihre Stimme klang ein bisschen schrill. »Sie will die Hochzeitstorte nicht mehr backen!«

Patrick stöhnte innerlich, weil er geahnt hatte, dass sie von dieser Planänderung nicht begeistert sein würde.

»Cara musste dringend nach Cork. Aber sie hat das doch alles organisiert. Kenneth kümmert sich um die Torte. Soweit ich weiß, hat er sogar schon angefangen.«

Jessica schnaubte. »Das ist nicht der Punkt«, fauchte sie. »Es geht ums Prinzip. Wie kann Cara uns so kurz vor der Hochzeit im Stich lassen?«

»Das tut sie doch gar nicht«, verteidigte Patrick seine Schwester. »Sie muss in Onkel Matthews Kanzlei etwas für ihre Semesterarbeit recherchieren. Das ist wichtig. Du weißt doch, wie viel Wert Mum und Dad darauf legen, dass Cara ihr Studium schafft. Und ich bin sicher, dass Kenneth das mit der Torte mindestens genauso gut hinbekommt wie sie.«

Wahrscheinlich würde es dem Koch sogar besser gelingen. Cara war während der vergangenen Tage nämlich sehr fahrig gewesen. Diese Recherche für ihre Semesterarbeit, in die sie sich auf einmal so vertieft hatte, schien sie völlig in Atem zu halten. Patrick hatte keine Ahnung, warum sie das plötzlich so dringend erledigen musste. Aber alles war besser, als dass sie weiter über diesen William O'Byrne nachdachte.

»Okay.« Jessicas Stirn war noch immer gerunzelt, doch sie schien sich ein bisschen beruhigt zu haben. »Und da ist noch was, Patrick.«

Er wartete darauf, dass sie weitersprach, aber sie kaute auf ihrer Lippe und schien nach den richtigen Worten zu suchen.

»Ich möchte Amy und Charlie hier nicht haben.«

Irritiert sah Patrick sie an. »Wie meinst du das?«

»So, wie ich es sage. Ich will nicht, dass sie hier wohnen. Irgendwo in der Nähe von mir aus, damit du Charlie jederzeit besuchen kannst. Aber im Hotel können sie nicht bleiben. Und auch nicht in Namara.«

»Du willst, dass ich meinen Sohn wegschicke, obwohl ich gerade erst erfahren habe, dass es ihn gibt?« Patrick konnte es nicht fassen. »Ich habe schon seine ersten fünf Jahre verpasst, Jessy. Ich möchte Zeit mit ihm verbringen.«

»Und was ist mit mir?«, fragte Jessica anklagend. »Zählt denn gar nicht, was ich möchte? Bin ich dir nicht wichtig?«

»Natürlich bist du das.« Patrick seufzte. »Aber das eine hat doch mit dem anderen nichts zu tun.«

»Oh doch«, widersprach sie. »Ich brauche dich auch. Du bist bald mein Mann, und wenn wir verheiratet sind, will ich dich nicht ständig teilen müssen.« Tränen schimmerten plötzlich in ihren Augen. »Das ist nicht leicht für mich, Patrick. Ich muss schon akzeptieren, dass du ein Kind mit einer anderen hast. Aber die beiden jeden Tag zu sehen ist zu viel verlangt.«

Patrick stieß die Luft aus. »Das musst du wahrscheinlich auch nicht«, sagte er. »Ich glaube, Amy will gar nicht bleiben.«

»Nein?« Diese Information ließ Jessica aufhorchen. »Hat sie das gesagt?«

»Können wir das nicht nach der Hochzeit klären?«, meinte Patrick und gab sich keine Mühe, seine Gereiztheit zu verbergen. »Wir haben doch jetzt wirklich anderes zu tun.«

Jessicas Lippen wurden schmal. »Von mir aus. Aber du wirst eine Lösung dafür finden müssen, Patrick Connelly. Und zwar bald.«

Patrick ließ sich wieder aufs Bett sinken, als sie gegangen war, und starrte vor sich hin. Er kam sich vor wie in einem Albtraum, in dem alle an ihm zerrten. Alle wollten etwas von ihm. Alle außer Amy.

Er hatte sie seit ihrem Streit immer nur kurz gesehen, wenn er Charlie abgeholt hatte. Und bis auf das eine Mal, als sie sich darauf geeinigt hatten, dem Jungen für eine Weile noch nichts zu sagen, hatte er so gut wie nicht mit ihr gesprochen. Deshalb wusste er nicht, wie sie inzwischen über die ganze Situation dachte.

So ging es allerdings nicht weiter, da hatte Jessica recht. Er musste mit Amy reden. Und zwar am besten sofort, dachte er und ignorierte das Ziehen in seiner Brust, als er sich erhob, um nach ihr zu suchen.

***

Amy trat an den Rand des Sees und ließ den Blick über das Wasser gleiten. Der Wind war aufgefrischt und rippte die Oberfläche, ließ kleine Wellen an den Ufersteinen lecken und rauschte in den Blättern der Baumkronen über ihr.

Sie war ein Stück weggegangen vom Hotel, in das kleine Waldstück hinter dem Uferabschnitt, der zum Besitz der Connellys gehörte. Die Gäste des Kerryhead Castle hielten sich meist nur in der Nähe des Stegs auf, wo die Bäume nicht bis an den Rand des Wassers reichten und die Wege breiter waren. Sie kamen selten bis in das Waldstück, in dem Cara und Amy als Kinder gerne gespielt hatten. Patrick hatte sie dabei oft begleitet, um auf sie aufzupassen, weil Susan nicht wollte, dass sie allein gingen. Später, als sie älter waren, hatten Amy und Patrick sich hier auch zu zweit getroffen, um zu reden. Es waren die Nachmittage und Abende gewesen, an denen sie sich nähergekommen waren und an denen die Linie zwischen Freundschaft und Liebe langsam verschwommen war. Zumindest bei mir, dachte Amy und schob den Gedanken an Patrick weg, dachte stattdessen an Charlie.

Er nahm an einem Ausflug zu einem Streichelzoo ganz in der Nähe teil. Eigentlich hatte Amy die Gruppe begleiten sollen, aber einige bereits angemeldete Kinder waren nicht gekommen, deshalb hatten Brianna und Jane beschlossen, dass sie Amy nicht unbedingt brauchten. Charlie wollte trotzdem mitfahren, und Amy war dankbar für die unerwarteten freien

Stunden gewesen. Sie brauchte dringend eine Pause und war sofort an diesen abgelegenen Ort geflohen, wo sie niemand beobachten würde. Denn das taten die Leute vom Personal, seit sie wussten, dass Charlie Patricks Sohn war. Die Nachricht hatte sich wie ein Lauffeuer verbreitet, und egal wohin Amy ging, empfingen sie dort neugierige Blicke.

Deshalb war sie froh, allein zu sein, auch wenn es sich ungewohnt anfühlte, sich nur um sich selbst zu kümmern und ihren Gedanken freien Lauf zu lassen.

Das Problem war nur, dass ihre Gedanken gar nicht frei liefen, sondern immer wieder zurückkehrten zu der einen Person, an die sie eigentlich nicht denken wollte.

Patrick.

Er heiratete morgen. Und sie würde ihm dabei zusehen müssen. Schon jetzt riss es ihr das Herz heraus, sich vorzustellen, wie er mit Jessica vor dem Altar stand. Und die Braut nach der Trauung küsste …

»Amy?«

Für einen Moment glaubte sie, dass sie sich nur einbildete, Patricks Stimme zu hören. Doch als sie sich umdrehte, kam er tatsächlich über den schmalen Pfad, der zwischen den Bäumen hindurchführte, auf sie zu.

Ihr Herz klopfte plötzlich wild in ihrer Brust, aber sie blieb ruhig stehen und wartete, bis er sie erreicht hatte.

»Woher wusstest du, dass ich hier bin?«, fragte sie, ein bisschen atemlos.

Er zuckte mit den Schultern. »Ich wusste es nicht. Aber wir waren früher oft hier, und ich dachte, dass du dich vielleicht noch daran erinnerst.«

Ich erinnere mich noch an so viel mehr, dachte Amy beklommen und hatte Mühe, seinem Blick standzuhalten.

»Kann ich dich sprechen?«

»Ich dachte, du redest nicht mehr mit mir«, erwiderte sie kühl und spürte, wie ihre Wangen heiß wurden. Er stand viel zu nah vor ihr, so nah, dass sie die braunen Einsprengsel in seinen grünen Augen erkennen konnte.

»Es tut mir leid«, sagte er und wich ihrem Blick aus. »Ich musste erst mal verdauen, dass ich einen Sohn habe, von dem ich nichts wusste. Und ich war wütend auf dich.« Er sah sie wieder an. »Aber ich würde dir Charlie niemals wegnehmen.«

Amy wurde plötzlich klar, dass sie das die ganze Zeit über gewusst hatte. Er hätte seine Drohung niemals wahrgemacht. Nur dass er Charlie sehen wollte, hatte er ganz sicher ernst gemeint …

»Und wie machen wir es jetzt?«, fragte sie. »Mit Charlie, meine ich.«

Patrick stieß die Luft aus. »Ich weiß es nicht.« Die Art, wie er sie ansah, wirkte tatsächlich ratlos. »Willst du immer noch weg?«

Amy war sich nicht sicher, was er mit seiner Frage bezweckte.

»Wäre dir das lieber?«

Es wäre gut für mich, wenn er Ja sagt, dachte sie. Aber es war trotzdem nicht die Antwort, die sie sich wünschte, so widersinnig das auch war. Wie konnte sie sich immer noch danach sehnen, bei ihm zu sein, obwohl es bedeutete, dass sie dann noch mehr litt?

Patrick hielt ihrem herausfordernden Blick stand.

»Es wäre mir lieber, wenn du mir damals gesagt hättest, dass du schwanger bist«, sagte er. »Dann wäre vielleicht vieles anders gekommen.«

In seinen Augen lag jetzt ein Ausdruck, der sie nervös machte. Weil er dieses flaue, zittrige Gefühl in ihr weckte, das sie schon die ganze Zeit verzweifelt zu unterdrücken versuchte.

»Nein, wäre es nicht«, widersprach sie und wich einen Schritt vor ihm zurück. »Und es wäre auch nicht gut, wenn ich bleibe. Es ist keine gute Idee, wenn wir uns ständig sehen.«

»Warum nicht?«

Er kam noch einen Schritt näher, und als sie erneut zurückweichen wollte, stieß sie mit dem Rücken gegen den breiten Stamm eines Baumes. Erschrocken blickte sie zu Patrick auf.

»Bin ich dir so widerlich, dass du es nicht erträgst, in meiner Nähe zu sein?«

In seinen Augen funkelte eine Mischung aus Zorn und noch etwas anderem, das ihre Knie ganz weich machte. Weil sie genau das auch empfand. Sie war wütend auf ihn, und sie begehrte ihn gleichzeitig, so sehr, dass sie den Atem anhielt, als er die Arme neben ihr aufstützte. Sein Gesicht war jetzt ganz dicht vor ihrem, seine Stimme nur noch ein Flüstern.

»Warum willst du mich nicht mehr, Amy?«

Ihr Herz schmerzte vor Sehnsucht nach ihm, während sie ihm hilflos in die Augen blickte.

Ich will dich doch, dachte sie verzweifelt und wusste schon eine Sekunde, bevor seine Lippen ihre trafen, dass es zu spät war, um sich zu wehren gegen das, was sie zu ihm hinzog.

Hilflos schlang sie die Arme um seinen Hals, als er sie an sich zog, und erwiderte seinen Kuss. Er schmeckte vertraut, und für einen Moment schienen die Jahre, die sie getrennt gewesen waren, wie ausgelöscht. Eine Flut von Gefühlen und Erinnerungen überrollte sie, während sie sich an ihn schmiegte und seine Hände auf ihrem Körper spürte. Sie hatte keine Kontrolle mehr über sich und stöhnte auf, als er ihre Lippen freigab und ihr in die Augen sah.

»Wieso bist du gegangen, Amy?«, fragte er, und in seiner gequälten Stimme spiegelte sich so viel von dem, was sie auch empfand. Aber es konnte nicht wahr sein. Sie wusste besser, wie es tatsächlich in ihm aussah, deshalb hieß sie den Zorn willkommen, der sie plötzlich wieder erfüllte.

»Das fragst du mich noch?« Sie stemmte sich gegen seine Brust und stieß ihn weg. »Ich bin gegangen, weil ich wusste, dass ich verloren habe. Dass du nur mit mir gespielt hast, genauso wie du es jetzt wieder tust. Du liebst Jessica, Patrick. Und jetzt sag mir nicht wieder, dass es nicht stimmt. Ich habe den Brief gesehen, den du ihr geschrieben hast. Sie hat ihn mir gezeigt.«

»Was für ein Brief?«, fragte Patrick, sichtlich entgeistert. »Ich habe Jessica keinen Brief geschrieben.«

»Doch, das hast du. Ich habe deine Schrift erkannt«, beharrte Amy und schloss für einen Moment die Augen, als ihr wieder einfiel, wie niederschmetternd der Anblick der handgeschriebenen Zeilen gewesen war, die sich nicht an sie richteten. Die Zeilen, die ihr das Herz gebrochen hatten. »Der Brief war von dir. Du hast mich angelogen damals. Und jetzt tust du es schon wieder. Vielleicht kannst du gar nicht lieben, Patrick, denn sonst würdest du mich nicht küssen, obwohl du morgen eine andere Frau heiraten willst. Du bist offenbar gar nicht in der Lage, treu zu sein.« Sie zitterte, nicht nur vor Wut, sondern weil sie trotz allem so viel für ihn empfand, dass sie sich am liebsten wieder in seine Arme geworfen und ihn noch einmal geküsst hätte. »Nein, ich will dich nicht mehr, Patrick. Geh zu deiner Jessica und werde glücklich mit ihr.«

Tränen schossen ihr in die Augen, deshalb wandte sie sich hastig ab und rannte, so schnell sie konnte, zurück in Richtung Hotel.

***

Erschüttert starrte Patrick ihr nach. Er verstand überhaupt nichts mehr, am allerwenigsten sich selbst. Wie hatte er derart die Kontrolle verlieren können? Aber er war so wütend gewesen über Amys Zurückweisung, und als er ihr dann so nah gekommen war ...

Er schüttelte den Kopf. Das war keine Entschuldigung für sein Verhalten. Ich hätte sie nicht küssen dürfen, dachte er und schloss die Augen, als ihn die Erinnerung an das weiche Gefühl ihrer Lippen an seinen überfiel. Und an das, was sie ihm hinterher an den Kopf geworfen hatte. Es ergab einfach keinen Sinn.

Er hatte Jessica damals keinen Brief geschrieben, da war er sich ganz sicher. Und er war mit ihr auch erst nach Amys Abreise zusammengekommen. Jessica war dabei die treibende Kraft gewesen. Sie hatte sehr deutlich gemacht, wie viel er ihr bedeutete, und er war darauf eingegangen, weil es gut gewesen war, nach dem Schock über Amys plötzliche Abreise überhaupt wieder etwas zu empfinden. Es hatte sich richtig angefühlt, dass seine Gefühle für Jessica langsam gewachsen waren und ihn nicht so überwältigt hatten wie seine Liebe zu Amy. Aber das war trotzdem alles erst nach Amys Weggang passiert und nicht vorher. Deshalb verstand er nicht, wieso Amy darauf beharrte, dass es anders war. Oder rechtfertigte sie damit nur die Tatsache, dass sie es sich nach ihrer gemeinsamen Nacht anders überlegt hatte? Hatte sie kalte Füße bekommen und war lieber gegangen, bevor es ernst zwischen ihnen wurde?

Letztlich spielte das jedoch keine Rolle mehr. Denn es war offensichtlich zu spät, um noch irgendetwas an ihrer Beziehung zu kitten. Amy hatte ihre Gefühle für ihn sehr deutlich gemacht, und sie hatte recht. Er heiratete morgen, und das war alles schon kompliziert genug.

Deshalb war es besser, wenn er es endlich hinnahm, dass Amy ihn nicht wollte. Sie mussten wegen Charlie eine Lösung finden, aber das würde bis nach der Hochzeit warten müssen.

Mit grimmiger Miene lief Patrick zurück zum Hotel und versuchte, das nagende Gefühl zu ignorieren, dass etwas an seiner Argumentationskette grundlegend falsch war.

28

Cara kaute nervös auf ihrer Unterlippe, als sie den Micra vor der Villa der O'Byrnes abstellte. Es fühlte sich merkwürdig an, hier zu sein, mitten auf dem Gelände der Brennerei, um die sie seit sechs Jahren sehr konsequent einen Bogen gemacht hatte.

Allein durch das Tor zu fahren hatte sie Überwindung gekostet, weil es ihr vorgekommen war, als würde sie etwas Verbotenes tun. Was im Prinzip auch stimmte, denn alles, was mit den O'Byrnes zu tun hatte, war seit Isabels Tod ein absolutes Tabuthema in ihrer Familie. Deshalb hatte Cara sich diesen Ort, an dem sie auch vor dem Brand nie gewesen war, immer irgendwie dunkel und wenig einladend vorgestellt.

Dabei war das Gegenteil der Fall. Die alten, aber sehr gut erhaltenen Gebäude der Brennerei hatten einen ganz eigenen Charme, und Cara konnte sich gut vorstellen, dass Touristen sie gerne besuchten. Sie kannte andere, vergleichbare Destillerien, und tatsächlich gehörte die der O'Byrnes zu den schönsten davon. Wahrscheinlich war sogar der Whiskey sehr gut, aber davon hatte sie sich nie überzeugen können, denn die Marke führte das Kerryhead Castle nicht, und sie selbst wäre auch niemals auf den Gedanken gekommen, eine Flasche davon zu kaufen. Sie hatte wie ihre Familie die O'Byrnes pauschal verurteilt, und das tat ihr plötzlich leid.

Noch einmal atmete sie tief durch, dann stieg sie aus und ging auf die Haustür unter dem auf Säulen ruhenden Vordach zu. Sie hatte einen Mitarbeiter der Brennerei, der ihr vor dem Hauptgebäude begegnet war, danach gefragt, wo sie Liam finden konnte, und er hatte ihr den Weg zu dieser Villa gewiesen.

Mit klopfendem Herzen drückte sie auf die Klingel und hörte einen Gong durchs Haus hallen. Wenige Augenblicke später öffnete die Frau, die Cara schon oben bei der Hütte gesehen hatte.

»Oh! Sie sind es!« Der Gesichtsausdruck der Frau war unsicher, deshalb nahm Cara an, dass Liam ihr gesagt hatte, wer sie war.

»Kann ich mit Liam sprechen?«

»Natürlich. Kommen Sie rein.« Die Frau trat zur Seite und ließ Cara in die große Halle. »Wir haben uns noch gar nicht vorgestellt«, sagte sie. »Ich bin Barbara. Und Sie sind Cara, nicht wahr? Liam hat mir schon von Ihnen erzählt.«

Cara nickte und nahm es als gutes Zeichen, dass die Frau lächelte. Dann konnte Liams Beschreibung von ihr ja nicht so furchtbar gewesen sein.

Ein Hund bellte hinter der Tür neben der Treppe, zu der Barbara sie führte, und als sie die Klinke herunterdrückte, stürmte Whiskey in die Halle und begrüßte Cara freudig.

»Hey, mein Großer!« Sie beugte sich zu dem Mischling herunter, um ihn zu streicheln, und dabei wurde ihr plötzlich bewusst, was für eine Ironie es war, dass sie ausgerechnet ihn damals für Liam ausgewählt hatte. Der Name passte tatsächlich, genau wie Liam gesagt hatte. Ihr war nur nicht klar gewesen, wie er das gemeint hatte.

»Cara?«

Sie richtete sich wieder auf, als sie Liams Frage hörte. Offenbar hatte er ihre Stimme erkannt, denn als sie das Büro betrat, stand er hinter dem großen Schreibtisch, der den Raum dominierte, und starrte sie an wie eine Erscheinung.

»Was machst du hier?«

Cara schluckte. »Kann ich mit dir reden?«

Er deutete auf den Besucherstuhl, der vor dem Schreibtisch stand. »Setz dich.«

Unsicher blickte Cara noch einmal zu Barbara, die ihr freundlich zulächelte und dann die Tür wieder schloss. Whiskey, der Cara in den Raum gefolgt war, lief zurück zu seinem Platz unter Liams Schreibtisch und legte sich dort hin, während Cara mit zittrigen Knien zu dem Stuhl ging und sich darauf sinken ließ. Liam setzte sich ebenfalls wieder, und für einen Moment sahen sie sich schweigend an.

Er hat sich verändert, dachte Cara. Es waren erst fünf Tage vergangen, seit sie sich zuletzt gesehen hatten, aber hier, in dieser Umgebung, wirkte Liam plötzlich ganz anders. Er hatte – abgesehen von seiner immer noch sehr beeindruckenden Figur – nichts mehr von dem Naturburschen, den sie oben im Wald kennengelernt hatte. Was vielleicht an dem feinen weißen Hemd lag, das er trug und das sich deutlich von den karierten Flanellstoffen unterschied, die er in der Hütte bevorzugt hatte. Aber es war nicht nur seine Kleidung, er passte einfach hierher, und Cara hatte keine Schwierigkeiten sich vorzustellen, wie er von diesem Schreibtisch aus den Betrieb leitete. Was er, den Ordnern und Papieren nach zu urteilen, die darauf verteilt lagen, gerade zu tun schien.

»Du arbeitest hier wieder?«, fragte sie in die Stille.

Er nickte. »Mein Vater möchte, dass ich vorläufig die Geschäfte für ihn übernehme.«

»Wie geht es ihm denn?«

»Er ist im Krankenhaus und hat eine weitere Chemotherapie begonnen. Die Ärzte glauben, dass sie seine Leukämie damit in den Griff bekommen.«

»Dann habt ihr euch vertragen?«, fragte Cara vorsichtig.

Wieder nickte Liam, und sie atmete auf.

»Wie schön«, sagte sie, doch Liam sah sie nur an.

»Warum bist du hier, Cara?«

»Weil ...« Sie zögerte. »Weil ich das alles nicht auf sich beruhen lassen konnte. Ich war bei meinem Onkel in Cork. Er ist Anwalt und hat im Auftrag unserer Familie damals die Ermittlungen der Polizei verfolgt. Ich habe lange mit ihm gesprochen, und er hat mir alles erzählt, woran er sich noch erinnern konnte. Außerdem hat er mir erlaubt, die Unterlagen von damals noch mal einzusehen.«

Liams Miene versteinerte. »Und? Hast du irgendetwas entdeckt, was übersehen wurde?« Er schien nicht damit zu rechnen, und tatsächlich war das Ergebnis ihrer Recherchen enttäuschend gewesen.

»Nein«, gestand sie. »Aber ich weiß jetzt, wieso nie Anklage gegen dich erhoben wurde. Es gibt einfach zu wenige Indizien. Und viel zu viele Dinge, die sich nicht erklären lassen.«

Liam runzelte die Stirn. »Wie meinst du das?«

»Ich meine den gesamten Ablauf des Abends«, erklärte Cara. »Die Untersuchung der Brandexperten hat ergeben, dass das Feuer oben auf dem Heuboden ausgebrochen ist. Und zwar in der Mitte der Scheune. Genau dort würde man das Heu in Brand setzen, wenn man dafür sorgen will, dass die gesamte Scheune abbrennt. Aber es wurde kein Brandbeschleuniger nachgewiesen. Wenn das Heu sich also nicht selbst entzündet hat, was auch möglich ist, und wirklich jemand das Feuer absichtlich gelegt hat, dann hat es sich nicht sofort ausgebreitet. Die Scheune war alt und alles darin leicht entzündlich, aber es hätte trotzdem einige Zeit gedauert, ehe das Feuer um sich gegriffen hätte. Wie lange genau, kann niemand sagen. Auf jeden Fall hätte sowohl der Brandstifter, wenn es denn einen gab, als auch jeder andere noch rechtzeitig fliehen können.« Eindringlich sah sie ihn an. »Aber Isabel war während des Brandes in der Scheune. Und wenn du vor dem Feuer geflohen wärst, dann hättest du dir damit verdammt viel Zeit gelassen, denn du hast es nicht nach draußen geschafft. Das ergibt doch keinen Sinn. Ihr hättet merken müssen, dass es brennt, und ihr hättet noch genug Zeit gehabt, euch in Sicherheit zu bringen.«

Liam schüttelte den Kopf. »Ich habe dir doch schon gesagt, dass ich mich nicht erinnern kann. Ich habe keine Antwort auf diese Fragen.«

»Ich weiß. Trotzdem ist das merkwürdig. Und da ist noch was.« Sie rückte an die Stuhlkante und sah ihn aufgeregt an. »Du hast gesagt, dass dieser Mann, der dich gerettet hat, dieser Oran Nelson, zusammen mit anderen Angestellten zur Scheune gekommen ist, als sie schon brannte. Aber das stimmt nicht. Er hat ausgesagt, dass er allein war, als er dich rausgezogen hat. Die anderen Leute sind erst dazugekommen, nachdem er dich gerettet hatte.«

»Und was soll das beweisen?«, meinte Liam. »Oran war mit einigen anderen Mitarbeitern in der Brennerei. Er wollte etwas aus dem Büro hier in der Villa holen, und auf dem Weg sah er, dass die Scheune brennt. Er hat die Feuerwehr und die anderen alarmiert und ist zur Scheune gelaufen. Deshalb war er zuerst dort.« Er schüttelte den Kopf. »Cara, glaubst du, ich wäre alle diese Dinge nicht schon hundert Mal durchgegangen? Dass ich mir nicht den Kopf darüber zerbrochen habe, wie das alles abgelaufen sein könnte? Es gibt keine Zeugen, und ich erinnere mich nicht. Also werden wir es nie erfahren.«

»Aber das geht nicht«, protestierte Cara. »Es muss möglich sein, die Wahrheit herauszufinden.«

Liam sprang von seinem Stuhl auf. »Und wenn die Wahrheit nicht so aussieht, wie du es dir erhoffst? Wenn du auf Dinge stößt, die du gar nicht hören willst?«

Seine Stimme klang bitter, aber Cara hörte auch die Unsicherheit heraus, die darin mitschwang.

»Liam, du bist es nicht gewesen«, versicherte sie ihm erneut.

Er stieß die Luft aus. »Es ist verdammt schwer, daran zu glauben, wenn alle um dich herum vom Gegenteil überzeugt sind.«

»Aber solange deine Schuld nicht bewiesen ist, bist du unschuldig. Du darfst nicht einfach aufgeben, Liam. Du musst weiterkämpfen.« Sie stand auf und ging zu ihm, griff nach seinen Händen. »Und ich helfe dir dabei.«

Sie legte all ihren Optimismus in ihr Lächeln, während sie zu ihm aufsah. Er verdiente eine Chance, und sie wünschte sich, dass er sie bekam, auch weil sie beide dann vielleicht eine Zukunft hatten. Denn egal, wie sie es drehte und wendete – ihre Gefühle für ihn waren noch da.

Liam legte die Hand an ihre Wange und strich mit dem Daumen sanft darüber.

»Wenn du es sagst, klingt es so einfach«, sagte er heiser, und für einen Moment war sie sich sicher, dass er sie noch einmal küssen würde. Doch dann ließ er sie wieder los, weil es laut an der Tür klopfte.

»Herein«, rief er, und einen Augenblick später betraten zwei Männer das Büro. Sie trugen beide einen blauen Arbeitsoverall mit dem Emblem der O'Byrne-Brennerei auf der Brust. Einer von ihnen war ein großer, hagerer Mann in den Vierzigern mit einer grauen Tweedmütze. Der andere war deutlich jünger – und Cara erkannte in ihm einen ehemaligen Mitschüler wieder.

»Paul?«

Der junge Mann mit den blonden Haaren stutzte ebenfalls.

»Hallo, Cara«, erwiderte er, sichtlich erstaunt darüber, sie hier zu sehen. Dann verstummte er wieder, denn der ältere Mann ergriff das Wort. Er wirkte sehr aufgebracht.

»Es ist etwas passiert, William«, sagte er mit ernster Miene und sah dann Cara an, die immer noch neben Liam stand, so als würde ihm gerade klar werden, dass er über Firmeninterna in ihrer Anwesenheit lieber nicht sprechen sollte.

Doch Liam überging seinen fragenden Blick.

»Was ist los, Oran? Rede schon.«

»Es geht um das Firmenschild draußen vor dem Haupttor«, meinte der Mann, bei dem es sich offenbar um den Brennmeister handelte, von dem Cara schon so viel gehört hatte. »Jemand hat es beschädigt.«

Er holte sein Handy heraus und tippte darauf herum, dann reichte er es Liam. Cara konnte nicht erkennen, was auf dem Bildschirm angezeigt wurde, aber sie sah, dass Liam auf einmal blass wurde. Schweigend reichte er ihr das Handy weiter, und sie spürte, wie ihre Kehle sich zuschnürte, als sie das Foto ebenfalls betrachtete.

Es zeigte das große aufgemalte Firmenlogo der Brennerei an der Wand neben dem Tor, durch das Cara vor einer halben Stunde erst gefahren war. Es war jedoch kaum noch zu erkennen, weil jemand mit neongelber Sprühfarbe in großen Lettern das Wort »Mörder« darübergeschrieben hatte.

29

»Das war vorhin noch nicht da, als ich kam«, sagte Cara aufgeregt.

Oran Nelson nickte. »Paul und ich waren unterwegs und haben es eben entdeckt, als wir wiederkamen. Die Farbe ist noch nicht mal getrocknet. Wer immer das war, kann es gerade erst aufgesprüht haben.« Er seufzte. »Es muss jemand aus dem Ort gewesen sein. Aber ich fürchte, es wird schwer werden, den Täter zu finden. Du weißt ja, wie die Leute hier sind. Die halten zusammen.«

Liam hob einen Mundwinkel zu einem bitteren Lächeln. »Oh ja, das weiß ich«, sagte er.

»Sollen wir versuchen, die Farbe zu entfernen?«

Oran Nelsons Frage ließ Wut in Cara aufsteigen.

»Natürlich sollen Sie das!«, fuhr sie ihn an. »Das hätten Sie besser gleich tun sollen, bevor es antrocknet!«

Betroffen starrten die beiden Männer sie an, und auch Liam musterte sie überrascht.

»Wir ... werden uns gleich darum kümmern«, erklärte der Brennmeister.

Liam nickte. »Wir haben hier noch etwas zu besprechen. Ihr entschuldigt uns?«

Die Männer verabschiedeten sich schnell und gingen wieder, doch Oran wandte sich auf der Türschwelle noch einmal um. Er hatte seine Mütze abgenommen und drehte sie in den Händen hin und her.

»Es tut mir leid, William«, sagte er zerknirscht.

»Schon gut«, murmelte Liam und wartete, bis er mit Cara wieder allein war. Dann legte er den Kopf in den Nacken und stieß die Luft aus.

»Genau wie damals«, sagte er. »Es hat sich nichts geändert.«

»Das ist so ungerecht«, sagte Cara und dachte beklommen daran, dass auch sie Liam bis vor Kurzem noch für den Mörder ihrer Schwester gehalten hatte. Ihre Familie war, was die Anschuldigungen gegen Liam anging, sogar die treibende Kraft gewesen. Wir haben dafür gesorgt, dass er es hier nicht mehr ausgehalten hat, dachte sie und schämte sich plötzlich dafür, dass sie das alles nicht schon viel früher hinterfragt hatte. Liam litt schließlich schon genug unter der Tatsache, dass er sich nicht erinnern konnte. Auch noch mit der Ablehnung der Leute fertigzuwerden musste furchtbar sein.

»Das ist die Tat eines Einzelnen«, versuchte sie ihn zu trösten. »Es denken bestimmt nicht alle so.«

»Doch, das tun sie, Cara.« Liam griff nach einem Blatt Papier, das vor ihm auf dem Schreibtisch lag. »Hier, der kam heute.«

Cara erkannte das Logo auf dem Briefkopf – es war ein Schreiben vom The Stag, dem Pub hier in Kenreagh, der früher Liams Großonkel gehört hatte. Der neue Pächter wandte sich darin an Liams Vater und teilte ihm mit, dass er von dem »Wechsel in der Führung der Brennerei« gehört habe und dass er deswegen den Auftrag für die nächste Lieferung leider stornieren müsse.

Erschrocken hob Cara den Kopf. »Die wollen keinen Whiskey mehr von euch ausschenken?«

»Nein.« Liam griff nach zwei weiteren Briefen. »Genau wie diese beiden Hotels. Und ich schätze, das ist erst der Anfang.«

Seine Schultern sanken nach vorn, und er beugte sich vor,

stützte sich mit den Händen auf dem Schreibtisch ab und ließ den Kopf hängen.

»Fünf Tage, Cara. Fünf verdammte Tage bin ich jetzt zurück, und es geht schon wieder los. Dabei hätte ich meinem Vater und Oran wirklich gerne geholfen. Ich habe es vermisst, hier zu arbeiten, mehr als ich es mir eingestehen wollte. Und ich hätte vielleicht dazu beitragen können, die Brennerei aus den roten Zahlen zu holen, in denen sie momentan steckt. Ich hätte gerne dafür gesorgt, dass es weitergeht. Aber mit meiner Anwesenheit mache ich es offensichtlich nur schlimmer.«

Cara spürte, wie ihr ein kalter Schauer über den Rücken lief, als sie die Hoffnungslosigkeit in seinen Augen sah.

»Du willst gehen«, sagte sie tonlos.

Er nickte. »Es hat keinen Sinn zu bleiben.«

»Und wohin?«

Er zuckte mit den Schultern. »Irgendwohin. Ist doch egal.«

»Und was ist mit deinem Vater? Ihr habt euch doch gerade erst versöhnt.«

»Im Grunde war es gut, dass er sich damals von mir distanziert hat. Sonst hätte er die Zukunft der Brennerei gefährdet. Du siehst ja, was passiert, wenn ich hier bin. Er ist besser dran ohne mich.«

»Nein, das ist er nicht. Und ich bin es auch nicht, Liam«, erklärte sie vehement. »Wir können das zusammen durchstehen.«

Liam stieß sich vom Schreibtisch ab und richtete sich wieder auf.

»Nein. Das ist mein Problem, nicht deins.«

»Aber ...«

»Nein, Cara. Das mit uns war nur ein schöner Traum. Mehr nicht. Ich will dich da nicht mit reinziehen.«

In Caras Augen brannten Tränen. »Das ist nicht deine Entscheidung. Ich liebe dich, Liam.« Sie trat dicht zu ihm und legte die Hände auf seine Brust. »Und wenn du mich auch liebst, dann lass es uns versuchen. Bitte.«

Liams Blick brannte sich in ihren, und für einen Moment hoffte sie, dass er sie an sich ziehen und mit einem Kuss besiegeln würde, was sie sich so sehr wünschte. Stattdessen wandte er sich abrupt von ihr ab.

»Ich habe nie gesagt, dass ich dich liebe.« Seine Stimme war ausdruckslos. »Du hast von Gefühlen gesprochen, nicht ich.«

Cara dachte an ihre gemeinsame Nacht und an seine fehlende Antwort auf ihre Liebeserklärung. Hatte sie sich so in ihm getäuscht?

»Das meinst du nicht so«, sagte sie mit zitternder Stimme.

»Doch, Cara. Ich meine es genau so«, erwiderte er. »Also geh und vergiss mich. Ich habe dir das schon mal gesagt, und du hättest damals auf mich hören sollen.«

Eine Träne löste sich aus ihrem Augenwinkel, während sie versuchte, sich gegen den Schmerz zu stemmen, der ihre Brust auseinanderzureißen drohte. Sie hätte später nicht mehr sagen können, wie lange sie einfach nur dastand und ihn fassungslos ansah. Doch irgendwann begriff sie, dass ihr die Chance, auf die sie so gehofft hatte, verwehrt bleiben würde.

»Ja, vielleicht hätte ich das.« Sie wischte sich über die Wange und ging zur Tür, wo sie noch ein letztes Mal stehen blieb. »Ein schönes Leben noch, Liam«, sagte sie, weil es das war, was er ihr damals nach ihrem ersten Treffen gewünscht hatte. »Ich hoffe, du findest da draußen, was du suchst.«

Das Letzte flüsterte sie nur noch. Dann verließ sie hastig das Büro.

* * *

Liam hatte die Hände zu Fäusten geballt, während er unverwandt die Tür anstarrte. Er hatte keine Ahnung, worauf er wartete. Vielleicht darauf, dass sie sich öffnete und Cara noch einmal zurückkam, um ihm zu erklären, dass sie ihm nicht glaubte und trotzdem bleiben würde. So wie sie es oben in der Hütte gemacht hatte. Aber dann hörte er draußen vor dem Haus einen Motor anspringen, und als er zum Fenster ging, sah er den roten Micra über den Kiesweg davonfahren.

Er hatte sich noch nie in seinem Leben so schlecht gefühlt wie in diesem Moment. So leer und hoffnungslos. Und er hatte noch nie so furchtbar gelogen.

Aber es war richtig, sagte er sich und fasste an seinen Hals, berührte die breite Narbe, die ihn für immer zeichnete. Er hätte alles dafür gegeben, wenn er sie hätte verschwinden lassen können. Aber er bekam sein altes Leben nicht zurück. Er musste damit zurechtkommen, wie es jetzt war, mit der Ungewissheit und den Anfeindungen.

Das alles konnte er Cara nicht aufbürden. Gerade ihr nicht. Wenn sie ein Paar wurden, dann musste sie sich entscheiden zwischen ihm und ihrer Familie. Und das konnte er ihr nicht antun. Es würde sie unglücklich machen, und das war das Letzte, was er wollte. Deshalb ist es besser so, dachte er und atmete zitternd aus.

»William?« Barbaras Stimme ließ ihn herumfahren. Er hatte nicht bemerkt, dass sie ins Büro gekommen war. »Ist die junge Frau wieder weg?«

Er nickte. »Ich muss mit dir reden, Barbara.«

Sein Entschluss stand fest, aber er fühlte sich furchtbar, weil er jetzt auch noch die zweite Frau, die ihm etwas bedeutete, enttäuschen musste.

30

Cara setzte die letzte Marzipanrose auf die Hochzeitstorte und drückte sie vorsichtig an. Dann betrachtete sie ihr Werk: eine dreistöckige Buttercremetorte mit weißem Fondantüberzug und rosafarbenem Blumendekor. Genau wie Jessica es sich gewünscht hatte.

»Sieht schön aus, oder?«

Kenneth, der neben ihr stand, legte den Kopf leicht schräg, während er die Torte musterte.

»Nicht so schön wie deine Kuppeltorte. Aber trotzdem großartig.« Er grinste. »Gut, dass du rechtzeitig zurück warst, um mir dabei zu helfen. Deine Eltern werden es nicht gerne hören, weil sie mir ein Gehalt zahlen und dir nicht, aber du kannst von uns beiden eindeutig besser backen.«

»Danke.« Cara seufzte. »Ich wünschte, mir würde alles so leicht von der Hand gehen wie das.« Mein Studium zum Beispiel, fügte sie im Stillen hinzu.

»Hey, wieso bist du denn so bedrückt?«, fragte Kenneth besorgt. »Dein Bruder heiratet heute. Ist das denn kein Grund für ein Lächeln?«

»Doch«, erwiderte Cara. »Natürlich. Es ist nur ...«

Sie zuckte mit den Schultern, weil sie schlecht in Worte fassen konnte, wie leer sie sich fühlte. Seit sie gestern von der Brennerei weggefahren war, kam ihr alles sinnlos vor. Sie hatte sich in Arbeit gestürzt und nicht nur Kenneth mit der Torte geholfen, sondern sich auch sonst nützlich gemacht, wo immer sie konnte. Aber die Traurigkeit blieb, egal was sie tat, und auch die allgemeine Vorfreude, die wegen der Hochzeit um sie herum herrschte, konnte sie nicht aufmuntern.

Ob Liam noch in der Brennerei war? Der Gedanke, dass er vielleicht schon abgereist sein könnte und sie ihn nicht mehr sehen würde, tat so weh, dass sie es kaum aushielt. Auch wenn es aussichtslos war, hoffte ein Teil von ihr immer noch, dass er es sich anders überlegte …

»Ist es wegen diesem O'Byrne?« Kenneth betrachtete sie besorgt. »Du warst doch nicht noch einmal bei ihm?« Offenbar konnte er ihr die Antwort darauf ansehen, denn er schüttelte den Kopf. »Ich hoffe, du weißt, was du tust …«

»Cara?« Susans Ruf hallte durch die Küche, und einen Augenblick später kam sie durch die Tür.

»Sieh mal, Mum. Die Torte ist fertig«, sagte Cara stolz.

»Dann soll sie jemand ins Festzelt bringen«, meinte Susan kurz angebunden und wandte sich an Cara. »Kann ich dich kurz sprechen?«

»Ich kümmere mich darum«, rief Kenneth ihnen nach, während Cara ihrer Mutter hinaus in den Hof folgte.

»Du bist ja noch gar nicht umgezogen, Mum«, bemerkte Cara. Sie selbst war das zwar auch nicht, aber ihre Mutter hatte vorhin angekündigt, genau das tun zu wollen.

»Ich bin nicht dazu gekommen, weil ich einen Anruf bekommen habe«, erklärte Susan mit ernster Miene und betrachtete Cara prüfend. »Ist es wahr, dass du in der Brennerei warst?«

Cara seufzte innerlich. Sie hatte damit gerechnet, dass jemand ihren Eltern verraten würde, dass sie bei Liam gewesen war, aber sie hatte gehofft, dass es erst nach der Hochzeit herauskam. Leider funktionierten die Buschtrommeln von Namara und Kenreagh aber offenbar ganz hervorragend.

»Müssen wir das jetzt besprechen, Mum?«

Susan stemmte die Hände in die Hüften. »Antworte mir,

Cara. Warst du bei diesem William O'Byrne, obwohl du mir versprochen hattest, ihn nicht wiederzusehen?«

»Ja, ich war dort«, erwiderte Cara und verschränkte die Arme vor der Brust, während sie dem vorwurfsvollen Blick ihrer Mutter standhielt. »Aber du musst dir keine Sorgen machen. Liam wird wieder gehen, also habt ihr erreicht, was ihr wolltet.«

»Ich bin hier nicht die Böse, Cara«, fuhr ihre Mutter sie an. »Ich will nur Gerechtigkeit für Isabel.«

»Denkst du, das will ich nicht? Aber es ist nicht gerecht, jemanden zu verurteilen, ohne dass seine Schuld bewiesen ist.«

»Fängst du schon wieder damit an!«, entrüstete sich ihre Mutter.

»Ja, das tue ich, Mum. Weil ihr auch immer wieder davon anfangt. Du und Dad und Patrick und alle anderen. Ihr verurteilt Liam, und es ist euch egal, ob es stimmt, was ihr ihm vorwerft. Aber das bringt Isabel auch nicht zurück.«

»Hör auf!« Susans Stimme klang schrill. »Ich will nicht, dass du so etwas sagst. Und ich will nicht, dass du etwas mit diesem Mann zu tun hast. Das bist du deiner Schwester schuldig.«

Cara spürte, wie der Kloß, der ihr im Hals saß, plötzlich anfing zu brennen. Verzweifelt schluckte sie dagegen an, aber sie konnte die Wut nicht mehr unterdrücken, die in ihr aufstieg und ihr hilflose Tränen in die Augen trieb.

»Nein, Mum, ich bin Isabel nichts schuldig. Ich dachte, ich wäre es, doch das stimmt nicht. Und ich kann sie auch nicht ersetzen. Ich habe es versucht, wirklich. Ich wollte die Lücke füllen, die sie hinterlassen hat, und in ihre Fußstapfen treten. Ich wollte so sein wie sie, weil ich dachte, dass es dann leichter für euch wäre. Ich habe sogar Liam gehasst, weil ihr das alle getan habt, obwohl ich ihn da noch gar nicht kannte. Aber das war falsch. Das ist überhaupt alles falsch.«

Erschrocken sah Susan sie an. »Wir haben dich nicht gezwungen, Jura zu studieren! Das war dein Wunsch.«

»Doch nur, weil ich wusste, dass ihr euch das wünscht.« Cara schluckte. »Weil ihr euch so gefreut habt, dass ich weiterführe, was sie nicht mehr beenden konnte. Aber ich bin nicht Isabel. Ich finde Jura furchtbar, und ich kann es auch nicht.«

»Aber ...«

»Ich bin durch die Prüfungen gefallen, Mum«, unterbrach Cara ihre Mutter und atmete tief durch, weil es ihr immer noch schwerfiel, zu ihrem Versagen zu stehen. »Ich muss das Semester wiederholen, und deshalb kann ich die Stelle bei Onkel Matthew nicht antreten. Aber ich will nicht mehr weitermachen. Ich will keine Anwältin werden. Und ich will auch Liam nicht aufgeben. Weil ich ihn liebe, Mum. Er ist nicht der Mensch, für den ihr ihn haltet.«

Sie merkte jetzt erst, dass sie die Hände zu Fäusten geballt hatte. Es erschreckte sie selbst, mit welcher Vehemenz die Worte aus ihr herausgeplatzt waren, aber sie fühlte sich erleichtert.

Susan dagegen wirkte betroffen.

»Mein Gott, Cara«, sagte sie leise. »Warum hast du denn nie etwas gesagt?«

Cara zuckte mit den Schultern. »Ich wollte euch nicht enttäuschen.«

»Ach, Schatz! Das kannst du doch gar nicht.« Susan zog sie an sich und hielt sie ganz fest. »Es tut mir leid«, flüsterte sie und wischte sich die Tränen aus den Augen, als sie Cara wieder losließ. »Ich hätte merken müssen, wie unglücklich du bist.«

Für einen Moment sahen sie sich schweigend an, und Cara spürte, wie sich der Knoten in ihrem Innern löste, der sie so lange eingeschnürt hatte. Endlich konnte sie wieder frei atmen und schaffte es sogar zu lächeln. Doch bevor sie etwas sagen konnte, bog ein Bulli in den Innenhof.

»Das müssen die Blumen sein!«, rief Susan erschrocken. »Oh Gott, die habe ich ganz vergessen. Und ich bin noch gar nicht umgezogen.«

»Geh nur, ich kümmere mich darum«, meinte Cara und strich ihrer Mutter beruhigend über den Arm, als diese sie besorgt ansah. »Wir reden später noch mal darüber. Sonst muss Patrick noch ohne uns heiraten.«

Susan nickte. »Geht das denn? Du musst dich doch auch noch umziehen«, meinte sie besorgt.

»Das schaffe ich schon«, versicherte ihr Cara und drückte sie noch mal. Dann ging sie dem Blumenlieferanten entgegen, während Susan wieder im Haus verschwand.

Es dauerte eine halbe Stunde, bis die hübschen Blumenarrangements des Floristen aus Killarney, den Jessicas Mutter beauftragt hatte, auf den festlich gedeckten Tischen im großen Saal verteilt waren. Es war das i-Tüpfelchen, das noch gefehlt hatte, und während die Angestellten um sie herumliefen und die letzten Tische eindeckten, ließ Cara zufrieden den Blick durch den Raum gleiten. Es war alles perfekt vorbereitet, nicht nur hier, sondern auch in der Küche, deshalb konnte eigentlich nichts mehr schiefgehen.

Die Trauung würde um vier Uhr stattfinden, und danach sollte die Hochzeitsgesellschaft zum Sektempfang ins Kerryhead Castle zurückkehren. Sobald das Brautpaar und die Gäste eintrafen, würden Kenneth und sein Team mit dem Kochen beginnen, damit das Essen pünktlich fertig war, wenn anschließend alle im Festsaal Platz nahmen und die Feier begann, die sicher bis in die Nacht dauern würde.

Cara lächelte. Sie hatten hier im Hotel schon so viele Hochzeiten ausgerichtet, dass sie alle den Ablauf längst verinnerlicht hatten, der immer ähnlich war. Aber diesmal fühlte es sich anders an, weil es keine Fremden waren, die sich heute das Jawort gaben.

Cara dachte an Jessica, die in der letzten Nacht bei ihren Eltern in Killarney geschlafen hatte und jetzt sicher schon aufgeregt in ihrem Brautkleid vor dem Spiegel stand und sich von ihren Brautjungfern bewundern ließ. Und an Patrick, der sich ebenfalls schon zurückgezogen hatte, um sich umzuziehen. Sie hatte nicht mehr allein mit ihm sprechen können, aber sie hoffte, dass er sich inzwischen auch auf die Feier freute. An der Organisation wird die Hochzeit jedenfalls nicht scheitern, stellte sie zufrieden fest. Also konnte sie jetzt beruhigt nach oben gehen und …

»Cara?«

Überrascht fuhr sie herum und sah Amy in der Tür zum Festsaal stehen. Charlie war bei ihr, und sie trug ihren hohen Rucksack, der aussah, als wäre er viel zu schwer für sie.

»Kann ich dich kurz sprechen?«

Sofort eilte Cara zu ihr, und je näher sie kam, desto entsetzter war sie darüber, wie blass ihre Freundin aussah.

»Alles in Ordnung?«, fragte sie besorgt.

Amy schüttelte den Kopf. »Du musst mir einen Gefallen tun«, sagte sie, und Cara ahnte, dass ihr das, was jetzt kam, nicht gefallen würde.

31

Patrick betrachtete sich in dem bodentiefen Spiegel, der hinter der Tür im Schlafzimmer hing. Er hatte den Cutaway vorher schon zwei Mal angehabt, einmal, als sie ihn beim Brautausstatter ausgesucht hatten, und dann noch mal, als er ihn nach einigen Änderungen erneut anprobieren musste. Aber obwohl Hemd, Hose und Jacke wie angegossen passten, fühlte sich der Anzug auch jetzt wieder fremd an. Es war, als würde ihn ein anderer Mann aus dem Spiegel heraus ansehen. Einer mit sehr ernstem Gesicht und ziemlich dunklen Rändern unter den Augen …

»Ich habe in der Nacht vor der Hochzeit auch kaum geschlafen«, meinte Ian, der in dem Sessel neben dem Doppelbett saß. »Das ist die Nervosität, das ist ganz normal.«

Patrick drehte sich zu seinem Vater um und hob einen Mundwinkel. »Das soll vermutlich heißen, dass ich übermüdet aussehe, oder?«

»Nein.« Ian, der seinen besten dunklen Anzug trug, lehnte sich im Sessel zurück und musterte seinen Sohn. »Doch. Ein bisschen«, gab er dann zu und grinste. »Aber wie gesagt – warum sollte es dir anders gehen als allen anderen?«

Patrick drehte den Kopf und blickte seinem Spiegelbild noch einmal in die Augen. Wenn diese innere Unruhe tatsächlich normal ist, dann kann ich Heiraten nicht empfehlen, dachte er und rückte seine Krawatte gerade. Dann sah er auf die Uhr.

»Wir haben noch jede Menge Zeit«, erklärte Ian, dem der

Blick nicht entging. »Du kannst es wohl gar nicht mehr abwarten, was?«

Patrick seufzte und setzte sich ihm gegenüber auf die Bettkante. »Dad, als du Mum geheiratet hast – warst du dir da ganz sicher, dass sie die Richtige ist?«

Ian nickte. »Natürlich. Sie war damals schon die schönste Frau, die ich kannte, und ich war unglaublich verliebt in sie. Außerdem hatten wir die gleichen Ziele im Leben. Wir wollten uns selbstständig machen, und ich wusste, dass ich es mit ihr zusammen schaffen kann. Eigentlich wusste ich sogar, dass ich es *nur* mit ihr zusammen schaffen kann. Deshalb war ich mir sehr sicher. Aber das heißt nicht, dass ich nicht trotzdem nervös war.« Er beugte sich vor und legte seine Hand auf Patricks Schulter. »Du tust das Richtige, glaub mir. Hör einfach auf dein Bauchgefühl.«

»Danke, Dad.« Patrick erhob sich wieder, und Ian stand ebenfalls auf.

»Ich glaube, ich gehe mal runter und sehe nach, wie weit deine Mutter ist. Wie ich sie kenne, braucht sie jetzt dringend jemanden, der ihr sagt, dass sie ganz fantastisch aussieht«, meinte Ian. »Oder soll ich dir lieber noch Gesellschaft leisten?«

»Nein, geh nur. Ich komme gleich nach«, versicherte Patrick ihm und atmete auf, als sein Vater gegangen war. Es war eine nette Geste von Ian gewesen, nach ihm zu sehen, aber Patrick wollte lieber allein sein, um seine Gedanken zu sortieren, die seit gestern ziemlich durcheinander waren.

Er hatte immer noch keine Ahnung, was Amy gemeint hatte, und er war auch nicht dazu gekommen, Jessica nach diesem ominösen Brief zu fragen, den er ihr damals angeblich geschrieben hatte. Oder vielleicht hatte er sich nach dem, was gestern am See passiert war, auch nicht getraut, mit Jessica über Amy zu sprechen. Die ganze Sache war plötzlich so kompliziert, und er wünschte sich mehr Zeit, um das alles für sich zu klären. Aber die blieb ihm nicht, weil er in nicht mal einer Stunde …

Es klopfte an der Tür.

»Patrick, bist du da drin?«

Es war Caras Stimme.

»Ja, komm rein«, rief er und lächelte, als seine Schwester einen Augenblick später ins Zimmer trat. »Du bist ja noch gar nicht umgezogen.«

»Nein«, erwiderte Cara. Ihr Gesicht war ernst, und ihre Augen funkelten wütend. »Ich musste mich nämlich um Amy kümmern.« Sie stemmte die Hände in die Hüften. »Patrick, du kannst sie so kurz vor der Hochzeit doch nicht einfach ausladen!«

»Was? Nein, natürlich nicht.« Er runzelte die Stirn. »Das habe ich ja auch gar nicht vor.«

Cara runzelte die Stirn. »Und wieso hat Jessica Amy dann gesagt, dass sie nicht kommen darf?«

»Was?« Entsetzt sah Patrick sie an. »Davon wusste ich nichts!«

»Na, Gott sei Dank!« Cara entspannte sich wieder etwas. »Ich dachte schon, du hättest den Verstand verloren.«

Patricks Puls beschleunigte sich. »Wo ist Amy denn jetzt?«

»Auf dem Weg zum Bahnhof«, meinte Cara. »Sie hat nach dem Gespräch mit Jessica sofort gepackt. Dann war sie bei mir, um sich Geld zu leihen – und du weißt, wie ungern sie so etwas tut. Ich habe wirklich alles versucht, um sie zum Bleiben zu überreden, aber sie wollte unbedingt weg.«

Patrick stieß die Luft aus. »Das will sie schon die ganze Zeit, Cara. Sie hält es offenbar nicht aus, in meiner Nähe zu sein.« Die Erkenntnis tat immer noch weh. »Deswegen ist sie damals gegangen. Und deshalb hat sie mir auch nicht gesagt, dass Charlie mein Sohn ist.«

»Ach, so ein Unsinn!«, widersprach Cara. »Sie ist gegangen, weil du dich für Jessica entschieden hast. Das hat sie mir gestanden. Und als ich sie gefragt habe, ob sie etwas für dich empfindet, ist sie mir ausgewichen und meinte, es würde keine Rolle spielen. Und damit hat sie ganz sicher nicht gemeint, dass du ihr egal bist. Sie findet dich nicht abstoßend. Im Gegenteil. Ich glaube, sie denkt, dass du *sie* nicht willst – und nicht umgekehrt.«

Patrick dachte daran, wie leidenschaftlich Amy seinen Kuss erwidert hatte. Sein Herz krampfte sich zusammen.

»Hat sie dir gegenüber etwas von einem Brief erwähnt?«

Cara schüttelte den Kopf. »Patrick, wir müssen sie zurückholen. Sie hat mir zwar versprochen, dass sie sich melden wird, aber ich habe keine Ahnung, wo sie hinwill. Das Angebot, vorläufig in mein Zimmer in Cork zu ziehen, hat sie jedenfalls abgelehnt.«

»Ich werde mich darum kümmern«, versprach Patrick. »Aber das geht erst nach der Trauung.«

Cara sah entsetzt auf die Uhr und dann an sich herunter.

»Ach herrje. Und ich bin noch nicht mal umgezogen! Das wird jetzt wirklich knapp.« Mit einem gemurmelten Abschiedsgruß lief sie raus in den Flur und zog die Tür hinter sich zu.

Für einen Moment stand Patrick regungslos da und starrte ins Leere. Dann holte er sein Handy, das auf dem Nachttisch lag, und wählte Jessicas Nummer.

»Patrick!« Jessica klang überrascht. »Wieso rufst du an? Es bringt bestimmt Unglück, wenn wir so kurz vor der Trauung miteinander reden.«

»Hast du Amy gesagt, dass sie nicht zur Hochzeit kommen darf?«, fragte er, ohne auf ihre Bemerkung einzugehen.

»Ja«, gestand Jessica, und er konnte den trotzigen Unterton in ihrer Stimme hören.

Er schloss die Augen und zwang sich, ruhig zu bleiben.

»Warum?«

»Weil es besser so ist«, erklärte Jessica. »Das ist unser Tag, Patrick. Ich freue mich seit Monaten darauf, aber wenn Amy und Charlie da sind, dann werden die Leute die ganze Zeit nur darüber reden, dass er dein Sohn ist. Es ist schlimm genug, dass alle Bescheid wissen. Aber vielleicht vergessen sie es wenigstens für eine Weile, wenn sie die beiden nicht sehen.«

»Ich habe nicht vor zu vergessen, dass Charlie mein Sohn ist«, sagte Patrick mit zusammengebissenen Zähnen. »Ich hoffe, das ist dir klar.«

»Natürlich ist mir das klar«, versicherte ihm Jessica. »Aber ich will Amy und Charlie trotzdem nicht auf unserer Hochzeit haben.«

Patrick schüttelte den Kopf. »Das hättest du mit mir absprechen müssen! Keine Alleingänge mehr – das waren deine Worte.«

»Aber du hättest sie niemals ausgeladen. Und du willst sie auch nicht wegschicken. Wenn es nach dir ginge, dann könnten die beiden gleich bei uns in die Wohnung mit einziehen.« Ihre Stimme klang giftig und fast ein bisschen schrill. »Also blieb mir doch gar nichts anderes übrig, als das selbst in die Hand zu nehmen.«

Patrick umklammerte das Handy fester. »Amy ist mit Charlie abgereist«, sagte er beklommen, weil diese Tatsache seine innere Unruhe noch schlimmer machte.

»Umso besser«, erklärte Jessica. »Ich habe dir schon gesagt, dass ich nicht möchte, dass sie hierbleibt.«

Für einen Moment schloss Patrick die Augen und atmete durch. Ganz ruhig, dachte er, weil er mit seiner Braut nicht kurz vor der Trauung einen Streit anfangen wollte. Eins musste er jedoch noch klären.

»Amy sagt, du hast ihr damals einen Brief gezeigt, den ich dir geschrieben habe. Was war das für einer, Jessica?«

Für einen Moment herrschte Schweigen in der Leitung. »Ich weiß nicht, was sie meint«, sagte sie und seufzte tief, aber ein bisschen gekünstelt. »Können wir das nicht nachher besprechen? Ich muss mich jetzt wirklich fertig machen. Wir sehen uns in der Kirche, ja?«

Widerwillig beendete Patrick das Gespräch und begann, unruhig im Zimmer auf und ab zu gehen. Die Sache mit dem Brief ließ ihm keine Ruhe. Warum hätte Amy sich so etwas ausdenken sollen? Und wieso hatte er das Gefühl, dass Jessica ihn gerade belogen hatte?

Er hielt inne, als sein Blick auf die Frisierkommode seiner Verlobten fiel. Der kleine Tisch mit den filigranen Beinen und dem großen, aufklappbaren Spiegel war so etwas wie ihr persönliches Heiligtum, hier saß sie oft, nicht nur, um sich zu schminken. Tatsächlich hatte Patrick sie dort auch schon Briefe schreiben sehen, und er wusste, dass sie ihre persönlichen Papiere in einer der Schubladen aufhob.

Zögernd trat er an den Tisch. Er wusste, dass er kein Recht hatte, ihre Sachen zu durchsuchen, und unter normalen Umständen wäre er auch niemals auf die Idee gekommen. Aber er würde Jessica gleich heiraten, und er hatte plötzlich das Gefühl, dass er das nur tun konnte, wenn er sicher war, dass sie ihm die Wahrheit gesagt hatte. Wenn es einen Brief gab, dann würde er sich in der Schublade befinden.

Patrick griff nach dem Knauf der Schublade und zögerte noch einmal kurz. Dann zog er sie auf und holte den Stapel mit Papieren heraus, der darin lag. Es waren vor allem Briefe und Notizen, Eintrittskarten und Broschüren von Orten, an denen sie schon gewesen war. Nichts Offizielles wie die Zeugnisse und Bescheinigungen, die Jessica in einem Ordner unten im Büro aufhob, sondern Erinnerungsstücke. Persönliches, das Patrick tatsächlich gar nichts anging, deshalb kämpfte er gegen sein schlechtes Gewissen, während er den Stapel durchsah. Ein Brief von ihm, der aus der Zeit stammte, um die es ging, war nicht dabei, deshalb schob er die Papiere hastig wieder zusammen. Doch als er sie zurück in die Schublade legen wollte, merkte er, dass diese viel länger war, als er gedacht hatte. Er zog sie ganz heraus und sah, dass er einen Zettel übersehen hatte, der ganz nach hinten gerutscht war. Er war klein zusammengefaltet und nicht weiß, sondern gelb und liniert, mit einem roten Strich in der Mitte.

Patrick spürte, wie sein Magen sich zusammenzog, als er den Zettel herausnahm. Das Papier sah genauso aus wie das des dicken Schreibblocks, den er früher besessen und oft für Briefe und Nachrichten verwendet hatte.

Vorsichtig faltete er den Zettel auseinander und strich ihn glatt. Das Papier war zerknittert, so als hätte es jemand zusammengeknüllt und dann wieder geglättet, und es war eindeutig seine Handschrift, in der die Nachricht darauf verfasst war.

Doch die Worte ergaben keinen Sinn. Fassungslos starrte Patrick darauf, und als er endlich begriff, was daran nicht stimmte, stieg kalte Wut in ihm auf. Das konnte doch nicht …

Jemand klopfte erneut an die Tür, und Patrick schaffte es noch, die Schublade wieder zu schließen und den Zettel unter seiner Hand zu verstecken, als Ian den Kopf ins Zimmer steckte.

»Kommst du? Wir müssen zur Kirche.«

Patrick nickte. »Ich bin gleich so weit.« Hastig faltete er den Zettel zusammen und steckte ihn in seine Hosentasche. Dann folgte er seinem Vater nach draußen in den Flur.

32

Vor der Steinmauer, die das Gelände um die hübsche kleine Kirche oben auf dem Hügel einfasste, standen zahlreiche Autos. Sie säumten die gesamte Straße bis runter in den Ort, sodass Ian mit dem Range Rover gerade noch passieren konnte. Er stoppte den großen Wagen vor dem Tor, das auf den Vorplatz der Kirche führte, und ließ Patrick aussteigen.

»Ich stelle das Auto hinter der Kirche ab«, meinte er und lächelte Patrick aufmunternd zu. »Na, geh schon. Die anderen warten.«

Tatsächlich hielten sich viele der bereits zahlreich erschienenen Gäste noch vor dem Eingangsportal der Kirche auf und applaudierten, als sie Patrick entdeckten. Es waren mehr Menschen, als er erwartet hatte, und für einen Moment vergaß er vor lauter Händeschütteln und Lächeln, was ihm auf der Fahrt hierher zu schaffen gemacht hatte. Die Leute schienen ihn durch ihre Reihen regelrecht hindurchzureichen, und ehe er sichs versah, stand er am Kirchenportal.

»Na, jetzt wird es ernst, was? Noch kannst du abhauen, Mann«, meinte sein Cousin Steven, der dort auf ihn wartete. Er war Patricks Trauzeuge und schien sich auf seine Aufgabe zu freuen, denn er strahlte sehr viel mehr, als Patrick dazu in der Lage war – eine Tatsache, die Steven nicht zu entgehen schien. »Hey, das war ein Scherz!«

»Ich weiß«, erwiderte Patrick und bemühte sich um ein Lächeln. Steven konnte schließlich nichts dafür, dass er sich nicht wie ein glücklicher Bräutigam fühlte.

»Du siehst großartig aus, Schatz!« Susan trat zu ihnen und rückte Patricks Krawatte zurecht. Sie trug ein hübsches pastellfarbenes Kostüm und strahlte genau wie Steven über das ganze Gesicht. »Ich bin so stolz auf dich!«

»Danke, Mum«, murmelte Patrick und sah Cara an, die hinter Susan stand. Ihr leuchtend grünes Taftkleid, das einen reizvollen Kontrast zu ihrem kupferroten Haar bildete, stand ihr großartig, aber ihr Lächeln war ähnlich verhalten wie sein eigenes, und als ihre Blicke sich trafen, erkannte er, dass auch sie mit den Gedanken woanders war.

»Lasst uns reingehen«, erklärte Susan und gab auch den Gästen, die noch draußen standen, ein Zeichen, dass sie sich in die Kirche begeben sollten. Als Patrick zögerte, hakte sie sich bei ihm ein. »Der Bräutigam wartet vor dem Altar auf seine Braut«, erinnerte sie ihn.

»Ja, schon.« Patrick blieb stehen. »Aber ich muss vorher noch mit Jessica sprechen.«

»Was? Nein, das geht nicht!«, erklärte Susan. »Du darfst die Braut erst sehen, wenn sie in die Kirche kommt. Das bringt sonst Unglück. Egal, was es ist, es kann bis nach der Trauung warten.«

Sie schob ihn in die Kirche, in der die blumengeschmückten Bänke sich inzwischen füllten. Die meisten Gäste saßen bereits, und als Patrick neben Steven durch den Mittelgang auf den Altar zuschritt, hatte er das Gefühl, dass alle Augen auf ihn gerichtet waren. Nicht, dass er das nicht erwartet hatte, schließlich war er der Bräutigam. Aber die Aufmerksamkeit steigerte nicht seine Vorfreude, sie war ihm unangenehm.

»Hey, ganz ruhig.« Steven klopfte ihm auf die Schulter, als sie den Platz vor dem Altar erreichten, wo sie auf die Ankunft der Braut warten würden. »Ich hab die Ringe, und du musst gleich nur noch Ja sagen. Dann ist alles geritzt«, erklärte er fröhlich und wippte auf seinen Absätzen hin und her, weil er offenbar wirklich aufgeregt war.

Jessicas Onkel Tom trat in seinem Priestergewand aus der Sakristei und kam zu ihnen herüber, um sie zu begrüßen. Er war ein korpulenter Mann mit rotgeäderten Wangen und einer volltönenden Stimme, aber Patrick bekam trotzdem nicht richtig mit, was er zu ihm sagte, als sie sich die Hände schüttelten. Irgendetwas darüber, dass das Eheversprechen wichtig war und er es ernst nehmen sollte.

Aber ist Ehrlichkeit nicht die Grundvoraussetzung für eine Ehe?, dachte Patrick und tastete nach dem Zettel, der in seiner Hosentasche förmlich zu brennen schien. Diese Sache ließ ihm einfach keine Ruhe.

Hör auf dein Bauchgefühl.

Ein Raunen ging plötzlich durch die Menge, und Patrick sah, dass die Leute in den hinteren Reihen sich umgedreht hatten und durch das Portal nach draußen blickten.

»Ich glaube, die Braut ist da«, zischte Susan, die in der ersten Reihe saß, zu ihnen herüber. Das Tuscheln der Leute wurde lauter, und die gespannte Erwartung im Raum war beinahe greifbar.

Das Blut rauschte in Patricks Ohren, und er ballte die Hände zu Fäusten. Wenn Jessica die Kirche betrat, konnte er diese Trauung nicht mehr aufhalten. Aber er musste erst mit ihr sprechen, egal, ob das gegen die Regeln verstieß.

»Ich bin gleich zurück«, erklärte er dem verdutzten Steven und lief durch den Mittelgang zurück zum Portal, begleitet von den halblauten Kommentaren der überraschten Hochzeitsgäste.

Jessicas Brautjungfern standen in ihren zartrosa Kleidern bereits im Vorraum der Kirche und versuchten, die vier kleinen Blumenmädchen, die nach der Trauung Rosenblätter streuen sollten, davon abzuhalten, den Vorrat aus ihren mit Bändern geschmückten Körbchen gleich hier auf dem Steinboden zu verteilen. Unter ihnen war Jessicas Freundin Lacey mit ihrer Tochter Alice. Lacey sah Patrick nicht nur irritiert an wie alle anderen, sondern stellte sich ihm in den Weg.

»Wo willst du denn hin?«, fragte sie. »Du kannst doch jetzt nicht …«

Patrick schob sie zur Seite und trat aus der Kirche. Die Sonne blendete ihn, deshalb beschattete er die Augen mit einer Hand und sah sich um.

An der Stelle, wo sein Vater ihn vorhin rausgelassen hatte, stand jetzt ein silberner, mit Blumen und Seidenbändern geschmückter Bentley. Der Chauffeur, stilvoll in Uniform mit Mütze, und Jessicas Vater, der wie Patrick einen Cutaway trug, halfen der Braut gerade aus dem Wagen. Sie sah wunderschön aus in ihrem ausladenden weißen Kleid aus Tüll und Spitze, aber auf ihrem Gesicht spiegelte sich Entsetzen, als sie Patrick vor der Kirche stehen sah.

»Patrick! Was machst du hier! Du musst doch in der Kirche warten!«

Er kam ihr entgegen. »Ich muss mit dir reden«, drängte er. »Allein.«

»Jetzt?« Jessica starrte ihn entgeistert an. »Patrick, die Leute warten auf uns.«

»Es ist wichtig«, beharrte er und wandte sich an Jessicas Vater. »Würdest du den anderen sagen, dass wir gleich kommen?«

Henry Buchanan wirkte zwar ebenso irritiert wie seine Tochter, aber er nickte und ging in die Kirche. Patrick zog Jessica weg vom Portal auf die Wiese seitlich neben dem Gebäude. Die Grabsteine, die hier standen und die fast alle die Form der für diese Gegend typischen Keltenkreuze hatten, waren alt und verwittert, und Patrick überlegte kurz, ob es angemessen war, seine Braut auf einem Friedhof zur Rede zu stellen. Aber er hatte nicht wirklich eine Wahl.

»Was ist denn los?«, fragte Jessica deutlich unwillig. »Wieso sind wir hier, wenn wir jetzt eigentlich zusammen vor dem Altar stehen sollten?«

»Weil ich wissen muss, was es hiermit auf sich hat.« Er holte den Zettel aus seiner Tasche und entfaltete ihn. »Den habe ich in der Schublade deiner Frisierkommode gefunden.«

Jessica starrte erst den Zettel an und dann ihn. »Du hast meine Schubladen durchwühlt? Wie konntest du ...?«

»Das ist der Brief, den Amy gemeint hat, stimmt's?«, unterbrach er sie scharf. »Woher hast du ihn? Erklär mir das, Jessica.«

»Du hast mir diesen Brief geschrieben«, sagte sie und deutete auf die Anrede zu Beginn des Textes. »Da steht es doch. ›Liebste Jessica‹. Ich habe ihn von dir bekommen, kurz nach unserer ersten Nacht. Erinnerst du dich nicht mehr?«

»Nein«, erwiderte er und betrachtete sie prüfend, sah das Flackern in ihren Augen, das ihm bestätigte, dass sie log. »Ich habe dir diesen Brief nicht gegeben. Aber ich weiß noch, dass ich ihn vor sechs Jahren geschrieben habe. Genau diese Worte auf genau diesem Papier. Nur ›Liebste Jessica‹ stand nicht drüber. Weil die Nachricht nicht für dich bestimmt war.« Er deutete auf die Anrede. »Auf den ersten Blick könnte das wirklich meine Schrift sein. Selbst die Farbe des Kugelschreibers stimmt überein. Aber als ich ihn geschrieben habe, stand da keine Anrede. Die hast du nachträglich eingefügt.«

Jessica wurde unter ihrem Make-up blass, während Patrick spürte, dass seine Wangen brannten. Die Wut, die schon die ganze Zeit über in ihm geschwelt hatte, wurde plötzlich übermächtig.

»Wieso hast du deinen Namen darübergeschrieben?«

Jessica zuckte mit den Schultern. »Weil ich mir gewünscht habe, der Brief wäre an mich.« Ihre Stimme zitterte leicht. »Ich war verliebt in dich, Patrick. Schon seit ich dir zum ersten Mal begegnet bin. Aber du hast mich am Anfang gar nicht beachtet.«

»Woher hast du den Brief überhaupt?«, fragte er erneut.

Jessica wich seinem Blick aus. »Ich habe ihn gefunden. In deinem Zimmer. Ich wollte mit dir sprechen, aber du warst nicht da. Die Tür stand offen, also bin ich reingegangen und habe mich ein bisschen umgeschaut. Im Papierkorb lag ein ganzer Haufen von diesen zerknüllten gelben Zetteln. Ich war neugierig und hab sie mir angesehen. Es waren alles Entwürfe für einen Brief. Den besten davon habe ich behalten, weil ich ihn so schön fand. Ich habe mir vorgestellt, dass die Nachricht für mich ist – und ›Liebste Jessica‹ darübergeschrieben.«

»In meiner Schrift?«

»Es sollte möglichst echt aussehen, also habe ich sie nachgemacht.« Ihre Wangen bekamen wieder Farbe, glühten jetzt beinahe. »Ich war schon immer gut in Kunst.«

Patrick starrte sie an, nicht sicher, was er von dieser Aktion halten sollte. Aber dass sie die Anrede gefälscht hatte, war nicht das eigentliche Problem.

»Und wieso hast du den Brief Amy gezeigt?«

Erneut wich Jessica seinem Blick aus. »Weil ich eifersüchtig war. Ich wusste, dass ihr etwas miteinander hattet. Du hast sie immer auf diese besondere Weise angesehen. Und dann habe ich sie irgendwann am frühen Morgen aus deinem Zimmer kommen sehen. Ich habe sie darauf angesprochen und behauptet, dass du mit mir zusammen bist. Ich habe ihr gesagt, dass du mich liebst und dass sie sich keine Hoffnungen machen soll. Als sie mir nicht glauben wollte, habe ich ihr den Brief gezeigt. Ich dachte, dass sie dann …« Sie beendete den Satz nicht.

»Dass sie dann den Weg für dich freimacht?« Patrick konnte es immer noch nicht fassen. Plötzlich ergab das alles einen Sinn. »Und es hat geklappt«, sagte er, mehr zu sich selbst. »Amy dachte, ich hätte sie belogen und würde es nicht ernst meinen mit ihr.«

Amy war vermutlich zu stolz gewesen, ihn darauf anzusprechen. Deshalb hatte sie ihm diesen kühlen Brief geschrieben. Und sie war nie wieder zurückgekehrt, weil sie glauben musste, dass es stimmte, was Jessica ihr erzählt hatte. Schließlich war aus ihnen dann tatsächlich ein Paar geworden.

»Es tut mir leid, Patrick.« Der Ausdruck in Jessicas Augen war beinahe beschwörend. »Ich weiß, das hätte ich nicht tun sollen. Aber das spielt doch jetzt keine Rolle mehr. Wir sind glücklich miteinander, oder nicht? Ich liebe dich, und du liebst mich. Wir gehören zusammen. Deshalb ist es doch gut, dass es so gekommen ist.«

Patrick antwortete nicht, sondern musterte sie schweigend. Er hatte plötzlich das Gefühl, als würde er in das Gesicht einer Fremden blicken.

»Ich habe den Dingen nur ein bisschen nachgeholfen«, rechtfertigte Jessica sich, als er nicht reagierte. »Ich passe viel besser zu dir als Amy. Wir beide haben die gleichen Ziele, und wir sind ein tolles Team. Es läuft doch alles super, und das wird auch so bleiben.«

Ihre Stimme wurde weicher, und sie griff nach seinem Arm, umklammerte ihn mit beiden Händen. »Und wenn dir das mit Charlie so wichtig ist, dann finden wir eine Lösung. Aber jetzt lass uns reingehen, ja? Wie können unsere Gäste nicht noch länger warten lassen.«

Sie wollte ihn wieder in Richtung Kirchenportal ziehen, aber Patrick blieb stehen.

Ihr Lächeln schwand, und sie gab sich keine Mühe mehr, ihren Zorn zu verbergen.

»Patrick, bitte! Wir müssen das jetzt tun. Denk an die Leute! Es ist doch alles schon organisiert. Das Essen, die Feier ...«

»Ich weiß«, fiel er ihr ins Wort. »Aber ich kann dich nicht heiraten.«

Entsetzt ließ sie seinen Arm los. »Was? Warum nicht?«

»Weil ich dich nicht liebe«, sagte er. »Jedenfalls nicht genug, um jetzt mit dir vor den Altar zu treten. Es wäre eine Lüge. Es war von Anfang an eine, auch wenn mir das erst jetzt klar geworden ist.«

»Aber du hast gesagt, dass du mich liebst.« Jessicas Stimme überschlug sich, und Tränen schimmerten in ihren Augen.

»Das dachte ich auch«, erklärte Patrick. »Weil ich sicher war, dass die Frau, die ich eigentlich liebe, mich nicht will. Aber das stimmt nicht.«

»Doch, das stimmt.« Jessicas Stimme klang jetzt giftig. »Amy ist weggelaufen, nachdem ich ihr diesen Brief gezeigt hatte, Patrick. Wie tief können ihre Gefühle dir gegenüber sein, wenn sie sofort bereit war, dich aufzugeben? Und du hast sie nicht zurückgeholt. Wenn du sie so sehr liebst, wieso hast du sie dann nicht aufgehalten?«

Weil ich zu feige war, dachte Patrick. Weil die Worte in Amys Brief ihm zu weh getan hatten. Genauso wie die Worte in seinem Brief ihr weh getan haben mussten, weil sie dachte, er hätte sie an Jessica gerichtet ...

Er machte einen Schritt zurück und stieß die Luft aus, weil es sich anfühlte, als hätte ihm jemand mit voller Wucht in den Magen geboxt. Jessica folgte ihm und griff erneut nach seinem Arm.

»Bitte, Patrick«, flehte sie. »Das kannst du mir nicht antun!«

Patrick blickte in ihr verzerrtes Gesicht und suchte nach dem Gefühl, das ihn bis vor Kurzem noch mit ihr verbunden hatte. Aber da war nichts mehr.

Jessica hatte recht. Und seine Eltern auch. Sie war die ideale Partnerin für ihn. Sie passte in das Leben, das er führte, und bis vor Kurzem hatte er geglaubt, dass das reichte. Aber es war nicht genug. Und er würde ihr diesen Verrat auch niemals verzeihen können.

»Es tut mir leid, Jessica.« Er wandte sich ab und wollte gehen, doch sie grub die Finger in seinen Arm.

»Nein!« Ihre Stimme überschlug sich. »Nein, das kannst du nicht machen! Das lasse ich nicht zu!«

Er machte sich von ihr los und ging, während sie hinter ihm tobte.

»Ich wusste es! Ich wusste, dass Amy alles kaputt machen würde! Deshalb wollte ich nicht, dass sie bleibt!«, schrie sie ihm nach und begann dann zu schluchzen.

Patrick ging weiter, ohne sich umzudrehen. Er wusste, dass er wütend auf sie hätte sein müssen, doch tatsächlich tat sie ihm leid.

Im Grunde war das alles nicht ihre Schuld. Es war seine. Er hätte Amy damals nicht einfach gehen lassen dürfen. Er hätte um sie kämpfen müssen, statt sich zurückzuziehen und traurig darüber zu sein, dass er sie verloren hatte. Und er musste sich beeilen, wenn er diesen Fehler nicht noch einmal machen wollte.

Als er auf der Höhe des Portals war, kam Steven aus der Kirche, gefolgt von den Brautjungfern. Lacey, die offenbar schon erfasst hatte, was passiert war, warf ihm nur einen wütenden Blick zu und eilte dann mit gerafftem Rock an ihm vorbei in

Richtung Friedhof. Steven, der nicht ganz so schnell schaltete, blickte ihn verwirrt an.

»Was ist los?«, wollte er wissen, und Patrick sah die gleiche Frage auch in den Gesichtern seiner Eltern, die jetzt zusammen mit einigen anderen Gästen ebenfalls aus der Kirche traten.

Aber er hatte keine Zeit, es zu erklären.

»Kannst du mir dein Auto leihen?«

»Was?« Steven schüttelte irritiert den Kopf. »Nein. Ich ... bin mit meinen Eltern gekommen.«

»Wo willst du denn jetzt hin?« Susans Frage schien den Bann zu brechen, denn plötzlich umringten ihn alle und redeten gleichzeitig auf ihn ein.

»Mein Wagen steht hinter der Kirche.« Cara war plötzlich bei ihm und drückte ihm ihren Autoschlüssel in die Hand. »Mach schnell. Vielleicht erwischst du sie noch.«

Sie lächelte, und Patrick war sich sicher, dass er seine Schwester noch nie so sehr geliebt hatte wie in diesem Augenblick.

»Danke«, flüsterte er ihr zu und umklammerte den Schlüssel wie einen Rettungsanker.

Ohne auf die vielen Fragen zu antworten, die auf ihn einprasselten, bahnte er sich einen Weg durch die Menge und lief, bevor ihn jemand aufhalten konnte, zur Rückseite der Kirche.

Caras roter Micra stand neben dem Range Rover seines Vaters und sprang zum Glück sofort an, als Patrick den Zündschlüssel umdrehte. Er setzte zurück und fuhr vom Parkplatz. Als er auf die schmale Straße bog, sah er von Weitem die Menschenmenge vor der Kirche und biss sich auf die Lippe. Er wusste, was er gerade angerichtet hatte, und ein Teil von ihm fand es furchtbar. Aber er konnte trotzdem nicht zurück, deshalb fuhr er hinunter in den Ort.

Nach ein paar Minuten hatte er den Vorplatz vor dem kleinen Bahnhof von Namara erreicht. Der Fahrplan war sehr überschaubar, und da Patrick oft Gäste von hier abholen musste, kannte er ihn auswendig. Es gab nur vier Züge pro Tag in jede der beiden Richtungen, aber er ging davon aus, dass für Amy nur die Verbindungen in Richtung Cork und Dublin interessant waren. Davon fuhren zwei am Vormittag, die konnte sie nicht genommen haben, und der dritte abends um halb acht. Dazwischen gab es nur noch einen, und der würde in wenigen Minuten den Bahnhof verlassen.

Patrick fuhr auf einen der Kurzzeithalteplätze direkt vor dem Eingang, stieg aus und rannte um das zweistöckige Backsteingebäude herum auf den Bahnsteig.

Der Zug nach Cork stand bereits auf dem Gleis, aber außer dem Schaffner sah Patrick nur noch zwei alte Frauen, die ihre Rollkoffer gerade in Richtung Bahnhofsgebäude zogen. Der Schaffner hob die Hand und gab dem Lokführer ein Zeichen. Im selben Moment klappten die Türen zu. Der Zug war bereit zur Abfahrt.

»Nein! Halt!«, rief Patrick, aber seine Stimme wurde von dem Rattern des Güterzuges geschluckt, der in diesem Moment auf dem gegenüberliegenden Gleis vorbeifuhr. Er winkte hektisch, um den Schaffner auf sich aufmerksam zu machen, doch der sah nicht in seine Richtung, sondern stieg ein.

Eine Sekunde später fuhr der Zug an und rollte aus dem Bahnhof.

33

Als der Zug den Bahnhof verließ, drückte Charlie, der neben Amy auf dem Platz am Fenster saß, seine Nase gegen die Scheibe und blickte angestrengt nach draußen auf die vorbeihuschende Landschaft.

»Kann man das Hotel von hier aus sehen?«, fragte er hoffnungsvoll.

»Nein, Schatz.« Amy strich ihm über die dunkelblonden Haare. »Wir fahren in die ganz andere Richtung.«

Enttäuscht gab Charlie seinen Beobachtungsposten auf und setzte sich wieder richtig hin. Seine Schultern sanken nach vorn.

»Schade«, meinte er leise. »Ich dachte, wir könnten Patrick noch mal winken.«

Amy brach es das Herz, dass er so traurig aussah.

»Das hätte er gar nicht sehen können, weil er im Moment nicht dort ist. Er heiratet doch heute, deshalb ist er bestimmt schon mit den anderen in der Kirche.«

»Und warum dürfen wir nicht dabei sein?«, wollte Charlie wissen.

»Weil Patrick und Jessica sehr viele Leute zu ihrer Feier eingeladen haben. Da war leider nicht mehr genug Platz für uns.«

»Ach so«, sagte Charlie, noch ein bisschen niedergeschlagener, und stellte die beiden Rennautos auf das Tischchen vor ihnen. Er ließ sie über die glatte Oberfläche fahren, aber er wirkte lustlos dabei und legte sie einen Moment später zurück auf seinen Schoß.

Amy bot ihm die Tüte mit den süßen Brötchen an, die Cara ihnen als Reiseproviant mitgegeben hatte. »Möchtest du eins davon?«

Charlie schüttelte den Kopf. »Ich hab keinen Hunger.«

Für eine Weile schwiegen sie beide, und Amy ließ den Blick über die leeren Plätze vor und neben sich gleiten. Außer ihnen war niemand in diesem Wagon, und obwohl es sie nicht störte, kam es ihr doch wie ein Zeichen vor. Sie war wieder allein mit Charlie und fuhr einer unbekannten Zukunft entgegen.

Sie wusste, dass ihr Sohn nicht aus dem Kerryhead Castle wegwollte. Er hatte sich gut eingelebt und hing nicht nur an den Connellys, die ganz reizend zu ihm waren, sondern auch und vor allem an Patrick. Deshalb war Charlie der Abschied sehr schwergefallen.

Aber sie durfte nicht mehr bleiben. Nicht nachdem sie Patricks Kuss gestern so leidenschaftlich erwidert hatte. Sie konnte sich selbst einfach nicht mehr trauen, wenn er ihr zu nahe kam, weil sie viel zu stark auf ihn reagierte.

Deshalb war sie fast froh darüber gewesen, als Jessica sie in der Mittagszeit von einer Angestellten hatte ans Telefon holen lassen, um ihr mitzuteilen, dass sie auf der Hochzeit nicht erwünscht war. Jessica hatte es zwar nicht ausdrücklich erwähnt, aber Amy nahm an, dass diese Entscheidung mit Patrick abgestimmt war. Vermutlich hatte er ein schlechtes Gewissen, weil sie sich geküsst hatten, und wollte sie nicht dabeihaben, wenn er Jessica ewige Liebe schwor. Was Amy ganz recht war. Denn sie hätte ihm dabei auch nur sehr schlecht zusehen können.

Sie konnte es generell nicht mehr aushalten in seiner Nähe, also hatte sie beschlossen, den Trubel um die Hochzeit zu nutzen, um sich unauffällig davonzuschleichen. Es war besser, wenn sie Abstand zwischen sich und Patrick brachte.

Wie es jetzt weitergehen sollte, wusste sie nicht. Falls er immer noch darauf bestand, Charlie regelmäßig zu sehen, würden sie eine Lösung finden müssen. Allerdings eine, bei der sie selbst mit Patrick möglichst selten oder gar nicht zusammentraf. Aber wer weiß, dachte sie traurig. Vielleicht hatte er sich das mit seiner Vaterrolle ja auch längst anders überlegt …

»Warum haben wir uns nicht von Patrick verabschiedet, Mummy?« Charlies Frage riss sie aus ihren Gedanken.

»Er hatte heute zu viel zu tun«, sagte sie und blickte nach draußen, weil der Zug langsamer wurde und dann im Bahnhof von Killarney anhielt. Eine bessere Begründung fiel ihr nicht ein. Sie konnte Charlie schließlich schlecht sagen, dass sie es nicht gewagt hatte, Patrick noch einmal gegenüberzutreten. Aber wahrscheinlich spielte es ohnehin keine Rolle. Er würde sie nicht vermissen.

Sie sah auf die Uhr und seufzte. Die Trauung war jetzt vermutlich schon vorbei, und Patrick feierte mit Freunden und Verwandten sein neues Eheglück. Verzweifelt schloss Amy die Augen und sah ihn vor sich, glücklich lächelnd neben der strahlenden Jessica im Brautkleid …

»Das stimmt aber nicht, Mummy.« Charlie presste die Nase erneut an die Scheibe.

»Was meinst du, Schatz?«

»Patrick hat nicht zu viel zu tun.«

»Doch, er …« Sie brach ab und starrte ebenfalls auf den Bahnsteig. »Patrick«, hauchte sie und brauchte einen Moment, bis ihr klar wurde, dass ihre Fantasie ihr keinen Streich spielte. Er war tatsächlich da draußen und lief in einem sehr schicken Cutaway über den Bahnsteig. Suchend blickte er in die Fenster des Zuges, und als er sie entdeckte, hielt er auf die nächstgelegene Wagontür zu. Einen Augenblick später kam er durch den Gang auf sie zu.

Amys Herz schlug ihr bis zum Hals, und sie brachte kein Wort heraus. Charlie hingegen strahlte.

»Willst du dich von uns verabschieden?«, fragte er aufgeregt.

Patrick sank auf den freien Platz auf der anderen Seite des Tisches. Er war ganz außer Atem und brauchte einen Moment, ehe er sprechen konnte.

»Nein«, sagte er. »Ich muss mit deiner Mutter reden. Wir müssen da nämlich dringend etwas klären.« Er wandte sich an Charlie. »Denkst du, du kommst ein paar Minuten allein klar, wenn ich sie kurz mitnehme?«

Charlie nickte und holte sich ein süßes Brötchen aus der Tüte, die auf dem Tisch lag. »Ich warte so lange.«

»Danke, Partner.« Patrick griff nach Amys Hand und zog sie mit sich durch den Gang bis zum anderen Ende des Wagons, wo Charlie sie nicht hören konnte.

»Woher wusstest du, wo ich bin?«, fragte sie, immer noch fassungslos über sein plötzliches Auftauchen.

»Von Cara. Sie meinte, dass du den nächsten Zug nehmen willst. In Namara habe ich diesen hier gerade verpasst, aber ich habe mich nach euch erkundigt und zwei alte Damen getroffen, die euch hatten einsteigen sehen. Killarney war der nächste Halt, also bin ich mit dem Auto hergefahren, um euch noch zu erwischen.«

Amys Herz krampfte sich zusammen, als ihr klar wurde, dass er sich offenbar Sorgen gemacht hatte, sie könnte ihm seinen Sohn wegnehmen.

»Patrick, ich hätte mich bei dir gemeldet«, versicherte sie ihm. »Du darfst Charlie sehen, wann immer du willst, das habe ich Cara doch extra gesagt. Ich wollte nur deine Hochzeit nicht stö…«

Sie verstummte, weil er sie an sich zog und küsste. Nicht lang, aber lang genug, um sie ganz schwindelig zu machen.

»Jetzt rede ich, Amy.« Er zog einen Zettel aus seiner Tasche und gab ihn ihr. Mit zitternden Fingern faltete sie ihn auseinander und wurde blass, als sie den Inhalt las.

»Dein Brief an Jessica«, stammelte sie und starrte ihn entsetzt an.

»Nein. Das ist eine Nachricht an dich«, erklärte er. »Ich habe damals versucht, meine Gefühle für dich zu Papier zu bringen, aber es kam mir alles so unzulänglich vor. Ich bin einfach kein großer Dichter. Also habe ich alle Entwürfe zerknüllt und weggeworfen. Auch den hier. Ich dachte, ich sage dir das alles lieber persönlich.«

Amy schüttelte den Kopf. »Da steht ...«

»›Liebste Jessica‹, ich weiß. Aber das habe ich nicht geschrieben. Das war Jessica selbst. Sie hat den Zettel aus meinem Papierkorb genommen und die Anrede gefälscht, weil sie wollte, dass es so aussieht, als wäre die Nachricht an sie gerichtet.«

Amys Knie waren plötzlich ganz weich, und sie war froh, dass Patrick sie immer noch festhielt.

»Ich war damals nicht mit ihr zusammen, Amy«, erklärte er. »Das hat sie nur behauptet. Ich mochte sie, aber aus uns ist erst ein Paar geworden, als du längst weg warst.«

Verwirrt starrte Amy ihn an, nicht sicher, was sie glauben sollte.

»Jessica hat behauptet, ihr würdet euch heimlich treffen. So wie du und ich. Und dass du es ernst mit ihr meinen würdest. Dass ihr Pläne hättet. Und als sie mir dann den Brief gezeigt hat ...«

Sie senkte den Kopf, doch er legte seine Hand unter ihr Kinn und zwang sie, ihn anzusehen.

»Wieso hast du ihr das geglaubt?«

Amy zuckte hilflos mit den Schultern. »Weil ich dachte, dass es stimmen muss. Sie ist so viel hübscher als ich. Und ihre Eltern besitzen ein Hotel. Ihr habt so viel gemeinsam. Ich dachte, dagegen hätte ich keine Chance.«

Patrick legte seine Stirn an ihre. »Und ich dachte, dass ich kein Recht hätte, dich aufzuhalten, nachdem ich deinen Brief gelesen hatte. Ich konnte meine Eltern nach Isabels Tod nicht im Stich lassen, und ich dachte, du würdest dich eingesperrt fühlen, wenn du bei mir bleibst. Ich habe dir geglaubt, dass du mich nicht liebst. Deshalb bin ich dir damals nicht nachgefahren. Obwohl ich mehrfach kurz davor war.«

Amy spürte, wie das Gewicht, das so lange auf ihren Schultern gelastet hatte, sich langsam hob. Sie löste sich von ihm.

»Du liebst wirklich mich?«

Er nickte. »Immer schon.«

Ein Lächeln breitete sich auf ihrem Gesicht aus, und sie musterte immer noch ein bisschen ungläubig den schicken Cutaway, der ihm wirklich verteufelt gut stand.

»Dann … hast du Jessica nicht geheiratet?«

»Nein.« Er küsste sie sanft. »Die einzige Frau, die ich heiraten kann, bist du.«

Amy blickte auf den Zettel in ihrer Hand und faltete ihn so, dass die Anrede über dem Text verschwand.

Ich liebe dich, und ich will meine Gefühle für dich nicht länger verstecken. Für mich geht die Sonne auf, wenn ich dich lächeln sehe, und ich möchte jeden Tag damit verbringen, bei dir zu sein.
Ich will dich zum Lachen bringen und dich beschützen und immer für dich da sein. Du gehörst zu mir, und alle Welt soll wissen, was du mir bedeutest.

Patrick

Mit Tränen in den Augen blickte sie zu ihm auf. Auf ihrem Gesicht lag ein strahlendes Lächeln.

»Das ist ein ziemlich toller Brief. Den hättest du mir ruhig geben können.«

»Ich war so dumm, Amy«, sagte er zerknirscht. »Ich hätte um dich kämpfen müssen.«

»Ach, Patrick!« Amy stellte sich auf die Zehenspitzen und schlang die Arme um seinen Hals. Sie wollte ihm sagen, dass sie genauso schuld war daran, dass sie die letzten sechs Jahre getrennt gewesen waren. Aber als seine Lippen ihre berührten, war jeder zusammenhängende Gedanke aus ihrem Kopf gelöscht. Glücklich schmiegte sie sich an ihn und erwiderte seinen Kuss mit all der Liebe, die sie so lange zurückgehalten hatte.

»Wohin fahren wir eigentlich?«, fragte er atemlos, als er sie nach einer kleinen Ewigkeit wieder freigab.

Das »Wir« ließ Amy lächeln. »Nach Cork, denke ich.«

»Und dann?«

Sie zuckte mit den Schultern. »Weiter reichen meine Pläne noch nicht.«

Er hob einen Mundwinkel zu einem schiefen Lächeln. »Mein Plan sah eigentlich vor, heute Abend nach Venedig zu fliegen. Aber daraus wird jetzt wohl nichts.«

»Du kannst mit uns kommen, wenn du willst.« Charlie stand plötzlich vor ihnen im Gang. Offenbar hatte er es auf seinem Platz nicht mehr ausgehalten. Mit großen Augen blickte er zu ihnen auf und schien nicht sicher zu sein, ob Patrick und Amy schimpfen würden, weil er einfach zu ihnen gegangen war.

Patrick beugte sich zu ihm herunter und nahm ihn auf den Arm. »Würdet ihr mich denn mitnehmen?«, fragte er lächelnd.

»Klar!« Charlie nickte vehement und sah dann Amy an. »Oder, Mummy?«

»Sehr gerne sogar«, bestätigte Amy.

Charlie schwieg und kaute auf seiner Unterlippe, während sie zurück zu ihrem Platz gingen – ein untrügliches Zeichen, dass ihn etwas beschäftigte.

Amy und Patrick setzten sich nebeneinander, und Patrick nahm Charlie auf den Schoß.

»Was ist denn los, Partner?«, fragte er, weil ihm der nachdenkliche Gesichtsausdruck des Jungen offenbar nicht entgangen war.

Charlie zögerte. »Wenn du Mummy auf den Mund küsst, dann hast du sie lieb, oder?«

Patrick sah Amy an und nickte. »Oh ja«, bestätigte er.

»Und mich? Magst du mich auch?«

Patrick strich ihm übers Haar. »Dich mag ich sogar ganz besonders«, versicherte er ihm.

»Könntest du dann nicht mein Vater sein?« Unsicher blickte Charlie zu ihm auf. »Die anderen Kinder haben alle einen, und ich möchte auch so gerne einen. Ich möchte dich.«

Amy sah, wie Patrick schluckte.

»Das trifft sich gut«, sagte er mit belegter Stimme. »Einen Sohn wie dich habe ich mir nämlich immer gewünscht.«

»Wirklich?« Charlie schlang seine kleinen Ärmchen um Patricks Hals und drückte ihn ganz fest. Als er ihn wieder losließ, strahlte er über das ganze Gesicht. »Dann kann ich allen sagen, dass du mein Daddy bist?«

»Ja. Du kannst es sagen, wem du willst«, versicherte ihm Patrick, und Amy musste gegen die Tränen kämpfen, die ihr in die Augen schossen.

Ihr war nicht klar gewesen, wie sehr Charlie dieses Thema beschäftigt hatte, und ihn jetzt so glücklich zu sehen, erfüllte sie mit großer Dankbarkeit.

Charlie gähnte und schmiegte sich müde an Patrick. Offenbar forderten die Aufregungen des Tages ihren Tribut, denn nach ein paar Minuten war er fest eingeschlafen.

»Das war leichter als gedacht«, meinte Patrick lächelnd und legte den Arm um Amys Schulter. »Aber wir werden es ihm irgendwann noch mal richtig erklären müssen.«

Nicht nur ihm, dachte Amy. Es gab auch so noch viel zu klären, denn bestimmt hatte Patrick mit seiner Entscheidung eine Menge Leute verärgert und enttäuscht. Ob Susan und Ian dazugehörten, würde sich zeigen, und sie konnte nur hoffen, dass die beiden am Ende Verständnis haben würden. Sicher war das allerdings nicht, genauso wenig wie das, was jetzt vor ihnen lag. Schließlich fuhren sie gerade ins Blaue, und Patrick hatte außer seinem schicken Cutaway nichts mit.

Aber das spielte alles keine Rolle. Wichtig war nur, dass sie jetzt endlich zusammen waren, deshalb schmiegte sie sich mit einem zufriedenen Seufzen an seine Schulter und blickte hinaus auf die grüne Landschaft, die am Fenster vorbeiflog.

34

»So, ich glaube, wir haben es geschafft«, meinte Susan und stöhnte, als sie sich auf einen der Stühle sinken ließ.

»Bist du sicher?« Cara sah sich im Saal um, aber tatsächlich liefen nur noch einige Angestellte zwischen den nun wieder abgedeckten Tischen herum. Ein Blick auf ihre Armbanduhr verriet ihr, dass es schon halb zehn war, und als sie sich neben ihre Mutter setzte, merkte sie, wie erschöpft sie war.

Es hatte bis jetzt gedauert, alles, was für die Hochzeit geplant gewesen war, rückgängig zu machen und die Gäste zu beruhigen, die es gar nicht fassen konnten, dass die Feier, auf die sie sich gefreut hatten, nun doch nicht stattfinden würde.

Viele waren gleich nach dem Vorfall in der Kirche gegangen, aber gerade um die Verwandten und Freunde, die von weiter her angereist waren, hatten Cara und ihre Eltern sich sehr intensiv kümmern müssen. Einige wollten die reservierten Zimmer wieder stornieren, und diejenigen, die sich entschieden hatten, trotzdem zu bleiben, brauchten eine Alternative, was sie mit ihrer unerwartet freien Zeit anfangen sollten. Deshalb hatten Cara, Susan und Ian stundenlang freundlich Fragen beantwortet, Tipps gegeben, Probleme gelöst und Wogen geglättet. Auf Spekulationen darüber, warum Patrick die Trauung so kurzfristig abgesagt hatte, waren sie nicht eingegangen, aber es war natürlich trotzdem das einzige Gesprächsthema, nicht nur hier im Hotel, sondern sicher auch im Ort, da machte Cara sich keine Illusionen.

»Diesen Tag hatte ich mir wirklich anders vorgestellt.«

Susan schüttelte den Kopf. »Die arme Jessica. Das war ein harter Schlag für sie.«

Cara nickte nur und verkniff sich die Bemerkung, dass ihre Fast-Schwägerin sich trotzdem ein bisschen hätte zusammenreißen können.

Natürlich war es furchtbar, vor dem Altar stehen gelassen zu werden, aber Jessica hatte einen regelrechten Tobsuchtsanfall bekommen. Sie war nicht nur auf Cara, sondern auch auf Susan und Ian losgegangen und hatte ihnen schwere Vorwürfe gemacht. Sogar Schadenersatz für das Hochzeitskleid und den Blumenschmuck hatte sie gefordert, und die Dinge, die sie über Patrick und Amy gesagt hatte, wollte Cara lieber nicht wiederholen. Das war irgendwann sogar Jessicas Eltern zu weit gegangen, aber sie hatten es nicht geschafft, ihre Tochter zu beruhigen. Deshalb waren am Ende alle froh gewesen, als die Buchanans die aufgelöste Jessica mit Laceys Hilfe in die gemietete Limousine verfrachtet hatten und abgefahren waren.

»Denkst du, Jessica tritt die Reise nach Venedig an?«

Susan zuckte mit den Schultern. »Keine Ahnung. Vielleicht. Sie kann ja ihre Freundin mitnehmen. Oder ihre Mutter. Es wäre schade um das viele Geld.«

»Und um das viele Essen ist es auch schade.« Cara dachte an die Berge von Lebensmitteln, die in der Küche immer noch darauf warteten, zubereitet zu werden.

»Ach, davon können wir eine Menge einfrieren. Und den Rest nehmen wir morgen auf die Tageskarte.« Susan seufzte. »Ich habe ja immer gesagt, dass es gut ist, wenn wir die Feier hier veranstalten. Nicht, dass ich damit gerechnet hätte, dass sie abgesagt wird. Aber jetzt können wir wenigstens einen Teil des Essens weiterverwerten.«

»Und die Torte gibt es dann vermutlich morgen zum Tee?«, fragte Cara und blickte ein bisschen wehmütig zu ihrem dreistöckigen Werk hinüber, das immer noch unangetastet auf einem kleinen Tisch an der Stirnseite des Saales stand.

Susan nickte. »Natürlich. Aber wir nehmen das Doppelte pro Stück.« Sie hob einen Mundwinkel, als Cara sie überrascht ansah. »Dann verdienen wir wenigstens ein bisschen was daran, wenn morgen das halbe Dorf hier anrückt, um sich zu vergewissern, ob die Gerüchte auch stimmen, die sie sich gegenseitig erzählen.«

Cara erwiderte ihr Lächeln nicht. »Kein schönes Gefühl, wenn man das, was die Leute über einen erzählen, nicht kontrollieren kann. Stimmt's, Mum?«

Susan schien die Anspielung auf Liam verstanden zu haben, denn sie sah betroffen aus. Aber sie ging nicht auf Caras Worte ein, sondern seufzte nur tief.

»Hast du etwas von deinem Bruder gehört?«

»Er ist mit Amy und Charlie in meiner Wohnung in Cork«, berichtete Cara. »Ich habe Fiona angerufen und ihr gesagt, dass sie die drei reinlassen soll. Sie können dort auch erst mal bleiben, wenn sie wollen, weil Fiona morgen für zwei Wochen wegfährt. Dann haben sie die ganze Wohnung für sich alleine.«

»Das ist vermutlich auch besser, wenn sie vorläufig nicht wiederkommen. Dann können die Wogen sich ein bisschen glätten«, meinte Susan. »Hat Patrick denn überhaupt Geld dabei?«

»Nein. Aber das haben wir schon organisiert. Steven muss morgen ohnehin nach Cork und bringt Patrick die Tasche vorbei, die ich gleich noch für ihn packe. Dann hat er alles, was er braucht.«

»Aha.« Susans Miene blieb neutral. Sie hatte bisher noch nichts zu Patricks Entscheidung gesagt, deshalb musste Cara sie das einfach fragen.

»Bist du böse auf ihn, Mum?«

Susan schwieg einen Moment. »Es gefällt mir nicht, was er angerichtet hat, aber ich bin sicher, dass er das nicht leichtfertig getan hat. Er ist seinem Herzen gefolgt, und das war sehr mutig von ihm, vor allem in dieser Situation.« Sie lächelte wehmütig. »Ich war nur so überrascht. Ich dachte wirklich, er wäre glücklich mit Jessica. Offenbar kenne ich mich nicht mehr besonders gut damit aus, was meine Kinder tatsächlich bewegt.«

Cara schluckte, weil ihr klar war, dass Susan damit auch ihren Streit heute Morgen meinte. »Mum, ich ...«

»Schon gut, Liebes. Es stimmt ja. Ich war egoistisch, nicht nur, was dich angeht, sondern auch bei Patrick. Es schien alles so gut zu passen mit Jessica. Sie hat sich hier wohlgefühlt und uns viel abgenommen. Deshalb war ich froh darüber, dass Patrick sie heiraten wollte. Wie es ihm dabei geht, habe ich mich gar nicht gefragt. Und mir gefiel der Gedanke, dass du Juristin wirst, so wie Isabel es vorhatte. Es hat mir tatsächlich geholfen und mich irgendwie getröstet. Aber es geht nicht um mich. Es ist euer Leben, und ihr entscheidet, was euch glücklich macht.«

»Dann ... ist es in Ordnung, wenn ich mein Jurastudium aufgebe?«, fragte Cara.

»Natürlich«, versicherte ihr Susan. »Ich werde mich ab sofort nicht mehr in deine Berufswahl einmischen. Und Amy ist mir mindestens so lieb wie Jessica. Ehrlich gesagt ist sie mir nach dem Auftritt, den Jessica heute vor der Kirche hingelegt hat, sogar lieber.«

Cara lächelte erleichtert. »Und du kriegst gleich noch einen Enkelsohn dazu. Vergiss das nicht!«

»Ja. Und noch dazu so einen süßen!« Susans Augen strahlten. »Ach, das ist schon alles richtig so. Die drei gehören zusammen. Daran werden die Leute sich schnell gewöhnen.«

Sie gähnte herzhaft. »So, und jetzt gehe ich schlafen, damit ich morgen früh gewappnet bin für den Kampf mit der Gerüchteküche.« Sie erhob sich, doch Cara folgte ihr nicht.

»Ich bleibe noch einen Moment«, sagte sie und lächelte, als ihre Mutter sich mit einem Kuss von ihr verabschiedete. Doch sobald sie allein war, wurde sie wieder ernst. Außer ihr befand sich jetzt niemand mehr in dem großen Saal, und das war ihr ganz recht so, denn sie hatte zum ersten Mal seit Patricks dramatischem Abgang vor der Kirche das Gefühl, wieder in Ruhe nachdenken zu können. Und das musste sie dringend, denn das, was ihre Mutter gerade gesagt hatte, hallte noch in ihr nach.

Es war tatsächlich sehr mutig von Patrick gewesen, die Trauung so kurzfristig abzusagen, denn es würde unangenehme Konsequenzen für ihn haben. Cara konnte sich zwar nicht vorstellen, dass Jessica ihre Forderungen ernst gemeint hatte, aber es war durchaus möglich, dass sie sich mit den Buchanans finanziell einigen mussten, was die Kosten für die geplatzte Hochzeit anging. Und dass seine Aktion wochenlang Gesprächsthema Nummer eins in der Gegend sein würde, stand ebenfalls außer Frage. Aber Patrick war sich sicher, das Richtige getan zu haben. *Ich liebe Amy, und ich pfeif auf das Gerede*, hatte er ihr am Telefon gesagt. *Von mir aus kann die ganze Welt gegen uns sein, das ist mir egal.*

Cara seufzte. Und hatte er nicht recht? Was spielte es für eine Rolle, was die Leute dachten? Sicher, die Sache zwischen Patrick und Amy war bei Weitem nicht so dramatisch wie das, was Liam vorgeworfen wurde, deshalb war die Chance groß, dass die Leute es schneller wieder vergessen würden. Aber im Grunde war es die gleiche Situation, und das, was Patrick gesagt hatte, galt auch für Cara selbst. Sie liebte Liam, und sie wollte bei ihm sein. Und wenn er es hier nicht aushielt, dann würde sie eben mit ihm gehen. Falls er überhaupt noch da war …

Erschrocken sprang Cara auf, als ihr klar wurde, dass ihr vielleicht nicht mehr viel Zeit blieb. Sie musste noch mal mit ihm sprechen, und zwar jetzt sofort. Deshalb lief sie durch den Saal hinüber in die Küche, blieb jedoch an der Tür zum Innenhof abrupt wieder stehen, als ihr einfiel, dass Patrick mit ihrem Wagen weggefahren war. Der Micra stand im Moment am Bahnhof von Killarney, und sie würde ihn dort erst wieder abholen müssen, bevor sie ihn benutzen konnte …

»Gibt es ein Problem?«

Cara zuckte zusammen und sah sich überrascht um.

»Kenneth!« Sie lächelte, als sie den Koch aus der Vorratskammer kommen sah. »Ich dachte, du wärst längst gegangen.«

»Ich bin noch nicht fertig mit der Lagerung unserer überzähligen Vorräte.« Er seufzte und deutete auf diverse Plastikdosen, die auf der Arbeitsfläche standen. »Außerdem plane ich gerade, wie wir sie verwerten. Ich fürchte, das dauert noch. Und du?«, fragte er lächelnd und deutete auf ihr grünes Taftkleid. »Hast du noch etwas vor?«

Cara sah an sich herunter und stöhnte innerlich. Sie war wegen der ganzen Hektik noch nicht dazu gekommen, sich umzuziehen. Und jetzt hatte sie auch keine Zeit dafür.

»Ja, ich muss noch mal weg«, antwortete sie. »Weißt du, wo der Schlüssel für den Range Rover ist?«

Kenneth schüttelte den Kopf. »Ich glaube, dein Vater ist mit dem Auto unterwegs, Gäste aus dem Pub abholen.«

»Verdammt«, murmelte Cara und suchte fieberhaft nach einer Alternative. »Und der Schlüssel für Patricks Volvo?«

Der Wagen war vor dem Haus geparkt, das hatte sie gesehen.

Kenneth zuckte mit den Schultern. »Da musst du deinen

Bruder fragen«, sagte er und hob die Augenbrauen. »Wo willst du denn jetzt noch hin?«

Cara zögerte einen Moment, aber dann wurde ihr klar, dass sie zu dem stehen musste, was sie vorhatte.

»Ich will zur Brennerei. Ich muss noch mal mit Liam reden.«

Kenneth runzelte die Stirn. »Ist er denn noch da? Ich habe gehört, dass er Kenreagh wieder verlassen will.«

Cara sog die Luft ein, weil er ihre Befürchtungen bestätigt hatte. Wenn diese Nachricht bereits im Ort kursierte, dann war Liam vielleicht schon fort, und sie musste warten, bis er sich meldete. Falls er das tat. Barbara würde er seinen Aufenthaltsort sicher mitteilen, schon wegen seines Vaters, aber wenn er ihr verbot, jemandem zu verraten, wo er war ...

»Er darf nicht gehen! Nicht, bevor ich noch mal mit ihm gesprochen habe.« Nervös kaute Cara auf ihrer Unterlippe, während sie überlegte, wie sie möglichst schnell zur Brennerei kam.

»Hier.« Kenneth griff in seine Hosentasche und holte einen Schlüssel heraus. »Nimm meinen Wagen. Ich bin hier sowieso noch eine Weile beschäftigt.«

»Oh, Kenneth, danke!« Cara lief zu ihm und umarmte ihn stürmisch. »Du bist ein Schatz.«

»Ich weiß nicht, ob deine Eltern das auch so sehen werden«, murmelte Kenneth, aber er erwiderte Caras Lächeln. »Der Wagen steht draußen auf dem Gästeparkplatz, weil es im Innenhof wegen der Anlieferungen heute so voll war.«

Cara nickte und winkte ihm noch einmal, bevor sie die Küche verließ. Sie ging an der Rezeption vorbei und holte ihre Clutch, die sie dort deponiert hatte, dann lief sie durch den Eingang raus zum Parkplatz. Sie fand Kenneths silbernen Ford Mondeo auf Anhieb, setzte sich hinein und fuhr los.

Der dunkle Himmel war klar und voller Sterne, aber Cara hatte keinen Sinn für die Schönheit des lauen Sommerabends. Stattdessen konzentrierte sie sich auf die Fahrt nach Kenreagh und erreichte das Tor der Brennerei in Rekordzeit.

Im Haupthaus brannten noch einige Lichter und beleuchteten den Vorplatz, aber die anderen Gebäude waren nur dunkle Schemen, die sich vor dem nachtblauen Himmel abzeichneten. Der verlassene Eindruck, den der gesamte Komplex machte, war an einem Samstagabend nicht verwunderlich, aber Cara fand es trotzdem unheimlich. Deshalb trat sie aufs Gas und fuhr zügig über den Kiesweg auf die Villa zu.

Lass Liam noch da sein, flehte sie innerlich, doch als die Scheinwerfer die Einfahrt vor dem Haus erleuchteten, stand dort weder der Mercedes, mit dem Barbara an der Hütte gewesen war, noch Liams Jeep. Auch im Haus selbst war alles dunkel, nur die Außenlampe neben dem Eingang brannte.

Cara stieg trotzdem aus und lief zur Haustür. Auf ihr Klingeln reagierte jedoch niemand.

»Verdammt«, fluchte sie leise und spürte, wie ihr die Kehle eng wurde. Sie wollte schon aufgeben und zum Hotel zurückfahren, als ihr die Lichter im Haupthaus wieder einfielen.

Vielleicht arbeitete Liam noch in der Brennerei oder erledigte dort etwas? Sie hatte zwar vor dem Gebäude keine Autos gesehen, aber vielleicht befand sich der Parkplatz dahinter. Es war zumindest einen Versuch wert, deshalb stieg sie wieder in den Mondeo und fuhr zurück zur Brennerei.

Schon von Weitem sah sie die erleuchteten Fenster. Wenn sich wirklich noch jemand in dem Gebäude aufhielt, war er also noch da. Sie hielt an und griff nach ihrer Clutch, dann stieg sie aus und eilte zu den beiden großen Glastüren, die in das Hauptgebäude führten. Sie waren nicht verschlossen, aber in dem Vorraum dahinter brannte keine Lampe. Cara konnte trotzdem genug erkennen, weil durch die Tür, die sich rechts von ihr befand und die nicht ganz geschlossen war, Licht in den Vorraum fiel. Der Flur, der sich dahinter anschloss, führte in die Richtung, in der die erleuchteten Fenster lagen, deshalb schlug Cara diesen Weg ein, bis sie erneut vor einer großen Doppeltür stand. Beim Öffnen schlug ihr ein starker Alkoholgeruch entgegen.

Staunend blickte sie sich in dem hohen, hallenartigen Raum um und erkannte, wo sie sich befand. Das hier musste die Destillerie sein, in der man der vorher gegorenen Gerste in großen, bauchigen Brennblasen aus Kupfer den Alkohol entzog. Dieser wurde dann noch mindestens ein weiteres Mal gebrannt, bis der gewünschte Reinheitsgrad erreicht war, und musste anschließend lange in Fässern zu Whiskey reifen. Das wusste Cara alles, weil sie schon öfter Führungen besucht hatte. Natürlich nicht hier bei den O'Byrnes, aber die Technik war wohl überall ähnlich. Tatsächlich fand Cara gerade diesen Teil der Herstellung besonders interessant. Die riesigen rotgolden glänzenden Kessel mit den langen Rohren, die in der Wand verschwanden, und den vielen, kompliziert aussehenden Ventilen sahen beeindruckend und irgendwie magisch aus. Fast wie in einer Hexenküche, dachte sie, während sie an der ersten Brennblase vorbeiging.

»Hallo?«, rief sie, weil sie nicht sicher war, ob sich hier überhaupt jemand befand.

Der Mann trat so plötzlich hinter dem zweiten Kessel hervor, dass Cara heftig zusammenzuckte. Aber es war nicht Liam, wie sie gehofft hatte, sondern Oran Nelson.

Er hielt eine Rohrzange in der erhobenen Hand und starrte Cara grimmig an.

35

»Was wollen Sie hier?«, fuhr er sie an, doch einen Augenblick später ließ er die Hand mit der Zange wieder sinken. »Sie?«

Er starrte sie an wie eine Erscheinung. Was sie in ihrem grünen Taftkleid vermutlich auch war. Dennoch erkannte er sie offenbar. »Sie sind Isabel Connellys Schwester«, sagte er, mehr zu sich selbst.

Cara nickte. »Und Sie sind der Brennmeister, nicht wahr? Wir haben uns in Liams Büro gesehen.«

»Was wollen Sie hier?«, wiederholte er, diesmal nicht mehr ganz so aggressiv.

»Ich suche Liam.« Caras Herz schlug schneller. »Wissen Sie, wo er ist?«

Oran Nelson antwortete nicht, sondern starrte sie weiter an, so als könnte er ihre Anwesenheit immer noch nicht fassen. »Wie sind Sie hier reingekommen?«

»Die Tür war offen.«

Er schüttelte den Kopf, so als wäre das keine akzeptable Antwort. »Hier dürfen nur Mitarbeiter rein.«

Tatsächlich hatte das auch auf dem Schild vor der Tür zu dieser Halle gestanden. Aber Cara hatte es ignoriert.

»Tut mir leid.« Sie schob den Träger ihres Kleides wieder hoch, der ihr von der Schulter gerutscht war. »Ich hatte von draußen Licht gesehen und dachte, Liam wäre hier.«

»Er ist heute Mittag weggefahren«, brummte Oran Nelson.

»Oh.« Cara grub die Finger in den Samtstoff ihrer Clutch

und kämpfte gegen die Enttäuschung an, die sich zäh in ihr ausbreitete. »Wissen Sie, ob er zurückkommt?«

»Nein«, antwortete der Brennmeister und schien auf einmal wieder in den grimmigen Modus zurückzuschalten. »Ich muss hier jetzt weitermachen.« Als Cara nicht sofort reagierte, fügte er ziemlich unfreundlich hinzu: »Gehen Sie bitte.« Sein Gesicht wirkte angespannt, und Cara bemerkte, dass sich kleine Schweißperlen auf seiner Stirn gebildet hatten.

»Ist alles in Ordnung?«

Ihre besorgte Frage schien ihn für einen Moment völlig aus dem Konzept zu bringen.

»Was? Ja, natürlich. Ich muss mich nur sehr konzentrieren, und das kann ich nicht, solange Sie hier sind.« Er legte die Rohrzange weg und deutete in Richtung Tür. »Also bitte.«

Cara folgte seiner Aufforderung, aber er schien ihr nicht zu trauen, denn er begleitete sie aus der Halle und durch den Flur bis in den kleinen Vorraum, wo er das Licht anschaltete. Offenbar wollte er sichergehen, dass sie das Gebäude auch wirklich verließ.

»Tut mir leid, dass ich Sie gestört habe«, meinte Cara und öffnete die Flügeltür des Ausgangs. Doch dann fiel ihr plötzlich wieder ein, was für eine große Rolle Oran Nelson in der Brandnacht gespielt hatte. Das hier war eine Gelegenheit, die vielleicht nicht wiederkam, deshalb hielt sie inne und wandte sich noch einmal um.

»Kann ich Sie etwas fragen, Mr Nelson?«

Der Brennmeister, der gerade das Licht wieder ausschalten wollte, hielt inne und sah sie an.

»Sie waren doch damals dabei, als meine Schwester bei dem Brand umgekommen ist, oder?«

Er nickte. »Und?«

»Würden Sie mir erzählen, was genau passiert ist?«

Diese Bitte überraschte ihn sichtlich.

»Das wissen Sie doch. Das habe ich alles ausgesagt.«

»Aber ich möchte es gerne von Ihnen hören«, drängte Cara. »Bitte. Sie war meine Schwester. Es wäre wichtig für mich.«

Er zögerte. Lange. Aber dann seufzte er und senkte den Kopf, wirkte auf einmal in sich gekehrt.

»Es war schon spät an dem Abend, eigentlich hatten wir längst Feierabend. Aber ich war noch mit drei anderen Mitarbeitern in der Destillerie, weil etwas an einer der Brennblasen kaputt war, das wir reparieren mussten. Als der Fehler endlich gefunden war, fiel mir ein, dass ich noch etwas im Büro in der Villa vergessen hatte. Deshalb fuhr ich kurz rüber, um es zu holen.«

»Was war es denn?«, hakte Cara nach, weil sie sich erinnerte, dass er das in seiner Aussage nicht genauer angegeben hatte.

»Keine Ahnung, das habe ich vergessen. Irgendeine Rechnung oder ein Lieferschein, ich weiß nicht mehr. Dann sah ich von Weitem den Rauch. Ich bin sofort zur Scheune gefahren, aber zu dem Zeitpunkt stand sie schon lichterloh in Flammen. Alleine hätte ich da nichts mehr ausrichten können, deshalb habe ich mit dem Handy die Feuerwehr gerufen und meinen Kollegen Bescheid gesagt. Und dann sah ich die Tasche, so eine große, bunte, aus Stoff.«

Cara konnte sich an dieses besonders auffällige Stück noch gut erinnern. Isabel hatte es selbst genäht und daran sehr gehangen.

»Wussten Sie, dass die Tasche Isabel gehörte?«

Oran Nelson nickte. »Ich hatte Ihre Schwester vorher ein paarmal damit gesehen. Sie war vor dem Brand mehrmals in der Brennerei gewesen. Ich habe mich sehr erschrocken, als ich die Tasche entdeckte, und dachte, dass Ihre Schwester vielleicht in der Scheune ist. Deshalb bin ich reingelaufen und habe

William gefunden. Er lag unter einem brennenden Holzbalken, und ich hatte große Mühe, ihn da rauszubekommen. Als ich es geschafft hatte, kamen die anderen und kurz danach auch die Feuerwehr. Da war ein Großteil des Daches jedoch schon eingestürzt. Für Ihre Schwester war es zu spät. Sie war zu tief im Innern der Scheune. Ich konnte sie nicht retten.«

In seinem Gesicht arbeitete es, und in seinen Augen stand ein beinahe verzweifelter Ausdruck.

»Niemand macht Ihnen einen Vorwurf«, beruhigte ihn Cara, aber er schien ihr gar nicht zuzuhören.

»Sie hätte nicht in die Scheune laufen dürfen. Dann wäre ihr nichts passiert«, sagte er. In seinem Gesicht arbeitete es, und er ballte eine Hand zur Faust. »Aber diese verdammten Eulen waren ihr ja so wichtig.«

Cara stutzte. »Sie wussten von den Eulen?«

Ihre Frage schreckte Oran Nelson sichtlich aus seinen Gedanken. Sein Gesicht verschloss sich, als er nickte.

»Sie wollte, dass wir die Scheune stehen lassen. Aber das war unmöglich. Wir brauchten den Platz für das neue Lager.«

»Liam hat mir erzählt, dass er das Lager an einem anderen Ort bauen wollte. Er war bereit, sich mit Isabel zu einigen.«

Der Brennmeister schnaubte. »Wegen ein paar Vögeln? Niemals. Das hätten wir uns gar nicht leisten können.« Sein Gesicht wurde wieder abweisend, so als wäre ihm gerade klar geworden, dass er dieses Gespräch gar nicht führen wollte. »Mehr weiß ich wirklich nicht«, sagte er und deutete mit dem Kinn in Richtung Halle. »Ich muss jetzt weitermachen.«

»Natürlich. Trotzdem danke, dass Sie sich Zeit für mich genommen haben.« Cara trat durch die Glastür nach draußen und ging ein paar Schritte. Das Licht, das aus dem Vorraum fiel und ihren Weg zum Auto erhellte, erlosch plötzlich, deshalb blieb sie stehen und drehte sich noch einmal um.

Sie hatte eigentlich erwartet, dass Oran Nelson an der Tür bleiben würde, bis sie im Auto saß und weggefahren war, weil er sie so dringend loswerden wollte. Doch tatsächlich hatte er den Vorraum bereits verlassen, der jetzt wieder so dunkel dalag wie vor ein paar Minuten.

Verwirrt ging Cara weiter auf Kenneths Wagen zu. Als sie den Mondeo erreicht hatte und die Tür öffnete, hielt sie inne und blickte noch einmal zurück zu den immer noch erleuchteten Fenstern der Destillerie. Sie wusste nicht, wieso, aber irgendwie ließ ihr das Gespräch mit Oran Nelson keine Ruhe.

Sie hatte das Gefühl, der Wahrheit ganz nahegekommen zu sein, vielleicht, weil sie zum ersten Mal mit jemandem hatte sprechen können, der bei dem Feuer dabei gewesen war und sich auch daran erinnerte. Im Grunde deckte sich das, was der Brennmeister ihr gesagt hatte, mit dem, was sie bereits wusste. Aber etwas hatte sie daran gestört, auch wenn sie nicht in Worte fassen konnte, was genau es war. Vielleicht Oran Nelsons Unfreundlichkeit. Er war ihr schon bei ihrer ersten Begegnung nicht besonders sympathisch gewesen, aber das musste natürlich nichts heißen. Es konnte gut sein, dass er einfach kein besonders geselliger Mensch war. Trotzdem hatte sein abweisendes Verhalten sie befremdet.

Und das war es auch nicht allein. Es war eher die Art, wie er über den Abend des Brandes geredet hatte. Caras Onkel hatte ihr erzählt, dass gerade Oran Nelson besonders neutral über die Geschehnisse berichtet und seine eigene Rolle als Liams Retter heruntergespielt hatte. Deshalb hatte Matthew ihn als ruhig und beherrscht beschrieben, und das war auch Caras erster Eindruck gewesen, als sie dem Brennmeister gestern begegnet war. Jetzt jedoch hatte er aufgewühlt gewirkt, und das, was er über ihre Schwester gesagt hatte, war so extrem vorwurfsvoll gewesen.

Sie hätte nicht in die Scheune laufen dürfen. Aber diese verdammten Eulen waren ihr ja so wichtig.

Nahm er an, dass Isabel in die Scheune gelaufen war, um die Eulen zu retten? Oder wusste er es? So hatte es nämlich geklungen.

Cara schüttelte den Kopf. Irgendetwas passte da nicht, und sie konnte nicht fahren, bevor sie das nicht geklärt hatte. Sie wollte die Autotür wieder schließen und zurückgehen, als das Handy in ihrer Clutch klingelte. Sie fischte das Telefon heraus und sah, dass der Anrufer Kenneth war. Vermutlich wunderte er sich, wo sie blieb. Schnell nahm sie das Gespräch entgegen, während sie die Autotür zuwarf und wieder zurück zum Eingang ging.

»Tut mir leid, Kenneth«, entschuldigte sie sich, bevor der Koch eine Chance hatte, etwas zu sagen. »Ich bin immer noch in der Brennerei. Liam ist nicht hier, aber ich muss noch etwas mit dem Brennmeister klären. Das dauert sicher nicht lange.«

Sie hatte die Glastüren erreicht und betrat erneut das Gebäude.

»Okay. Aber deswegen rufe ich gar nicht an«, sagte Kenneth. »Hier war nämlich gerade ...«

Ein lautes Poltern war zu hören, als Cara durch den Flur lief.

»Kenneth, ich kann jetzt nicht, ich rufe dich gleich noch mal an, ja?«

Hastig beendete sie das Gespräch und rannte auf die Halle mit den Brennblasen zu, aus der das Geräusch gekommen war. Als sie die Tür aufschob, schlug ihr wieder der starke Alkoholgeruch entgegen. Diesmal war er noch penetranter als zuvor, und es fiel ihr für einen Moment schwer zu atmen.

Sie lief ein paar Schritte und umrundete die erste Brennblase, blieb jedoch wieder stehen, als ihre Schuhsohlen wegrutschten und sie beinahe den Halt verlor. Irritiert blickte sie nach unten und sah, dass sich um die zweite Brennblase herum eine große Lache auf dem Boden gebildet hatte. Es war jedoch kein Wasser, durch das sie lief und das den Saum ihres Kleides durchtränkte, sondern Alkohol. Deshalb roch es auch so extrem.

Besorgt ging sie weiter und sah, dass Oran Nelson mit dem Rücken zu ihr neben der zweiten Brennblase stand.

»Ist einer der Kessel leck geschlagen?«, fragte sie besorgt.

Der Brennmeister hatte sie offenbar nicht kommen hören und fuhr erschrocken herum. Sein Gesicht war kalkweiß, und er schwitzte jetzt so stark, dass sein schütteres Haar dunkel glänzte. Aus weit aufgerissenen Augen starrte er sie an.

»Gehen Sie weg!«, schrie er, und für einen Moment glaubte Cara, dass er sie vor einer Gefahr warnen wollte, die von der Brennblase ausging. Doch dann sah sie das silberne Sturmfeuerzeug in seiner Hand. Er hatte es geöffnet, und sein Daumen lag an dem Rädchen, mit dem er die Flamme entzünden konnte.

»Oh mein Gott!« Cara umklammerte ihr Handy fester und wich instinktiv ein Stück vor ihm zurück. »Was haben Sie vor?«

36

»Ich habe Ihnen doch gesagt, dass Sie gehen sollen!« Orans Hand zitterte, genau wie seine Stimme, und seine Finger krampften sich um das Feuerzeug, das er mit ausgestrecktem Arm von sich weghielt, fast so, als hätte er selbst Angst davor.

Fassungslos starrte Cara ihn an, während sie zu begreifen versuchte, was das alles zu bedeuten hatte. Aber es gab keinen Zweifel daran, was er vorhatte, so unglaublich das auch zu sein schien.

»Sie wollen die Brennerei in die Luft jagen.«

Der Alkohol, der in den Brennblasen entstand, war hochprozentig genug, um sich leicht zu entzünden, und bei der Konzentration an Dämpfen in der Luft würde schon ein Funke ausreichen, um eine heftige Verpuffung auszulösen. Eine solche Explosion konnte großen Schaden anrichten und würde Oran Nelson vermutlich töten. Was ihm bewusst zu sein schien, denn sie sah die Verzweiflung in seinen Augen.

»Ich muss das tun«, stammelte er. »Es hat keinen Sinn mehr.«

Ein Schauer durchlief Cara. Sie war selbst in großer Gefahr, das wusste sie, denn wenn er an dem Rädchen des Feuerzeugs drehte, dann würde die Explosion auch sie mitreißen. Deshalb war ihr erster Reflex, so schnell wie möglich zu fliehen. Doch wenn sie das tat, dann würde der Brennmeister seinen Plan vermutlich in die Tat umsetzen. Und das konnte sie nicht zulassen.

»Nein, das müssen Sie nicht«, versuchte sie ihn zu beruhigen und machte einen Schritt auf ihn zu.

»Bleiben Sie stehen.« Er riss den Arm hoch, und sie hielt sofort inne. »Sie haben ja keine Ahnung!«

Caras Herz schlug wild, aber sie versuchte, sich ihre Nervosität nicht anmerken zu lassen. »Dann erklären Sie es mir.«

Er atmete stöhnend aus. »Es gibt keine andere Möglichkeit. Der Betrieb ist überschuldet. Und dafür bin ich verantwortlich. Ich dachte, ich schaffe es ohne William, aber ich habe versagt.«

»So machen Sie es doch nur noch schlimmer«, warf Cara ein.

Er schüttelte den Kopf. »Mit dem Geld von der Versicherung können die O'Byrnes neu anfangen. Die Versicherung wird zahlen, das haben sie beim letzten Mal auch gemacht.«

Cara nahm an, dass er damit den Brand in der Scheune meinte.

»Aber das ist doch keine Lösung«, sagte sie flehend. »Die O'Byrnes wollen ganz sicher nicht, dass Sie sich umbringen, genauso wenig wie Ihre Familie. Und niemand hat etwas davon, wenn die Brennerei zerstört ist.«

Oran Nelson starrte mit leerem Blick vor sich hin.

»Ich habe keine Familie. Nur die Brennerei. Sie ist mein Zuhause, verstehen Sie?«

»Und warum wollen Sie den Betrieb dann zerstören?« Cara machte vorsichtig einen Schritt auf ihn zu. »Das kann doch nicht in Ihrem Sinne sein.«

»Ich will es wiedergutmachen«, sagte er. »Und es soll endlich vorbei sein.« In seinen Augen standen Tränen, als er den Blick wieder hob und Cara ansah. »Bitte, gehen Sie. Ich will nicht auch noch an Ihrem Tod schuld sein.«

Caras Herz zog sich zusammen.

»Wie ... meinen Sie das?«, fragte sie, obwohl sie ahnte, was er damit sagen wollte. »Hatten Sie etwas mit dem Scheunenbrand zu tun?«

Er ließ die Hand mit dem Feuerzeug sinken und verzog das Gesicht, so als täte ihm die Erinnerung an das, was geschehen war, körperlich weh.

»Ich wollte das nicht. Es sollte niemand dabei zu Schaden kommen.«

Hitze strömte in Caras Wangen, und sie krallte die Finger fest um das Handy in ihrer Hand, hielt sich daran fest.

»Sie waren das? Sie haben das Feuer gelegt?«

Er blickte auf das Feuerzeug in seiner Hand.

»Damit«, sagte er tonlos und verzog den Mund zu einem freudlosen Lächeln. »Es war ganz einfach. Meine Kollegen haben nicht bemerkt, dass ich mich rausgeschlichen habe. Ich war kurz in der Scheune, um das Feuer zu legen, oben auf dem Heuboden, und bin sofort zurückgelaufen, damit ich wieder bei den anderen bin, bevor es jemand bemerkt. Aber dann war ich unruhig und wollte lieber noch mal nachsehen. Deshalb bin ich unter dem Vorwand raus, dass ich was aus der Villa holen wollte. Als ich zur Scheune kam, standen William und Ihre Schwester davor.«

Er schloss die Augen und stöhnte.

»Sie hatten das Feuer gerade bemerkt, und William fragte nach meinem Handy, um die Feuerwehr zu rufen. Ich behauptete, ich hätte es nicht dabei, weil ich nicht wollte, dass der Brand gelöscht wird. Das war ja der Sinn der Sache. Wir brauchten dringend ein neues Lager, und das Geld war knapp, deshalb wollte ich uns die Kosten für den Abriss ersparen. Außerdem hätten wir die Versicherungssumme gleich in den Neubau stecken können.«

Er sah Cara an, als würde er von ihr Verständnis für seine Beweggründe erwarten.

»Und dann?«, fragte sie mit zusammengepressten Zähnen.

»William ist zur Villa gelaufen, weil sie näher lag als die Brennerei, und ich bin bei Ihrer Schwester geblieben. Man konnte sehen, wie das Feuer um sich griff. Es ging plötzlich ganz schnell, und sie war vollkommen aufgelöst. Hat immer wieder gesagt, dass wir die jungen Eulen retten müssen. Ich habe versucht ihr zu erklären, dass die Scheune verloren ist, aber sie wollte nicht hören.«

»Und dann ist sie in die Scheune gelaufen?«, fragte Cara beklommen, als er nicht weitersprach.

Er nickte. »Ich konnte es nicht verhindern.«

»Warum sind Sie ihr nicht nachgelaufen und haben Sie rausgeholt?«

»Ich hatte Angst. Ich habe laut nach ihr gerufen, immer wieder. Da war so viel Qualm. Und dann war William plötzlich wieder da. Er hatte meine Schreie gehört und war zurückgekommen. Als ich ihm sagte, dass Isabel in der Scheune ist, lief er sofort rein. Aber er kam nur ein paar Meter weit, dann ist der Balken runtergestürzt und hat ihn getroffen.«

Cara spürte, wie etwas in ihr nachgab. Tränen schossen in ihre Augen. »Er wollte sie retten«, flüsterte sie. »Es ist nicht seine Schuld.«

»Ihre Schwester war selbst schuld!« Oran Nelsons Stimme überschlug sich. »Sie hätte da nicht einfach reinlaufen dürfen!«

Heiße Wut stieg in Cara auf, mischte sich mit dem Schmerz, der ihr die Brust einschnürte. »Nein, Sie hätten das Feuer nicht legen dürfen! Dann wäre das alles nicht passiert!«

»Das konnte ich doch nicht wissen«, jammerte er. »Das wollte ich nicht.«

Cara schüttelte den Kopf. »Wieso haben Sie das nie gestanden? Wieso haben Sie zugelassen, dass Liam für eine Tat verantwortlich gemacht wird, die er nicht begangen hat?«

Oran Nelson schien vor ihren Augen zu schrumpfen. Sein Gesicht war jetzt aschfahl.

»Weil ich Angst hatte, dass die Versicherung nicht zahlt, wenn herauskommt, dass es Brandstiftung war. Außerdem dachte ich, dass man mich für den Tod Ihrer Schwester verantwortlich macht, wenn ich zugebe, dass ich gesehen habe, wie sie in die Scheune lief. Also habe ich behauptet, dass ich erst später dort war.«

»Und William?«, fragte Cara. »Sie mussten doch befürchten, dass er Ihrer Aussage widerspricht.«

Er zuckte mit den Schultern. »William war schwer verletzt. Die Ärzte hatten wenig Hoffnung, dass er durchkommt.«

Angewidert wich Cara ein Stück vor ihm zurück. »Und als er wieder aufgewacht ist und sich nicht mehr daran erinnern konnte, was passiert ist, war das ein Glücksfall für Sie, ja? Sie sind all die Jahre bei Ihrer Aussage geblieben und haben zugesehen, wie er unter den Anschuldigungen der Leute gelitten hat. Ist es Ihnen nie in den Sinn gekommen, die Wahrheit zu sagen?«

Oran Nelson verzog gequält das hagere Gesicht.

»Ich wusste nicht, wie ich da wieder rauskommen sollte. Am Anfang dachte ich, dass die Leute sicher bald aufhören würden zu reden. Die Ermittlungen hatten schließlich nichts ergeben. Ich dachte, wir müssten nur ein bisschen warten, bis es sich von selbst erledigt. Und dann war William weg. Ich wusste nicht, wo er ist, also bin ich für ihn eingesprungen und habe den Betrieb geleitet. Und es lief gut. Eine Zeit lang jedenfalls.«

»Sie dachten, Sie könnten es besser als Liam«, warf Cara ihm vor und sah an der Art, wie er ihrem Blick auswich, dass es stimmte. »Sie waren froh, dass Sie die Leitung übernehmen konnten.«

Er richtete sich wieder auf. »Ich habe einen Fehler gemacht.

Einen schlimmen Fehler. Ich weiß das. Aber jetzt mache ich es wieder gut.«

Seine Hand zitterte, als er sie wieder hob und Cara das Feuerzeug entgegenhielt.

»Gehen Sie! Bitte!« Sein fahles Gesicht wirkte entschlossen, er war offenbar zu allem bereit. »Wenn Sie es nicht tun, garantiere ich für nichts!«

»Cara!«

Sie fuhr herum und sah, dass Liam in die Halle gekommen war. Ihr Herz klopfte wild, als er sich ihnen näherte, aber in die Freude darüber, ihn so unerwartet zu sehen, mischte sich sofort die Angst, dass er sich in Gefahr brachte.

»Nein!«, sagte sie und hob die Hände. »Nicht weiter!«

Liam, der nur noch wenige Schritte entfernt war, blieb irritiert stehen. Erst jetzt fiel sein Blick auf Oran, und er schien die Gefahr sofort zu begreifen.

»Was zur Hölle …?«

»Bleib, wo du bist!«, fuhr Oran ihn an, als Liam noch einen weiteren Schritt auf Cara zumachen wollte.

Liams Miene wurde grimmig. »Was soll das, Oran? Hast du den Verstand verloren?«

»Er war es, Liam«, sagte Cara. »Er hat zugegeben, dass er die Scheune angesteckt hat. Und jetzt will er die Brennerei in die Luft jagen.«

Oran Nelsons Augen glänzten fiebrig. »Ich werde es tun!«, schrie er und suchte Liams Blick. »Also nimm sie mit und geh, wenn dir etwas an ihr liegt!«

Liam brauchte nicht lange für seine Entscheidung. Sofort streckte er die Hand nach Cara aus. »Komm!«

Doch sie blieb stehen. »Er darf das nicht! Das geht nicht!«

»Das ist nicht so wichtig!«, drängte Liam. »Wir müssen hier raus! Bitte!«

»Nein!«, sagte sie entschlossen und machte stattdessen einen Schritt auf Oran Nelson zu, der überrascht zurückwich.

»Bleiben Sie stehen!«, schrie er. »Wenn Sie näher kommen, zünde ich das Feuerzeug an. Das schwöre ich!«

»Cara, nicht!«, hörte sie Liam hinter sich rufen.

Aber sie ging trotzdem weiter.

37

Cara konnte spüren, wie sich die Haare in ihrem Nacken aufrichteten. Ihr gesamter Körper prickelte, und Adrenalin pumpte durch ihre Adern, drängte die Angst zurück, die ihr Herz kalt umklammerte.

Oran Nelson bewegte sich nicht, sondern starrte sie nur an. Er schien nicht fassen zu können, dass sie sich seiner Anordnung widersetzte. Erst, als sie ihn fast erreicht hatte, öffnete er den Mund, aber es kam kein Ton heraus.

»Sie werden das nicht tun!«, sagte Cara, ohne ihn aus den Augen zu lassen, und legte all ihre Wut und ihre Verachtung in ihren Blick. »Sie werden nicht schon wieder feige sein!«

Etwas flackerte in Oran Nelsons blassblauen Augen auf. »Ich … tue das für Robert und William.«

»Nein, Sie tun das für sich«, widersprach Cara ihm mit fester Stimme. »Weil es einfacher für Sie ist, als zu Ihrer Schuld zu stehen. Aber das lasse ich nicht zu. Sie werden endlich die Wahrheit gestehen und die Konsequenzen tragen. *Damit* helfen Sie Liam und seinem Vater.« Sie streckte die Hand aus. »Geben Sie mir das Feuerzeug.«

Für einen langen Moment herrschte Stille, und Cara wagte nicht, den Blick von dem Mann abzuwenden.

»Sie wollen das hier nicht tun, Oran«, sagte sie, leiser diesmal, und streckte die Hand noch ein bisschen weiter in Richtung Feuerzeug. »Sie wollen nicht sterben.«

Oran Nelson sah sie voller Panik an, nicht mehr in der Lage, das Zittern seiner Unterlippe zu kontrollieren.

»Nein«, sagte er, und für einen Moment war Cara sicher, dass ihre Worte zu ihm durchgedrungen waren. Doch dann kehrte dieser wahnsinnige Glanz in seine Augen zurück. »Ich muss es tun«, brüllte er und riss die Hand mit dem Feuerzeug hoch. »Ich ...«

Der Klang von Sirenen, die sich rasch näherten, ließ ihn innehalten.

»Was ...?«

Weiter kam er nicht, weil Liam mit zwei großen Schritten bei ihm war und ihm das Feuerzeug aus der Hand riss. Dann holte er aus und verpasste dem Brennmeister einen Kinnhaken. Oran flog nach hinten und prallte mit dem Rücken gegen die kupferne Haut der Brennblase, rutschte daran herunter und blieb in der Alkohollache auf dem Boden liegen.

»Du verdammter Mistkerl!« Liam hatte die Faust immer noch drohend erhoben und ließ den Arm erst wieder sinken, als klar war, dass der bewusstlose Brennmeister sich nicht mehr rühren würde.

»Liam!« Cara flog in seine Arme, als sie begriff, dass es vorbei war, und genoss für einen Moment das Gefühl, von ihm gehalten zu werden. Doch er drängte zur Eile.

»Wir müssen hier raus! Schnell!« Er schob seine Arme unter Orans Schultern und hob dessen Oberkörper an. »Nimm seine Beine!«, wies er Cara an, und gemeinsam schafften sie es, den Bewusstlosen aus der Halle und durch den Flur und den Vorraum hinaus ins Freie zu schleppen. Erst auf der Wiese in der Nähe des Torwegs legten sie ihn ab. Im gleichen Moment fuhren mehrere Feuerwehrfahrzeuge mit Blaulicht und laut tönenden Sirenen durch das Tor.

Überrascht, aber auch sehr erleichtert sahen Cara und Liam sich an und gingen dem Einsatzleiter entgegen, der sie entdeckt hatte und zu ihnen gelaufen kam.

»Wir haben Meldung bekommen, dass es ein Explosionsrisiko in der Brennerei gibt«, rief er. »Wo befindet sich die Gefahrenquelle?«

»In der Destillerie«, antwortete Liam und beschrieb dem Feuerwehrmann, was genau passiert war. Die Informationen gab dieser übers Funkgerät weiter an seine Leute, die schon auf dem Weg ins Gebäude waren. Außerdem lotste er den Krankenwagen, der ebenfalls gerade eingetroffen war, zu ihnen herüber.

»Bitte rufen Sie auch die Polizei«, sagte Cara und sah zu Oran, um den die Sanitäter sich bereits kümmerten. Er war gerade wieder aufgewacht, wirkte jedoch noch deutlich benommen. »Der Mann dort ist verantwortlich für den Vorfall. Und er hat auch zugegeben, dass er den Brand vor sechs Jahren hier auf dem Gelände gelegt hat.«

»Ich weiß«, meinte der Einsatzleiter.

Verständnislos sah Cara ihn an. »Das können Sie nicht wissen. Das hat er mir eben erst gestanden.«

Der Mann lächelte. »Ein gewisser Kenneth O'Leary hat uns verständigt. Er sagt, er hat mit Ihnen telefoniert und danach ein Gespräch mitgehört, aus dem hervorging, dass Sie in Gefahr sind. Er hat alle Informationen sofort an uns weitergegeben.«

»Kenneth?«, fragte Cara verdutzt, doch dann fiel ihr ein, dass sie mit ihm gesprochen hatte, kurz bevor sie zu Oran gegangen war. Offenbar hatte sie in der Aufregung die Taste verfehlt und die Verbindung nicht getrennt. So war der Koch Zeuge ihrer Auseinandersetzung mit Oran Nelson geworden – und hatte geistesgegenwärtig reagiert.

Gerne hätte sie sich bei ihm dafür bedankt, doch ihr Handy hatte sie im Eifer des Gefechts irgendwo in der Halle zurückgelassen.

»Ich muss jetzt weiter«, sagte der Einsatzleiter und betrachtete Liam und Cara noch einmal prüfend. »Sind Sie in Ordnung?«

Cara nickte, aber die Sanitäter, die sie kurze Zeit später das Gleiche fragten, legten ihr trotzdem eine Decke um die Schultern. Und tatsächlich spürte sie erst jetzt, als die Anspannung von ihr abfiel, wie sehr sie die Ereignisse der letzten Stunde mitgenommen hatten. Ein Schauer durchlief sie bei der Erinnerung daran, in welcher Gefahr sie geschwebt hatte, und ihr war plötzlich kalt.

Liam, der noch mit den Polizeibeamten redete, die inzwischen eingetroffen waren, fing ihren Blick auf. Er beendete das Gespräch rasch, und Cara sah mit klopfendem Herzen, wie er auf sie zukam.

Sie hatte noch keine Zeit gehabt zu begreifen, dass er doch nicht gegangen war, wie sie befürchtet hatte. Aber es spielte auch keine Rolle, sie war einfach froh darüber, dass er da war. Sie wollte ihm so viel sagen, doch als er sie erreichte und ohne zu zögern in die Arme schloss, brachte sie kein Wort heraus. Seine Wärme ließ den Schock weichen, und sie kämpfte nicht mehr gegen die Tränen an, die ihr in die Augen stiegen.

»Ich hatte Angst um dich«, sagte er, dicht an ihrem Ohr. »Wie konntest du dich so in Gefahr bringen?«

Cara erschauderte erneut, aber diesmal vor Erleichterung. Nur ungern löste sie sich aus der Umarmung und blickte zu ihm auf.

»Ich wollte nicht, dass er zerstört, was ihr euch aufgebaut habt, du und dein Vater. Und ich wollte nicht, dass er sich umbringt. Er sollte leben und allen sagen, was er mir gesagt hat. Damit du endlich nicht mehr unter diesem falschen Verdacht leiden musst. Mir hätten die Leute ja vielleicht nicht geglaubt.«

»Und er hat wirklich zugegeben, dass er das Feuer gelegt hat?« Offenbar konnte Liam das immer noch nicht glauben.

Cara erzählte ihm alles, was sie jetzt wusste. Als sie geendet hatte, schüttelte er den Kopf.

»Das hätte ich ihm nicht zugetraut. Er hat sich nie etwas anmerken lassen.«

»Ich glaube, er hat schon unter dem gelitten, was er getan hat.« Cara dachte an den gequälten Ausdruck in Oran Nelsons Gesicht. »Er konnte nicht mehr damit leben. Deshalb vermutlich diese Kurzschlussreaktion.« Sie blickte zu Liam auf. »Ich bin froh, dass ich da war, um ihn davon abzuhalten.«

»Und ich bin froh, dass ich ihn davon abhalten konnte, dich mit in den Tod zu reißen.« Er lehnte seine Stirn an ihre, und seine Stimme klang belegt. »Ich hätte nicht gewusst, was ich ohne dich machen soll, Cara.«

»Bei unserem letzten Gespräch hatte ich eher den Eindruck, dass du es gar nicht abwarten kannst, mich loszuwerden.« Mühsam rückte sie ein Stück von ihm ab und blickte zu ihm auf. »Wieso bist du eigentlich noch hier? Ich dachte, du wolltest weg.«

Er stieß die Luft aus. »Das hatte ich vor. Aber ich bin nur bis zur Hütte gekommen. Frag mich nicht, was ich dort wollte, ich weiß es selbst nicht. Ich war mit Whiskey noch mal oben auf dem Aussichtspunkt, und danach habe ich stundenlang auf der Bank an der Wiese gesessen und nachgedacht.«

Caras Herz schlug schneller. »Und zu welchem Schluss bist du gekommen?«

»Dass ich nicht fahren kann«, sagte er. »Ich kann dich nicht verlassen, Cara. Ich liebe dich.«

Eine Träne löste sich aus ihrem Auge. »Wirklich? Aber ich dachte …«

Er verschloss ihren Mund mit einem Kuss, der ihr jeden Zweifel daran raubte, dass er seine Worte sehr ernst meinte.

»Du hast ja keine Ahnung, wie sehr ich mich gegen dieses

Gefühl gesträubt habe«, sagte er ein wenig atemlos, als er ihre Lippen wieder freigab. »Ich habe einfach nicht mehr daran geglaubt, dass ich es wert bin, geliebt zu werden. Ich hatte mich aufgegeben. Wenn man lange genug hört, dass man ein schlechter Mensch ist, dann glaubt man es irgendwann selbst. Aber dann kamst du und ...« Er schüttelte den Kopf und kämpfte sichtlich um die richtigen Worte. »Du bist so furchtlos, Cara. So unerschütterlich in deiner Überzeugung und so unglaublich hartnäckig. Du hast meine Narben genauso ignoriert wie meine Versuche, dich zu vergraulen. Mit dir war alles hell und freundlich und normal – es war, als hättest du die Vorhänge aufgerissen, die vor meiner Seele hingen, und das Licht wieder reingelassen. Und selbst, als du wusstest, was man mir vorwirft, hast du dich nicht einfach von mir abgewendet wie alle anderen. Du hast mich nicht aufgegeben.«

Sie lächelte traurig. »Und warum wolltest du dann weg von mir?«

»Weil ich dachte, dass es besser für dich wäre. Ich dachte, ich müsste dich vor dem Gerede schützen, und ich wollte auf keinen Fall, dass du so leiden musst wie ich. Aber in Wirklichkeit hatte ich einfach Angst davor, diesem neuen Gefühl zu vertrauen. Ich war es gewohnt zu gehen, wenn es schwierig wird. Aber mir ist klar geworden, dass der Preis diesmal zu hoch ist.« Er zog sie wieder an sich. »Deshalb bin ich zurückgekommen, Cara. Um dir zu sagen, dass ich mit dir zusammen alles aushalten kann. Und dass ich kämpfen will. Dass ich das im wahrsten Sinne des Wortes tun muss, war mir allerdings nicht klar«, fügte er schmunzelnd hinzu.

Aber Cara erwiderte sein Lächeln nicht, weil sie das alles erst fassen musste.

»Woher wusstest du denn, dass ich hier bin?«

»Das wusste ich nicht«, erwiderte er. »Ich bin zum Hotel

gefahren und habe mich nach dir erkundigt. Euer Koch hat mir gesagt, dass er dir sein Auto geliehen hat und dass du damit zur Brennerei fahren wolltest, um mit mir zu reden. Also bin ich dir gefolgt.«

Cara blickte forschend in seine blauen Augen, doch sie konnte keine Spur mehr von den Schatten entdecken, die so lange darin gelauert hatten. Da war kein Misstrauen mehr und keine Unsicherheit, und das ließ auch in ihr die letzten Zweifel verschwinden. Glücklich schlang sie die Arme um seinen Hals und zog ihn zu sich herunter, küsste ihn noch einmal. Bis hinter ihr plötzlich ein Auto hupte.

Sie lösten sich ein wenig voneinander, aber Liam hielt Cara weiter im Arm, während sie in das blendende Licht der Scheinwerfer blickten. Der Wagen hielt dicht vor ihnen, und als die Lampen ausgingen, erkannte Cara überrascht, wer da gekommen war.

»Dad? Mum?« Fassungslos sah sie zu, wie Ian und Susan aus dem Range Rover stiegen. Sie ließ Liam los und ging ihren Eltern entgegen, die eilig auf sie zuliefen. »Was tut ihr denn hier?«

»Oh Gott, ist alles in Ordnung mit dir?« Susan war zuerst bei Cara und schloss sie fest in die Arme. »Geht es dir gut?«

Cara nickte, als ihre Mutter sie wieder losließ. »Aber Oran Nelson …«

»Wir haben das alles schon gehört«, unterbrach Ian sie und sah zu Liam hinüber. »Kenneth hat uns erzählt, was passiert ist.«

»Dann wisst ihr, wer der wahre Täter war?«

»Ja.« Tränen schimmerten in Susans Augen, und sie blickte ebenfalls zu Liam, der neben Cara getreten war. »Es tut mir so leid. Wir haben Ihnen unrecht getan, Mr O'Byrne. Ich weiß, dass wir das nicht wiedergutmachen können, aber ich hoffe, Sie werden uns eines Tages vergeben.«

Liam blickte schweigend auf die Hand, die Susan ihm entgegenstreckte, und Caras Herz klopfte wild, weil sie nicht sicher war, ob er sie ergreifen würde. Doch er tat es nach kurzem Zögern.

»Mir tut es leid, dass ich Isabel nicht retten konnte«, sagte er.

Für einen Moment schwiegen sie alle, dann räusperte sich Ian.

»Wir wollten nur nachsehen, ob es dir gut geht, Schatz«, sagte er zu Cara, weil ihm klar zu sein schien, dass Susan und er in einem innigen Moment gestört hatten. »Wenn du willst, dann kann Mum den Range Rover nehmen, und ich fahre Kenneths Wagen für dich zurück zum Hotel. Der Arme wartet nämlich schon darauf. Und du kannst doch bestimmt mit Mr O'Byrne fahren, nicht wahr?«

Cara nickte und lehnte sich erleichtert an Liam, der einen Arm um ihre Schultern legte. Ihre Eltern würden ihn jetzt an ihrer Seite akzeptieren, und das war viel mehr, als sie noch vor ein paar Stunden zu hoffen gewagt hatte.

»Danke«, sagte sie und gab ihrem Vater den Autoschlüssel. Sie lächelte und winkte den beiden, als sie wegfuhren, dann blickte sie zu Liam auf, der immer noch den beiden Autos nachsah.

»Das ist deiner Mutter sicher schwergefallen«, meinte er.

»Nein«, versicherte ihm Cara. »Sie kann unglaublich stur sein, aber sie steht zu ihren Fehlern. Sie hat es ehrlich gemeint, Liam, und wenn du sie erst näher kennst, wirst du gut mit ihr auskommen. Das weiß ich.«

Er schien davon noch nicht wirklich überzeugt zu sein, denn sein Blick blieb skeptisch.

»Ich bin einfach froh, dass es vorbei ist«, sagte er mit einem tiefen Seufzen.

»Es ist noch nicht vorbei. Aber wir schaffen das.« Lächelnd schmiegte sich Cara wieder an ihn. »Zusammen schaffen wir alles.«

Epilog

Zehn Monate später

»Wir hätten gerne zwei Stück davon.« Die ältere Dame, die in Begleitung ihres Mannes an der Theke stand, deutete auf die Kuppeltorte, die das Herzstück in der kleinen Vitrine war. »Ich habe gehört, die soll besonders lecker sein.«

»Dann hoffe ich, dass sie Ihnen schmeckt«, meinte Cara, während sie die beiden Stücke auf zwei Tellern anrichtete. Die Wahrscheinlichkeit war allerdings hoch, das wusste sie, denn bisher kam ihre Orangen-Whiskey-Kuppeltorte bei den Gästen besonders gut an. Es gab sogar schon Leute, die extra deswegen herkamen – eine Tatsache, die sie sehr stolz machte.

Wenn das Jessica wüsste, dachte sie mit einem schiefen Lächeln und sah für einen kurzen Moment wieder das entsetzte Gesicht von Patricks Exfreundin vor sich, als sie ihr die Torte zum ersten Mal präsentiert hatte. Dass daraus mal der Verkaufsschlager in ihrem eigenen kleinen Hofladen auf dem Gelände der Brennerei werden würde, hätte Cara damals jedoch selbst nicht geahnt.

Es war Liams Wunsch gewesen, das Angebot der Brennerei um einen kleinen Laden zu erweitern, in dem die Besucher, die jetzt wieder regelmäßig zu Besichtigungen anreisten, den O'Byrne-Whiskey kaufen konnten. Cara war sofort Feuer und Flamme gewesen, und gemeinsam hatten sie die Idee weitergesponnen. Heute hatte das Whiskey & Cake nicht nur die Flaschen selbst, sondern auch diverse mit Whiskey verbundene

Produkte im Angebot. Das Highlight dabei waren Caras selbst gebackene Kreationen, die bald die Erweiterung zu einem Café nötig gemacht hatten.

»Bitte sehr.« Sie reichte dem Mann das Tablett, auf dem neben den beiden Kuchentellern auch zwei Tassen Tee standen, und nahm von der Frau das Geld entgegen. Dann sah sie zu, wie sich die beiden an einen der kleinen runden Tische setzten, die für die Cafébesucher bereitstanden. Sie waren fast alle besetzt, denn die Geschäfte gingen vor allem jetzt am Wochenende sehr gut. Was für Cara viel Arbeit bedeutete, aber das störte sie nicht. Im Gegenteil. Das hier war genau ihr Ding. Sie liebte das Backen und den Trubel und hätte die Arbeit im Hofladen um nichts in der Welt wieder gegen ihr trockenes Jurastudium eingetauscht.

»Hey, Charlie!«, rief sie dem kleinen Jungen entgegen, der gerade mit aller Kraft die gläserne Eingangstür aufdrückte und zur Theke gelaufen kam. »Na, seid ihr schon zurück?«

Er nickte und deutete auf das hohe Glas neben der Vitrine, in dem Cara das Shortbread aufbewahrte. »Darf ich einen Keks?«

»Natürlich.« Sie hob ihn hoch und setzte ihn auf die Theke, dann gab sie ihm ein Shortbread und lächelte Amy an, die gerade ebenfalls hereingekommen war. Amy strahlte und hatte die Hand auf ihren Bauch gelegt, der sich unter ihrer weiten Bluse schon deutlich rundete.

»Und? Was hat der Arzt gesagt?«, fragte Cara, weil sie wusste, dass ihre Freundin von einem Kontrolltermin beim Frauenarzt kam. »Ist alles in Ordnung mit dem Baby?«

»Alles bestens«, sagte Amy. »Charlie war allerdings sehr unglücklich, weil er auf dem Ultraschallbildschirm gar nicht richtig erkennen konnte, wie das Baby aussieht.«

»Aber Daddy hat gesagt, dass das nicht schlimm ist«,

mischte sich Charlie ein. »Das ist nämlich das Besondere daran. Es ist eine Überraschung, und die dürfen wir uns jetzt noch nicht verderben. Deshalb müssen wir noch ein bisschen Geduld haben.«

Amy lachte. »Ja. Und das sagt gerade Patrick, der mich jetzt schon ganz verrückt macht«, meinte sie leise zu Cara. »Er will immer alles ganz genau wissen und kennt sich besser mit der Entwicklung des Babys aus als ich. Offenbar glaubt er, dass er diesmal all die Sorgen nachholen muss, die er sich nicht machen konnte, als ich mit Charlie schwanger war.«

Sie schüttelte den Kopf, aber Cara konnte ihr ansehen, dass sie Patrick nicht wirklich böse war. Tatsächlich schien sie es sehr zu genießen, dass er sich so auf ihr zweites Kind freute und ihre Schwangerschaft so aufmerksam begleitete.

»Wir wissen jetzt übrigens auch, was es wird«, meinte Amy, doch bevor sie weiterreden konnte, fiel Charlie ihr erneut ins Wort.

»Ich kriege eine Schwester! Dann bin ich ein richtiger großer Bruder und passe auf sie auf, so wie Daddy auf dich aufgepasst hat, Tante Cara.«

Dieser Gedanke schien ihm sehr zu gefallen, und Cara fand, dass er auch sonst richtig gesund und glücklich aussah. Sein Keuchhusten war längst vergessen, was sicher auch an den acht Wochen lag, die er zusammen mit seinen Eltern im warmen Klima Neuseelands verbracht hatte. Patrick und Amy hatten sich diese lange Auszeit genommen, um als Paar, aber auch als Familie zusammenzuwachsen. Was ihnen gelungen war, denn gleich nach ihrer Rückkehr hatten sie in der kleinen Dorfkirche in Namara geheiratet – im kleinen Kreis diesmal, genau wie Patrick es sich ursprünglich gewünscht hatte.

Jessica, die nach dem Eklat zunächst eine ganze Weile bei ihren Eltern gewohnt hatte, war inzwischen ebenfalls wieder liiert – mit dem Erben einer Restaurantkette, in der sie offenbar genauso effizient mitarbeitete wie früher im Kerryhead Castle. Doch im Hotel vermisste sie trotzdem niemand, denn Amy hatte ihren Part übernommen und half Patrick, der seine Arbeit dort weiterführte. Durch ihre liebenswürdige und freundliche Art war sie bei den Angestellten außerdem viel beliebter als ihre Vorgängerin und ergänzte Patrick auf eine Weise, wie Jessica das nie vermocht hatte. Deshalb hinterfragte längst niemand mehr, warum er sich für sie entschieden hatte.

Ob die beiden überhaupt in Namara bleiben würden, hatte lange auf der Kippe gestanden. Cara wusste, dass ihr Bruder nach der geplatzten Hochzeit mit seinem gesamten Lebensentwurf gehadert und zusammen mit Amy darüber nachgedacht hatte, Irland zu verlassen. Neuseeland war da nur eine Option gewesen, aber am Ende waren sie doch nach Hause zurückgekehrt, was die Familie sehr gefreut hatte.

»Bereut ihr es eigentlich manchmal?«, fragte Cara und fügte, als Amy sie wegen des Gedankensprungs verwirrt ansah, noch hinzu: »Dass ihr nicht weggegangen seid, meine ich. Es hat euch doch in Neuseeland gefallen, oder nicht?«

Amy seufzte. »Oh ja, sehr sogar. Es war aufregend, und die Herausforderung hätte uns schon gereizt. Aber irgendwann haben wir beide gemerkt, dass wir in der Ferne nicht glücklich werden können. Jedenfalls nicht auf Dauer. Patrick ist ein Familienmensch, und ich bin das auch. Wir gehören hierher und hätten euch alle viel zu sehr vermisst. Deswegen ist uns die Entscheidung am Ende leichtgefallen. Und außerdem steht uns ja jetzt eine neue Herausforderung ins Haus«, meinte sie und strich lächelnd über ihren Bauch. Dann wurde sie wieder ernst. »Wenn es wirklich ein Mädchen ist, wollen wir sie gerne Isabel nennen.«

»Das ist eine schöne Idee«, sagte Cara gerührt und dachte

an ihre Schwester. Seit sie wusste, was damals wirklich passiert war, hatte sie das Gefühl, mit Isabels Tod besser umgehen zu können. Es fiel ihr leichter, sich an sie zu erinnern, und auch wenn sie niemals wirklich darüber hinwegkommen würde, tat es doch nicht mehr ganz so weh. Der Gedanke, dass es bald wieder eine kleine Isabel in ihrer Familie geben würde, hatte außerdem etwas sehr Tröstliches, und sie war sicher, dass es vor allem ihrer Mutter sehr viel bedeuten würde.

»Daddy!« Charlie sprang von der Theke herunter und lief Patrick entgegen, der gerade hereinkam.

»Hey, mein Großer!« Patrick hob ihn hoch und trug ihn zurück zu Cara und Amy.

»Liam hat mich gerade angerufen«, sagte er an Cara gewandt. »Du sollst zu ihm in die Villa kommen. Er sagt, es sei dringend.«

»Was?« Entgeistert sah sie ihn an. »Aber ich kann doch jetzt hier nicht weg!«

»Doch, kannst du.« Patrick grinste. »Liam hat mich nämlich überredet, für dich einzuspringen. Und die Chance werde ich sehr gerne nutzen. Ich wollte hier nämlich schon immer mal den Chef spielen.«

»Aber ...«

»Kein Aber!« Er umrundete die Theke und vertrieb Cara von ihrem Platz. »Amy und ich haben uns den Nachmittag wegen des Arzttermins ohnehin frei gehalten. Wir haben Zeit, und wenn Charlie uns hilft, kriegen wir das spielend hin, nicht wahr, Partner?«

Charlie blickte zum Keksglas und nickte begeistert, weil er offenbar darauf spekulierte, dass bei einer solchen Tätigkeit noch ein paar Leckereien für ihn abfallen würden. Und auch Amy schien kein Problem mit der Planänderung zu haben.

»Na los, du hast es gehört«, meinte sie lächelnd und begab sich ebenfalls hinter die Theke.

»Und beeil dich«, fügte Patrick hinzu. »Liam meinte, es sei dringend.«

Plötzlich besorgt, zog Cara ihre Schürze aus und gab sie an Patrick weiter.

»Hat er gesagt, worum es geht?«

»Nein«, erwiderte Patrick. »Er hat nur gesagt, dass du dich beeilen sollst.«

Caras Gedanken rasten, während sie das Whiskey & Cake verließ und über den Kiesweg hinüber zur Villa lief.

Vielleicht hat es etwas mit unserer Hochzeit zu tun, überlegte sie. Schließlich waren es nur noch ein paar Wochen bis zu dem festgelegten Termin Anfang September, und sie steckten mitten in den Vorbereitungen. Liam hatte ihr zwar schon im letzten Jahr einen Antrag gemacht – eigentlich sofort, nachdem klar gewesen war, dass er in Kerry bleiben und die Brennerei weiterführen würde. Aber Liams Vater war noch lange sehr krank gewesen, und sie hatten erst angefangen, das Fest zu planen, als klar war, dass es Robert wieder besser ging. Seit dem Frühjahr war das der Fall, und dazu hatte auch und vor allem die Tatsache beigetragen, dass Robert nach Liams Rückkehr wieder neuen Lebensmut geschöpft hatte. Die beiden leiteten die Brennerei jetzt gemeinsam und arbeiteten gut zusammen, unterstützt von Cara und natürlich auch Barbara, die sehr glücklich über diese Entwicklung war und die sich wie alle anderen auf die Hochzeit freute.

Allerdings konnte es jetzt, so weit im Vorfeld, nicht wirklich ein Problem mit der Hochzeit geben, das sich nicht noch in Ruhe lösen ließ. Und dringend war es schon gar nicht.

Aber was wollte Liam dann?

Gab es vielleicht Neues von Oran Nelson? Cara dachte an

den Mann, der ihr an jenem schicksalhaften Abend so viel Angst gemacht hatte. Der Scheunenbrand war nach dem Vorfall in der Brennerei noch mal ganz neu untersucht worden, und da die Tat noch nicht verjährt war, hatte das Gericht den ehemaligen Brennmeister zu einer Haftstrafe von sieben Jahren verurteilt – ein Urteil, das viele gerecht gefunden hatten. Die Tatsache, dass sie Liam so lange fälschlicherweise beschuldigt hatten, war den Leuten dagegen sehr peinlich, und sie gaben sich seitdem große Mühe mit ihm. Manchmal konnten Cara und Liam sich gar nicht retten vor Einladungen, und immer wieder betonten die Leute, wie sehr sie sich getäuscht hatten.

Liam glaubte es nicht jedem, und manchmal hatte er noch diesen Albtraum, in dem ihm Isabel erschien. Aber es wurde besser, und Cara war sicher, dass er auch das noch überwinden würde.

Als sie die Villa erreichte, ging sie sofort zum Arbeitszimmer und riss die Tür auf.

»Was ist denn los?«, fragte sie aufgeregt. »Wieso hast du …?«

Sie beendete ihren Satz nicht, weil sie erschrocken bemerkte, dass Liam Besuch hatte. Zwei Männer standen bei ihm vor dem Schreibtisch und betrachteten eine Landkarte, die darauf ausgebreitet war. Der eine Mann war ungefähr so alt wie Liam und trug einen Maßanzug, während der andere, deutlich ältere mit Jeans und schwarzem Hemd eher lässig gekleidet war.

»Das ist James Dubbings von Act for Wildlife«, stellte Liam ihr den Älteren vor.

»Wir kennen uns«, meinte Cara, als sie ihm die Hand schüttelte. »Isabel hat mit Ihnen zusammengearbeitet.«

»Ihre Schwester und ich waren ein gutes Team«, bestätigte Dubbings lächelnd und stellte ihr den jüngeren Mann als seinen Anwalt Lee Fulham vor.

»Ich wollte nicht stören«, entschuldigte Cara sich. »Aber Patrick hat mir ausgerichtet, dass du mich sehen willst.«

»Genau, so ist es auch«, bestätigte Liam. »Ich möchte, dass du dir das hier ansiehst.«

Er deutete auf die Landkarte, und als Cara neben ihn trat, erkannte sie, dass darauf die Gegend um die Ruine von Glen Garvan in einem recht großen Maßstab abgebildet war. Um ein Teilgebiet auf der Karte hatte jemand mit einem neongrünen Textmarker einen großen Kreis gezogen.

»Hier liegt die Hütte.« Liam zeigte auf einen Punkt am unteren Rand des markierten Bereichs. »Und das da ist das dazugehörige Land.«

Überrascht sah Cara ihn an. »So weitläufig ist das?«

Sie hatte gewusst, dass Liam nicht nur die Hütte, sondern auch einige Liegenschaften von seinem Großonkel geerbt hatte, aber ihr war nicht klar gewesen, dass ihm im Prinzip das gesamte Waldgebiet und die umliegenden Wiesen gehörten.

»Weitläufig mag es sein«, stimmte James Dubbings ihr zu. »Aber für unsere Zwecke ist es gerade groß genug.«

»Für Ihre Zwecke?«, fragte Cara und sah irritiert zu Liam.

»Ich möchte das Gebiet auf Act for Wildlife überschreiben«, erklärte er.

»Du willst das Land verschenken?«, fragte Cara entsetzt. »Aber warum?«

»Es soll ein Vogelschutzgebiet werden, in dem wir ein Modellprojekt zur Erhaltung der Artenvielfalt aufbauen«, erklärte James Dubbings. »Außerdem wollen wir dort eine Pflege- und Auffangstation für verletzte Tiere einrichten. Und es wird ein angeschlossenes Naturschutzzentrum geben, um die Bevölkerung nicht nur über das konkrete Projekt vor Ort, sondern auch über andere Aspekte unserer Arbeit zu informieren.«

Cara schluckte. »Das ist ... eine gute Idee«, sagte sie, immer noch sehr überrascht.

»Dann bist du einverstanden?«, erkundigte sich Liam. »Ich möchte das nicht über deinen Kopf hinweg entscheiden.«

»Was? Ja, natürlich bin ich das«, versicherte sie ihm, denn je länger sie darüber nachdachte, desto großartiger fand sie diesen Plan.

»Gut. Dann vereinbaren wir einen Termin beim Notar«, erklärte Liam und gab Dubbings die Hand auf den Deal.

»Und Sie können sich darauf verlassen, dass wir alles so umsetzen werden, wie wir es besprochen haben«, versicherte der ältere Mann, bevor er und sein Anwalt sich verabschiedeten.

»Warum willst du das machen?«, fragte Cara, als sie wieder allein waren.

Liam zuckte mit den Schultern. »Ich dachte, es wäre eine schöne Idee, um das Andenken an Isabel zu wahren.«

»An Isabel?« Cara verstand immer noch nicht ganz.

»Die Auffangstation und das Naturschutzzentrum werden ihren Namen tragen«, erklärte Liam. »Das ist die Bedingung für die Schenkung. Dann gerät sie niemals in Vergessenheit.«

Tränen schossen Cara in die Augen. »Oh, Liam. Das ist ...« Sie schüttelte den Kopf, weil sie nicht in Worte fassen konnte, wie viel ihr das bedeutete. Aber er schien sie auch so zu verstehen, denn er zog sie zu sich heran.

»Betrachte es als vorgezogenes Hochzeitsgeschenk.«

»Und was ist mit der Hütte?«, fragte sie, als sie ihre Stimme wiedergefunden hatte. »Gehört die jetzt auch den Leuten von Act for Wildlife?«

»Nein, die Hütte habe ich behalten.« Liam lächelte. »Da hängen zu viele Erinnerungen dran.«

Cara schlang die Arme um seinen Hals und sah zu ihm auf.

Sie wusste schon lange, was er ihr bedeutete, aber in diesem Moment quoll ihr Herz regelrecht über vor Liebe zu ihm.

»Dann erinnerst du dich also gerne an deine Zeit als Waldschrat?«, neckte sie ihn.

»Ich war kein Waldschrat«, erwiderte er und küsste sie. »Und ich wäre auch keiner geworden.«

»Weil ich das nicht zugelassen hätte.« Cara lächelte. »Wobei es mich schon Überwindung gekostet hat, mich noch mal in die Höhle des Löwen zu wagen«, gestand sie. »Du kannst nämlich ganz schön grimmig gucken, wenn du willst. Und du hattest eine Axt.«

Liam lachte. »Aber das hat dich nicht abgehalten.«

»Nein.« Sie schmiegte sich noch ein bisschen enger an ihn. »Ich wusste nämlich, dass es sich lohnt.«

Sein Gesicht wurde wieder ernst. »Ich liebe dich, Cara Connelly. Mehr, als du ahnst. Und ich bin sehr froh, dass du nicht auf mich gehört und mich vergessen hast.«

»Das bin ich auch«, sagte sie und erwiderte glücklich seinen Kuss.